Gangnam

Du même auteur

Yeruldelgger, Albin Michel, 2013 ; Le Livre de poche, 2015
Les Temps sauvages, Albin Michel, 2015 ; Le Livre de poche, 2016
La Mort nomade, Albin Michel, 2016 ; Le Livre de poche, 2017
Mato Grosso, Albin Michel, 2017 ; Le Livre de poche, 2018
Heimaey, Albin Michel, 2018 ; Le Livre de poche, 2019
Askja, Albin Michel, 2019 ; Le Livre de poche, 2020
L'Oiseau bleu d'Erzeroum, Albin Michel, 2021 ; Le Livre de poche, 2022
À Islande !, Paulsen, 2021
Le Chant d'Haïganouch, Albin Michel, 2022 ; Le Livre de poche, 2023
Ravage, Paulsen, 2023
Aysuun, Albin Michel, 2023
Krummavísur, Flammarion, 2024
Le Pouilleux massacreur, La Manufacture de livres, 2024
Débâcle, Paulsen, 2025

Ian Manook

Gangnam

roman

Flammarion

ISBN : 978-2-08-046892-5

À ceux qui ont inspiré ce roman,

À ceux qui l'ont rendu possible,

À Françoise, encore et toujours,

À moi !

I

Mardi – Jour 1

... et aucun ne comprend le français.

Il pleut comme il pleut à Séoul. Une brusque averse, drue et froide. Raide. La ville s'obscurcit, les rues rétrécissent. Les maisons font le gros dos sous le ciel qui s'éteint. Le contour des gens et des choses s'estompe d'un poudrin de pluie, âmes paniquées qui s'éclaboussent. Les néons dégoulinent leurs couleurs le long des vitrines qui ruissellent. Les toits crépitent et les balcons débordent, crachant leurs eaux dans les ruelles, gargouilles sournoises qui se dégorgent dans les caniveaux. Des bourrasques retroussent et froissent les parapluies puis les arrachent. Mais Verneuil n'aurait raté cette visite pour rien au monde.

De l'extérieur, le célèbre marché aux poissons de Noryangjin, dans le district de Dongjak-gu, ressemble à un paquebot de croisière échoué entre l'autoroute 88 et un quartier bruyant de bus, de rails et de camions, à deux pas de la rivière Han. À l'intérieur, sept cents vendeurs négocient chaque jour trois cents tonnes de poissons et de crustacés. Les bestioles s'entassent dans un millier d'aquariums de deux ou trois mille litres d'eau de mer, sans cesse renouvelée par toutes sortes de pompes et de tuyaux, et dont le trop-plein déborde en permanence dans des rigoles courant entre les pieds des visiteurs.

Quand il se rue dans le hall immense, trempé par la pluie, Verneuil comprend d'instinct qu'il va adorer cet endroit. Dommage que Madeleine ait préféré attendre dans la voiture. Mado n'aime pas l'odeur des poissons. Ni leur vue. Ni leur toucher ni leur goût. Depuis qu'elle est tombée, petite, nez à nez sur leur sale gueule dans la glace pilée et les algues d'un étalage, elle ne se régale plus de lotte ni de morue. Ni de raie. Ni d'anguille et encore moins de poulpe. Jamais plus ! Sans parler de tout ce qui lui semble gluant ou visqueux, ou pinçu et épineux comme les crustacés. Mado n'aime le homard que cuit et préparé, et les filets de sole. À la rigueur. Alors elle a préféré rester dans la voiture.

Le hall est démesuré, très haut de plafond, et pourtant assez sombre malgré l'éclairage cru des néons. Les aquariums et les étalages s'entassent et s'empilent de chaque côté des travées. C'est une galerie des glaces de grimaces et de carapaces. Des palourdes grosses comme le poing, des limaces de mer. *Penis fish! Penis fish!* le haranguent les vendeurs rieurs. Une sorte de concombre de mer qui éjacule un mauvais liquide quand on le croque à cru. Délicieux avec une sauce à l'huile de sésame ou un féroce condiment de *gochujang* fermenté. À ce qu'il paraît. Il faudra qu'il essaye un jour.

Une anguille noire, échappée, se contorsionne sur le carrelage comme une couleuvre blessée. Elle tente de fuir par la rigole d'un trop-plein qui dévide son jus de mer à travers une grille d'évacuation. Une matrone en tablier d'écailleuse la rattrape par la queue et la rebalance dans le bac où elle panique la ronde obsédante et résignée d'une centaine de ses congénères.

Verneuil ne sait pas grand-chose en matière de poissons et autres choses vivantes de la mer, mais il essaye d'en reconnaître quelques-uns. Des araignées, des crabes bleus par dizaines dans le même aquarium. Quelque chose à voir avec les *king crabs* ? Des congres ou des murènes à la sale gueule.

Des clients attentifs, accroupis le nez contre le verre, observent les poissons. Verneuil comprend vite qu'ils ne les admirent pas. Ils les choisissent pour leur déjeuner, sous l'œil vigilant d'un vendeur. Leur tentation de gourmet repérée, ils plongent le bras dans l'eau et s'en saisissent en s'en régalant des yeux. Le vendeur récupère leur prise, mais ne la tue pas. Il l'emballe et le badaud, heureux, l'emporte dans un sac plastique transparent au premier étage de la zone nord où des restaurants sans prétention, aux tables et aux chaises en plastique de couleur, la cuisineront selon les plus précises exigences du client impatient.

Les prix ne veulent encore rien dire pour Verneuil. Soixante-quinze mille wons pour un homard géant.

Goliath, qu'ils disent. Plus huit mille pour le griller et trois mille pour le couvert. Il faudrait diviser par mille pour des euros ou des dollars, s'il se souvient bien. Quatre-vingt-six euros le homard géant grillé, décortiqué et assaisonné, c'est tentant…

Il aimerait s'y risquer, mais il ne veut pas laisser Mado trop longtemps attendre dans la voiture sous la pluie qui frappe. Il monte et descend les allées au pas de course, s'étonne de mille choses, se promet de revenir seul pour prendre tout son temps, et sort retrouver Mado.

D'une certaine façon, la pluie s'est calmée. Elle ne fouette plus ses rideaux glacés au hasard des rafales. Elle tombe, droite et raide. Obstinée. À torrents ininterrompus comme autant de chutes d'eau devant chaque vitrine. Il se précipite vers la voiture et maudit de se tromper quand il ne la trouve pas. Trempé, de l'eau dans les yeux, il vérifie les repères qu'il avait pris. Cette boutique, peut-être. Ce panneau, sûrement. Ce bout de trottoir défoncé. Il est certain d'être au bon endroit, mais la voiture n'y est pas.

Il reconnaît la porte du marché vers laquelle il a couru en s'abritant du déluge. Dans le doute, il court quand même tout le long des cent mètres de façade du bâtiment à travers les traits de pluie qui le cinglent. Deux fois, pour être sûr. Puis il revient à l'endroit où il reste certain de s'être garé. La pluie lui transperce les épaules et coule dans sa nuque.

Made ne peut pas être partie. Elle ne conduit pas. Elle n'aurait même pas su déplacer la voiture. Il devine une silhouette à travers le déluge, une vieille, sous un parapluie, assise sur une caisse et coiffée d'un capuchon de plastique jaune. Elle l'avait guidé pour se garer en échange d'une pièce. Il se précipite vers elle.

— Ma voiture, où est-elle ? *Where is my car? Where is my wife?*

La vieille femme lève les yeux, surprise d'abord et aussitôt apeurée par cet inconnu qui vocifère dans une langue barbare.

— Ma voiture, où est-elle passée ? Tu m'as aidé à la garer tout à l'heure, souviens-toi. C'est toi qui m'as trouvé cette place. Ma femme est restée à l'intérieur. Où est-elle ?

La vieille sursaute et sort soudain de son hébétude. Elle piaille des injures et des menaces nasillardes en coréen. Mais Verneuil reconnaît l'éclat de la peur dans son regard. Celui d'une panique qui se cache derrière une fureur feinte. Alors il l'attrape par sa veste sans col et hurle plus fort qu'elle en postillonnant la pluie qui roule sur ses lèvres.

— Où est ma femme ? Où est ma voiture ? Dis-moi ce qui s'est passé, vieille folle, tu étais là, tu as dû tout voir !

Pour toute réponse, la vieille hurle et braille et se défend dans le fracas de la pluie. Des voitures ralentissent au passage dans des gerbes d'eau, des têtes se risquent hors des échoppes.

— Tu étais là quand je me suis garé, tu comprends ? Tu étais là. Tu m'as vu partir. Tu as vu ma femme rester à l'intérieur. Alors où est-elle ? Que s'est-il passé ?

L'eau ruisselle sur son visage. Chaque cri jette des gerbes d'éclaboussures au visage de l'autre. Verneuil sait que les choses lui échappent. Il le devine trop tard dans le regard de la femme, qui le transperce. Avant qu'il se retourne, quelque chose le blesse à la tête. Un coup, pas vraiment fort. Il fait face et son brusque mouvement bouscule un vieil homme, le parapluie brandi prêt à frapper de nouveau. Surpris par la bourrade, le vieux trébuche et tombe à la renverse dans une flaque, en hurlant à la mort. D'autres personnes jaillissent alors du rideau de pluie. Plus jeunes et plus furieux. En meute.

— *Anybody speaking English?* hurle Verneuil. *My wife is missing! My wife is missing and my car too!*

Mais les autres ne sont pas venus pour parlementer, et encore moins pour l'aider. Le premier coup de poing part. Verneuil l'évite et allonge son agresseur d'un direct plus violent qu'il ne l'aurait voulu. Sa réaction déchaîne les autres qui s'arment aussitôt de tout ce qu'ils ramassent dans la rue, planches, pierres, bâtons, pour se ruer sur lui. Il prend des coups et en rend autant qu'il peut, hurlant qu'il veut juste savoir où est sa femme. Mais ils sont trop nombreux. Et aucun ne comprend le français.

II

... derrière le rideau de la pluie.

C'est comme la pluie sur les toits de tôle. Son tambourin sur l'auvent rouge des *pojangmacha*. S'il n'avait pas plu autant, il se serait installé à l'abri d'une de ces roulottes bâchées qui jalonnent les trottoirs et se serait contenté d'un *haesanmul samhab*. Fruits de mer avec des lamelles de panse de porc et du *kimchi* au moutardin. À la mode de Yeosu.

Mais il ne regrette pas d'avoir réfugié sa lourde solitude de même plus flic dans ce petit restaurant sans âme, face au marché aux poissons. Justement parce qu'il pleut, et que c'est pareil. Le crépitement aigu de la friture dans l'huile bouillante, c'est pareil que la pluie. Même bruit. Même chose. La légende veut que ce soit la raison pour laquelle on savoure les *bindaetteok* les jours de pluie. Il a longtemps hésité. Ces galettes frites de haricot mungo à l'émincé de porc lui tordent toujours un peu le cœur. D'abord il en sourit, parce qu'à l'origine, ce qu'on appelait alors les *binja tteok* étaient les « galettes du pauvre ». Aujourd'hui qu'elles sont à la mode, on dit *bindaetteok*. « Galettes des hôtes distingués ».

Ainsi va le monde des modes, chez lui en Corée, peut-être encore plus qu'ailleurs. Mais très vite, le goût amer des remords et des regrets lui étreint la gorge. Les *bindaetteok* se servent par tradition à certaines occasions. Pour les mariages, par exemple, et il en a tant dévoré pour le sien avant qu'il tourne au drame. Au cinquantième anniversaire aussi, âge au-delà duquel il dérive depuis deux ans déjà. Et aux banquets auxquels il n'a pas eu droit, ni entre amis ni entre collègues, quand on l'a forcé à quitter la police.

Il a préféré commander des *jeon*. Même bruit de pluie dans la poêle à frire, mais aucune déprime de souvenirs. Juste une gourmandise, du temps de son enfance jusqu'à aujourd'hui. Une grosse crêpe à base d'œufs et de ciboule, frite à la poêle, et qu'il préfère d'habitude aux lamelles de bœuf fondant. Mais comme le hasard l'a mené du côté du marché aux poissons de Noryangjin, il a commandé ses *jeon* aux fruits de mer pour en faire un *haemul pajeon*, avec un supplément de maquereau cru mariné au chou fermenté. Et une belle coupelle de *makgeolli*, l'alcool de riz blanc de toutes les ivresses nostalgiques.

L'homme griffonne sur la nappe et la matrone de patronne s'avance, l'œil suspicieux. D'une petite trousse déroulée en trois volets, comme un nécessaire de manucure, il a tiré des plumes aux griffes étranges et, d'une encre d'un mauve profond, trace sur le papier des ellipses et des volutes élégantes qui finissent par ressembler à des lettres gracieuses.

— C'est quoi, ça ? interroge la femme.

— De la calligraphie occidentale.

— Ces sauvages ont aussi une calligraphie ?

Malgré le mépris dont elle veut envenimer son propos, la matrone ne peut cacher une pointe d'admiration. Sans réponse de l'homme, elle reste face à lui, un torchon sur l'épaule et un autre à la ceinture de son tablier, à admirer malgré elle, à l'envers, les boucles, les pleins et les déliés qui, il n'y a pas de doute, finissent par dessiner un « G » aérien et léger qu'un retour élégant lie à d'autres lettres qui se tiennent et s'enlacent. *Gabrielle*. La femme secoue la tête pour se reprendre et retourne à ses fritures et ses vapeurs épaisses.

Depuis que Gabrielle n'est plus là, l'homme est redevenu le même solitaire qu'il était avant leur rencontre. La femme française n'aura été dans sa vie qu'un déjeuner de soleil. Quelques saisons de cerisiers. Une éphémère floraison qui ne lui aura laissé pour regret que le fruit aigre et amer du chagrin. Et d'une irrémédiable solitude. Il s'est peu à peu accommodé de son absence élégante en redevenant le plus coréen possible. Sauf pour la calligraphie, qui lui rappelle à chaque boucle de plume le corps et l'âme de Gabrielle. Une vie pleine et déliée à la fois.

Il n'a pas savouré la première gorgée de sa coupelle d'alcool de riz doux et sucré qu'à travers la baie vitrée ruisselante, dans le désordre de l'averse qui délave le monde et fouette bâches et vêtements, son instinct d'ex-flic l'alerte sur une autre violence. Un tohu-bohu muet se déchaîne en flou derrière le rideau de la pluie.

III

... restez calme, surtout.

L'homme en manteau trempé débaroule à travers la foule. Un sanglier chargeant une meute de chiens. En deux coups d'épaule, il brise le cercle des agresseurs et rugit des mots qui tétanisent ceux qui ne sont pas encore tombés. Il vocifère des ordres en coréen, vitupère, grogne pour qu'on le laisse s'approcher, saisit Verneuil par le bras, et s'adresse à lui dans un français presque parfait.

— Il faut fuir. Ils seront une centaine quand le quartier aura été alerté. Ils vous tueront avant même de savoir pourquoi.

Sans attendre de réponse, il tire Verneuil par la manche et l'entraîne.

— Ma voiture est là-bas. On y fonce sans s'arrêter et je vous emmène au commissariat.

Des épaules et des poings, il leur fraye un chemin à travers la meute qu'il meurtrit, jusqu'à une improbable Hyundai Pony des années quatre-vingt. Grise. Ou bleue. Ou gris-bleu lessivé par la pluie. Il pousse Verneuil à l'intérieur, côté passager, se précipite au volant et démarre sous les vociférations de la foule furieuse qui martèle des poings et des pieds la vieille carrosserie. Ce n'est plus une pluie de friture gourmande, c'est une grêle de haine.

— Vous êtes qui ? s'enquiert Verneuil.

L'homme est imposant. Massif. Il s'applique à sortir du quartier sans se faire piéger par la foule qui les poursuit sous la pluie qui redouble et détrempe les rues. Des flaques se creusent, d'autres se bombent, les caniveaux débordent en remous. Plusieurs fois la Pony dérape en virant trop vite sur l'asphalte inondé. Un piéton surgit sous les roues, tête dans son parapluie, et la voiture part en embardée. Elle cogne contre un trottoir où une grille dégorge une eau boueuse, rebondit dessus et défonce un étalage de friture et de beignets de poisson qu'elle traîne sur plusieurs mètres.

— Je suis un homme tranquille et fatigué qui dégustait un délicieux *haemul pajeon* au maquereau avec une bouteille d'alcool de riz sucré dans une petite gargote quand il a entendu un Français ficher le bazar dans tout le quartier.

— Comment se fait-il que vous parliez si bien le français ?

— J'ai été marié à une Française, Gabrielle. Elle était de La Rochelle. J'ai appris avec elle. Pendant cinq ans. Cinq ans, trois mois et quatre jours, pour être précis. Elle est partie il y a deux ans avec un Chinois. Et de Taïwan, en plus ! Vous croyez ça, vous ?

— Écoutez, merci de m'avoir tiré de là, mais je dois absolument retourner au marché pour chercher ma femme. Elle a disparu et…

— Mauvaise idée. Le quartier n'attend que ça pour vous lyncher.

— Je n'ai rien fait, je me suis juste énervé contre une petite vieille qui ne voulait pas me dire ce qu'elle sait.

— Non, pour eux, vous avez secoué une vieille dame respectable et poussé son vieux mari méritant dans la boue. Vous n'avez pas l'air de bien connaître la Corée. C'est un curieux pays, ici, vous allez vite vous en rendre compte.

— Nous venons juste d'arriver…

— Alors, apprenez vite. Si nous obligeons nos anciens à perdre toute dignité en les poussant à travailler dans la rue jusqu'à quatre-vingts ans passés, voire plus, pour compenser des retraites indécentes, nous les appelons gentiment grand-pères et grand-mères et nous lâchons la foule sur ceux qui leur manquent de respect. Vous serez bien mieux à l'abri dans un commissariat, à déposer plainte en bonne et due forme.

— Non, je serai bien mieux dehors à chercher ma femme, aboie Verneuil.

— Trop tard, répond l'homme avec calme, nous y sommes.

Le commissariat est à cinq cents mètres du marché. À peine cent mètres à vol d'oiseau, sur l'avenue

Noryangjin-ro. Une voie privée sans issue, étroite et perpendiculaire, en légère montée, mène aux bâtiments de la police entre deux immeubles surchargés de panneaux de réclames criardes, sous un inextricable entrelacs de fils électriques et de câbles. Même le fronton au-dessus de l'entrée menant au commissariat ressemble à un calicot de soldes.

Verneuil ne se rassure qu'en lisant la traduction anglaise, écrite en tout petit, sous les énormes caractères coréens. Ou ce qu'il peut en deviner à travers le ballet résigné des essuie-glaces impuissants. *Seoul Dongjak Police Station*. La voiture s'engage sans ralentir sous le fronton, à contresens des plaques de pluie qui glissent vers l'avenue qu'elles inondent. Des roues gicle un mur d'eau jaune et glacée par-dessus la guérite du contrôle. Le temps d'une seconde, le garde a la velléité de les arrêter, puis, affolé par les trombes d'eau qui s'abattent et les gerbes qui jaillissent, il regagne son abri, détrempé, et les laisse passer d'un geste furieux et résigné.

— À l'intérieur, conseille l'homme, surtout, gardez votre calme. Notre police a conservé de mauvais réflexes de notre période sombre. Et nos lois ne sont pas tendres avec les étrangers. À propos, je m'appelle Lee Min-ho.

L'homme s'étonne de la surprise de Verneuil.

— Comme l'acteur ?

— Oh, je vous en prie, soupire-t-il, pas vous ! Pas un étranger, pas un Français ! Épargnez-moi ça !

Oui, comme l'acteur. Comment diable pouvez-vous connaître ce Lee Min-ho-là ?

— Madeleine, ma femme, est une fan. C'est pour lui que nous sommes ici, en Corée. Elle veut marcher sur ses traces, retrouver les lieux de ses tournages, et essayer de le rencontrer.

— Sans blague, vous savez qu'il est natif d'ici, du quartier de Dongjak-gu ?

— Bien sûr. Nous y sommes venus pour voir sa maison natale. J'ai voulu m'arrêter au marché aux poissons, avant, parce que c'était sur la route. Si j'avais su… Qu'a-t-il bien pu arriver à Madeleine ? Pourquoi la voiture n'est plus là ? Si j'étais mal garé, est-ce que la fourrière aurait pu emporter la voiture avec ma femme à l'intérieur ?

— Nous ne sommes pas sauvages à ce point-là. Rassurez-vous, nous allons la retrouver. La police va s'en occuper. Mais encore une fois, restez calme, surtout.

IV

Lee ne répond pas.

Lee Min-ho se retient de passer par-dessus le guichet de l'accueil, de saisir le planton par le col de son uniforme, de le trimballer à bout de bras jusqu'au porte-manteau et de l'accrocher à une patère. L'homme ne semble pas vouloir saisir l'urgence de la situation. De toute la morgue de son poste subalterne, il insiste pour s'adresser à Verneuil en coréen, qui fait répondre par Lee Min-ho qu'il ne comprend pas, que sa femme est en danger, qu'elle a disparu, et qu'il veut parler de toute urgence à un enquêteur. Un vrai.

Pour toute réponse, le planton lui glisse un formulaire à remplir sous l'hygiaphone du guichet. En hangeul. En caractères coréens.

Verneuil laisse exploser sa frustration. Il hurle qu'il veut immédiatement parler à un putain d'inspecteur qui parle français ou anglais, parce que sa femme a disparu et que c'est plus urgent que n'importe quelles putains de procédures qui accaparent ces putains d'incapables de flics. Maintenant ! Tout de suite !

Derrière le guichet, jusque loin dans le fond de l'immeuble, ce n'est qu'un vaste espace ouvert, sans cloisons, bordélique et chaotique, encombré de bureaux débordant de paperasse, d'ordinateurs, de tableaux d'affichage et de distributeurs d'eau. Il y a des policiers, aussi. Certains, en uniforme, attendent on ne sait quoi de la part d'autres, en civil, qui ne s'occupent absolument pas d'eux. Ceux-là tapent à deux doigts sur leur clavier, comme dans n'importe quel commissariat au monde, mangent des nouilles épicées et fumantes à même des emballages en carton, regardent fixement des murs d'indices et de photos, discutent… jusqu'à l'éclat de voix de Verneuil qui les sidère tous.

Lee Min-ho lève les yeux au ciel.

— C'est quoi ce bordel ?

Une flic dans la trentaine, maigre, androgyne, en jeans et T-shirt blanc, un Smith & Wesson modèle 60 à la ceinture dans un holster en cuir. Un cinq-coups non automatique, s'étonne Verneuil. Qui peuvent-ils intimider sur le terrain avec ça ? Inspectrice Joon, qu'elle s'appelle. Elle a le visage asséché de ceux qui courent après les marathons. Quelqu'un qui s'applique à ressembler à un personnage de série policière. Sèche et dure, et qui en a plein le dos de sauver un monde de cons qui ne l'aiment pas.

— *I need someone speaking French or English, please. It's urgent. My wife disappeared near the fish-market and my car is missing too.*

Joon ne répond pas à Verneuil et se tourne vers Lee Min-ho, sa bouche en lune tombante affichant le maximum de dédain possible.

— Qu'est-ce que tu fiches encore dans cette embrouille-là, Gangnam ?

— Sa femme et sa voiture ont disparu il y a moins d'une heure pendant qu'il visitait le marché aux poissons. Il s'est énervé en questionnant les gens, comme ça peut se comprendre, et il a failli se faire lyncher en retour. Je lui ai donné un coup de main pour l'aider à s'en sortir.

— Un coup de main ou des coups de poing ?

— Juste ce qu'il fallait pour le récupérer et l'amener ici vivant pour que vous puissiez l'aider.

— Tiens donc, tu nous rabats des clients, toi, maintenant ?

— Je lui sers juste d'interprète.

— C'est vrai, j'oubliais que tu as pris cinq ans de cours particuliers de français. Dis-moi, ils parlent avec la langue dedans, comme quand ils embrassent ?

Verneuil ne comprend pas ce qui se dit, mais il devine l'effort de Lee Min-ho pour ne pas écraser de son poing d'orang-outan le tout petit nez déjà refait de cette flic arrogante. Elle aussi le comprend.

— C'est ça, Gangnam, frappe-moi. Nous n'attendons tous que ça, dit-elle en posant la main sur la crosse de son arme.

— Moi aussi, j'attends ça autant que toi, Joon, parce que je sais que l'envie vous en démange et que vous finirez bien par le faire. Mais il faudra patienter encore un peu. Aujourd'hui, je suis juste là pour traduire.

— Alors remballe ta langue de *lover* à deux balles et dégage, je vais parler anglais avec monsieur.

— Comme tu veux. Note juste dans la procédure que tu as refusé à monsieur un traducteur disponible dans sa langue maternelle.

— Tu n'es pas traducteur assermenté.

— Toi non plus. Au moindre malentendu, son consulat fera retomber la faute sur toi.

— Quel consulat ? C'est juste une disparition. Madame est partie faire un tour avec la voiture de monsieur. Avec un beau pêcheur entre les cuisses, peut-être même bien.

— Madame ne sait pas conduire, répond Lee Min-ho. Elle n'a pas le permis. C'est une disparition suspecte.

Verneuil devine que la tension s'aggrave entre eux et s'énerve à son tour. Il fait traduire ce qu'il pense par Lee Min-ho.

— Il dit qu'il se fout de ce qui nous oppose toi et moi et qu'il veut qu'on aille sur le terrain interroger des témoins et retrouver sa femme.

— Dis-lui qu'il est peut-être victime, mais sûrement pas flic, alors qu'il ne prétende pas venir nous apprendre notre métier.

Lee s'étonne lui-même de la réponse de Verneuil.

— Il dit qu'il a été flic pendant dix ans à la Brigade criminelle de Paris. Et que toutes les polices du monde, même les pires, savent qu'en cas d'enlèvement les toutes premières heures sont capitales.

— Quoi, c'est un enlèvement, maintenant ?

— Quand une étrangère qui n'est dans le pays que depuis quarante-huit heures disparaît avec une voiture qu'elle ne sait pas conduire, c'est probablement la première hypothèse à envisager pour se bouger le cul, en effet. D'autant que la petite vieille qu'il a secouée savait des choses qu'elle ne voulait pas dire.

— Whaouu, ils sont si forts que ça, les *French cops* ?

— Dix ans de terrain, il dit qu'il sait lire dans les yeux de ceux qu'il interroge.

— Ah oui ? La classe ! Alors il peut lire ma réponse dans les miens.

Verneuil la fixe et devine les efforts de la fille pour soutenir son regard devant tous les autres flics du commissariat témoins de la scène.

— Ce que je lis, c'est ce que tout le monde sait déjà d'elle. Elle n'est qu'une fieffée salope de petite fliquette arriviste sans aucune empathie pour aucune de ses victimes ni aucun de ses collègues, supérieurs ou subordonnés. C'est une mauvaise flic doublée d'une mauvaise personne. Une fille seule qui ne survit que par des coups d'un soir avec pour seule jouissance son tableau d'avancement en ligne de mire, écrasée par un plafond de verre que chacune de ses conneries fait descendre d'un cran. Elle pratique les sports de combat pour pouvoir taper sur les autres et elle court un marathon toute seule chaque dimanche parce qu'elle n'a rien d'autre à foutre que ça. Et je l'emmerde.

Lee ne traduit rien, et l'inspectrice l'interroge du regard.

— Ne compte pas sur moi pour traduire ça. C'est si bien vu et si bien dit que j'en jouirais presque rien qu'à le répéter.

— Alors qu'il aille se faire foutre. Qu'on lui trouve quelqu'un d'autre pour s'occuper de sa bonne femme.

Elle fait signe à un flic, penaud et gêné, de s'occuper de Verneuil qui se penche vers Lee.

— S'ils ne font rien, je vais tout casser.

— Surtout pas ! Chez nous, la police est sans indulgence envers les étrangers et la justice encore moins. Avoir bousculé la vieille, ça peut vous coûter une inculpation et dans ce cas, c'est la prison direct jusqu'au jugement, c'est-à-dire dans un bon mois au moins. C'est comme ça que nous évitons que les délinquants étrangers ne se débinent hors de nos frontières pour échapper à notre bonne justice.

Verneuil va s'indigner quand un vent de panique souffle soudain dans le commissariat. Une turbulence, une frénésie soudaine qu'il connaît bien. La façon dont les flics laissent tout sur-le-champ, vérifient leur arme et se précipitent hors des bureaux. Une alerte. Un flag. L'inspectrice les oublie et distribue ses ordres dans la précipitation.

Quand son regard croise celui de Verneuil, le temps d'une seconde, le Français y devine de la gêne et de l'embarras. Elle baisse aussitôt la tête et fait mine d'ajuster son arme à sa ceinture. D'un regard qui évite. Un regard qui n'ose pas. Un regard qui lui cache quelque chose. Il le sent. Il veut se précipiter derrière elle, mais Lee le retient par la manche d'une poigne de fer.

— Laissez-les partir. Je vous explique dès que nous sommes seuls et nous les suivons.

— Que se passe-t-il ? panique Verneuil.

— On a retrouvé un corps au marché aux poissons.

Le cœur de Verneuil trébuche dans sa poitrine.

— Une femme ?

Lee ne répond pas.

V

… *Quoi d'autre ?*

— Pourquoi Joon vous appelle Gangnam et pas Lee Min-ho ?

— Parce que Lee Min-ho, pour quelqu'un qui a la gueule et la dégaine que j'ai, c'est ridicule comparé à l'autre beau gosse d'acteur qui porte le même nom. En fait, dans la police, tout le monde m'appelle Gangnam.

— Vous savez que c'est un des grands succès de Lee Min-ho au cinéma ? *Gangnam 1970*, de Yoo Ha.

— Oui, ça va, merci ! s'énerve Gangnam. Avec le nom que je porte, je connais quand même un peu le cinéma coréen et les rôles de Lee Min-ho !

— Vos parents l'ont fait exprès ? C'étaient des fans ?

— Vous avez vraiment été flic, Verneuil ? Vous avez vu ma tronche ? Ce Lee Min-ho-là est né en 1987, il n'existait pas quand je suis né.

— C'est vrai. Désolé.

— La moitié de toutes les familles coréennes se partagent quatre noms : Kim, Lee, Park, Choi, dans cet ordre. J'avais pratiquement une chance sur huit de m'appeler Lee.

— Et Min-ho ?

— Je suppose que c'était ce que mes parents souhaitaient de mieux pour moi. Ce prénom signifie *celui qui illumine par son intelligence*, ou *celui qui brille par son astuce*. Quand tu connaîtras mieux ma vie, tu comprendras à quel point c'est ironique. Pourquoi me demandes-tu ça ?

Verneuil note que Gangnam le tutoie et ne répond pas tout de suite.

— Comme ça. Pour ne pas penser à Mado. Ou parce que tu m'y fais penser chaque fois qu'on t'appelle Lee Min-ho.

— Alors, appelle-moi Gangnam.

La pluie ne s'est pas calmée. Ni la foule. Les deux redoublent de violence. Le déluge diffuse en halos les lumières bleues et rouges des gyrophares et accentue le sentiment de chaos. Les flics en uniforme sortent leurs bâtons d'émeute et frayent un chemin à une ambulance qui hurle. Dans l'éblouissement des phares, à travers les rideaux de pluie continue, personne ne reconnaît ni ne prête attention à la vieille Hyundai Pony.

Gangnam s'engage à contresens d'une sortie de parking et contourne le bâtiment côté rivière Han et autoroutes. Il gare sa Pony au plus près d'une entrée de service du marché et ils se précipitent à l'intérieur. D'un pas pressé, ils traversent un dédale de sas et de couloirs jusqu'à des sous-sols immenses équipés d'aquariums alignés comme de macabres billards sous des rangées de néons blafards.

— La salle de vente des grossistes, explique Gangnam à Verneuil qui s'en fiche.

Seul un endroit intéresse le Français, tout au fond, aveuglé par des rampes et des projecteurs, et isolé de la foule par des rubalises entre lesquelles s'affairent des hommes en uniforme. Verneuil échappe à Gangnam et s'y précipite, bousculant un jeune flic malingre chargé de contenir à lui seul toute la foule des poissonniers curieux. Mais le Français se fige à un mètre de la zone protégée, pétrifié d'horreur. Derrière les policiers et les experts de scène de crime, au fond d'un immense aquarium, ondule mollement le corps nu d'une femme sous la masse compacte d'une centaine de crabes géants qui se la disputent et la dépècent au ralenti de leurs pinces avides.

— Madeleine !

Il a hurlé à s'en déchirer la gorge. Son cri résonne dans le hall et sidère la foule. Il en profite et se précipite vers l'aquarium pour arracher le corps aux pinces des crabes géants qui le démantibulent. Gangnam le retient de justesse par son vêtement et le tire en arrière le plus loin possible. Verneuil glisse sur le sol mouillé et tombe à la renverse en vociférant. Tous les flics se retournent et l'inspectrice Joon fait signe de renvoyer cet emmerdeur au-delà de la rubalise.

— Sors-le-moi d'ici, Gangnam, sinon je le coffre et toi avec.

C'est une clameur qui lui répond. Un cri d'extase et d'épouvante à la fois. La foule a oublié le Français hurleur et regarde de nouveau l'aquarium où la lente furie vorace des crabes a retourné le corps qui tressaute sous leurs assauts. Le visage de la morte se tourne mollement de côté et se colle au verre de l'aquarium. Yeux crevés et lèvres déchiquetées, oreilles en moins, ailes du nez déchirées. Verneuil s'effondre sous le choc.

— Ce n'est pas Mado ! souffle-t-il, au bord du malaise. Dieu soit loué, ce n'est pas Mado. Ce n'est pas elle. Aide-moi à me relever, s'il te plaît. Ce n'est pas Mado !

Il tend la main à Gangnam qui reste immobile, le regard ailleurs. Il entend des mots, des hypothèses, des suppositions. Suicide peut-être. Cérémonial. Elle se déshabille et se noie dans le bassin, au milieu d'une centaine de crabes ? Conneries ! Elle n'aurait jamais eu le temps de mourir noyée avant de se faire dépecer vivante. Qui choisirait cette mort atroce ? Pourquoi quelque chose l'interpelle-t-il dans cette macabre mise en scène ? Il comprend d'instinct qu'un détail lui échappe. Quelque chose, là, sous ses yeux…

— Tu m'aides ? répète Verneuil.

Gangnam ne réagit pas tout de suite. Ils ont tort. Ce n'est pas un suicide. Un cérémonial, oui, peut-être, mais certainement pas un suicide. Il cherche ce qu'il doit voir, ce qui devrait être évident, il s'y use les yeux à fouiller chaque détail de la scène, de l'aquarium, du cadavre, du public, et soudain ça lui saute au visage. De dos, dans la foule, à quelques mètres devant lui. La même nuque de brute, les mêmes cheveux filasse. La carrure de sanglier. Cette façon de s'appuyer un peu trop sur sa jambe gauche, de garder le torse un peu penché vers l'avant, pour mieux voir. Pour savourer son talent. Pour être là sans qu'ils le sachent. Les narguer. Gangnam est presque sûr de l'avoir reconnu, mais il ne veut prendre le risque d'aucun mouvement. Il se penche juste de côté, lentement, très lentement, pour essayer d'apercevoir les mains. Une au moins. La gauche. Quand l'homme se gratte la nuque, il n'a plus aucun doute. La cordelette rouge à son poignet avec le nœud porte-chance traditionnel. Et la montre. C'est lui. C'est Cho Chung-hee, dit Ratel. C'est le nettoyeur.

— Hey ! s'impatiente Verneuil, la main toujours tendue.

Gangnam lui tend machinalement la sienne, sans lui prêter la moindre attention. Quand Verneuil le hèle à nouveau et qu'il se baisse pour l'aider enfin, son regard croise celui de Ratel que la voix de Verneuil a fait se retourner. Un quart de seconde. À peine. Et quand Verneuil se relève et que Gangnam se retourne de nouveau vers la foule, Ratel a disparu.

Verneuil s'approche et se penche à son oreille.

— On dirait que tu as vu le diable.

— C'est exactement ça, tu ne crois pas si bien dire. J'ai vu le diable en personne.

Verneuil va lui demander de s'expliquer quand il s'accroche soudain à son bras, le regard planté sur les badauds voyeurs. Il s'adresse à Gangnam à voix basse entre ses lèvres.

— Sois discret. En face de nous, dans la foule, légèrement à droite, de l'autre côté des rubalises, cette vieille femme, un peu à l'écart avec le plastique jaune sur la tête, tu la vois ? C'est la vieille du parking. Hey, tu entends ce que je te dis ? C'est la vieille du parking, celle qui sait quelque chose à propos de Madeleine !

Gangnam sort de sa sidération comme on émerge d'un cauchemar. Il oublie Ratel et demande à Verneuil de répéter. Dès qu'il a compris, il cherche aussitôt la vieille du regard.

— C'est bien elle, je la reconnais. Tu veux qu'on demande à Joon de l'interroger ?

— Non, je ne veux rien avoir à faire avec cette Joon. Cette vieille est notre seule piste, je préfère que nous nous en occupions nous-mêmes.

— Verneuil, tu n'es pas flic ici et moi je ne le suis plus.

— Nous sommes plus flics tous les deux que Joon et tous ses hommes réunis, répond Verneuil sans quitter la vieille des yeux.

Une vieille pie, une vieille des rues, curieuse comme une belette. Un maillot de basketteur jaune et vert sur ses épaules osseuses et son vieux cul sans hanches flottant dans un short bleu. Des tongs en plastique aux pieds. Elle s'est glissée dans la foule, la tête penchée sur le côté, entre deux flics, fascinée par le corps flasque que les crabes, de plus en plus excités, dépècent en silence.

— D'accord, finit par dire Gangnam, piégeons-la.

Il s'éloigne à reculons et contourne la scène de crime. Verneuil le suit du regard. Quand le Coréen lui fait signe, embusqué dans l'ombre d'un pilier, près de la seule issue de secours accessible loin des policiers, Verneuil se dirige lentement vers la vieille femme, sans se cacher. Aussitôt qu'elle l'aperçoit, elle regarde autour d'elle, repère l'issue, et recule dans la foule à son tour.

Dès qu'elle s'en extrait, elle fait demi-tour et marche aussi vite que ses vieilles jambes malingres le peuvent vers la sortie qui donne sur l'arrière du bâtiment, tout au bout du sous-sol, côté rivière Han. Gangnam la happe quand elle passe devant le pilier, la bâillonne d'une main de forgeron qui lui couvre tout le visage, et la fait disparaître dans l'ombre du hangar. Une toute petite chose, cinquante kilos, pas plus, un sac d'os. Verneuil le rejoint.

— Suis-moi, dit Gangnam, je connais un endroit où ils gardent les anguilles électriques.

Verneuil ne répond pas. Gangnam a parlé en coréen. La vieille femme, elle, panique aussitôt. Mais elle est bien trop chétive pour échapper à son emprise. Gangnam continue à parler en coréen, comme s'il devisait avec le Français qui ne comprend rien sinon que c'est une ruse.

— J'espère que son vieux cœur tiendra le choc. Ces bestioles te balancent quand même du huit cents volts au moins. Avec ça, elles te paralysent un cheval, alors imagine une petite chose comme elle !

Ils passent de sas en couloirs, par des salles éteintes où des bassins entiers de poissons dorment dans l'ombre menaçante et le bouillonnement permanent des tuyaux qui régurgitent l'eau de mer.

— Elles sont un peu à l'écart parce que ce sont des poissons d'eau douce. Il faudra faire attention, huit cents volts, c'est quand même quatre fois plus fort que de planter tes doigts dans une prise électrique.

La petite vieille hurle et bave des grognements étouffés à travers les doigts de Gangnam. Elle roule des yeux exorbités de terreur. Si maigre et si légère que ses pieds qui s'agitent ne touchent pas terre et qu'elle en perd ses tongs.

— J'espère qu'elle aura le temps de parler avant d'être carbonisée. Il y a bien une centaine d'anguilles dans ce fichu bassin. Tu crois que leurs puissances électriques s'additionnent ? Cent fois huit cents volts, ça fait quand même quatre-vingt mille volts. Tu penses qu'il restera quelque chose d'elle après ça ?

— C'est bon, dit Verneuil en regardant une trace derrière Gangnam, je ne sais pas ce que tu lui racontes, mais elle vient de se pisser dessus. Elle est morte de trouille, tu peux en rester là et lui poser nos questions.

Gangnam grimace, comme s'il n'était pas du tout d'accord avec Verneuil, puis lève les yeux au ciel comme si le Français était un sacré connard de chef mais qu'il ne pouvait que lui obéir.

— Écoute, grand-mère, le Français est vraiment prêt à te faire griller, tu sais, et ces bestioles, ce n'est pas rien : elles continuent à décharger leurs huit cents volts jusqu'à huit heures après leur mort, tu te rends compte ? Ce Français, grand-mère, il est policier dans son pays, il a l'habitude des gens qui prétendent ne rien savoir, et il a bien vu dans tes yeux que tu sais des choses. Alors parle, et moi je le convaincs de débrancher les anguilles, d'accord ?

Il relâche la petite vieille qui titube en arrière jusqu'à un mur, s'y adosse, et se laisse glisser pour s'asseoir sur le sol carrelé. Elle est misérable, maigrichonne, obscène dans son short et son T-shirt, les genoux cagneux, les épaules saillantes, et deux haricots à la place des seins flétris sous le tissu béant. Ses cheveux rares aux reflets bleus sont encore frisés d'une lointaine mise en plis sous son capuchon de plastique jaune. Ses yeux implorent pitié. Sa bouche édentée psalmodie une supplique. Gangnam l'encourage d'un hochement de tête, et elle parle aussitôt.

Il pleuvait fort. Elle a aidé les étrangers à garer leur voiture. Un parking réservé aux professionnels, mais elle vit de ça, au jour le jour. Trouver des places pour les touristes qui viennent visiter le marché aux poissons. Si sa retraite était décente, elle n'aurait pas à supporter ces petites humiliations. Mais elle fait ça.

Elle récupère les cartons aussi. Elle vend des semblants de salades en bordure des marchés.

— Oui, on a compris, coupe Gangnam qui traduit au fur et à mesure. La femme, parle-nous de la femme.

Un petit utilitaire D-Truck fourgon est arrivé peu après que l'étranger est entré seul dans le marché, et le chauffeur, fou furieux contre ces sans-gêne de longs-nez d'étrangers, a réclamé la place réservée aux professionnels. Il ne bougera pas tant qu'il n'aura pas sa place. Derrière lui, il bloque un gros SUV. Un Kia Seltos noir aux vitres fumées. Elle n'a pas noté le numéro.

Le chauffeur du D-Truck sort sous la pluie et cogne à la vitre de la voiture. La femme, à l'intérieur, sursaute de peur, puis fait signe qu'elle ne comprend pas. L'autre s'énerve et donne des coups de pied dans les pneus de la voiture. Un homme sort alors du Seltos, écarte le livreur en lui hurlant de se calmer, et s'adresse à la femme en français.

— En français ?

— Si elle est française, alors c'était en français, réplique la vieille, parce qu'elle a tout compris tout de suite et que ce n'était pas de l'anglais.

— Tu en es sûre ?

— Il criait à cause de la pluie et de la vitre fermée. J'ai rien compris, mais j'ai tout bien entendu. Et puis la femme a fini par le comprendre. Si elle est française, c'est bien la preuve, non ?

Elle raconte qu'ils parlent dans cette langue en mimant ce qu'ils se disent. C'est comme ça qu'elle comprend ce qui se passe.

L'homme du Seltos explique à la Française qu'elle ne peut pas rester garée là. Que c'est une place réservée aux professionnels du marché aux poissons. Elle doit répondre qu'elle ne savait pas, qu'on lui a dit qu'elle pouvait le faire. Elle fait signe en pinçant ses doigts qu'on lui a même fait payer pour ça. L'homme parle encore et s'écarte de la voiture pour la guider dans sa manœuvre, mais la femme le rappelle et lui explique par signes qu'elle ne sait pas conduire. Il pleut toujours à verse, l'homme est détrempé, la tête dans les épaules. Il fait signe à la femme qu'il va conduire pour faire la manœuvre. Il pointe du doigt un autre parking, un peu plus loin, et lui fait comprendre qu'elle pourra rester garée là-bas. La femme hésite. Le type semble de bonne volonté. Il est noyé comme une soupe sous le déluge. Elle finit par déverrouiller la porte et le laisse s'installer au volant.

— Et après ? s'alarme aussitôt Verneuil.

La vieille bredouille quelque chose.

— Qu'est-ce qu'elle a dit ?

— Qu'elle va mourir bientôt si elle le dit !

— Dis-lui qu'elle va mourir tout de suite si elle ne le dit pas.

— Qu'est-ce qu'il dit ? s'inquiète la vieille en coréen.

— Il me demande de te jeter aux anguilles.

Méduse piquée par un bâton, vieil ectoplasme, elle se rétracte et se recroqueville dans un spasme sous son capuchon de plastique, bernard-l'hermite en panique dans sa coquille. Elle se roule en boule en étreignant ses genoux, se cogne le front au carrelage, et les supplie, les implore, de comprendre.

— Écoute, grand-mère, la femme de cet homme a disparu et il est très en colère parce que tu ne lui dis pas tout ce que tu sais. En France, c'est pas comme chez nous, ils n'ont aucun respect pour les personnes âgées. Moi je t'appelle grand-mère et je te respecte parce que je suis coréen, je respecte qu'à quatre-vingts ans tu doives travailler encore pour survivre, sous la pluie, dans la puanteur des poissons. Je respecte tout ça, moi, mais eux, en France, ils s'en foutent des grand-mères. Complètement. Comme de leur premier verre de vin, tu peux me croire. C'est un pays où on coupe la tête aux rois, ne l'oublie pas, et où ils ont eu des communistes au gouvernement.

La vieille femme s'effondre sur le carrelage. Gangnam la redresse et l'assied dos au mur de faïence blanche. Du bout des doigts, à cause de l'odeur de pisse.

— Allez, grand-mère, reprend-il d'une voix douce, ne le pousse pas à te balancer aux anguilles. Dis-lui ce qu'il veut entendre et je te promets que tu t'en sortiras vivante. Je te donnerai même de quoi te payer le meilleur repas de ta vie. Promis.

De sa peur immense, de sa terreur profonde, de sa terrible détresse, pointe soudain une étincelle de malice et d'intérêt dans le regard de la vieille.

— Un *haemul pajeon* avec du *makgeolli* ?

— Va pour la galette de ciboule aux fruits de mer avec l'alcool de riz sucré.

— Pour moi et mon vieux mari.

— Pour deux, c'est promis.

— Et dix mille wons pour une nouvelle mise en plis.

— D'accord, mais on arrête là, ne va pas forcer ta chance, grand-mère, sinon c'est le courant des anguilles qui va te friser les cheveux.

Alors elle parle. D'une voix aiguë et éraillée par les cigarettes. Elle raconte qu'un autre homme descend du Seltos, plutôt menaçant, autoritaire, et il force le D-Truck à reculer. La voiture de la femme fait marche arrière jusqu'au beau milieu de la rue. À ce moment-là, une dispute éclate entre le livreur du D-Truck et le deuxième homme du Seltos. La vieille détourne le regard pour voir ce qui se passe et la voiture de la femme en profite pour déguerpir, suivie du Seltos.

— Et l'homme qui était descendu du Seltos ?

— Il est remonté en marche.

— Et ?

— Et c'est tout.

Ah si ! Elle se souvient qu'à travers la pluie, elle a aperçu une troisième silhouette, à l'arrière, dans la voiture de la femme qui s'éloignait.

— Un complice pour maîtriser ta femme sur le siège passager, explique Gangnam. Chloroforme, peut-être bien.

— Et la voiture ?

La vieille n'a pas besoin qu'on lui traduise. Le Seltos l'a empêchée de voir où allait la voiture de la femme, mais c'est sûr qu'elle ne s'est pas arrêtée sur le parking.

— Dans ce cas, allons raconter tout ça à Joon, dit Verneuil.

Cette fois, c'est Gangnam qui refuse.

— Mauvaise idée. Elle est sur une autre scène de crime et nous a déjà dans le nez. Elle ne fera rien.

— Alors, allons au commissariat voir qui s'occupe de la disparition de Madeleine.

Gangnam aide la vieille femme à se relever en lui posant encore quelques questions. Elle a retrouvé ses esprits et oublié sa peur. Elle tend une main d'osselets et Gangnam sort de sa poche un billet de dix mille wons. La petite vieille l'empoche et tend la main de nouveau.

— Donne-moi cinquante mille wons pour le repas, je choisirai le restaurant moi-même.

— Grand-mère, vingt mille wons suffiront largement pour toi et ton vieux mari. Le repas que ton esclandre m'a fait abandonner pour venir patauger dans la boue et sauver ce brave Français ne m'a coûté que cinq mille wons, et c'est juste de l'autre côté de la rue.

— Tout dépend de ce que tu as commandé.

— Que veux-tu qu'un vrai Coréen commande par un tel jour de pluie, grand-mère ? Comme toi, bien entendu, galette à la ciboule et aux fruits de mer arrosée de *makgeolli*. Quoi d'autre ?

VI

… empuantíes de poiscailles.

— C'est vraiment elle qui va s'occuper de nous ?

Verneuil lui donne dix-huit ans. Cheveux courts à la garçonne, une frange en travers du front, jeans moulants et baskets blanches, rubans porte-bonheur à un poignet, montre Samsung Galaxy connectée à l'autre, Park Chin-sun est une gamine. La plus jeune recrue du commissariat, à n'en pas douter. Une stagiaire, peut-être bien. Dans l'immense foutoir de la grande salle commune, elle n'a même pas de bureau à elle. Juste un coin de table entre la fontaine à eau et le distributeur à ramens.

— D'un autre côté, concède Gangnam, Chin-sun, son prénom, signifie *celle qui cherche la vérité* ; plutôt encourageant pour une flic, non ?

— D'accord, mais pourquoi elle ?

Contre toute attente, Chin-sun répond en pointant des deux index son sweat-shirt siglé « Université de la Sorbonne ».

— Tadaaaam, et voilà !!!

— Tu parles français ?

— Oui. J'ai entendu l'inspectrice Joon vous snober tout à l'heure, alors j'ai demandé au commissaire de me confier cette enquête. Je suis la seule à parler français dans ce commissariat, il n'a pas pu refuser.

— Ça me rassure un peu. Que fait-on pour ma femme, alors ?

— J'ai déjà engagé les procédures. J'ai prévenu les services du procureur, parce que chez nous, en Corée, il peut enquêter au même titre que la police. Par ailleurs, comme Joon va vouloir réquisitionner les vidéos de surveillance du marché et des alentours pour son enquête, j'ai envoyé des hommes pour la prendre de vitesse. Et vous, de votre côté ?

— Quoi, nous ?

— Vous êtes bien retournés au marché aux poissons, non ? Vous avez trouvé quelque chose ?

Verneuil et Gangnam se regardent, et décident de jouer franc jeu. Ils rapportent à Chin-sun le témoignage de la vieille femme, en omettant tout de même le chantage aux anguilles électriques.

— Parfait, dit-elle en se versant un thé bouillant kaki-cannelle dans une tasse Pororo le petit pingouin casqué, depuis une thermos à l'effigie du petit lapin Molang.

— Comment ça, « parfait » ? s'inquiète Verneuil.

Du sac à dos Molang rose et blanc accroché à sa chaise, Chin-sun sort un paquet de biscuits frits miel-gingembre. Verneuil en refuse un que Gangnam accepte en plus du sien.

— Parfait, parce que c'est bien un enlèvement, explique l'inspectrice. Une disparition, une fugue, un accident, c'est toujours plus compliqué et ça peut partir dans tous les sens. Un enlèvement, c'est plus simple, c'est carré, et on sait bien gérer ça. Chez nous, l'enlèvement, c'est presque un sport national pour nos mafieux, grands ou petits.

Verneuil regarde Gangnam, atterré.

— Elle n'a pas tort, admet Gangnam. Ici, l'enlèvement, c'est un business mafieux bien réglé, il faut l'admettre. Si ta femme a été enlevée, comme ça semble être le cas, alors elle est vivante, parce qu'elle représente une valeur marchande pour ses ravisseurs. Ça veut dire aussi qu'ils vont te contacter, donc qu'ils vont probablement commettre des erreurs qui nous permettront de les identifier et de la retrouver.

— Monsieur Verneuil, dit Chin-sun, il est extrêmement rare que les histoires d'enlèvement se terminent mal chez nous. Les mafias, *kkangpae* ou *jopok*, évitent de provoquer des victimes collatérales. Ce sont des gestionnaires d'argent sale, ils n'ont aucun intérêt à ce qu'une mort vienne déstabiliser leur commerce.

Verneuil explose.

— Non, mais vous vous entendez, là, tous les deux, à parler business et commerce mafieux ? On parle de Madeleine, de ma femme, vous comprenez ? Elle est peut-être morte de peur, bâillonnée dans le coffre d'une voiture ou ligotée au fond d'une cave, et vous, vous glosez sur la philosophie des mafias coréennes. Merde, à la fin ! Qu'est-ce qu'on fait ? Quel est le plan ? Vous en avez un, au moins ?

Chin-sun sursaute, collégienne surprise par la colère d'un prof. Gangnam laisse passer un long silence avant de répondre.

— Écoute, nous sommes dans une procédure d'enlèvement, alors…

— Alors c'est moi qui prends les choses en main, coupe Chin-sun, parce que je suis la seule vraie flic ici. Monsieur Verneuil, il me faut les coordonnées bancaires de votre femme.

— Je ne vois pas…

— Vous avez vraiment été flic ?

Verneuil enrage qu'on lui pose cette question pour la deuxième fois.

— Il est très probable que votre femme ne soit pas directement prisonnière des commanditaires de son enlèvement. Ils sous-traitent souvent l'« hébergement » à des petits chefs de clan moins regardants qui peuvent tenter d'extorquer à votre femme son code de carte bancaire pour améliorer leur rétribution. Nous devons nous mettre en rapport avec les autorités bancaires et policières de votre pays pour détecter et suivre d'éventuels prélèvements. Est-ce que votre compte est commun ?

— Oui, je suppose que vous voulez aussi les coordonnées de ma propre carte, c'est ça ?

— Vous voyez, les réflexes policiers vous reviennent ! Rentrez à votre hôtel et attendez que les ravisseurs prennent contact avec vous. Dès qu'ils le font, vous me prévenez. Ce soir, je vous rejoindrai pour être à proximité s'ils appellent ou laissent un message. Et vous servir d'interprète, si nécessaire.

— Comment feront-ils ?

— S'ils ne sont pas idiots, ils appelleront avec le téléphone français de votre femme, qu'il sera plus compliqué pour nous de mettre sur écoute.

— La vieille femme n'a pas dit qu'un des ravisseurs parlait français ?

— Ou anglais, oui, mais on ne sait jamais. Entretemps, je vais suivre le résultat des recherches que j'ai lancées et étudier les vidéos pour identifier les véhicules.

— Je préférerais rester avec vous au plus près de l'enquête, dit Verneuil.

— Ce n'est pas une bonne idée, coupe Gangnam, tu t'es déjà taillé une mauvaise réputation au commissariat.

— Vous êtes flic, monsieur Verneuil, vous devriez comprendre ça.

— Ex-flic. Maintenant je suis écrivain, j'écris des romans policiers.

— Même ex-flic, vous devez vous souvenir du bon fonctionnement d'une enquête.

L'inspectrice Chin-sun regarde sa montre, hésite, puis s'écarte pour passer un appel depuis son portable décoré d'une breloque de Cocomong, le singe-saucisse. Elle parle en tournant en rond, sautillant sur un pied comme une gamine à la marelle. Quand elle raccroche, elle saute à pieds joints comme si elle atteignait le paradis et se tourne vers Verneuil et Gangnam.

— Ils ont les vidéos et sont déjà dessus.

— Qui ça, « ils » ?

— Pas ceux de Joon, rassurez-vous, ceux de mon équipe.

— Vous avez une équipe ? s'étonne Verneuil.

— Oui, je sais, on a plutôt tendance à me prendre pour la stagiaire du service, mais j'ai assez d'expérience pour que le commissaire m'ait confié le commandement d'un groupe d'enquête.

— Mais… ? commence Verneuil.

— Vingt-six ans, répond-elle, devançant la question. On ne dirait pas, hein ?

Gangnam fait signe à Verneuil de l'attendre et s'écarte pour parler à Chin-sun.

— C'est quoi, ce petit numéro à propos de la carte bancaire ? Pour la sienne, je veux dire.

— Gangnam, en début d'enquête, les proches des victimes sont les principaux suspects.

— Tu soupçonnes Verneuil ?

— L'enlèvement a eu lieu moins de quarante-huit heures après leur arrivée en Corée. Il a très bien pu être organisé et préparé depuis la France. Et puis il vient de dire qu'il est auteur de romans policiers, ex-flic de surcroît, il pourrait avoir l'esprit assez tordu et jouir d'assez d'expérience pour monter un tel coup, non ?

Gangnam doit avouer que Chin-sun n'a pas tort. Après tout, Verneuil a laissé sa femme toute seule, tôt le matin, dans le quartier du marché aux poissons, sous un déluge de pluie, au prétexte d'aller visiter au pas de course des travées empuanties de poiscailles.

VII

Quinze ans !

C'est comme une chambre d'hôtel sans étoile, mais avec une porte blindée. Madeleine s'est réveillée sur un lit malcommode, le cœur envasé de nausée. Lit, table, chaise et un semblant de fauteuil. À part : une salle d'eau avec un bac à douche, un lavabo et les toilettes. Une quinzaine de mètres carrés en tout, à l'hygiène et à la propreté approximatives. Plutôt sale, en fait.

Elle tente de se lever. Un bourdon de cathédrale cogne dans son crâne. Elle s'immobilise sur les coudes et laisse passer l'écho du tocsin. Il roule en elle comme un orage dans une vallée de pierre. Elle s'étonne de vivre pour la première fois ce qu'elle a si souvent lu. Ces métaphores de cloche et d'écho sont des tics d'écriture de Marc. Elle trouvait qu'il en abusait, mais là, elle se rend compte à quel point elles sont pertinentes. Ça cogne et ça roule dans son crâne.

Un flot d'angoisse la submerge soudain. Une boue de peur. Un océan sale d'abandon qui la chavire et l'engloutit. Elle perd pied. Elle s'envase et s'enlise. Elle sombre dans des profondeurs obscures où tout lui échappe. Où est-elle ? Qui la retient ? Que lui veut-on et que va-t-on faire d'elle? Son cerveau crible un kaléidoscope des pires hypothèses, et c'est ce qui la sauve, même si elle en pleure.

Esclavage humain, traite des Blanches, prostitution forcée, elle pense à toutes ces situations tordues auxquelles Marc s'amuse à donner vie dans ses romans trop noirs. Peut-être a-t-il fâché quelqu'un. Elle cherche à se souvenir s'il a mis en scène des Coréens. Des mafieux coréens. Des hommes politiques corrompus coréens. Des tueurs en série, des désaxés, des pervers sexuels coréens. Elle ne trouve rien et revient à l'enlèvement crapuleux. Traite des blanches et prostitution, mais comment imaginer le pire sans en rire ? Elle, dans un bordel, à son âge ? Est-ce que ses ravisseurs ont seulement pris le temps de la regarder avant de la choisir ?

Son rire la remonte à la surface des choses et elle se reprend. Malgré l'anxiété qui la tenaille, garder la tête froide, maîtriser ses pensées, rester logique et volontaire dans ses raisonnements. Les héroïnes de Marc font ça dans tous ses romans. Pourquoi ne se montrerait-elle pas à leur hauteur ? Prendre possession de l'espace qui la confine, trouver des marqueurs pour garder la notion du temps, se donner une routine pour contrecarrer celle qu'on va lui imposer. On l'a kidnappée, elle est prisonnière, et elle n'en comprend pas encore la raison, mais autant opter pour la moins tragique. Une rançon.

Dans un cliquetis de loquets d'acier, une trappe s'ouvre au pied de la porte. Un plateau glisse à travers l'ouverture et la trappe se referme. Madeleine se rend compte à cet instant seulement qu'elle n'est vêtue que d'un survêtement rose fluo. On l'a déshabillée. Ces salauds l'ont déshabillée. Des mains mafieuses et malfaisantes l'ont mise à nu !

Elle fouille la chambre des yeux sans y apercevoir aucun de ses vêtements. Va pour le survêtement. Dans les romans de Marc, les victimes qui survivent à un kidnapping sont celles qui gardent leur faculté de réflexion et ne s'intéressent qu'à l'essentiel.

Elle se lève avec prudence, s'assure de son équilibre, et se dirige vers le plateau. Thé vert, riz cuit dans un bouillon, tartine de pain au chou fermenté épicé et une coupelle de ragoût de poisson à la sauce rouge. Du maquereau, sans doute.

Elle se désintéresse vite de ce qui ressemble à un petit déjeuner local. Une fois encore, elle fouille la chambre du regard. Une petite télé plate au mur, mais ce n'est pas le moment. Ce qu'elle cherche, elle le remarque vite : des caméras. Pour qu'on lui glisse un plateau quelques minutes seulement après qu'elle a ouvert les yeux, il fallait bien que quelqu'un l'ait vue se réveiller.

Au plafond, deux, en coin, dans la diagonale de la chambre. Elle les fixe, imagine leur faisceau pour en déduire d'éventuels angles morts, puis se précipite dans la salle de bain. Une troisième caméra à laquelle elle adresse un doigt d'honneur.

Alors elle prend le plateau et le porte sur la table pour manger sans grande faim ce petit déjeuner salé et pas assez chaud.

Les images lui reviennent par éclats. L'homme qui frappe à la vitre de la voiture, sous le déluge, et son sursaut de peur. Peut-être même pas complice, juste un poissonnier furieux. L'autre qui parle français et la rassure. Celui-là, elle ne l'oubliera pas, bien gravé dans sa mémoire. Sa colère de n'avoir jamais voulu apprendre à conduire. Ridicule. Le même homme à qui elle finit par ouvrir. Il est trempé. Il manœuvre la voiture. Un effluve d'agrume et de musc se mélange à l'odeur froide de la pluie. L'autre homme qui monte soudain à l'arrière. Elle n'a que le temps de le deviner violent, celui-là. La voiture qui bondit sans s'arrêter au parking, le goût du coton sur ses lèvres, l'odeur douceâtre et volatile du chloroforme. Et le vertige qui fourmille dans sa tête et dissout sa frayeur.

— À propos, toi, là-haut, pourquoi tu parlais français ? dit-elle d'une voix assez forte à l'adresse de celui qui doit l'épier derrière ses caméras. Ça n'était pas un enlèvement de petites frappes opportunistes, alors, hein ? C'était quelque chose de prémédité, c'est ça ?

Devant ses écrans, l'homme surveille la nouvelle captive. Jusqu'à ce qu'elle se réveille, il la regardait d'un œil négligent, engouffrant de ses baguettes en métal des fournées de ramens dans sa bouche. Il les pioche d'un gobelet en carton, et ce qu'il ne peut emboucher des longues nouilles jaunes au blé et aux œufs, il le suce et l'aspire bruyamment entre ses lèvres luisantes de bouillon à l'os de porc.

— Le problème, c'est que si c'était prémédité, tu as foiré ton coup, mon gars. Nous sommes étrangers, nous ne sommes en Corée que depuis moins de quarante-huit heures, et nous ne roulons vraiment pas sur l'or. Mauvais choix, mon gars. Tu m'entends ?

Quand il comprend qu'elle s'adresse à lui, l'homme fronce le front, oublie ses ramens, et se penche sur son écran. Elle parle en piochant dans son petit déjeuner et, entre chaque bouchée, le fixe droit dans les yeux à travers la caméra.

— D'un autre côté, puisque tu m'embrouilles en parlant français et que mon mari s'est arrêté au marché de Noryangjin par hasard, c'est que tu nous suivais, non ? Depuis notre hôtel, je suppose. Mais encore une fois, pourquoi nous ? À propos, tu sais que mon mari est un ancien flic et que des types comme toi, il en a fait tomber plus d'un ?

L'homme décapsule une cannette de Hanmac, avale cinq longues goulées de sa bière de riz, la tête cassée en arrière, et attend, le geste suspendu, d'éructer un rot sonore au goût de bière et d'os de porc.

Soulagé, il se concentre de nouveau sur l'écran de contrôle et sur cette folle qui lui parle encore.

— À propos, c'est quoi cette eau de toilette au parfum de serviette rafraîchissante ? C'est du Millésime Impérial, non ? Tu te prends pour Hyun Bin, c'est ça ? Mon pauvre gars, Hyun Bin le porte parce que c'est une star des dramas et qu'on le paye des millions de wons pour en faire la pub, mais toi, vraiment, tu es obligé de t'en asperger ? Si je me suis évanouie, c'est plus à cause de ton odeur que du chloroforme. Sans compter que ce n'est pas très malin : même dans une foule de carnaval d'Halloween, je te repérerais à l'odeur à plus d'un kilomètre à la ronde.

Il voudrait bien reprendre le jeu vidéo qu'il a laissé en pause le temps d'avaler ses ramens, mais elle lui tape sur le système avec son babil incessant. Les autres pensionnaires, dans leur chambre-cachot, lui foutent la paix, eux. Déjà que ce n'est pas une sinécure de rester douze heures par jour dans ce cagibi moite à surveiller toutes les chambres, si en plus il faut qu'il supporte leurs pleurnicheries et leurs menaces !

Elle continue de s'adresser à lui et ça l'exaspère. Parce que s'il n'y comprend rien, il devine bien qu'elle se moque de lui. Qu'est-ce qu'elle raconte ? Et qu'est-ce qu'elle fiche maintenant avec son plateau ? Il suspend ses ramens et s'approche de l'écran, bouche ouverte. Elle va dans la salle de bain et en revient avec la serviette. Pour en faire quoi ?

Pour éponger son riz. Cette folle éponge son riz ! Dans la serviette de la salle de bain ! Elle n'aime pas le *juk*, ou quoi ? Putain, cette punaise de lit mélange son riz avec le ragoût de maquereau, maintenant ! Il colle son nez à l'écran. Merde alors ! Il la regarde, sidéré, faire une grosse boulette grasse et gluante qu'elle montre d'une main à la caméra. Il la regarde la pétrir et la malaxer jusqu'à ce qu'elle devienne bien poisseuse et collante. Et voilà que la boule dans une main, elle prend la chaise de l'autre et la traîne par le dossier jusque dans la salle de bain…

Il change d'écran et n'en croit pas ses yeux. Il ne comprend que quand il la voit grimper sur la chaise. Cette *jiral*, cette malade, ne va quand même pas oser…

Elle ose. Debout sur la chaise, Madeleine se hisse sur la pointe des pieds et englue la caméra de la salle de bain du mélange gras de porridge de riz et de maquereau en sauce.

Le type fuse hors de son vieux fauteuil en skaï défoncé, bouscule la table, renverse ce qui restait de sa bière de riz et se précipite hors de son cagibi pour se ruer vers la chambre 5 en perdant toutes ses tongs en route.

Quand il ouvre la porte en acier, Madeleine est juste derrière, debout, à l'attendre, les mains dans le dos. Il entre en fureur et, dans le même élan, la gifle d'une main d'enclume qui l'envoie trébucher à reculons, en déséquilibre, et tituber jusqu'à la table qu'elle renverse. Elle perd connaissance bien avant de cogner sa tête au mur du fond. Elle n'a que le temps de l'entendre hurler « *ssibalnyeon !* », sans savoir que cela signifie quelque chose comme « putain de salope ! »

C'est un maigrichon édenté aux cheveux gras, sec et nerveux comme un roquet, la poitrine concave sous son tricot de peau, les yeux rougis de drogue et les chicots jaunes de mauvais tabac. Ce n'est pas celui à qui elle s'attendait. Ce pue-le-sueur n'a sûrement rien compris aux messages subtils qu'elle s'est appliquée à lui faire passer en français. De toute évidence, l'homme qui la surveillait derrière ses caméras n'est pas celui qui s'empuantait au Millésime Impérial.

Sa toute dernière pensée, avant le coma noir, c'est qu'avec une telle brute, sa séquestration pourrait bien durer longtemps, comme pour le personnage de Oh Dae-su, joué par Choi Min-sik, dans *Old Boy*, le film de Park Chan-wook.

Quinze ans !

VIII

... mais n'ose pas se retourner.

C'est un ancien lupanar au cœur de Cheongnyangni, dans l'arrondissement de Dongdaemun-gu, au nord-est du centre de Séoul. Le Oh Pal Pal, le quartier 5-8-8, comme continuent à l'appeler les anciens. Quand Kang Sang-ook avait vingt ans, c'était un paradis pour les mafieux : deux cents bordels à l'époque pour un millier de filles et trente mille soldats américains de la base militaire de Yongsan au Far East District Camp, à quelques pas à peine de la monumentale porte de l'Est. Le quartier chaud des belles années. Tout un monde de stupre et de luxure se brûlait la vie au dollar toute la nuit. Les filles se griffaient les yeux pour pouvoir tapiner à Cheongnyangni. Les GI s'y castagnaient à coups de bouteille, et les clans mafieux se bastonnaient à qui mieux mieux pour cent mètres de trottoir.

Sur sa terrasse ensoleillée, Kang Sang-ook se la joue toujours caïd du 5-8-8. Le toit, vaste et recouvert d'un faux gazon synthétique, est percé en son milieu d'un trou de six étages. Fantaisie d'architecte, travaux inachevés, prévu pour être un puits de lumière pour les appartements en dessous. L'entrepreneur l'a construit entre quatre murs aveugles en oubliant les fenêtres à chaque étage. Il pensait que c'était la cage de l'ascenseur. Il a l'éternité pour le regretter maintenant, muré dans le béton entre le premier et le deuxième.

Kang Sang-ook est avachi dans son fauteuil en rotin, cheveux gominés lissés en arrière et veste en tissu de rideau jetée sur les épaules. Ses soldats en tongs et tricot de corps se demandent s'il ne pleure pas le temps passé, derrière ses Ray-Ban extra noires. Mais ils n'en disent rien. Même avec un territoire en peau de chagrin et des activités réduites au gardiennage et au rançonnage, avec sous-location de tueurs et d'hommes de main pour les clans plus importants, il garde de la grande époque du 5-8-8 la violence extrême du dragon qu'il a failli être.

— Quand je pense que la démocratie a fait fermer les bordels que la dictature protégeait ! Vous n'imaginez pas ce que la levée du couvre-feu nocturne en 1982 nous a fait gagner comme argent. Des montagnes. À nous autant qu'aux politiciens, soupire-t-il, nostalgique, son cigare malodorant coincé entre l'index et l'annulaire.

Kang Sang-ook n'a plus de majeur. Souvenir d'un écart malheureux à l'époque des codes d'honneur. Les mêmes règles au nom desquelles il punit cet homme aujourd'hui.

Il parle en coréen dans un traducteur numérique instantané que lui tend à distance respectable un de ses nervis. Kang Sang-ook marque des pauses pour laisser la voix d'homme synthétique traduire ses propos suffisants.

— Pour les Jeux olympiques de 1988, le gouvernement a même fait rénover nos bordels en imposant des vitrines pour les filles, comme à Hambourg ou Amsterdam. Nous n'en demandions pas tant : une attraction pour les touristes à laquelle nous n'avions pas pensé.

D'un geste, il accorde un instant de répit à l'homme que ses sicaires tabassent. Le pauvre type gît dans son sang, le visage fracassé contre le béton.

— Ils ont interdit les bordels et la prostitution en 2004. Une loi spéciale, contre *la vente et l'achat des services*, comme ils ont dit. On s'est fait avoir. Tout a continué comme avant, mais c'est en rasant une partie du quartier qu'ils ont eu raison de nous. Complexes résidentiels et centres commerciaux de luxe. Ils ont fermé cent cinquante bordels en 2016. Les filles se sont recyclées dans les salons de massage et les *love hotels*.

D'un autre signe, il ordonne aux hommes de main de reprendre leur sale besogne. Ils s'y remettent avec conscience et application pour ne pas déplaire au faux dragon, à coups de pied et de bâton.

— Bien sûr, les triades et les dragons ont investi dans ces programmes et se sont enrichis. Presque autant que les hommes politiques. Même moi, d'une certaine façon, mais l'argent n'a plus le même goût.

Il fait un autre signe. Une petite frappe au regard teigneux, les bras brodés de cicatrices et striés d'estafilades, tatoué jusqu'au cou, s'avance, un plateau à la main, furieux en silence du rôle de larbin qu'on lui impose.

— Il fait lourd aujourd'hui, j'ai pensé qu'un *matcha latte* glacé à la fleur de sureau vous plairait. C'est ce que vous avez commandé au bar de l'hôtel le jour de votre arrivée, à ce qu'on m'a dit ?

Madeleine laisse la petite frappe suspendue en courbette, le plateau à la main, sans prendre le verre de *matcha*.

Ils sont sur la terrasse d'un immeuble. Six étages, pas plus. L'endroit est palissé d'un haut treillis vert, comme un vieux court de tennis. Contre la curiosité des habitants des nouveaux immeubles résidentiels de soixante étages, suppose-t-elle. Tout serait risible, ici, s'ils ne massacraient ce pauvre type devant elle. Les trognes et les dégaines de débiles des voyous, prêts à tout, le corps en catalogue couleur de tatoueur. La misérable petite mégalo du chef qui porte sur son visage et dans ses manières tous les stigmates d'une carrière sans gloire. Le bâtiment aussi. Peut-être un ancien hôtel, avec le dernier étage réservé à cinq chambres transformées en prisons privées. Madeleine a déjà vu ça dans des films ou des dramas coréens. On y garde les victimes d'enlèvement en attendant le paiement de la rançon, quelle qu'elle soit : argent, drogue, pouvoir, passe-droit. C'est ce qu'elle est aujourd'hui : une marchandise, une contrepartie, un objet de troc. Elle n'a pas encore compris exactement.

— Le *matcha latte* ne vous convient pas ? demande Kang Sang-ook dans un vulgaire excès de politesse.

— Je ne boirai pas tant que vous continuerez à faire battre cet homme !

Il fait mine de s'étonner de la traduction. Une stupéfaction surjouée à la De Niro des mauvais jours, celui des grimaces et des moues excessives.

— Mais je ne le punis que parce qu'il vous a frappée !

— C'est vous qu'on devrait punir pour m'avoir enlevée.

D'un geste, il ordonne qu'on cesse de rosser le pauvre type pantelant, que les malfrats relèvent. Debout, titubant, l'autre imbécile à moitié mort remercie son chef de gang de plusieurs courbettes serviles.

— Madame Verneuil, il ne s'agit que de commerce. Vous avez de la valeur pour des gens qui tiennent à vous, et ils vous démontreront leur amour en payant pour vous récupérer. Ça ne va pas plus loin. Il n'y a rien de personnel. Juste du business.

Madeleine se saisit enfin du *matcha latte*. Elle y trempe les lèvres, se retenant de montrer le moindre plaisir à cette boisson délicieuse à son palais. Convaincue qu'il s'agit bien d'un enlèvement, et que rien ne dépend plus d'elle, elle se résout à ne se battre que pour l'instant présent : rester dehors, à l'air libre, le plus longtemps possible.

— C'est la meilleure fleur de sureau que vous trouverez à Séoul. Ils ne la mettent pas directement dans le thé vert, elle est prise dans les glaçons !

Maintenant qu'elle en sait un peu plus sur son sort, Madeleine prend le temps de s'amuser du curieux décalage numérique de leur conversation.

— Comment se fait-il que vous ne parliez pas français ?

— Pourquoi je le parlerais ?

— Parce que celui qui m'a enlevé le parlait. Pourquoi n'est-il pas ici à la place de ce traducteur?

Elle devine qu'il se vexe et insiste.

— Celui qui a organisé tout ça aurait dû mieux se renseigner. Mon mari et moi n'avons aucune fortune.

— Madame Verneuil, nous savons très bien que monsieur Verneuil est un écrivain célèbre dans votre pays. Il a écrit une vingtaine de romans, je crois.

— Et alors ? Savez-vous vraiment ce que gagne un écrivain ? Chacun des romans de mon mari ne nous rapporte que de quoi bien vivre à Paris pendant un an, sans plus. C'est d'ailleurs pour ça qu'il en écrit tant.

— Alors, dit le mafieux dans un sourire mielleux que son regard cruel dément, il faudra qu'il se serve de son imagination fertile pour trouver la somme que vous méritez.

— Vous lui avez déjà demandé une rançon ?

— Nous l'avons prévenu que nous allions le faire.

— Il voudra la preuve que je suis encore en vie.

— Il l'aura, puisque c'est vous qui lui en ferez la demande.

Il se lève comme un Al Capone de cinéma muet et, d'un mouvement de son cigare, commande au serveur petite frappe homme à tout faire de ramener l'otage à sa chambre.

Madeleine une fois partie, d'un simple geste du menton, il ordonne aussi au reste de ses hommes de balancer le passé à tabac dans le puits sans lumière. Vivant, pour quelques secondes encore, puis mort dans le crash fatal.

Madeleine le devine à son cri de terreur, mais n'ose pas se retourner.

IX

... bien sûr, mais moins.

Votre femme vous appellera demain pour vous assurer qu'elle va bien, et vous dira ce que nous voulons. Profitez de la nuit pour bien vous reposer. Tout ça n'est que du business. Du moins tant que vous obéissez...

Le mot, imprimé, l'attend à la réception de l'hôtel, dans le quartier d'Insa-dong au cœur de Séoul. Madeleine l'avait choisi pour sa proximité avec le petit temple fleuri de Jogyesa et le vieux quartier du Hanok Village de Ikseon-dong, qui lui rappelle tant de scènes de dramas. Même si l'hôtel, dans sa froideur internationale, a gommé toute référence à la culture locale dans laquelle, pourtant, baigne le quartier tout entier.

— Voilà de quoi te rassurer, dit Gangnam.

— Je ne vois pas en quoi c'est rassurant, maugrée Verneuil.

— C'est un enlèvement, ta femme est en vie, ils savent où tu es, et elle prendra contact avec toi demain. Tu vas pouvoir te reposer et dormir un peu.

— Tu crois vraiment que j'ai l'esprit à ça ? Qui sait dans quelles conditions Madeleine est séquestrée. Tu penses que je vais pouvoir fermer les yeux en la sachant dans les mains d'une bande de mafieux coréens ?

— Dans ce cas, répond Gangnam d'un ton presque débonnaire, il n'y a pas d'autre solution que d'aller nous saouler quelque part. C'est la tradition chez nous en cas d'emmerdes. Je te promets de te ramener à l'hôtel sur mon dos.

— Je n'ai aucune envie de me mettre la tête à l'envers.

— Attention, Verneuil, parce que chez nous, l'alternative est pire.

— Je ne vois pas ce qui pourrait être pire qu'un coma éthylique à l'alcool de riz.

— Le *noraebang*, Verneuil, le *noraebang* ! Le karaoké version coréenne et ses chansons dégoulinantes de nostalgie et de mauvais souvenirs…

— Et si nous nous contentions de manger quelque chose ?

— Pour un ex-flic romancier, tu es plutôt pisse-froid, Verneuil, mais étant donné les circonstances, je peux comprendre. Suis-moi.

Ils rejoignent Insadong-gil, une rue étroite et piétonne bondée de touristes asiatiques et coréens. Des échoppes bariolées des deux côtés, autant d'entrées de restaurants souvent en étage, que de magasins-ateliers de tampons en pierre, de bijoux en jade, de papiers précieux et de pinceaux de soie de toute taille. Et sur le trottoir, de minuscules guichets qui s'installent pour le soir : brochettes, fritures, beignets, gâteaux et autres gourmandises.

— Si nous tenons encore debout, nous les ferons tous un par un ce soir. Mais pour l'instant, restons sérieux.

Gangnam traverse la rue et les engage dans une ruelle déserte. Ils passent la devanture d'un restaurant de porc frit et pané, aux murs extérieurs encombrés de raccords électriques et de climatiseurs, puis un autre, dont Gangnam dit qu'ils y reviendront. Le *dakgalbi* y est excellent selon lui : barbecue de poulet épicé au *gochujang* accompagné de légumes sautés et recouvert de fromage fondu. Un régal, promet-il.

— Je t'apprendrai à faire frire le dernier riz sur la fonte du barbecue à la fin du repas !

À moins qu'il ne se laisse tenter par le poulet façon *Andong jjimdak,* cuit à la vapeur et mijoté avec des légumes, accompagné de nouilles de sarrasin à la sauce *guk ganjang* de soja. Il n'est pas encore décidé.

— Tu sais ce qu'est l'*umami* ? demande à brûle-pourpoint Gangnam.

— Non, avoue Verneuil qui ne comprend pas où les mène cette conversation, l'esprit toujours encombré du malheur de Madeleine.

— C'est le cinquième goût. En Occident, vous en avez quatre : sucré, salé, amer et acide, mais nous, en Orient, nous avons, en plus, l'*umami*. C'est le goût qui déclenche la sensation de « saveur délicieuse ».

La sauce *guk ganjang* est réputée pour ajouter cette saveur aux plats qu'elle parfume et assaisonne.

Ils tournent encore deux fois dans des ruelles tortueuses et désertes, surplombées à chaque angle d'amas de fils électriques, agglutinés aux poteaux comme des essaims maléfiques. Jusqu'à la porte de ce qui semble n'être qu'un bar dont le nom signifie, selon Gangnam, « Des gens et des arbres ».

— Puisque tu as reçu un message des ravisseurs, j'ai demandé à Chin-sun de nous rejoindre pour faire le point. Nous irons dîner tous les trois ensuite.

Passer la porte des Gens et des arbres est une agréable surprise. Un restaurant traditionnel en bois, agencé de plain-pied. Trois salles forment un « U » autour d'un délicat jardin méticuleusement soigné. Deux salles à l'occidentale, sobres et rustiques mais de bon goût, avec des tables et des chaises, et une autre pièce à la coréenne, fermée, légèrement surélevée, derrière des panneaux coulissants en papier de riz.

— C'est du papier *hanji*, explique Gangnam, il s'obtient à partir de fibres tirées de l'écorce du mûrier.

Un endroit calme et serein, à part du monde. Comment imaginer n'être qu'à une dizaine de mètres à peine des euphories convenues des touristes ? Tout semble harmonieux, des coupelles en céramique sur le bois des tables jusqu'au papier des lanternes. Un sentiment étrange. Une sorte d'éternité hors du temps. Le peu de clients murmure et chuchote. À la porte de la pièce traditionnelle, une rangée de chaussures et des ombres derrière le *hanji* translucide.

Le patron reconnaît Gangnam qui semble avoir sa table. Il les installe dans un coin isolé par un muret de bûches.

— La réserve pour le chauffage, explique Gangnam. La partie traditionnelle de ce *hanok* se chauffe à l'ancienne, par la technique du *ondol.* Des canalisations en pierre qui récupèrent la chaleur des feux de la cuisine et la soufflent sous le plancher. C'est pour cette raison que cette salle est surélevée. Il faudra que tu goûtes à ce confort, un jour où tu sauras prendre le temps coréen de ce genre de chose.

Pour la première fois depuis leur rencontre, Gangnam n'est plus le costaud bougon brut de décoffrage qu'il s'efforce de montrer. Verneuil le découvre soudain heureux et à son aise. Comme si ce petit *hanok*, au détour d'une ruelle sombre et déserte au cœur d'un quartier surfait et animé, suffisait à son bonheur.

— C'est le secret de la Corée pour quelque temps encore : ces havres discrets au milieu de l'agitation hystérique du monde. Nous devrions commencer par boire à ça.

Il commande une bouteille de *soju*, la liqueur brûlée de riz fermenté. Le spiritueux le plus vendu au monde, à l'en croire. Un Hite non aromatisé dont il décline fièrement la composition. Quarante pour cent de patates douces, vingt pour cent de riz, vingt pour cent d'orge et vingt pour cent de tapioca.

— Dès que les Japonais ont colonisé la Corée, ils nous ont interdit de distiller le riz pour ne pas faire concurrence à leur saké. Le plus étrange, c'est que malgré notre libération en 1945, cette interdiction a perduré de façon inexplicable jusqu'en 1990, mais l'habitude avait été prise de distiller autre chose que du riz.

Verneuil commence à se détendre. Peut-être Gangnam a-t-il raison. Mieux vaut tomber les épaules jusqu'à demain. Le message lui promet des nouvelles de Madeleine. Mais la seule évocation de son prénom suffit à ce qu'un sanglot l'étrangle et il prend la petite bouteille verte pour vite se servir un verre. Gangnam retient sa main et se saisit de la bouteille. En dehors des beuveries solitaires et suicidaires, on ne se sert jamais en premier. C'est tout l'art de la cuite à la coréenne : les plus saouls servent à tour de rôle les autres qui, par politesse et tradition, doivent les servir en retour. Et on boit en tenant sa coupelle à deux mains.

— Quel âge as-tu, Verneuil ?

— Bientôt cinquante.

— J'en ai deux de plus que toi. Selon les règles de la grande cosmogonie éthylique, tu dois me servir d'abord et me laisser boire en premier.

Verneuil le fait, et la jovialité compatissante de Gangnam lui réchauffe le cœur autant que sa première gorgée de *soju*.

— Tu ne m'as pas vraiment expliqué, ce matin, pourquoi l'inspectrice Joon t'appelle Gangnam.

— Gangnam-gu est un district au sud du fleuve Han. Le plus luxueux, le plus ostentatoire, le plus m'as-tu-vu de Séoul. Une architecture futuriste, des appartements à des prix obscènes, des nouveaux riches arrogants. Lamborghini, Bugatti, Ferrari, Maserati, des voitures à plusieurs millions d'euros dans les garages de condominiums de cent étages dont certains privés, ascenseurs directs, et *helipad* sur le toit. On y trouve les plus luxueuses boîtes de nuit au monde, où l'argent permet de faire droguer une fille sur commande et de se la faire livrer par le serveur dans un box VIP.

— Et qu'est-ce que ça a à voir avec toi ?

— L'histoire du quartier de Gangnam s'est écrite dans la violence et le sang. C'était un des quartiers les plus miséreux de Séoul. On peut même dire un bidonville. Dans les années soixante-dix, sous la dictature, les expropriations se sont faites avec la connivence des mafieux. On a viré des milliers de pauvres gens pour construire ce quartier. Puis, quelques décennies plus tard, quand le gouvernement a autorisé les immeubles de plus de cinquante étages, s'est déclenchée une autre guerre de spéculation. Toujours pareil : politiciens corrompus, flics véreux et mafieux sans scrupules. Et moi, à cette époque, j'étais un flic infiltré dans la mafia pour faire tomber tout le monde. Le père de l'inspectrice Joon était commissaire en ce temps-là. C'est mon témoignage, entre autres, qui l'a envoyé en prison, comme une centaine d'autres corrompus. Sauf que le père de Joon, lui, qui en savait peut-être encore plus que moi, y a été assassiné par un gang.

— Tu avais infiltré la mafia ?

— Oui…

— Et tu es toujours vivant ?

— Oui, et ça m'étonne autant que toi.

Verneuil laisse Gangnam le resservir. Le *soju* à vingt degrés fait son œuvre, petit à petit, et Verneuil commence à le regretter. Quand Chin-sun pousse la porte du *hanok*, il se croit sauvé. Elle a passé un sweat-shirt rose à capuche illustré des Peanuts : Charlie Brown, Linus et Snoopy dans une Volkswagen Coccinelle verte. Elle a aussi coiffé ses cheveux en deux minuscules couettes nouées d'un élastique. Vert à tribord, rouge à bâbord.

— Vous arrivez juste à temps, dit Verneuil qui se lève pour lui offrir une chaise alors que Chin-sun les salue d'une courbette respectueuse. L'inspecteur Lee Min-ho vient de m'apprendre qu'il a infiltré la mafia.

— Lee Min-ho ? s'écrie Chin-sun en serrant ses petits poings sur ses petits seins. Lee Min-ho comme…

— Oui, soupire Gangnam, résigné, comme lui. Mais de grâce, appelle-moi Gangnam, s'il te plaît.

— Comme Lee Min-ho ! Alors ton surnom, c'est pour son film *Gangnam Blues 1970* ?

— Chin-sun, oublie Lee Min-ho, la supplie-t-il de nouveau, tu veux bien ? Moi comme l'autre. Parlons plutôt de Madeleine Verneuil.

— Ah oui, c'est vrai. Donc, Verneuil, tu as reçu un message des ravisseurs, c'est ça ? dit-elle en le tutoyant.

Verneuil lui tend le message qu'elle lit en le tenant à deux mains, comme une gamine appliquée à l'école.

— Parfait, dit-elle, c'est donc bien un enlèvement crapuleux, ta femme est vivante, et ils prendront contact demain. Tu peux être rassuré.

Puisque Gangnam et Chin-sun sont passés au tutoiement, Verneuil s'y abandonne lui aussi.

— Et toi, tu as avancé sur les vidéos ?

— *Yes! Yes! Yes! my friend*, regarde un peu…

Elle sort son ordinateur de son sac à dos d'écolière et fait apparaître des photos. Des captures d'écran de bandes vidéo. Le SUV Kia Seltos a été volé la veille à l'aéroport d'Incheon. Les plaques sont fausses.

— D'abord, on voit votre Hyundai Sonata de location et le Seltos s'arrêter sur le parking derrière le marché aux poissons, juste après l'enlèvement, et tout le monde passe dans le Seltos qui repart.

— Tu veux dire que la Sonata est restée garée là-bas ?

— Oui, de l'autre côté du marché, côté rivière. J'ai envoyé la scientifique la récupérer. Pour le Seltos, on l'a suivi de vidéo en vidéo. À la sortie du marché, ils prennent la 88 vers l'ouest pour rejoindre la Gyeongbu Expressway et descendre plein sud avant de s'engager vers l'est sur la 110. Ils sortent à l'embranchement qui dessert le campus de l'université de

Gyeonggi. On les voit ensuite emprunter la route Sammak-ro qui monte au temple de l'ordre de Jogye, puis on les perd de vue pendant deux heures.

— Sammak-ro, c'est la route forestière en cul-de-sac qui continue après le temple jusqu'à un belvédère, c'est ça ? demande Gangnam.

— Oui. C'est pour cette raison que j'ai demandé aux opérateurs vidéo de rester sur cette route pour repérer le Seltos au retour, mais deux heures plus tard il n'était toujours pas redescendu.

— Le SUV est toujours là-bas ?

— Oui, je l'ai rentré dans notre logiciel de recherche par intelligence artificielle. S'il était réapparu n'importe où sous l'objectif d'une caméra de surveillance, il aurait été signalé.

— Donc c'était une diversion, conclut Verneuil. Quelque part dans la forêt, sur un tronçon non surveillé, ils ont changé de voiture.

— Non, réplique Chin-sun. J'y ai pensé aussi et j'ai demandé à l'IA de comparer toutes les voitures qui se sont engagées sur la Sammak-ro à partir de la dernière caméra au niveau de l'université, et celles identifiées par les caméras du petit parking du temple. Toutes celles engagées sur la route sont allées se garer près du temple et en sont bien reparties à un moment ou à un autre.

— Comment ont-ils changé de voiture, alors ?

— La voiture n'est pas venue les récupérer, elle les attendait.

— Oui, ça, on s'en doute…

— Elle les attendait, mais pas sur la route. Elle les attendait sur le parking et elle les a récupérés au passage en redescendant. Sûrement à la suite d'un appel téléphonique.

— Je ne vois pas en quoi ça nous avance…

— Ah, ça me rappelle mes études à Paris : ces Français arrogants et toujours impatients. Sammak est un petit temple qui se visite en une heure. Deux maximum. J'ai donc demandé aux opérateurs de repérer toutes les voitures restées plus de deux heures sur le parking public.

— Et ?

— Et voilà : un mini-van noir, vitres fumées. Regardez ces extraits des vidéos : il arrive à vide, personne n'en descend, à part un chauffeur qui reste quatre heures à fumer clope sur clope à côté du véhicule. Puis le chauffeur reçoit un appel sur son portable, là, tu vois, et repart, toujours à vide. Mais en bas de Sammak-ro, quand il revient au niveau de l'université, les vidéos de surveillance sur l'échangeur de la 110 nous donnent ça…

Chin-sun affiche une photo du van de face et on distingue très nettement trois hommes sur la banquette avant.

— C'est un neuf places, explique-t-elle, trois devant, les deux hommes du kidnapping et le chauffeur du Seltos sur une des deux banquettes arrière, et pourquoi pas Madeleine sous chloroforme allongée sur l'autre banquette ?

— Ça se tient, admet Gangnam, beau boulot. On sait où est allé le van ?

— On y travaille, on me préviendra. J'ai faim, quand est-ce qu'on mange ?

Deux secondes plus tôt, c'était une policière, soudain c'est une ado affamée qui piétine d'impatience à l'idée de manger.

Ils quittent le *hanok* et entrent, deux ruelles plus loin, au Dalg 44, un pauvre restaurant peu avenant, tout de guingois, bas de plafond et encombré de réfrigérateurs. La cuisine est ouverte et minuscule et un cuisinier, les sourcils froncés, s'y démène tout seul en silence, dans un désordre de bazar, des grésillements de friture et des nuages de vapeurs épicées. La serveuse trottine à pas de souris craintive et appliquée d'une table à l'autre, sous l'œil du jeune patron, à la caisse de son guichet encombré de papiers, et qui lance à Gangnam un œil trop noir pour être honnête.

— Tu es sûr de vouloir dîner ici ? s'étonne Verneuil.

— Pourquoi pas ? s'enthousiasme Chin-sun, les ailes de son petit nez dilatées par les fumets et les arômes de la cuisine. J'en ai déjà l'*umami* à la langue !

— Qu'est-ce que tu leur as fait ? s'inquiète Verneuil. Ces gens-là semblent t'en vouloir à mort.

Gangnam les invite à prendre place à une table, à l'écart, le long d'un mur de réfrigérateurs à Coca vitrés.

— L'endroit s'appelle « Les Quarante-quatre Poulets », tu as remarqué ?

— Et alors ?

— Pour les mafieux superstitieux, le chiffre 4 est un symbole important.

— Tu veux dire que nous sommes dans un restaurant de la mafia ?

— Je veux dire que nous sommes dans le restaurant de quelqu'un qui n'a pas peur d'afficher ses liens avec elle.

Verneuil regarde autour de lui. Une douzaine de tables. Six occupées par des hommes, une par un couple de touristes égarés dont l'assurance et l'audace fondent à mesure de l'attente qui dure. Trois autres sont vides et une dernière, au fond, est de toute évidence réservée à un vieil homme assis dos au mur et qui surveille personnel et clientèle. Le jeune patron va lui murmurer à l'oreille, et il ne fait aucun doute qu'il lui parle de Gangnam.

Chin-sun, elle, ne pense qu'à manger. Elle se dit que si Gangnam commande un *dakgalbi*, elle prendra le *Andong jjimdak* pour qu'ils puissent se partager les deux plats. Verneuil explique qu'il n'a pas très faim et qu'il veut juste quelque chose pour éponger le *soju* qu'ils ont bu.

— Prends un *chimaek*, conseille Chin-sun aux anges, comme ça je pourrai piocher dedans. J'adore le *chimaek*.

— Je peux d'abord savoir ce que c'est ? plaide Verneuil.

Par instinct de flic, il ne quitte pas des yeux le vieux qui les ignore avec insistance, depuis sa table au fond de la salle.

— En français, ça serait du poulbi, explique Gangnam en souriant. Poulet-bière. *Chimaek* est la contraction de *chicken* et de *maekju*, la bière. C'est le plat des personnes seules autant que des bandes de copains, des matchs à la télé, des amoureux fauchés, des piqueniques ou des repas sur la plage. Si tu vas dans les parcs Yeouido ou Banpo par exemple, tu verras les gens s'en faire livrer en plein air pour les dévorer sur les rives de la Han.

— D'ailleurs, précise Chin-sun joyeusement, dans leur clip « Life in Seoul », on voit les membres de BTS en manger dans le parc Banpo.

— Ah, tu vois, s'amuse Gangnam, si les rois de la K-pop adorent ça, tu es obligé d'essayer le *chimaek*.

— Vraiment, le plat préféré des Coréens ? se moque Verneuil que le *soju*, arrivé il ne sait comment sur leur table, pousse à se relâcher.

— Ne plaisante jamais avec le *chimaek*. Il a même son festival chaque année, à Daegu. Et puis *chicken* n'est pas la simple traduction de « poulet » en américain. Chez nous, ça veut dire « poulet frit à la coréenne », et je t'assure que c'est autre chose.

— Hummm ! soupire Chin-sun. Du poulet croustillant, double friture et sauce *dakgangjeong*. Prends-le, prends-le, prends-le s'il te plaît, Verneuil !

Le repas est délicieux, Verneuil doit l'admettre, et le mélange *soju*-bière plus que chaleureux. Gangnam est une énigme, et Chin-sun d'une joie de vivre et d'une apparente insouciance étonnantes. Malgré le sort de Madeleine qui le taraude, il parvient à rire et à faire confiance à ces deux drôles de partenaires qui lui ont déjà démontré leur compétence.

— On sait quand le Seltos a été volé ? demande soudain Gangnam.

— Le propriétaire a déclaré le vol mardi vers 11 heures, répond Chin-sun.

— Verneuil, à quelle heure s'est posé ton avion ?

— 9 h 20. Le vol Asiana Airlines OZ 502, avec vingt minutes d'avance.

— Même si la voiture a été volée dans la nuit de lundi à mardi, ça fait quand même un peu court pour organiser un enlèvement, non ?

— Qu'est-ce que tu cherches à nous dire ?

— Que l'enlèvement de Madeleine s'est peut-être organisé en France, avant votre départ, et que vous étiez suivis ici dès votre arrivée.

— Qui pourrait nous en vouloir à ce point ?

— Quelqu'un de la communauté coréenne, par exemple.

— Madeleine fréquente celle de la K-pop et des dramas où elle n'a que des amis, quelques restaurants coréens et un bar à dessert, le 82, à côté de chez nous. Quant à moi, je n'ai croisé que l'autrice coréenne des *Trente meilleures façons d'assassiner son mari* avec qui j'ai fait une très agréable signature aux Nuits blanches du noir, à Mons, en Belgique…

— Il n'empêche, je ne vois pas comment ils auraient eu le temps d'organiser cet enlèvement après votre arrivée en Corée.

— Il faut établir une chronologie de tous les événements qui pourraient avoir un lien avec l'enlèvement depuis…

Le vieil homme du restaurant interrompt soudain Chin-sun en apparaissant à leur table. Une bonne tête d'ancien voyou à la dure, et un regard sans pitié.

— Tu sais que tu n'es pas le bienvenu ici, Gangnam.

— Tu as quand même donné l'ordre à ton fils de nous laisser dîner avec mes amis, Chicken.

— Oui, mais si je l'avais écouté, il t'aurait déjà jeté dehors à coups de tranchoir.

— Oui, je me doute bien que c'est ce qu'il est allé te demander, mais nous savons toi et moi que tu l'en as dissuadé parce que tu sais bien que je lui aurais brisé la nuque avant même qu'il pose un doigt sur moi.

— C'est vrai, tout le monde sait de quoi tu es capable, trahison comprise.

— Chacun fait son job, Chicken. Tu veux que je te rappelle pourquoi tu n'es pas tombé avec les autres ?

— Parce que mon *dakgalbi* est le meilleur de Séoul.

— Il y a de ça, c'est vrai, mais c'est surtout parce que je t'ai fait passer pour un informateur.

— Je ne t'ai rien demandé à l'époque, Gangnam, et je ne te dois rien aujourd'hui.

— Je n'ai rien dit de tel, et je ne viens rien réclamer. Je suis juste venu dîner avec des amis et c'était bon, et maintenant nous allons partir. À propos, tu as des nouvelles de la Clope ?

— Pourquoi j'en aurais ?

— Parce qu'il est sorti de prison et que ça l'intéresserait peut-être de savoir qu'il est tombé à ta place.

— Pourquoi le cherches-tu ?

— Parce que j'ai besoin de rencontrer quelqu'un qu'il connaît.

— La Clope ne vient pas chez moi. Lui, tout ce qu'il aime, ce sont les nouilles de blé noir froides ; tu le trouveras là où on sert du *naengmyeon*. Tu cherches le boui-boui le moins cher autour du marché de Tongin et il y sera.

— D'accord. À un de ces jours, Chicken.

— À jamais. Ne reviens plus et, quoi que tu fasses, garde-moi loin de ça.

Ils sortent du restaurant sous l'œil noir du fils du patron et le regard à ras du parquet de la petite serveuse terrorisée. Pendant que Chin-sun résume la discussion à Verneuil, ils rejoignent la rue Insadong-gil et Gangnam est aux anges.

Tout le long des trottoirs s'alignent des *pocha* gourmandes. Des tentes orange au coude à coude.

Quelques tabourets en plastique face à un étroit comptoir en bois. Derrière s'activent de vieilles personnes, hommes ou femmes, et ce qu'ils préparent parfume le quartier tout entier d'odeurs aguicheuses. Fritures, gril, feux de braises, pour des brochettes de poulet épicé sucré-salé, des saucisses sur un bâton, enrobées de pâte à beignet, du *kimchi* frit à la poêle, des fricassées d'intestins de porc sautés, des nouilles aux escargots d'eau douce, des tranches de pied de porc laqué, des calamars à la pâte de piment, des brochettes de pâte de poisson cuites au bouillon et trempées dans une sauce épicée.

Même s'ils sortent de table, Gangnam et Chin-sun n'y résistent pas. En particulier pour tout ce qui ressemble à un dessert. Crêpe épaisse à la cacahuète, au sucre brun et à la cannelle ; petit gâteau gaufré en forme de poisson garni de crème ou de pâte de haricot rouge ; marrons grillés ; beignet de riz soufflé… L'atmosphère est joyeuse, sous les guirlandes des échoppes de cuisine ou de n'importe quoi. Une vieille femme ne vend que des mitaines en laine. Une autre que des peignes à cheveux pour chignons. Un homme hors d'âge, des tampons de pierre. Et ici et là, derrière une bâche en plastique transparent, des clients tentent de comprendre l'avenir que leur prédisent des cartomanciennes et des tireurs de cartes.

L'idée saugrenue vient à Verneuil d'aller demander où peut être retenue Madeleine, de qui elle est prisonnière, quand elle reviendra et si elle va bien. Si elle est vivante. Mais l'hypothèse d'une réponse funeste à cette dernière question le dissuade d'aller la poser. De toute façon, il n'en a pas l'occasion. Chin-sun l'embarque et l'engouffre sous un porche pour le pousser par les fesses tout en haut d'un long et raide escalier. Avant qu'il ne comprenne, il se retrouve dans un salon privé meublé d'un sofa et de plusieurs fauteuils placés face à un écran démesuré.

Gangnam et Verneuil s'affalent dans le sofa. Chin-sun branche le karaoké et cherche une playlist en français. Quand s'affiche le visage de Brigitte Bardot et que l'intro cogne dans les baffles, les deux hommes se redressent. En contrejour d'une scène de *Et Dieu créa la femme*, dans le tourbillon des éclats fuyants d'une boule à facettes, la silhouette androgyne de Chin-sun marque le rythme de mouvements de reins sans équivoque.

Je n'ai besoin de personne
en Harley-Davidson…

Ce n'est plus ni la fliquette ni l'adulescente, c'est une fine femme désirable au déhanché suggestif qui minaude les paroles de Gainsbourg, de dos dans la pénombre du studio. Verneuil en a les larmes aux yeux. Bardot, c'est l'icône féminine de Madeleine. Sa référence absolue. Madeleine, c'est Brigitte Bardot, Stefan Zweig et Lee Min-ho. Et lui aussi, bien sûr, mais moins.

X

... dans la misère et la maladie.

Elle ne sait pas où elle est. Ils l'ont fait descendre dans un parking et monter dans une voiture. Ils lui ont passé des menottes, ont caché ses mains entravées sous un foulard, et l'ont chaussée de lunettes noires complètement opaques malgré la nuit.

Maintenant ils sont sur la rive du fleuve, sous un large pont qui l'enjambe. Quelque chose comme une contre-berge. Une promenade abandonnée. Le chauffeur et un autre homme devant, Kang Sang-ook et elle sur la banquette arrière. Cette fois, elle a vraiment peur. L'endroit est isolé et abandonné, sombre. Une fin de ville, encore bétonnée, mais déjà en friche. Il lui a enlevé les lunettes et elle essaye de comprendre. En se retournant, elle remarque le van blanc garé derrière eux.

Une banlieue pauvre. De temps en temps passent un homme ou une femme, bras chargés de sacs plastique ou poussant un caddie déglingué. Courses ou récupération. Ils marchent d'un pas fatigué, tête baissée, soudain inquiets d'apercevoir la voiture et le van sous le pont.

— Rassurez-vous, dit le parrain d'opérette à travers son traducteur, je ne peux pas vous faire de mal. Vous avez trop de valeur marchande pour ceux qui m'ont confié votre garde. Ils ne me pardonneraient pas de vous abîmer. Pas même le visage. Pas même la marque d'une gifle. Je le paierais de ma vie, sans aucun doute. Dites-vous bien que c'est pour cette même raison que j'ai puni l'autre idiot qui vous a frappée. Pour le risque qu'il m'a fait courir.

Madeleine ne répond pas. Elle aurait voulu le corriger. Il n'a pas puni cet idiot, comme il le dit. Il l'a fait passer à tabac puis a ordonné qu'on le jette vivant du sixième étage. Alors elle n'ose pas. Malgré les promesses que débite la voix synthétique de son traducteur, le Capone de pacotille serait bien capable du pire, juste pour s'en tenir à son rôle.

Elle cherche à se repérer. Pas pour tenter de fuir, ni même dans l'espoir de retrouver les lieux si elle est libérée, mais pour occuper son esprit. Pour ne pas s'abandonner à la peur. Pour occulter la panique dont elle retient les tremblements. Dans ses romans, Marc le fait faire à ses héroïnes chaque fois qu'elles sont prisonnières.

— Mais vous n'avez pas respecté les règles, madame Verneuil, continue le truand d'un ton faussement obligé, et il faut bien que je vous punisse pour cela.

— Quelles règles ? bredouille-t-elle dans un murmure.

— Masquer les caméras de votre chambre, par exemple.

— Seulement celle de la salle de bain et des toilettes. C'est contraire à toute humanité. C'était une atteinte à ma dignité. C'était odieux.

— Mais vous êtes en prison, madame Verneuil, à quelle dignité et à quelle humanité pouvez-vous prétendre avoir droit ?

Cette fois, elle crispe ses mâchoires pour retenir ses larmes et Kang Sang-ook s'en aperçoit.

— Vous connaissez « The Lonesome Death of Hattie Carroll », la chanson de Bob Dylan ?

Le traducteur instantané qu'il tient à la main traduit le refrain qu'il chante faux.

Vous qui philosophez tout le temps
Et critiquez les gens
Ne sortez pas votre mouchoir
Vous pleurerez plus tard.

— Eh bien gardez vos larmes, madame Verneuil, inutile de pleurer sur votre sort. Vous ne subirez pas ma colère. Vous n'en assumerez que la responsabilité.

L'homme n'est plus très jeune. Il traîne un peu la jambe, le dos voûté par la misère, les bras alourdis par deux sacs en plastique blanc marqués au nom d'une supérette. Son manteau, qu'elle devine vieux et élimé, est trop grand pour son corps trop maigre et son pantalon usé trop court. Il est pieds nus dans des savates quand il s'engage sous le pont.

— Lui, lâche Kang Sang-ook.

Le chauffeur lance deux appels de phares. Six hommes bondissent hors du van, armés de battes de baseball et de barres à mine, et se précipitent sur l'homme sidéré qui n'a pas le temps de fuir. Madeleine en suffoque tant leur violence est assassine. L'homme roule à terre et ils le frappent pour tuer, au visage, à la nuque, dans le dos. Des coups sans retenue, armés loin au-dessus de leur tête pour s'abattre avec plus de force.

— Arrêtez, hurle Madeleine, mais dites-leur d'arrêter ! Ils vont le tuer.

— Ils sont là pour ça, répond avec un calme théâtral Kang Sang-ook, et j'espère que ce pauvre homme est déjà mort pour ne pas avoir à souffrir trop longtemps.

Sous le pont, elle devine que le corps du malheureux n'est plus qu'un tas de chiffes sur lequel ses assassins s'acharnent à coups de pied.

— Mais pourquoi ? hurle Madeleine.

— Pour vous punir, madame Verneuil. Je ne peux pas vous corriger pour vous ramener à la raison, alors chaque fois que vous me désobéirez, je ferai tabasser quelqu'un au hasard qui mourra par votre faute. Nous nous sommes bien compris ?

Madeleine ne peut retenir un sanglot et Kang Sang-ook fredonne les dernières paroles de Dylan en anglais :

Bury the rag deep in your face
For now's the time for your tears.

D'un geste, il commande au chauffeur de lancer deux nouveaux appels de phares. Les hommes suspendent leur sinistre besogne, comme à regret, se précipitent dans le van, et les deux véhicules démarrent aussitôt.

— Comment pouvez-vous être aussi cruel ?… murmure Madeleine sans oser le regarder.

Il rechausse les lunettes opaques sur les yeux de Madeleine et prend son temps pour lui répondre.

— Les gens qui passent ici à pied, à cette heure-là, retournent au bidonville de Guryong. Dites-vous que nous venons d'épargner à ce malheureux vingt ans d'un avenir de merde dans la misère et la maladie.

XI

Va pour le haejangguk, alors !

Voir le pays du matin calme
Aller pêcher au cormoran
Et m'enivrer de vin de palme
En écoutant chanter le vent

Où Chin-sun est-elle allée chercher ces paroles ? « Syracuse », de Henri Salvador. La plus belle chanson du monde pour Verneuil. Comment a-t-elle su ? Comment peut-elle y mettre tant de douceur, tant de nostalgie malgré leur ivresse à tous les trois ? Comment peut-elle frôler de si près son âme?

Quand elle trébuche et tombe sur lui, la chaleur de son corps et le parfum de ses cheveux le hérissent d'un frisson de désir.

— C'est l'heure des sacs à dos, grommelle Gangnam en ébrouant sa carcasse comme un percheron qui se remet à l'ouvrage.

Verneuil s'étonne, mais Chin-sun obéit. Elle se relève, titube jusque dans le dos de Gangnam qui fléchit les genoux pour lui permettre de passer ses bras par-dessus ses épaules. Puis il prend les bras de la fille comme des bretelles de sac à dos et se relève en la portant sur son dos. Elle accroche aussitôt ses jambes autour de ses hanches et pose sa tête branlante sur une de ses épaules.

Il est tard, mais ils ne sont qu'à quelques centaines de mètres de l'hôtel. Dans la rue, Verneuil s'amuse de croiser deux autres porteurs de « sac à dos ». Un homme qui porte sa femme, et une femme qui porte une ado.

— J'aurais préféré que le vrai Lee Min-ho me porte jusque chez moi, bafouille Chin-sun dans un sourire, mais toi, Gangnam, tu es quand même un porteur magnifique… Tu sais, Verneuil, c'est important pour une femme coréenne d'avoir un bon porteur pour pouvoir se saouler l'âme sereine…

Puis elle s'endort.

— Nous sommes un peu pareils, toi et moi, dit soudain Gangnam, pas essoufflé le moins du monde par le poids léger de Chin-sun.

— Comment ça ? s'étonne Verneuil.

— Tu as été dix ans flic et dix ans écrivain, et moi j'ai été dix ans flic et dix ans mafieux.

— Ce n'est pas très gentil pour les écrivains.

— Quoi, vous n'êtes pas toujours à inventer les pires crimes, les plus sordides turpitudes, comme les mafieux ?

— Sur le papier, Gangnam, sur le papier seulement.

— C'est ce que je dis, ça fait de vous des mafieux frustrés.

Verneuil ne sait plus si Gangnam est ivre ou sérieux et s'il doit s'offusquer ou pas. Ils passent devant un petit stand de *bungeoppang* qui ferme. Un vieil homme est sur le point d'éteindre la flamme sous son petit moule à gaufres en forme de poisson. Gangnam demande au vieil homme d'en cuire encore six derniers pour eux, et ils continuent jusqu'à l'hôtel en se brûlant les lèvres aux pâtisseries croustillantes et en laissant fondre la crème vanillée et épaisse dans leur bouche.

À l'hôtel, Gangnam veut appeler un taxi pour ramener Chin-sun chez elle, mais Verneuil a déjà pris une chambre pour chacun d'eux. Aucun n'est vraiment en état de refuser et Verneuil leur recommande d'être d'attaque demain matin pour attendre l'appel de Madeleine. Gangnam, Chin-sun toujours sur son dos, demande quelque chose à l'employé de la réception. L'homme hésite, tergiverse, puis accepte. Gangnam s'explique quand il rejoint Verneuil devant les ascenseurs.

— J'ai commandé un *haejangguk* pour chacun, en *room service* à 8 heures demain.

— Qu'est-ce que c'est ?

— C'est bon et efficace pour ce qu'on a, bredouille Chin-sun qui se réveille de son trou noir éthylique.

— Le *haejangguk*, c'est la soupe traditionnelle spéciale anti-gueule de bois : sang coagulé de porc, chou chinois séché, os de vache, radis blanc, échine de porc et légumes variés dans un bouillon de bœuf à boire brûlant.

— Va pour le *haejangguk*, alors !

XII

Mercredi – Jour 2

… espèce de salaud d'enfoiré !

Elle prend son petit déjeuner à l'ombre des arbres, dans la cour très chic du café-boutique Kitsuné. *Matcha latte* au gingembre, madeleine chocolatée et *muffin*. L'inspectrice Joon n'a pas tout perdu de la richesse corrompue de son défunt commissaire de père. Elle habite l'appartement qu'il avait acheté à son nom, dans le quartier emblématique de Sinsa, juste au sud de la rivière Han. Très exactement dans la célèbre rue Garosu-gil, celle des galeries d'art et des boutiques de mode. Elle se force à réprimer sa colère et se raidit sur son tabouret de créateur quand Gangnam se présente devant sa petite table mouchetée du soleil léger du matin.

— Comment as-tu su que je serais ici à cette heure ?

— J'ai des amis, répond Gangnam.

— Tu ne fais pas partie des miens.

— Je sais.

Gangnam tire à lui un tabouret et s'assied face à Joon.

— Je ne t'ai pas proposé de t'asseoir.

— Je sais.

— Alors, dégage.

— Calme-toi, Joon, c'est juste boulot-boulot. J'ai peut-être une piste concernant ton affaire de la fille dans le bac à crabes.

— …

— Ce n'est pas juste un meurtre. Une telle scène de crime, c'est un message. Quelqu'un voulait que ça se voie et que ça se sache.

— Belle découverte, Gangnam, imagine-toi que c'est juste la première conclusion à laquelle nous sommes parvenus. Nous, les vrais flics dont c'est le métier, je veux dire.

— Deux types de criminels envoient de tels messages, continue Gangnam sans réagir à ses sarcasmes. Les déglingués psychopathes de tueurs en série, ou les mafieux.

— Merci de me l'apprendre, Gangnam, je n'y aurais pas pensé toute seule. C'est vrai que question mafieux, tu t'y connais peut-être mieux que moi.

— Exact, donc je te laisse les psychopathes. Ça te convient bien, on dirait. Côté mafieux, ton pauvre père, paix à son âme, t'aurait conseillé de m'écouter, parce que j'en sais effectivement plus que toi.

— Va te faire voir, Gangnam, siffle-t-elle.

Elle se lève en bousculant la table. Sa tasse de *matcha latte* se renverse, et Joon s'éloigne.

— Je sais qui a fait ça, dit Gangnam en ramassant avec nonchalance la tasse qui ne s'est pas brisée.

Joon s'arrête et attend, sans se retourner. Gangnam attend aussi, sans parler. Alors elle revient vers la table et se plante devant lui, sans s'asseoir.

— Cho Chung-hee, alias Ratel. Il est connu pour ce genre de choses : faire dévorer vivante une prostituée récalcitrante par ses tosas et ses pitbulls, jeter une balance à ses cochons… Entre son nom dans tes fichiers, sors la photo la plus récente et visionne à nouveau les bandes de vidéosurveillance de ta scène de crime du marché aux poissons. Ce malade a toujours assisté à la mise à mort de ses victimes.

— Pourquoi tu me branches sur cette piste, Gangnam ?

— Vieux réflexe de flic.

— Tu n'es plus flic.

— Vieux réflexe de plus flic, c'est du pareil au même. Il est gaucher et porte une vieille Rolex patinée à la main droite. Et un bracelet de corde rouge avec un nœud traditionnel porte-bonheur à son poignet gauche. Un pendentif autour du cou : un petit œil blanc et bleu en pâte de verre sur un lacet de cuir. C'est grec, je crois, ou arménien peut-être bien.

— Tu l'as vu dans la foule des badauds, c'est ça ? Et tu l'as déjà identifié sur les vidéos que cette ado attardée de Park nous a piquées sous le nez. Si tu ne veux pas que j'aille secouer votre paillasson merdeux tout en haut de la hiérarchie, tu as plutôt intérêt à me dire tout de suite où je peux le trouver, ton Cho Chung-hee.

— Impossible.

— Ne joue pas à ça avec moi, Gangnam, je peux te rendre la vie très difficile.

— Sérieux ? Tu crois vraiment que quelqu'un ici-bas peut rendre ma vie plus difficile qu'elle ne l'est déjà ? Personne au monde n'a ce pouvoir, Joon, pas même toi, alors laisse tomber. Pour Ratel, il n'appartient à aucun clan. C'est un prestataire indépendant, un solitaire, un mercenaire de l'horreur. Il n'est allé en prison qu'une seule fois, et c'était avec la complicité des flics et d'un dragon pour ébouillanter dans l'étuve de la blanchisserie une balance qui devait témoigner. Il s'est évadé aussitôt après, avec les mêmes complicités.

— Les mafieux doivent bien avoir un moyen de le contacter, non ? S'il a été arrêté, c'est peut-être dans son dossier.

— À moins que ton père ne t'ait laissé des archives personnelles, ça va être compliqué.

— Qu'est-ce que ça veut dire ?

— Que c'est ton père qui a géré l'affaire côté police à l'époque, et que pour la plus grande joie du dragon, le dossier a accidentellement été détruit lors d'un transfert d'archives.

Gangnam se lève et laisse Joon plantée devant sa table, partagée entre l'envie de lui lacérer les yeux et celle d'aller cracher sur la tombe de son père. Puis elle repense à sa position dans la police, à son appartement à Sinsa, à son *hanok* traditionnel dans le village de Hahoe et sa maison de pêcheur en surplomb de la plage de Hyeopjae sur l'île de Jeju et se dit que, tout compte fait, elle se contentera de percer les prunelles de ce Gangnam le jour venu.

— Joon, ajoute Gangnam de loin, si j'étais toi, j'essayerais les vidéos des verbalisations routières. Cho Chung-hee est un nom du Nord pas si répandu. Il aura bien commis une petite infraction un jour ou l'autre dans Séoul. Pas le genre à attirer l'attention, alors, s'il a été verbalisé, il se sera acquitté de l'amende sans rechigner. Ce qui veut dire qu'il aura bien reçu l'avis et donc qu'il a une adresse valide quelque part qui correspondra aux papiers de son véhicule.

Puis il appelle un taxi sur son appli Kakao et lève les yeux au ciel en l'attendant.

— C'est quoi, cette odeur ? demande-t-il au chauffeur en montant dans la voiture.

— Vous n'écoutez pas les infos ? Le bidonville de Guryong a brûlé cette nuit.

Il hésite à répondre qu'il était ivre mort cette nuit et qu'il n'a rien entendu. Guryong est ce qui reste des gourbis populaires sur les ruines desquels ont été construits les quartiers luxueux de Gangnam, de Sinsa et d'Apgujeong. Pas de mal à ça, sinon qu'on a remplacé des bicoques dont le loyer ne dépassait pas quelques milliers de wons par des condominiums à plusieurs dizaines de millions.

Sûr que ce ne sont pas les pauvres bougres qu'on a expulsés qui y ont été relogés. Un misérable petit bout de terrain de bicoques de planches, de tôles et de toiles, couru de ruelles si étroites qu'on ne peut pas s'y croiser à deux personnes, sans véritable système d'eaux usées ni d'eau courante et avec des chiottes publiques creusées à même la terre, mais qui prend chaque année plus de valeur dans les yeux brillant de convoitise des spéculateurs et des nouveaux riches séoulites.

Une centaine de baraques pour un millier de miséreux, expulsés du temps de la dictature pour faire place aux Jeux olympiques, et sans cesse repoussés depuis, au temps de la démocratie, par les mêmes spéculateurs et les nouveaux politiciens corrompus.

— Un dernier incendie…, murmure Gangnam.

— Qu'est-ce que vous dites ?

— Vous verrez que ça sera de la faute à pas de chance. Ou pire encore, de la leur : l'huile d'une poêle qui s'enflamme sur un réchaud, une bougie qui tombe sur un matelas, un court-circuit dans un branchement sauvage.

— Que voulez-vous que ça soit d'autre, avec ces gens-là ?

— Vous vous moquez de moi ? s'énerve Gangnam. Huit incendies en douze ans, et vous allez gober la théorie de l'accident ? Vous voulez que je vous dresse la liste de tous ceux que cet incendie arrange et va rendre encore plus riches qu'ils ne le sont déjà ?

Le chauffeur n'ose pas répondre, mais maudit en silence ce connard de révolutionnaire qui préfère la misère à la fortune. Que ce salaud de communiste aille crever au Nord chez ce gros porc libidineux de Kim Jong-un !

Ils ne se disent plus rien jusqu'à l'hôtel, où Gangnam arrive juste à temps pour sa soupe contre la gueule de bois. Joon, l'incendie et cet abruti de chauffeur de taxi l'ont déjà dessaoulé mais il la déguste quand même, parce que c'est comme la vie : c'est bon, et il ne lui reste que ça à aimer.

Verneuil et Chin-sun le rejoignent une heure plus tard dans le hall. Gangnam, qui connaît une bonne partie des sept cent quatre-vingts hôtels de Séoul, leur conseille d'éviter la salle du petit déjeuner et ses hordes de touristes chinois rendus voraces par le buffet à volonté. À croire qu'ils vivent encore dans la famine et les disettes de Mao. Ou qu'ils sont en mission du Parti pour ruiner l'économie du petit dragon capitaliste qu'est la Corée du Sud.

Gangnam recommande à Chin-sun et Verneuil de traverser la rue jusqu'au café Gyeol, vaste et épuré, pour goûter ses cannelés au *matcha*.

— En creusant les fondations de l'immeuble, les terrassiers ont exhumé des vestiges, explique Gangnam pour justifier son choix. Le Yukuijeon, un très ancien magasin de soie, de papier et de coton du temps de la dynastie Joseon. Plutôt que de transférer toutes ces reliques dans un musée, les architectes ont, pour une fois, laissé les fouilles être menées à leur terme avant de modifier leurs plans pour les préserver sous un plancher de verre au sous-sol. C'est un musée sombre et frais, un lieu apaisant et gratuit, si vous voulez fuir le vacarme du monde.

— Quand croyez-vous qu'ils nous appelleront ? s'impatiente Verneuil qui se moque de la dynastie Joseon et de ses reliques.

Il ne pense, ce matin, qu'à Madeleine. Il a honte aussi de la soirée d'hier, de la bouffe, de l'alcool et du karaoké alors qu'elle est toujours prisonnière quelque part dans cette ville de dix millions d'habitants.

— Je ne sais pas, mais n'oublie pas de mettre ton téléphone en mode enregistrement.

Chin-sun est morose elle aussi. Hier soir, à peine arrivée dans sa chambre, elle s'est vomi dessus. Ce matin, à la première heure, elle est descendue faire les boutiques autour de l'hôtel et n'a trouvé qu'un T-shirt Pikachu. Elle n'aime pas les Pokémon, mais c'était ça ou la Reine des neiges.

— Il paraît que Guryong a encore brûlé ?

— Ne m'en parle pas, grommelle Gangnam.

— La mafia encore ?

— Qui d'autre ?

— Et qu'est-ce que tu…

Le téléphone de Verneuil sonne.

— Mado ?

Une voix d'homme. En français. Accent appliqué.

— Je vous la passe, monsieur Verneuil.

— Marc ? Oh, Marc, mais qu'est-ce qui nous arrive ? Marc, qu'est-ce qui se passe ? Pourquoi moi, Marc ? Pourquoi ils s'en prennent à nous ? Je ne comprends rien, Marc…

— Calme-toi, Mado, calme-toi. Ça risque d'être court et ils vont vite te reprendre le téléphone. Dis-moi déjà si tu vas bien. Tu es bien traitée ?

— Oui, je vais bien, je vais bien. Tu as raison, je me calme, je me calme, alors écoute-moi : ils sont gentils avec moi, pour ça, ça va. C'est un peu crade où je suis, mais ce n'est pas une cave, j'ai le confort et on me traite bien. Hier j'ai même eu droit à une promenade sur la terrasse au soleil et un *matcha latte* aux fleurs de sureau. Le meilleur que j'aie jamais bu, avec des fleurs de sureau dans des petits glaçons et…

— Mado ! Mado ! Tu me raconteras ça plus tard. Ils m'ont écrit que tu aurais un message pour moi…

— Oui, oui, Marc, bien sûr, excuse-moi. Voilà : ils veulent cent mille dollars, Marc. Cent mille dollars ! Je leur ai dit qu'on n'avait pas cent mille dollars, mais ils ne veulent rien savoir. Cent mille dollars, comment va-t-on faire, Marc ?

— Ne t'en fais pas, Mado, je vais m'en occuper. Je vais trouver, ne panique pas. Où et quand ?

— Ils ne me l'ont pas dit.

— Très bien, alors passe-moi celui qui parle français. Je veux lui parler.

— Monsieur Verneuil, votre femme vous a presque tout dit, nous la traitons bien et nous voulons cent mille dollars.

— Écoutez, nous n'avons pas cent mille dollars et je vais devoir emprunter cette somme, mais tous mes comptes sont en France et ça va être compliqué à organiser.

— J'y ai pensé, monsieur Verneuil, c'est pourquoi je vous laisse quarante-huit heures.

— Ça ne suffira jamais, essayez de comprendre, c'est beaucoup trop court !

— Je vais interrompre cette communication, monsieur Verneuil.

— Non, non, je vous en prie ! Mado ! Mado ! Je vais te sortir de là !

— Avec cent mille dollars, sans aucun doute, monsieur Verneuil. Mais sans cet argent, ça m'étonnerait beaucoup. À dans quarante-huit heures, monsieur Verneuil.

— Attendez, ne raccrochez pas, putain de connard, ordure ! Ne raccroche pas, espèce de salaud d'enfoiré !

XIII

… de collagène marin antioxydant.

Pour toute la Corée et soixante-dix millions de fans à travers le monde, le gamin maigrelet qui se réveille dans son étage privé, au dernier étage du plus luxueux condominium de Séoul, sur le front de fleuve, s'appelle Choiwoo. Il est le charismatique leader du groupe de K-pop Darkan. Choiwoo pour Choi Joon-woo, et Darkan pour Dark Angels.

Chaque matin, depuis sa création deux ans plus tôt, le groupe pèse cent mille dollars de plus. La moitié pour la production, le reste pour le groupe : un tiers pour Choiwoo, le leader, deux tiers à diviser entre les cinq autres membres de Darkan.

En échange, Choiwoo et les autres ont abandonné l'agenda de leur vie à l'agence Big Wave. Par contrat, leurs nuits ne durent que six heures, et les dix-huit heures qui restent appartiennent à leur *management team.* Aujourd'hui : une heure de mise en beauté et de cosmétique avant le petit déjeuner, autant pour son apparence que pour générer de la matière sponsorisée sur ses comptes sociaux. Trois heures de répétitions, quatre interviews, une heure de cours de chant, une heure de musculation et deux heures de chorégraphie. Une télé en direct le soir. Et un show spectaculaire organisé pour la parution de son livre qu'il n'a pas écrit, mais qu'il a lu et sur lequel, depuis des semaines, sa *com team* le rode et le teste.

Il y a trois ans, Choiwoo chantait deux fois par semaine dans la réserve du magasin de bimbeloterie de ses parents, dans l'arrière-cour d'une rue du quartier commerçant de Myeong-dong, avec ses copains d'enfance. Il ne sait ni quand ni comment un agent de Big Wave l'a repéré, mais un jour le big boss de BW en personne vient les voir jouer. Il lui dit qu'il a une gueule et une dégaine à faire des millions. Lui. Lui tout seul. Pas les autres. Eux ne valent rien. C'est comme ça. C'est la vie.

À quinze ans, Choiwoo laisse tomber ses copains et trois ans plus tard, sa belle gueule et le travail de BW lui ont déjà rapporté soixante-dix millions de fans et une centaine de millions de dollars.

Il est donc jeune et riche. Très jeune et très riche, et il devrait être heureux. Big Wave s'occupe de tout. Danse, chant, anglais, comportement, l'agence l'a formé à fonds perdu pendant un an. Investissement. Depuis, Big Wave gère ses albums, ses concerts, ses apparitions en public, et jusqu'à ses réseaux sociaux. L'agence choisit ses titres, ses auteurs, ses compositeurs et le thème de ses albums. Elle établit tous ses programmes de promotion et elle gère l'aspect financier de toute sa vie : contrats, droits d'auteur, redevances, taxes, épargne. Choiwoo devrait donc être heureux, très heureux, mais il en a marre.

Épuisé. Vidé. Rincé. Big Wave décide de sa coiffure, de ses tenues à la scène comme à la ville, de son maquillage, de son parfum, de son déodorant, de ses chaussures, de ses accessoires. De ce qu'il peut ou ne peut pas dire, faire ou pas, qui il peut aimer ou pas. Elle construit et gère son image, alimente ses comptes en stories, en chats, en posts. Et il en a marre.

Big Wave lui invente des amours. Avec des stars de la K-pop ou de dramas. Des *love stories* contractuelles négociées clause par clause et écrites comme des scénarii par des story-tellers. Des inimitiés aussi, des confrontations avec d'autres idoles rivales de la K-pop. Avec des membres de Darkan, même. Ruptures ou réconciliations, ce n'est pas lui qui décide. Quelquefois même l'agence organise le harcèlement des fans qui se déchaînent pour le forcer à faire plus encore : de danse, de disques, de shows, de tournées, et il en a vraiment marre.

Chacune des inventions de Big Wave lui est imposée par contrat. Quelques concurrents ont craqué déjà, dénonçant avant leur suicide ces pactes d'esclavage. Il ne peut pas être en couple en dehors des fausses romances scénarisées par l'agence. Choiwoo est gay, comme la moitié des gens de la K-pop, mais il n'a droit qu'à des romances hétéros. Juste ce qu'il faut pour exacerber la jalousie des filles hystériques et leur redonner d'impossibles espoirs par des ruptures à répétition.

Il a interdiction de fréquenter les clubs et les boîtes de nuit sauf, bien entendu, les lieux sponsorisés où, là, il a obligation de se montrer. Il n'a contractuellement pas le droit de posséder un téléphone autre que celui fourni par l'agence, qui y a un accès complet. Il est une machine à fric. Lui, le gamin du quartier de Myeong-dong, a plus de fans frénétiques et de filles qui s'évanouissent à ses concerts que les Beatles de la belle époque. Mais jamais il n'aura droit ni au marathon au lit de Lennon avec Yoko ni aux fumettes indiennes de Harrison.

Sa vie ne lui appartient plus. Elle n'est qu'un incompréhensible équilibre entre ce que lui fait gagner Big Wave et ce qu'il lui doit. On lui a fait croire que pour des histoires de taxe et d'impôt, il était préférable que tout appartienne à Big Wave et qu'il en ait la jouissance. C'est vrai qu'il n'a qu'à demander pour avoir, mais en fait, on ne lui donne pas. On lui prête, on lui met à disposition.

Outre des concurrents, il a déjà vu craquer plusieurs de ses amis. Même un de ses amants. Big Wave les a menacés de tout arrêter, pour une raison ou pour une autre, et ils ont soudain vu se dessiner un avenir terrifiant, sombre et sans issue, dépossédés de tout, avec des sommes colossales à rembourser à Big Wave ou au fisc. On meurt souvent dans le milieu de la K-pop et du drama. Et très jeune, à la surprise de ceux qui pensaient que ces stars avaient tout pour être heureuses. Un suicide par an, au moins.

Choiwoo pense à cette femme, dans l'avion. Elle le surprend à pleurer dans la nuit. Elle s'en inquiète. Elle s'approche et lui parle à voix basse dans l'obscurité et le silence de la cabine. En anglais. Elle l'écoute. Il finit par se confier. Jamais il ne s'est autant livré à quelqu'un. Encore moins à une inconnue. Ils se murmurent pendant des heures. Elle pourrait être sa mère et porte joliment son âge. Elle connaît la K-pop. Bien, même. Elle connaît Darkan mais ne l'a pas reconnu. Elle ose lui dire qu'il ne se ressemble pas. Elle était à leur concert à La Défense Arena à Paris, le dimanche précédant son départ pour Séoul. Il y avait Dreamcatcher, Ateez et K-Tigers aussi. Mais elle aime surtout les dramas. Elle vient en Corée pour ça. Elle lui donne le nom de l'hôtel où elle sera à Séoul. En tout bien tout honneur, évidemment. Son numéro et son courriel aussi, au cas où il repasserait par Paris. Lui ne peut pas lui donner ses coordonnées. Il n'a pas le droit et, même s'ils dorment d'avoir abusé de l'alcool à volonté de la classe business, une bonne demi-douzaine d'hommes sont là autant pour le surveiller que pour le protéger.

L'un d'eux vient d'ailleurs le rappeler à l'ordre en coréen et dire en français à la femme qu'il faut le laisser tranquille. Un bouledogue prétentieux et sans classe, un de ces garde-chiourmes à tête de sbire qui n'ont pas lâché le gamin d'une semelle pendant les trois jours de Darkan à Paris.

Choiwoo pensait revoir la femme à l'arrivée, mais Big Wave a « customisé leur débarquement » à l'aéroport d'Incheon. Ils voyageaient en business avec une porte de sortie réservée. La femme et les autres passagers de la classe business aussi, mais eux ont été redirigés vers la sortie de la classe économique. Les Darkan débarquent en premier, suivis de leurs accompagnateurs qui font barrage aux autres passagers. Bien avant les contrôles de douane ou de police, dès la passerelle mobile, des gamines trop jeunes pour être de vraies photographes sont déjà là à faire crépiter leurs flashs. À peine dans les couloirs de l'aéroport, des dizaines d'autres fans se précipitent, brandissant leur téléphone dans une chorégraphie bien réglée. Le personnel de l'aéroport fait semblant d'être débordé, et policiers et douaniers regardent ailleurs. C'est Darkan. À la porte d'accès aux bagages, alors que les passagers sont toujours retenus à la douane, le flot des fans devient une foule qui vire à l'hystérie.

C'est la dernière fois qu'il aperçoit la femme. De loin, leurs regards se croisent, comme à regret d'être séparés. Il y repense ce matin-là. Après une demi-heure de toilette, de brushing et de maquillage entre les mains de son *look team*, quand il se recouche, juste le temps pour l'équipe de créateurs de contenus de ses réseaux sociaux de filmer son réveil radieux sans cheveux ébouriffés, sans cernes sous les yeux, et sans visage bouffi par la nuit et les pleurs. Grâce au masque facial régénérant qui sponsorise chacun de ses réveils. Au sublimat de collagène marin antioxydant.

XIV

… l'homme qui vole, baby baby…

La sauvagerie de Kang Sang-ook a eu raison d'elle. Le tabassage à mort de l'homme sous le pont a eu raison du reste de sa nuit. L'acharnement des hommes à frapper pour faire mal d'abord, puis pour tuer, a résonné dans ses cauchemars. Anéantie, Madeleine se réveille d'un maigre sommeil aux toutes dernières heures de la nuit. Un homme est mort par sa faute. Deux, avec le maton qui la surveillait, même si celui-là n'était pas innocent. Mais innocent ou pas, elle ne veut pas que ça se reproduise. Elle ne leur tiendra plus tête. Elle leur obéira. Sans rien dire. Soumise. Tant pis pour les héroïnes de Marc.

Cliquetis à la porte. Le plateau glisse par la trappe. Son deuxième petit déjeuner en captivité. Le même que la veille. Elle n'y touche pas. Elle ne se lève même pas pour aller prendre le plateau et le poser sur la table. Ce qu'elle a vécu hier soir, ce n'étaient plus les mots et les phrases des romans noirs de Marc. C'était une violence bestiale et une souffrance animale. Des coups et du sang. Des cris et des râles.

Et cet odieux silence après. Elle ne va pas pouvoir tenir longtemps avec ces images en tête.

Madeleine allume la télé pour se distraire de ses idées noires, et c'est un autre choc. Un visage s'affiche plein écran. Celui de Choiwoo, le jeune chanteur des Darkan. Le gamin qui pleurait dans l'avion. Elle ne comprend ni les commentaires en coréen ni les bandeaux en hangeul. Mais des images de foule en pleurs, de gamines hystériques au visage tordu de douleur ne lui laissent aucun doute. Elle s'assied en tailleur, à même le sol, face à la télé, hypnotisée par le malheur qu'elle devine. Il est arrivé quelque chose à ce gamin.

La masse joyeuse n'est plus en pleurs, mais en délire. Des gamines et des ados par milliers, des policiers par centaines, et autant de journalistes et de caméras. Des pancartes et des banderoles hérissent la foule. Toutes affichent la même déclaration : *My life for you !* Madeleine met du temps à comprendre que c'est la séquence qui précède le drame. Elle reconnaît le quartier de Gangnam-gu et la bibliothèque Starfield.

C'était dans leur programme de visite. Un hall démesuré qui sert à la fois d'entrée monumentale à un gigantesque centre commercial et d'imposante bibliothèque libre d'accès, fournie de plus de cinquante mille ouvrages. Marc voulait absolument voir ça. Des étagères sur dix mètres de haut, des livres en libre-service et pas même un portique antivol.

On y entre par une simple porte qui donne à mi-hauteur de cette cathédrale de livres, aussi haute que profonde de là où on la découvre.

Sur les écrans, à l'extérieur, de hautes oriflammes affichent des reproductions de la couverture du livre de Choiwoo. Son titre ondule au-dessus de la foule dans un vent taquin qui les claque. *My life for you.*

L'image revient au direct. La police et les secours ont isolé une vaste zone autour d'une sculpture dorée haute de six mètres. Les mains du chanteur Psy, dans leur position saugrenue quand il danse sur sa chanson « Gangnam Style ». Madeleine et Marc avaient prévu d'y faire des photos. Se glisser sur la petite scène, sous les mains, pour déclencher les lumières et la musique et imiter la danse ridicule aux deux milliards et demi de vues sur les réseaux sociaux.

Aujourd'hui, des policiers, des techniciens de la scientifique et du personnel médical s'affairent sur et sous les tonnes de bronze maculées de sang.

Madeleine ne comprend toujours pas quel drame s'est joué, mais redoute déjà le pire. Dans la foule, des filles et des garçons hurlent de chagrin. D'autres, agenouillés par centaines, livides et tremblants, prient. Une vingtaine déjà se sont évanouis.

Soudain l'image quitte le direct et une énorme clameur monte de la foule enthousiaste. Dans le ciel pommelé de nuages lumineux surgit un hélicoptère. C'est les Beatles à Shea Stadium, le pape aux Journées mondiales de la jeunesse, les Champs-Élysées en 1998. Une ferveur à ébranler le ciel.

Intérieur de l'hélicoptère. Gros plan sur le visage de Choiwoo.

— Mon Dieu, murmure Madeleine, pauvre gosse…

Elle croit d'abord deviner dans ses yeux qu'il a peur, mais comprend vite que c'est autre chose. Autour de lui s'affairent plusieurs personnes. Un militaire qui le harnache, une maquilleuse qui retouche son visage, une chorégraphe qui mime des mouvements, et deux conseillers d'on ne sait quoi qui lui parlent par-dessus les autres. On camoufle son harnais sur lequel on fixe, dans son dos, une large paire d'ailes en plumes noires. Madeleine comprend. Darkan. *Dark Angel.* L'ange noir. Ils vont le descendre ! Il faut que les ailes soient solidaires du harnais pour qu'il puisse se débarrasser des deux d'un seul geste en posant pied à terre. Car c'est bien ce qu'ils s'apprêtent à faire : le descendre au bout d'un câble, lui faire survoler la foule de ses fans comme un ange noir. Et s'ils l'ont fait, et que maintenant la foule est en pleurs et que les secours sont là, c'est que…

Madeleine regarde les séquences qui suivent avec l'horreur au cœur. Elles alternent entre la foule qui attend, les filles qui pleurent de joie, l'hélico qui s'approche et les derniers préparatifs dans l'engin.

Choiwoo s'assied sur le rebord, les pieds dans le vide. Ses ailes noires le séparent des autres. L'hélicoptère est en vol stationnaire. On devine la main d'un homme qui vérifie une dernière fois le câble au-dessus du chanteur. À bord, la caméra filme son visage. Gros plan. Plein cadre. Et ce n'est plus de la peur. Quand il fixe la caméra, le cœur de Madeleine trébuche dans sa poitrine. C'est le regard du gamin de l'avion. Celui qui pleurait, épuisé, vidé. Un regard décidé, et pourtant d'une si profonde tristesse. D'une si profonde résignation. Un regard droit dans l'objectif, mais pas pour tout le monde. C'est un regard pour elle. Rien que pour elle. C'est comme ça qu'elle le ressent. Et elle explose en pleurs à la perspective de ce qui va advenir.

Personne d'autre n'a encore compris. Dans le même mouvement saisi par le cameraman, son geste surprend tout le monde.

Choiwoo se défait de son harnais et bascule dans le vide.

L'image tangue, panique, puis le cadreur se reprend aussitôt, professionnel. Il se penche par l'ouverture et de là suit la chute du chanteur. En bas, la foule admirative croit à une magnifique et courageuse cascade de son héros. Elle le croit encore retenu par un câble. Le temps de comprendre qu'il descend trop vite, et il s'écrase sur les poignets en bronze de Psy dans une clameur hystérique.

Elle voudrait ne plus regarder, mais reste figée devant l'écran. Tout le reste, elle le voit malgré elle. Un chaos d'images. Le corps, l'hélico, les mains en bronze. La foule qui se rue et se piétine. Les gamines et les gamins qui meurent dans la panique. Un déferlement de cris et de pleurs. Et quelque part, dans un camion régie, un réalisateur qui hurle pour qu'on envoie en fixe le dernier regard de Choiwoo, Choi Joon-woo, le charismatique leader des Darkan aux soixante-dix millions de followers.

À présent, allons-y jusqu'à la fin !
Oppa Gangnam style, Gangnam style,
Oppa Gangnam style, Gangnam style
… Au-dessus de l'homme qui court
Il y a l'homme qui vole, baby baby…

XV

T'occupe, ramène-moi !

Il a dû les raisonner tous les deux. Maintenant, il donne ses ordres à Chin-sun pour qu'elle retourne au commissariat. Qu'elle rassemble et recoupe toutes les infos et recherche les salons de thé qui servent des *matcha latte* aux fleurs de sureau. Dans des glaçons.

— Cette façon de dire « alors, écoute-moi » avant de parler du *matcha*, cette précision n'avait rien à faire dans le discours de Madeleine. Tout comme celle de la terrasse.

— Je suis d'accord, renchérit Verneuil. Je pense qu'elle me passait un message.

— Oui. Probablement les seules informations dont elle disposait et qui pourraient permettre d'identifier l'endroit où elle est retenue.

— Des fleurs de sureau dans des glaçons et une terrasse, dans une ville de six cents kilomètres carrés, soupire Chin-sun.

— C'est six fois plus grand que Paris et cinq fois plus peuplé, se décourage Verneuil.

— Arrêtez de pleurnicher. Madeleine a fait ce qu'elle a pu pour nous transmettre ces infos, le moins que nous puissions faire, c'est d'essayer de les exploiter au mieux. Chin-sun, essaye aussi de te tenir au courant de l'enquête de Joon sur la fille aux crabes.

— Pourquoi ?

— Intérêt personnel. Toi, Verneuil, tu viens avec moi. Ils ne te contacteront que dans quarante-huit heures, alors profitons-en.

— En profiter pour quoi faire ? s'étonne Verneuil.

— Quoi, tu n'as pas cent mille dollars à trouver ?

Il n'attend pas la réponse et plante Chin-sun qui hausse les épaules et encourage Verneuil à le rattraper.

Une demi-heure plus tard, ils sont sous les immenses verrières du marché couvert de Gwangjang, au cœur du quartier de Jongno. Passé les échoppes de tout et n'importe quoi, étoffes ou plastique, ils débouchent dans des allées animées où se vend tout ce qui se cuisine et se mange. Verneuil est étourdi par tant de couleurs et d'odeurs. Des étals multicolores et parfaitement rangés, empilements de fruits frais ou confits, d'épices, de poissons, de sauces, de bonbons, de nouilles. Des stands de friture et de grills par centaines, des vieux qui cuisinent au coude à coude, du poisson, du bœuf, du porc, du poulet. Des spécialistes des nouilles blanches ou noires, de blé, d'amidon de patate douce, de sarrasin, de maïs. Des *kimchi* de légumes fermentés de toute sorte. Des pancakes de fèves qui frétillent sur des plaques surchauffées, des bouchées de riz au poisson dans des feuilles d'algue, des gâteaux de riz à la sauce pimentée.

Gangnam le guide dans ce capharnaüm de bruits et de parfums, d'échoppe en échoppe, de gourmandise en gourmandise. Au passage, il ne résiste pas à une brochette de pâte de poisson cuite au bouillon par-ci, ou de poulet frit sauce aigre-douce par-là, et même à une saucisse frite dans de la pâte à pancake.

Les stands sont des bric-à-brac d'étagères pour les réserves, de plaques, de feux, de grils, de bouteilles de gaz, sous un écheveau de fils électriques et de guirlandes d'ampoules nues. Le moindre espace est bariolé de réclames criardes en hangeul. Chacun a casé comme il a pu une ou deux tables et quelques petits bancs branlants. Certains disposent d'un coin à part, derrière le cuisinier, avec une ou deux tables et des chaises en plastique. Verneuil comprend que c'est à ceux-là que Gangnam s'intéresse. Surtout les stands installés sur le côté, un peu à l'écart, jamais bien loin d'une sortie, où des hommes au visage fermé regardent d'un œil menaçant passer les touristes pour les décourager de s'y risquer.

Verneuil se laisse distraire par le frétillement de friture de beignets torsadés qu'on plonge dans l'huile, quand Gangnam le tire par le bras et l'entraîne dans une petite salle adossée au mur d'enceinte du marché. Trois hommes à une table d'un côté, qui les regardent entrer d'un œil méfiant, deux de l'autre côté, la mine aussi patibulaire que les premiers, et un dernier qui mange seul, la tête penchée sur son bol.

Tous ont les cheveux rasés sur les côtés et longs sur le dessus du crâne. Histoire de bien faire comprendre que ce sont des mafieux.

Gangnam va droit sur l'homme, qui n'a pas le temps de lever la tête. Il a les joues pleines de nouilles translucides au jus de bœuf et de légumes qu'il s'applique à enfourner plus encore à l'aide de ses baguettes en métal. La gifle de Gangnam lui déboîte la mâchoire et le *japchae* gicle de toutes parts dans la petite salle.

— Je suis Gangnam. Je veux voir Kimchi.

L'homme essuie sa bouche et ce qu'il peut de ses vêtements et de la table.

— Je sais qui tu es, connard, grommelle celui qu'on appelle « la Clope ». Kimchi n'est pas à Gwangjang.

Les autres se sont levés d'un bond, mais la Clope leur commande de se rasseoir d'un signe de la main.

— Trouve-le ou appelle-le et dis-lui que je veux voir Loup Bleu. Tout de suite.

L'homme sort, accompagné de deux de ses sbires. Il laisse les trois autres surveiller Gangnam et Verneuil.

— C'est qui, ce Kimchi ?

— Un lieutenant du parrain du clan des Quatre lanternes.

— Un mafieux ?

— À qui crois-tu pouvoir emprunter cent mille dollars du jour au lendemain ?

— Tu vas…

— Écoute, à partir de maintenant, tu ne dis surtout plus rien et tu me laisses faire, quoi qu'il arrive, tu m'entends ? Tu me laisses faire quoi qu'il arrive !

— Mais…
— Ferme-la.

La Clope revient avec ses deux nervis, précédé du fameux Kimchi. Même dégaine que les autres, en un peu plus élégant. Costume noir de meilleure coupe, chemise blanche et fine cravate. Et le regard cruel de ceux qui pensent pouvoir vaincre.

— Tu cherches à mourir, Gangnam ?

— Tu as prévenu Loup Bleu ?

— Il t'attend à Daecheong Lake dans une heure et demie. Tu pars maintenant. Tu prends un de mes hommes à l'arrière de ta voiture, et je te suis avec la nôtre.

— D'accord.

— Tu sais comment ça va se terminer, j'espère ?

— Bien sûr, tu crois que j'ai oublié ? dit Gangnam.

Ils quittent le cœur de Séoul par le pont qui rejoint la 1. Ils traversent le fleuve face aux remparts des nouveaux quartiers. Sur plus de dix kilomètres, de l'autre côté de la rivière Han, une muraille continue d'ensembles immobiliers de luxe hauts de soixante à cent étages. Sur le siège du passager, Verneuil a plus l'impression de monter à l'assaut de la muraille de Chine que de quitter la ville. Le ciel s'est soudain laqué d'un bleu définitif. Seul un fin brouillard ocre plane derrière les condominiums et les résidences, là où les dernières bicoques du bidonville de Guryong ont été réduites en braises.

Le trafic est fluide. Le cerbère, sur le siège arrière, ne dit rien. Gangnam non plus. Verneuil se perd dans la contemplation de l'agencement urbain des Coréens. L'autoroute est une deux fois quatre voies. Six voies même, parfois. Malgré l'entrelacs d'échangeurs, de rampes et de ponts, il s'étonne de l'ordre et de la propreté de tout. Les directions et les indications, claires et nettes, peintes en hangeul à même la chaussée. Les panneaux visibles et lisibles au-dessus du trafic, les lignes au sol, roses, vertes ou bleues, à suivre pour prendre la bonne sortie ou le bon embranchement au bon moment. Les panneaux clignotants rouge, bleu et blanc pour rappeler à la prudence. Les faux ouvriers gonflables agités par un ventilateur pour annoncer des travaux. Les vrais ouvriers dédiés à la circulation à leur approche. Et pas un papier par terre. Pas un tag, pas un mégot. C'est à se demander si les Coréens sont à ce point dotés de sens civique, ou leurs services publics à ce point efficaces. Seul au-dessus d'eux, partout, l'incompréhensible fatras de fils électriques et de câbles l'étonne encore.

Puis la route reste de la même qualité, mais le paysage change. Il se bosselle de collines boisées d'érables, d'épicéas de Yéso et de pins blancs. En contrebas se nichent de petites maisons au désordre propret, de briques ou de parpaings, au toit de tôle verte ou bleue ou de tuiles rouges. Des jardinets, de petits potagers sous des serres de plastique, des lopins de vergers. Des ruisseaux ou des tranchées d'eau. Et dans chaque recoin possible, des triangles ou des bandes de rizières lumineuses et ambrées dans le soleil. Partout où on a pu étager le sol et faire rigoler de l'eau. Verneuil se laisse séduire par cette mosaïque asymétrique de couleurs et de matières, de vie et de nature, loin de l'agitation de Séoul. C'est bien, cette fois, le pays du matin calme.

Puis surgissent d'un repli entre les collines des remparts de béton, hauts et étroits comme des citadelles d'un autre Moyen Âge, plus austères et plus menaçantes encore. Des orgues prétentieuses et brutales, des tours agglutinées de soixante ou quatre-vingts étages. Les mêmes programmes immobiliers qui jaillissent par surprise, surgissant du cœur de villages qu'on n'aperçoit même pas, mauvaises cathédrales, bastions sévères, comme dessinés par une seule main loin au-dessus des arbres à cariques et des thuyas, des roseaux et des poivriers, de l'ambre des rizières et du rose vaporeux de l'herbe de Muhly.

— Je n'ai jamais compris si c'était une bonne chose ou pas, avoue Gangnam.

— Quoi ?

— Construire ces groupes de tours si hautes un peu partout. D'un côté, on limite l'expansion des villes en logeant le maximum de gens sur le minimum de surface, mais d'un autre, on brutalise des paysages jusqu'ici adoucis de rondeurs et de couleurs.

Verneuil ne répond pas, mais pour lui, il émane de ces turgescences de béton une sourde menace, qu'il oublie cependant dès que Gangnam engage la voiture sur l'étroite route 629. Défilent alors des buissons d'azalées et d'hibiscus, des clairières d'eulalies argentées, des prairies piquetées d'asters blancs, de roses d'Inde orangées et de commélines bleues sous les chênes et les érables.

— Quand j'étais gamin, dit Gangnam qui devine l'émerveillement de Verneuil, chaque 5 avril, pour le *Singmogil*, la journée de l'arbre, nous en plantions un pour participer à la reforestation du pays labouré par des tonnes de bombes durant la guerre avec le Nord.

— Tu ne le fais plus ?

— Pour accueillir les Jeux olympiques de 1988, le gouvernement a fait raser la dernière forêt primaire du pays. Ça m'a dégoûté.

Puis la route rejoint les rives du lac de Daecheong et le paysage se grandit du reflet du ciel au creux de la vallée. Après quelques kilomètres, Gangnam s'engage sur une route forestière plus étroite encore qui grimpe la montagne vers un belvédère. Juste avant de l'atteindre, il bifurque et s'engage dans un chemin barré par un portail gardé par deux hommes en costume noir qui les laissent passer. Ils continuent jusqu'à une vaste demeure traditionnelle de plain-pied, en retrait d'un parking gravillonné, ouvrant la vue sur la vallée profonde où dort le lac immobile. Verneuil est saisi par la majesté du panorama et la beauté des lieux. Un sentiment de sérénité et d'éternité.

Six hommes les attendent et les encadrent quand ils descendent de la voiture, auxquels s'ajoutent

Kimchi et ceux qui les suivaient. Verneuil s'inquiète de ne ressentir aucune peur malgré l'évidence de se jeter dans la gueule du loup. Un trop-plein de confiance en Gangnam que chaque homme, pourtant, poignarde du regard.

La maison est l'interprétation élégante et contemporaine d'un vaste *hanok* traditionnel. Trois longues marches rouges tout le long de la façade mènent à une étroite terrasse qui court, elle aussi, en coursive sur toute la largeur du *hanok*. Potences en bois et tuiles de terre cuite rouge, murs en torchis lissé et papier *hanji*.

— Murs doublés d'acier et faux *hanji* en verre blindé, le détrompe Gangnam pour le ramener à la réalité.

On les guide à l'intérieur. Kimchi et deux hommes devant, six autres derrière. C'est vaste et épuré, tout en bois précieux, et conçu autour d'un jardin intérieur rectangulaire à ciel ouvert, décoré en son centre d'un kiosque au toit pointu aux coins tarabiscotés. Ils le contournent par la droite.

— Le pavillon d'été, murmure Gangnam à Verneuil qui s'émerveille de tout. Il est une marche moins haut que l'autre et son sol est fait d'un vaste plancher de bois dur qui garde la fraîcheur.

— Comment tu sais ça ?

— Je suis souvent venu ici, dans une autre vie.

Ils traversent des pièces enrichies de peintures et de sculptures jusqu'à une grande double porte.

— Blindée elle aussi, murmure Gangnam. Le bureau de Loup Bleu fait aussi office de pièce de survie.

Kimchi les fait entrer dans le bureau et les autres hommes restent dans l'antichambre. Au contraire des pièces qu'ils viennent de traverser, c'est un bureau cossu du temps de l'Amérique de la Prohibition. Fauteuils en cuir capitonné, pieds de lampe en laiton et abat-jours en pâte de verre, sous-main en cuir, meubles à tiroirs, bar en bois sombre, et murs du même bois tapissé de photos.

— Gangnam ! Je n'aurais jamais pensé que tu aurais le courage de revenir ici. Ou la stupidité.

L'homme est quelconque, à première vue. Soixante-dix ans peut-être. Petit et maigre. Pantalon noir et chemise blanche. Bretelles rouges. Boutons de manchettes et montre en or. Lunettes rondes aussi. Cheveux gris aux reflets bleu argent. Mais ses yeux sont sans appel. Vifs, froids et cruels. Un regard qui trahit la force que cache son comportement débonnaire.

— Rien n'a vraiment changé, sourit Gangnam en parcourant la pièce du regard.

— Tu veux dire depuis que tu nous as trahis ?

— Je ne t'ai jamais trahi, Loup Bleu. Tu as su dès notre première rencontre que j'étais un flic infiltré et nous nous sommes servis de ça tous les deux pour faire tomber les autres clans.

— Et un peu du mien aussi, Gangnam…

— Oui, un peu du tien, c'est vrai, mais juste les branches pourries qui pouvaient te nuire.

Loup Bleu sourit sans répondre et leur fait signe de s'asseoir.

— Ça ne t'embête pas si je demande à Kimchi de rester par sécurité ?

— Tu es chez toi, Loup Bleu, et c'est moi qui viens en demandeur.

— Très bien, dit le vieil homme en le regardant longtemps, droit dans les yeux, avant de continuer : Tu es quand même sacrément culotté, Gangnam. J'ai toujours admiré ça chez toi, à l'époque, mais jamais je n'aurais cru que tu oserais. Tu sais ce que tu risques, n'est-ce pas ?

— Prendre un risque, Loup Bleu, c'est comprendre le danger qui te guette. Je crois bien que j'ai appris ça de toi.

— Et ton ami, qui est-ce ?

Gangnam résume la façon dont il a croisé le chemin de Verneuil. L'épisode du marché aux poissons, l'enlèvement de Madeleine, le message des ravisseurs.

— Intéressant, admet Loup Bleu. Intéressant, ce genre d'enlèvement spontané. Et donc, monsieur Verneuil…

— Il ne parle pas notre langue, explique Gangnam, laissons-le en dehors de tout ça. J'avais prévu de venir seul, puis je me suis dit que j'aurais probablement besoin de quelqu'un pour m'aider à rentrer.

— Probablement, oui, c'est plutôt sage de ta part. Donc, tu es venu me demander quelque chose, Gangnam ?

— Les cent mille dollars de la rançon.

Loup Bleu éclate de rire. Un sac de noix dans un escalier de marbre.

— Tu es venu te jeter dans la gueule de Loup Bleu pour cent mille petits dollars ? Crois-tu vraiment que ça en valait le risque ?

— Tu connais ma situation. Qui d'autre que toi disposerait de cette somme en moins de quarante-huit heures ?

— Et comment serais-tu capable de me rembourser une telle somme, Gangnam ? Tu n'es même plus flic. Avec combien vis-tu en ce moment ?

— Mille cinq cents dollars par mois, l'argent de ma retraite.

— Ta retraite ? Ils t'ont laissé ta retraite ?

— Loup Bleu, si tous les flics du pays me considèrent comme un ripou, mes supérieurs savent bien que ce sont eux qui m'ont mis dans cette galère. Ils me devaient bien ça.

— Et les quinze mille dollars mensuels que je te versais à l'époque, mon garçon ?

— Tu sais très bien que je les flambais pour donner le change aux autres.

— Erreur, Gangnam, grossière erreur. Dragon, chef de clan, prostituée ou épicier de supérette, la seule issue pour ses vieux jours, c'est d'économiser, dit-il en se levant.

Il rejoint un panneau qu'il fait coulisser et qui découvre un solide coffre. Il en manipule la combinaison, tire la lourde porte, et montre, d'un geste, l'intérieur plein de liasses méticuleusement empilées.

— Même moi, j'économise, tu vois ? dit-il en tirant cinq liasses du coffre. Pour moi ou au cas où un vieil ennemi viendrait à en avoir besoin. Tiens, pour ton ami.

Il lance les liasses à Gangnam qui les rattrape de justesse et les remet à Verneuil qui n'ose pas comprendre.

— Vingt pour cent, rajoute Loup Bleu. Tu me dois cent vingt mille dollars dans un mois jour pour jour, heure pour heure. Regarde ta montre. Tu es vraiment sûr de pouvoir me rembourser ?

— C'est son affaire, pas la mienne. Il ne peut rien faire d'ici, mais dès son retour à Paris, il fera le nécessaire avec ses banques.

— Je comprends bien, Gangnam, mais…

— Oui, je sais, Loup Bleu, je sais : je suis garant de lui, ça va de soi.

— Et depuis combien de temps tu connais ce Français, rappelle-moi ?

— Depuis hier.

— C'est bien ce que je redoutais. Tu sais, j'avoue que j'ai toujours admiré ta capacité à te fourrer dans des emmerdes que n'importe lequel de mes hommes aurait su éviter.

— Oui, mais avoue, Loup Bleu, que je m'en suis toujours tiré.

Le dragon referme son coffre et retourne s'asseoir.

— Très bien. Une autre demande avant que nous passions aux choses sérieuses ?

Gangnam va répondre par la négative et prendre congé quand il se reprend :

— Oui, peut-être…

— Tu ne cherches pas à gagner du temps, j'espère ? s'amuse Loup Bleu.

— Non, mais j'aurai peut-être besoin d'un conseil et de ta connaissance des réseaux de la capitale.

Gangnam explique alors au vieil homme l'appel de Madeleine Verneuil et son allusion à une terrasse et à des *matcha latte* aux fleurs de sureau prises dans des glaçons.

— Les hommes des Quatre lanternes connaissent Séoul comme leur poche et je me demandais si, par hasard, l'un d'entre eux n'aurait pas l'adresse d'une pension, genre prison privée, à proximité d'un salon de thé qui serait réputé pour son *matcha* aux fleurs de sureau.

— Quoi, tu veux prendre d'assaut la pension qui retient la femme de ton ami ? Puis-je te rappeler, garçon, que tu n'as plus ni collègues flics ni frères de gang ? Tu vas y aller tout seul ? Avec ton ami français, peut-être ?

— D'accord. Oublie ce que je viens de dire. Dis à Kimchi de rassembler ses hommes et finissons-en.

— Que se passe-t-il ? s'inquiète Verneuil qui sent la tension soudaine.

— Verneuil, écoute-moi bien. Surtout, écoute-moi bien, c'est une question de vie ou de mort, tu comprends ? Range les billets dans tes poches, ne bouge pas, et ferme-la quoi qu'il arrive, d'accord ?

Quoi qu'il arrive, tu m'entends ? Le sort de Madeleine en dépend peut-être, compris ?

— Mais qu'est-ce que…

— Putain, qu'est-ce que tu ne comprends pas dans « ferme-la ! », Verneuil ?

Les autres hommes ne sont plus là quand Gangnam et Verneuil sortent du bureau. Précédés de Kimchi et suivis de Loup Bleu, ils traversent en silence toute la demeure jusqu'à l'étroite terrasse en haut des trois marches rouges. Les hommes les attendent sur le parking. Ils ont tombé la veste et retroussé leurs manches de chemise. Kimchi les rejoint, dévoile les tatouages sur ses avant-bras à son tour, et se retourne face à la maison.

Gangnam ferme les yeux et se décide, un sourire aux lèvres, comme s'il hésitait à croire qu'il va vraiment faire ce qu'il va faire. Verneuil, qui n'a pas encore compris, veut le suivre, mais Loup Bleu, d'une poigne de fer sans appel, le retient par le bras. Sur les gravillons, le cercle des hommes se forme autour de Gangnam.

— Allez, ricane-t-il, qui ose le premier, qu'on en finisse ?

Un homme se jette sur lui. Gangnam esquive et le casse en deux d'un coup au foie.

— Au suivant…

Ils sont trois à suivre. Gangnam encaisse et rend coup pour coup. Le gravier crisse sous les chaussures. Verneuil, sidéré, horrifié par l'inégalité du combat, s'étonne de l'agilité et de la puissance des poings et des pieds de Gangnam. Trois hommes sont au sol déjà quand Kimchi entre dans la danse. Le temps de cueillir Gangnam deux fois par surprise et de prendre un crochet au menton pour le compte. Alors, les cinq autres se ruent dans la bagarre. Gangnam les attend et tient à marquer chacun d'un coup à couper le souffle. Verneuil commence à croire qu'il pourrait bien venir à bout de la bande, quand un des blessés se relève et le fauche d'un coup de pied derrière les genoux. Gangnam tombe à terre et, contre toute attente, ne se relève pas. Il se roule en boule et laisse se déchaîner sur lui la fureur des hommes, sous les yeux effarés de Verneuil et le regard connaisseur de Loup Bleu.

Le dragon des Quatre lanternes laisse encore une bonne minute aux hommes de Kimchi pour s'acharner à coups de pied et de poing sur Gangnam avant de sonner, d'un geste, la fin de la récréation. Le pugilat se termine aussitôt. Les hommes, blessés et essoufflés, se remettent quelques secondes, les mains sur les genoux, puis récupèrent leur veste et s'en vont. Seul reste Kimchi. Il attend Loup Bleu qui invite Verneuil à le suivre jusqu'à Gangnam recroquevillé au sol, le nez dans les gravillons. Il fait signe à Kimchi de l'aider à se relever et Verneuil s'y précipite aussi.

— Ça va ?

— D'après toi ? bredouille Gangnam entre ses lèvres gorgées de sang.

— Tu devais t'en douter, non ? demande Loup Bleu comme à un enfant puni.

— Je te l'ai dit, je l'ai amené avec moi pour avoir quelqu'un pour me raccompagner à Séoul.

— Tu es bien toujours le même, murmure Loup Bleu dans un soupir où Verneuil, malgré les mots qu'il ne comprend pas, discerne un soupçon d'admiration.

Puis le dragon les congédie d'un geste du menton et regagne son *hanok*.

— Cent vingt mille dollars dans un mois, Gangnam, n'oublie pas, sinon cette fois je ne les arrêterai pas.

— Qu'est-ce qu'il dit ? s'inquiète Verneuil.

— T'occupe, ramène-moi.

XVI

… glissés dans son message.

— Tu savais ?

Gangnam a laissé conduire Verneuil, inquiet, qui le surveille du coin de l'œil. Lui a basculé le dossier du siège passager pour soulager les douleurs de son corps tout entier meurtri. Ils l'ont bien rossé. Avec application. Verneuil a cru qu'ils allaient le tuer. Il ne pouvait pas savoir. Faire mal sans trop laisser de marques. Muscle par muscle. De la belle ouvrage, reconnaît Gangnam. Kimchi est un bon lieutenant du clan des Quatre lanternes, et Loup Bleu un vrai dragon.

— Ça ne pouvait pas se passer autrement, murmure Gangnam entre ses lèvres enflées comme des sangsues.

— Si j'avais su, je n'aurais jamais accepté.

— C'est bien pour ça que je ne t'ai rien dit.

— Mais ils t'ont à moitié tué, à neuf contre un !

— À moitié, ça veut dire que je suis encore à moitié vivant, c'est suffisant, non ?

Verneuil garde le silence, hanté par l'horreur dont il est resté le témoin impuissant. La violence des sbires de Loup Bleu, la soumission suicidaire de

Gangnam, et surtout sa lâcheté à lui. Pas un cri, pas un geste pour qu'on épargne cet homme qu'il connaît à peine et qui risque sa vie pour sauver Madeleine.

— Ne t'en fais pas, ce n'est pas cher payé pour cent mille dollars. Tu vas pouvoir régler la rançon.

Verneuil ne trouve rien à répondre. Ce que Gangnam vient de faire expose, en miroir, sa propre incapacité à sauver sa femme. Comment pourra-t-il jamais lui rendre la pareille après un tel sacrifice ? Gangnam le comprend et grimace un sourire.

— Loup Bleu m'aurait fait tabasser un jour ou l'autre. Pour l'exemple. Pour le respect du code. Je les ai trahis, d'une certaine façon. Je peux m'estimer heureux de ne pas en être mort. Battu pour battu, autant l'être pour récupérer l'argent de la rançon, tu ne crois pas ?

— Qu'est-ce que ça veut dire, « trahis d'une certaine façon » ?

Gangnam explique que Loup Bleu a toujours su qu'il était un agent infiltré. Lui n'a découvert que bien plus tard qu'il le savait. Des enquêteurs retors se sont appliqués à lui expliquer quel baltringue il avait été. Des gradés aussi, même s'ils faisaient semblant de faire de lui, dans des compliments flatteurs d'une perverse ironie, une sorte de héros. La vérité avait été cruelle pour Gangnam et tous les risques qu'il avait pris. Une entente tacite entre les Quatre lanternes et un ministre pour faire tomber les autres clans et une partie de la hiérarchie policière. Il avait été manipulé de toutes parts. Le plan avait fonctionné, mais en partie seulement, celle du grand nettoyage. Pas celle qui aurait dû lui garantir le secret de sa mission. Des flics et des gradés, des commissaires, des juges, des députés, épargnés ou pas par la rafle, l'ont exposé. Des avocats surtout, qui ont cherché à lui faire porter la responsabilité d'une machination et ont poussé des journalistes à faire circuler son nom.

— … et je me suis retrouvé la bête à abattre des flics, corrompus ou pas, et celle des clans en tant que balance.

Ils roulent vers Séoul. Ils n'en sont qu'à une heure à peine et traversent encore des forêts entre les collines.

— J'aurais dû intervenir, se reproche Verneuil, faire quelque chose. Au moins pour le geste. Le principe. Prendre Loup Bleu en otage pour qu'ils t'épargnent. Merde, j'ai été flic, quand même, non ?

— Tu serais mort si tu l'avais fait. Loup Bleu t'aurait tué à mains nues.

Verneuil se tait de nouveau. Gangnam laisse passer un long silence avant de lui expliquer.

— Loup Bleu est un dragon à l'ancienne. Il a conquis son pouvoir à la force de ses poings. Dans la tradition des clans, en Corée, les chefs le sont pour avoir été les meilleurs dans les combats entre clans et Loup Bleu n'a pas failli à cette règle. À plus de cinquante ans, je l'ai vu venir à bout de dix hommes de vingt ans plus jeunes que lui dans un combat de rue. Flic ou pas, il ne t'aurait même pas laissé le temps d'esquisser le moindre geste pour l'atteindre, et je te garantis que j'ai été soulagé qu'il lâche ses hommes sur moi plutôt que d'avoir à l'affronter lui tout seul.

Ils roulent et Gangnam parle dans un murmure que Verneuil devine douloureux, mais qui, d'une certaine façon, détourne son attention de sa souffrance.

— La légende de notre mafia s'est forgée dans des conditions qu'il faut connaître pour la comprendre. Le premier grand dragon, Kim Jwa-jin, a aussi été un grand patriote. Il a lutté contre l'occupation japonaise. On le trouvera même à la tête de l'armée coréenne lors d'une des plus grandes batailles patriotiques. Son aura était telle que lorsqu'il lui succédera, son fils illégitime deviendra à la fois un dragon connu et reconnu de la mafia et un député officiel de la République.

— Gangnam, je veux bien entendre tout ça, mais ça n'en fait pas autre chose que des tueurs. Tout à l'heure, j'ai vraiment eu peur qu'ils ne dégainent et ne nous criblent de balles comme des chiens.

— Alors remercie les Japonais qui nous ont sauvés de ça.

— Que viennent faire les Japonais là-dedans ?

— Quand ils ont occupé la Corée, ils nous ont bien entendu interdit le port d'arme et nos gangsters ont dû s'en accommoder. Sais-tu comment les gangs s'affrontaient à l'époque ?

— Comment veux-tu que je le sache ?

— Bande contre bande, quarante contre quarante, en terrain neutre, usine abandonnée ou friche industrielle. On arrêtait le combat au premier blessé grave et son clan acceptait sa défaite.

— On dirait des bagarres de cour de récréation.

— Détrompe-toi, aujourd'hui encore, tous les membres des clans passent une grande partie de leur journée dans les salles de sport ou sur les tatamis. Ce n'étaient pas des bagarres de préau, tu peux me croire. Il y a des codes et des règles à respecter.

— Je ne vois pas celles qu'ils ont respectées en te tabassant à dix contre un.

Gangnam tente un sourire qui n'arrache qu'une mauvaise grimace à son visage.

— D'abord, dix hommes contre moi, c'était pour me faire honneur. Ça montre la valeur que Loup Bleu me reconnaît. Ensuite, c'était bien chorégraphié, tu n'as pas remarqué ? Ils m'ont laissé porter mes coups, à la loyale. Dix contre moi, mais un par un, à tour de rôle, au début. Je ne pouvais pas me laisser tabasser sans réagir, mais tout le monde, moi compris, savait pourquoi j'étais là : pour être puni. Il y avait plus de respect que de haine dans ce combat-là, Verneuil, tu peux me croire.

— Honnêtement, Gangnam, à quoi ça rime, tout ça, ces histoires de code et d'honneur ?

— C'est comme les lois et le Code pénal, un ensemble de règles qui régissent le fonctionnement d'une société, ni plus ni moins.

— Sauf qu'en ce qui concerne les mafias, ce sont des sociétés de vices, de crimes et de violences, avides de pouvoir et d'argent.

— Parce que tu penses que notre société n'est pas un monde de vices, de crimes et de violences avide de pouvoir et d'argent ?

— Si j'en crois ce que j'ai lu pour préparer notre voyage, la Corée du Sud est classée dans les dix pays les plus sûrs en matière de crimes et d'armes en circulation. Je n'appelle pas ça une société violente.

— Et comment appelles-tu une société qui pousse quatorze mille personnes au suicide chaque année ? Chaque année, Verneuil ! Elle est là, la violence de cette société, et je vais te dire une bonne chose…

La sonnerie de son téléphone l'interrompt.

— Allô ?

— …

— Allô ?

— C'est toi, Gangnam ?

— Bien sûr que c'est moi !

— Qu'est-ce que tu dis ?

— Je dis : bien sûr que c'est moi, qui veux-tu que ce soit qui répond sur mon portable ?

— Mais c'est quoi, cette voix ?

— Ah, ça ? Je t'expliquerai plus tard, Chin-sun. Du nouveau de ton côté ?

— Oui. Je crois que j'ai logé la pension de Madeleine.

— Tu en es sûre ?

— Pratiquement. Je fais les dernières vérifications. Si ça se confirme, on monte une opération avec le S.O.U. dans la nuit.

— Ça se passe où ?

— Pardon ?

— Ça se passe où ?

— Je te le ferai savoir, Gangnam, mais je ne veux pas t'y voir avant nous. Ne va pas tout faire foirer. Je te le dirai quand nous y serons. Tu es avec Verneuil ?

— Oui.

— Il nous entend ?

— Quand bien même, petite sœur, nous parlons coréen !

— Ah oui, c'est vrai, alors laisse-le en dehors de ça. Ramène-le à son hôtel et qu'il attende là-bas. Et soigne ta gorge, tu es enrhumé ? On ne comprend pas la moitié de ce que tu dis.

— Chin-sun, attends ! Comment tu as fait ?

— Les fleurs de sureau dont parlait Madeleine dans son message. J'ai remonté sans succès la filière des grossistes et des revendeurs, mais j'ai trouvé un blog qui référencie les meilleurs *matcha* de Séoul. J'ai interrogé l'influenceuse qui le gère : trois salons seulement préparent le *matcha latte* avec des fleurs de sureau prises dans des glaçons. C'est de la frime plus qu'autre chose. Ça n'apporte rien au *matcha* parce que…

— Petite sœur, on s'en fiche !

— Oui, tu as raison. Un seul de ces salons est situé dans un quartier qui peut abriter une pension. En travaillant sur une photo aérienne, j'ai identifié deux petits immeubles avec terrasse dans un rayon de deux cents mètres. Je suis passée les voir en voiture. Un seul correspond à ce que nous cherchons. Un genre d'hôtel borgne pour paumés de passage, d'après le commissariat du coin, propriété d'un type pas très clair connu de ses services.

— Bien joué, lâche Gangnam.

— Ça n'a pas l'air de te réjouir tant que ça, s'inquiète Chin-sun. Tu as fait quoi, toi, de ton côté ?

— Je me suis fait défoncer le portrait pour récupérer de quoi payer la rançon.

— Dommage pour toi, persifle Chin-sun, Verneuil a de bonnes chances de ne pas avoir à la payer, maintenant. Grave, le portrait ?

— Je survivrai.

— Bon, alors je te tiens au courant, grand frère.

Chin-sun raccroche et Gangnam explique plus ou moins la situation à Verneuil en mentant juste ce qu'il faut. Ça semble bouger sans qu'il sache ni pourquoi ni comment. Chin-sun lui recommande de rentrer à l'hôtel. Les kidnappeurs pourraient précipiter les choses.

— J'avais essayé de brancher Loup Bleu pour qu'il nous aide à repérer le lieu de détention de Madeleine, mais il semble que ça ne sera peut-être pas nécessaire.

— Qu'est-ce que tu as demandé à Loup Bleu ?

— S'il pouvait localiser une « pension » à partir d'une terrasse et de *matcha latte* avec des fleurs de sureau dans les glaçons.

— Et qu'est-ce qu'il t'a dit ?

— Que ce n'était pas son affaire. Qu'il nous aidait déjà bien assez avec la rançon pour ne pas perdre son temps à jouer les flics. De toute façon, Chin-sun est une vraie flic, elle, et semble sur la bonne voie. Il se pourrait qu'elle ait bien exploité les indices que Madeleine nous a glissés dans son message.

XVII

… en silence dans l'immeuble.

C'est un petit immeuble laid. Six étages en béton. Quelques marches en béton et un semblant de porche en béton qui donne sur des escaliers en béton. Brut, le béton. Dehors comme dedans.

Un ancien lupanar dans un coin à l'abandon de l'avenue Gyeongin-ro, perdu dans le quartier de Mullae-dong. La nouvelle conquête de Séoul. Des kilomètres carrés de petites usines, d'ateliers, d'établissements, de fabriques, de manufactures, d'échoppes, la plupart de plain-pied dans une mosaïque de cours et d'arrière-cours, de hangars et d'appentis, les façades placardées de réclames jaune et rouge, sous l'œil ambitieux des nouvelles constructions. De hauts immeubles résidentiels qui poussent au hasard des spéculations opportunistes, comme des chênes solitaires soudain centenaires et solides au beau milieu d'un potager fragile. La nuit leur donne des airs de colosses pétrifiés au beau milieu de leurs champs de bataille. Au petit matin, ils reprendront leur combat sans pitié sur ce qui aura été un quartier vivant et humain, industrieux, productif, avec une vraie vie communautaire avant de n'être plus qu'un programme immobilier spéculatif sans âme.

Sur le trottoir, le feuillage d'un platane tuméfié de bubons filtre la lumière d'un réverbère. Un homme monte la garde près d'un brasero, une Marlboro au coin des lèvres et un pack de Cass éloigné du feu pour ne pas chauffer la bière. Jeune, déjà usé par la vie, mais qui ne désespère pas. Tant qu'il aura de la bière.

Il aura bientôt fini de « tenir les murs » en bas des rues, à faire le guet et surveiller le commerce. Il a déjà gagné un peu de sang dans des bagarres de rues. Kang Sang-ook finira bien par le remarquer. Après, ça ira vite. Dans trois ans et de belles bastons, il aura droit à son petit groupe à lui, avec quelques hommes et deux ou trois commerces à gérer, et si ça se passe bien, il intégrera un clan. Cinq ans plus tard, il sera sous-lieutenant et gérera une rue pour le lieutenant du clan qui gère le bloc. Un vrai salaire et le droit au costume noir avec les cheveux rasés sur les côtés. La classe ! Et après, il passera lieutenant…

Il n'en aura jamais le temps. Deux fourgons pilent devant le porche, une douzaine d'hommes en noir en jaillissent et les deux premiers se jettent sur lui pendant que les autres s'engouffrent en silence dans l'immeuble.

XVIII

… pour faire tout ce chemin.

C'est une belle enquête pour l'inspectrice Joon. Le saut de l'ange d'une star, le suicide d'une icône, à deux pas de chez elle, dans ses beaux quartiers au sud de la rivière Han. Des radios, des caméras, des journalistes. Du petit-lait ! Rien à redouter : Choiwoo, du groupe Darkan, a intentionnellement défait le mousqueton de sécurité de son harnais pour s'écraser sur la statue érigée en hommage au succès planétaire du rappeur Psy. Les images de son geste tournent déjà en boucle sur tous les réseaux. Aucun doute. Geste volontaire. Suicide.

Ne restent à envisager que d'éventuelles négligences dans la préparation et la mise en sécurité de l'événement. Routine ! Et rechercher, possiblement, les raisons du suicide. Bien sûr, le fait qu'on lui ait confié les investigations plutôt qu'aux équipes du commissariat de quartier de Gangnam-gu prouve, s'il le fallait, que quelqu'un, quelque part, préfère garder une main ferme et discrète sur l'enquête. Elle verra bien ce qu'on exigera d'elle le moment venu.

Pour l'instant, elle en profite et se délecte de la perquisition dans l'appartement du Dark Angel.

Six cents mètres carrés au dernier étage d'une tour de deux cent cinquante mètres de haut. Entièrement vitrés sur la rivière et la ville côté nord. Plus trois cents mètres carrés de terrasse autour d'une piscine côté sud. Pour un gosse de vingt ans à qui il est interdit par contrat de vivre en couple et qui passe dix-huit heures par jour à bosser hors de chez lui ! Joon explore l'appartement avec envie. Tout le dernier étage, en fait, desservi par un ascenseur personnel. La première fois qu'elle voit l'emploi du temps du pauvre Choiwoo, elle en sourit. Il s'affiche dans la cuisine, en digital sur la porte du réfrigérateur, qui devient transparente dès qu'on la touche. Bonjour le petit déj ! Elle le retrouve, en digital toujours, sur les miroirs des trois vastes salles de bain en marbre. On l'efface d'un geste devant la glace, mais il se rappelle à l'attention automatiquement après dix minutes. Il s'affiche aussi sur l'écran des huit téléviseurs de l'appartement. Dont un mural. Tout le mur.

Joon ne peut s'empêcher de le lire. Elle se laisse tomber dans un sofa blanc de cuir souple, face au mur-écran du vaste salon. Tout y est. Les événements et leurs sponsors, les dates, les lieux, les horaires. Les responsables et les accompagnateurs. Les modes de transport : limousine, hélico, avion privé, avion de ligne. Les tenues : quels vêtements, quels accessoires en rapport avec les sponsors.

— Qu'est-ce qu'on cherche ? demande un inspecteur du commissariat local sur un ton de reproche.

— Quelque chose qui pourrait expliquer son geste.

— Pourquoi, cet emploi du temps ne te suffit pas ? réplique l'inspecteur en désignant l'écran et toutes ses consignes.

— Je supporterais dix fois plus sans rechigner pour un appart' comme celui-là.

L'autre secoue la tête, incrédule.

— Tu l'as bien vu, cet appart' ? Froid et nickel, impersonnel comme un hôtel, sans le moindre désordre de vie. Un appartement modèle pour millionnaire blasé. Ce gamin jouait du rock et du métal avec ses potes dans la réserve du magasin de ses parents en buvant des bières jusqu'à plus d'heure il y a trois ans à peine. Tu l'imagines vraiment heureux là-dedans ?

— Je te garantis que moi, j'y serais heureuse, très heureuse même, si en plus j'avais le pognon qu'il avait !

— Mais dans quel monde tu vis, pour une flic ? Tu sais bien que son agence gère tout pour lui. Ce gamin n'avait rien. On payait tout pour lui, tout, toujours, mais je suis certain qu'il n'avait même pas un billet en poche.

— Il pouvait demander ce qu'il voulait. Il exigeait une Lamborghini et il l'avait le soir même. Dans la couleur qu'il voulait. Parme, ou en damiers rose et vert, selon son caprice.

— Oui, c'est exactement ça. Il pouvait demander. On accédait à tous ses caprices, mais il devait demander, tout et n'importe quoi. C'est pas une vie.

— Eh bien ta vie, à toi, c'est de chercher, alors cherche !

— Et pas toi ?

— Non, moi, c'est de superviser ce que tu fais, alors bouge-toi.

Il inspecte, partout, et ne trouve rien d'autre que les marques d'une vie sous contrôle. Pas une miette dans la cuisine, pas un vêtement jeté au hasard, pas la moindre goutte d'eau dans les salles de bain, dans un pays où c'est un sport national de s'y asperger. Tout, dans le sillage de Choiwoo, semble avoir été aussitôt nettoyé, plié, rangé, effacé, lustré. Pas le moindre signe qu'il habitait cet appartement depuis plus d'un an déjà.

De toute façon, Joon se moque des raisons de ce suicide. Il n'y a pas eu crime. Ce n'est pas une véritable enquête. Ce gamin n'avait aucune excuse d'abandonner un tel luxe de vie. Surmenage ? Et alors ? Elle veut bien être surmenée, elle, pour une vie comme celle-là.

— Il n'a pas d'ordinateur, s'étonne l'inspecteur.

— Qu'est-ce que tu voulais y chercher ?

— Des échanges, des contacts, des confessions, un journal intime, quelque chose qui nous aurait permis de comprendre son geste.

— Ne te donne pas cette peine.

— Ce n'est pas de la peine, c'est juste notre métier et je cherche, comme tu m'as dit.

Joon se lève dans un soupir. Elle secoue la tête devant tant de naïveté et s'adresse à l'inspecteur comme une mère fatiguée par un enfant qui ne comprend rien à rien.

— Écoute, je t'ai dit de chercher, pas de trouver. Nous n'avons rien besoin de trouver. Ceux que nous avons forcés à nous ouvrir ont déjà prévenu la cavalerie. D'ici quelques minutes vont débarquer son secrétaire particulier, son avocat, le directeur de sa *management team*, et le big boss de Big Wave avec ses gardes du corps. Et là, mon gars, ça sera *game over* pour nous.

— Je vais chercher quand même. Reste devant ta télé si tu préfères.

L'inspectrice n'a pas le temps de répondre. Un groupe de personnes entre dans l'appartement, précédé d'un homme suivi de deux gardes du corps. Cheveux rasés sur les côtés, longs sur le dessus. Ils forcent le passage et les deux policiers de garde à l'entrée n'osent pas s'interposer.

— Tout le monde sort, dit l'homme.

— Personne ne sort, rétorque Joon, et personne n'entre.

Mais les nouveaux venus se dispersent déjà dans l'appartement.

— Il s'agit d'un suicide, réplique un d'entre eux, aucune enquête n'est ouverte et vous n'avez aucun droit de perquisition.

— Le suicide n'est pas encore établi, monsieur qui-que-vous-soyez. Il ne pourra l'être qu'après l'autopsie et nos premières constatations.

— Je suis l'avocat dépêché par Big Wave pour garantir les droits de monsieur Choi Joon-woo. Regardez votre téléphone, quarante-cinq millions de followers ont déjà visionné la séquence où on voit Choiwoo défaire lui-même la sécurité de son harnais.

— Ce n'est pas aux réseaux sociaux de décider pour la police, et je vous déconseille de faire obstruction à l'enquête.

— Quoi qu'il en soit, rien de ce qui aura été saisi ou examiné ici ne pourra être recevable dans aucune des éventuelles actions en justice à venir.

— Quoi, c'est vous qui parlez d'actions en justice ? Pour un suicide ? Auriez-vous des éléments à porter à notre connaissance, monsieur l'avocat ?

L'avocat ne l'écoute pas. Il regarde celui qui semble être le chef et qui téléphone. Quand l'homme raccroche, il adresse un imperceptible signe à l'avocat qui refait face à l'inspectrice Joon.

— Regardez votre téléphone, inspectrice.

— Je me moque des followers.

— Je me doute que vous n'en avez pas beaucoup, mais vous devriez quand même vous intéresser à celui-là.

Le téléphone de Joon sonne, à la grande satisfaction de l'avocat, et elle reconnaît le numéro.

— Oui, monsieur le commissaire général… Bien sûr, monsieur le commissaire général… J'ai compris, monsieur le commissaire général.

Joon raccroche et rappelle ses hommes.

— Bonne journée à vous, inspectrice, dit en lui indiquant la porte de la main l'homme qui avait demandé à tout le monde de sortir.

Le geste qu'il fait découvre son poignet. Le tatouage qu'elle y devine et la coiffure de ses sbires ont vite fait de la convaincre. Que vient faire la mafia dans cette histoire ? Et quel clan ?

Elle enrage quand même d'avoir été snobée de la sorte par trois mafieux et son commissaire général. L'ascenseur pressurisé ultrarapide la dépose sans bruit ni secousse dans le hall du condominium, son ego blessé et son humeur noire. Quand la jeune hôtesse se précipite vers elle, les yeux rouges d'un chagrin sans fond, son premier réflexe est de l'éloigner d'un geste.

— Quand je pense qu'il m'a laissé quelque chose ce matin…

— Quoi ? Qui a laissé quoi ?

— Choiwoo, je veux dire monsieur Choi Joon-woo, il m'a laissé quelque chose ce matin.

— Alors, mettez-le au coffre, si c'est un billet de cinq mille wons, il en vaudra cinq millions dans trois jours.

— Mais ce n'était pas…

Joon s'énerve et s'éloigne en donnant l'ordre à l'inspecteur qui la suit de s'occuper de ça. L'homme s'approche de l'hôtesse, la réconforte de quelques mots, et l'encourage à parler.

— Que vous a-t-il laissé, mademoiselle ?

— Une enveloppe.

— Avec de l'argent pour vous ? Un pourboire pour un service ?

— Bien sûr que non, qu'allez-vous penser ! Il m'a laissé une enveloppe à déposer à la réception du Han River Hôtel à Insa-dong, après mon service.

L'inspecteur demande à voir l'enveloppe. Elle est scellée et marquée d'un sceau à l'ancienne.

— C'est celui de Choiwoo, précise l'hôtesse secouée par un regain de sanglots.

— Tu en es certaine ?

— Oui. Il l'a dessiné il n'y a pas si longtemps et m'avait demandé de le porter à un graveur de sceaux de la rue Insa-dong.

— Il a expliqué ce que ça représente ?

— Oui. Le demi-rond en haut, c'est le soleil, le svastika au milieu, c'est l'homme désarticulé qui tombe, et en bas c'est le symbole de la terre. Une histoire romaine. Ou grecque, je ne me souviens plus.

— Confie-moi cette lettre, je la porterai moi-même au Han River.

— Vous êtes sûr ?

— Oui, petite sœur. Je suis policier, et toi tu as bien trop de chagrin pour faire tout ce chemin.

XIX

… un homme qui pleure.

— Merde alors ! jure l'inspectrice Joon en lisant le mot manuscrit en anglais.

Madame Verneuil,

Après les mots que vous m'avez dits dans l'avion, vous, mieux que quiconque, comprendrez mon geste. J'ai pour sceau le rêve d'Icare et mon groupe s'appelle les Anges noirs. Il faut croire que tout était écrit. Nous partons pour deux voyages différents. Profitez bien du vôtre. Mon pays est beau, aimez-le. Les gens y sont durs, pardonnez-leur. À moi aussi.

Joon-woo

— Seigneur Dieu ! soupire Joon en se passant la main dans les cheveux. Qu'est-ce que ça veut dire ? C'est qui, cette madame Verneuil ?

— Je n'en sais rien, répond l'autre enquêteur, mais je suppose qu'elle loge au Han River, puisque l'hôtesse devait y déposer ce message.

— Eh bien qu'est-ce que tu fiches encore à supposer, tu devrais déjà être là-bas pour me la ramener au commissariat !

— Attends, tu sais quoi ? réplique l'enquêteur, soudain exaspéré. Tes humeurs à la Dirty Harry, ta dégaine de Gangnam Girl Vuitton-Prada-Chanel et ta déontologie à géométrie variable, tu les remballes, tu te les roules sous le bras et tu te les mets où tu veux. Tout le monde sait qui tu es et qui était ton père, alors lâche-moi et démerde-toi, tu n'es pas ma supérieure. C'est ton enquête. Tu l'as voulue, eh bien tu l'as eue.

Il fait demi-tour et la plante là, au pied de l'immeuble de Choiwoo.

Joon encaisse en le traitant dans sa tête de petit merdeux de flic à la con, quand le ciel se déchire et déverse sur elle et la ville tout entière une pluie de mousson. Elle hèle l'inspecteur, qui passe devant elle dans la voiture de patrouille. Sans s'arrêter, il la gratifie d'un geste sans équivoque. Sa voiture à elle est restée sur les lieux où cet idiot de chanteur s'est balancé de l'hélico. Pas un homme pour racheter l'autre dans ce foutu monde !

Elle veut aller chercher le métro, mais la pluie redouble et la détrempe. Alors elle décide de courir jusque chez elle, sur Garosu-gil, et de tous les envoyer se faire voir. Douche bouillante, puis *matcha latte* au gingembre au Café Kitsuné en bas de chez elle dès que le soleil revient. Avec quelques *gyeongdan*, les boules de riz glutineux sucré fourrées à la pâte de haricot rouge. Une roulée dans des graines de sésame noir pour cet idiot de K-pop star, une autre roulée dans de la neige de thé vert pour cet abruti d'inspecteur, et une autre roulée dans du cristal de cannelle pour… mais la pluie triple soudain. Tant pis, ça sera Uber Eats pour le *matcha* et les *gyeongdan* !

L'inspecteur, lui, ne supporte pas ces *chaebol*. Le mot désignait, à l'origine, les grands conglomérats qui écrasent l'économie tout entière. Il a qualifié ensuite la caste des supra-riches corrompus qui ont mis le pays en coupe réglée, en s'imposant au-dessus de tout et de tous : des lois et des règles, et surtout des pauvres gens. Aujourd'hui, il désigne n'importe quelle personne riche et arrogante, comme cette inspectrice Joon qui vit d'une fortune nébuleuse léguée par son corrompu de commissaire de père. Il hait ces gens-là autant qu'il aime son métier.

Il traverse la rivière et remonte plein nord vers le quartier d'Insadong par le long tunnel qui passe sous la colline boisée du parc Namsan. C'est là qu'il vient faire sa gym, aussi souvent que possible, tard le soir. Au sud, un chalet fragile et vitré comme un gazebo abrite tous les appareils et la fonte dont il a besoin. Quand le faux décor hollywoodien pour photos de mariage de série télé, juste à côté de la petite salle de sport en plein air, attire trop de monde et de musique, il pousse un peu plus au calme, au nord du parc, dans un autre gymnase à ciel ouvert, caché dans la verdure. Il aime ce parc bon enfant qui finit par dominer la ville, avec ses jardins et ses vestiges de fortifications perdus dans la végétation. Le contraire du Séoul de néons tape-à-l'œil de cette arrogante de Joon.

Il préfère ne plus y penser et le péage, à la sortie du tunnel, le ramène à la réalité. Il continue sur la même avenue jusqu'à croiser le canal et entrer dans le quartier d'Insa-dong.

Il gare sa voiture de patrouille devant le Han River Hôtel, sur l'emplacement réservé aux autobus, et se dirige vers la réception.

— Est-ce qu'une madame Verneuil loge à l'hôtel ?

Il épelle le nom pour être certain que la réceptionniste le comprenne. Quand elle lui confirme la présence de monsieur et madame Verneuil, il note le numéro de la chambre et monte dans les étages.

— Monsieur Verneuil ? demande-t-il en anglais à l'homme qui lui ouvre.

— Qui êtes-vous ?

— Je suis inspecteur au commissariat de Gangnam-gu.

Il est surpris par la panique qui irradie le regard de Verneuil quand il comprend qu'il est flic.

— Où est Gangnam ?

— C'est un quartier de Séoul au sud de la rivière…

— Je ne vous parle pas de ça ! Où est Gangnam, l'inspecteur Gangnam ? Que se passe-t-il ? Pourquoi êtes-vous là ? Où est ma femme ?

— L'inspecteur Gangnam ? s'étonne le policier.

— Oui, Gangnam. L'inspecteur Lee Min-ho !

— Lee Min-ho ? Comme l'acteur ?

— Putain, vous allez me dire ce qui se passe et où est ma femme ? Vous avez du nouveau ? Il lui est arrivé quelque chose ? Mon Dieu, il lui est arrivé quelque chose, c'est ça ?

L'inspecteur ne comprend rien, sinon qu'il doit calmer le Français qui s'affole de plus en plus.

— Ma femme est blessée ? Ils l'ont tuée ? C'est ça, elle est morte ?

Il s'agrippe aux vêtements du policier qui se dégage en lui tournant le bras dans le dos pour le plaquer contre la porte. Quand il le maîtrise, il lui parle posément dans son anglais approximatif.

— *Your wife. Everything okay. Come with me.* Tout va bien. Pas de problème.

— Tout va bien ? murmure Verneuil qui se reprend.

— Oui, tout va bien. Votre femme. Commissariat.

— Seigneur Dieu, vous l'avez retrouvée !

— Au commissariat, répète l'inspecteur. Tranquille. Tout va bien. Rien de grave. Suivez-moi.

Verneuil éclate en sanglots et suit jusqu'à sa voiture l'inspecteur qui n'ose pas regarder un homme qui pleure.

XX

À Madeleine ?

Joon est furieuse. L'inspecteur l'a appelée pour qu'elle revienne au commissariat.

— Je n'ai pas ta madame Verneuil, mais j'ai son mari dans nos bureaux, et rien de ce qu'il raconte n'est clair. C'est ton dossier, c'est ton enquête, c'est toi qui as voulu qu'on aille la chercher, alors tu rappliques et tu gères l'interrogatoire.

Elle arrive un quart d'heure plus tard, furieuse, et se fige en découvrant Verneuil.

— Qu'est-ce que vous fichez là ?

Elle a parlé coréen et Verneuil, étonné lui aussi, ne comprend pas.

— Où est ma femme ?

Ni Joon ni l'inspecteur ne comprennent le français.

— Qu'est-ce qu'il fiche là ? demande-t-elle à l'inspecteur.

— C'est le mari de madame Verneuil.

— Son mari ? Nom de Dieu de merde ! soupire Joon. Et où est sa femme ?

— Je n'en sais rien. Essaye en anglais ?

— *Where is your wife?*

— Comment ça, où est ma femme ? hurle Verneuil, en anglais lui aussi. C'est à moi de vous demander ça. Vous savez bien qu'on l'a kidnappée !

— Tu le connais ? s'étonne l'inspecteur. Tu savais que sa femme avait été kidnappée ?

— Ferme-la, ne complique pas les choses. Appelle mon commissariat et trouve-moi l'inspectrice Park Chin-sun.

Il sort pour téléphoner et elle reprend.

— Où est votre femme ?

— Mais putain, puisque je vous dis qu'elle a été enlevée. Je suis venu dans votre commissariat, vous m'avez envoyé balader et maintenant c'est vous qui me demandez où elle est ?

— Où étiez-vous pendant les dernières quarante-huit heures ?

— Mais où vouliez-vous que je sois ? Dans ma chambre à l'hôtel, sans bouger, à attendre que les ravisseurs me rappellent !

— Ils vous ont déjà appelé ?

— Oui, et je vous interdis de vous mêler de ce qui va se passer par la suite. J'en ai connu, des cons, dans ma carrière de flic, mais des connes de votre calibre, jamais !

Joon encaisse ses paroles et imagine déjà les conséquences catastrophiques sur son avenir dans la police. Ne pas avoir pris au sérieux l'enlèvement d'une étrangère qui se retrouve nommément impliquée dans le suicide d'une star de la K-pop ! Si la moindre information fuite dans les médias…

— Monsieur Verneuil, reprend-elle d'un ton presque compatissant et en respectant cette fois les formules de politesse, avez-vous suivi les informations à la télévision depuis votre chambre ?

— Bien sûr, qu'est-ce que vous croyez ? En tremblant à chaque seconde de peur d'apprendre la découverte du corps de Madeleine, tuée par ses ravisseurs, ou morte d'une balle perdue dans une opération de police.

— Avez-vous suivi les reportages sur le suicide du chanteur du groupe Darkan ?

— Comment aurais-je pu y échapper ? Les télés ne parlent que de ça.

— Monsieur Verneuil, ce garçon, Choiwoo, Choi Joon-woo pour être plus précise, a laissé une lettre expliquant son geste.

— Et alors ? réplique Verneuil qui cherche à comprendre où l'inspectrice veut en venir. Je me contrefous de ces petits cons de la K-pop.

— Monsieur Verneuil, cette lettre, ces derniers mots de Choiwoo, sont adressés à votre femme.

— … ?

— Vous avez compris, monsieur Verneuil ?

— À Madeleine ?

XXI

Jeudi – Jour 3

… venus le cueillir à l'hôtel.

— Qu'est-ce que c'est que ce bordel ?

Tout au bout de l'avenue Gyeongin-ro, l'arythmie affolée des gyrophares chahute la nuit. Secours, police et ambulances.

Il est 5 heures du matin à peine. Chin-sun est passée prendre Gangnam au Han River Hôtel, dans la chambre que lui a réservée Verneuil. Vu son état pitoyable, elle a tenté de décourager le vieux flic mafieux de participer à l'opération, mais il n'a rien voulu entendre. Le genre d'homme à ne rien montrer de ce qui le brise de douleur. Impossible à raisonner. Même pas mal, malgré ses grimaces au moindre mouvement.

Ils n'ont pas prévenu Verneuil. Gangnam a juste laissé un message pour lui à la réception. Qu'il ne bouge pas de sa chambre et reste collé à son téléphone, et qu'il l'appelle si les ravisseurs reprennent contact. Puis il a suivi Chin-sun jusqu'à une voiture de patrouille en souriant intérieurement. Une drôle d'équipe. Lui courbaturé et bleu d'hématomes comme s'il était passé sous un char nord-coréen, elle est habillée en Catwoman, petit blouson court en vinyle noir à fourrure, legging moulant vert et ballerines Repetto. À l'effigie de Hello Kitty, le blouson !

Drôle de fille, se dit Gangnam. Bonne flic. Son repérage de la pension, s'il se révèle exact, est du beau boulot d'enquête. Ne manque plus que de la voir en action. D'un autre côté, ils ont en renfort derrière eux deux véhicules des S.O.U. Seize hommes au total, lourdement armés.

Chin-sun a bien étudié son dossier et repéré les lieux sur Kakao. Elle ne se fait plus d'illusions.

— Ils sont chez nous, lâche-t-elle.

— Comment ça, chez nous ?

— Là-bas, tous ces gyros, c'est chez nous, c'est notre cible, la pension, c'est là qu'ils sont. On peut dire adieu à notre effet de surprise.

— Qu'est-ce qu'ils foutent là-bas ? Une autre unité était sur le coup ?

— Pas que je sache. La seule qui aurait pu l'être, c'est Joon, mais elle travaille sur le suicide du chanteur sur le parvis de la bibliothèque Starfield.

— C'est quoi, ce cirque ? demande par radio le commandant de l'unité spéciale. Une équipe est déjà sur les lieux ?

— Aucune idée, lâche Chin-sun.

Ils se garent sur le côté, s'identifient pour passer le cordon de sécurité, et cherchent le gradé responsable de tout ce bazar. Un inspecteur dans la quarantaine, en léger surpoids dans son costume-cravate noir, qui se la joue Blues Brothers façon John Belushi avec des lunettes de soleil en pleine nuit.

— Ce n'est pas comme si on avait vraiment besoin de l'unité spéciale, lâche-t-il. Le grabuge est passé.

— Qui vous a envoyé saborder notre opération ? Nous devions neutraliser cet immeuble pour libérer des otages.

— Eh bien quelqu'un l'a pris d'assaut avant vous. Un commando d'une douzaine d'hommes. Tous ceux qui les ont croisés se sont fait refaire le portrait. Les blessés ne sont pas beaux à voir.

— Et les otages ?

— Vous êtes les premiers à me parler d'otages, mais si vous parlez des pensionnaires du dernier étage avec ses studios aux portes blindées, tous ont disparu.

— Des témoins ? Des arrestations ?

— Il va falloir aller faire le tri à l'hôpital pour ça.

— Des victimes ?

— Oui, un corps à l'intérieur, au fond d'une sorte de puits qui relie la terrasse au rez-de-chaussée. Et un type sur le trottoir. Tombé ou balancé de la terrasse lui aussi.

— Ils sont où ?

— À l'hôpital, avec les autres. Côté morgue.

Gangnam s'est écarté et observe la scène. Les secours s'apprêtent à plier bagage. Les policiers déroulent leur routine. Peu de badauds, ce n'est pas encore un quartier résidentiel, le petit peuple industrieux des ateliers et des fabriques ne sera pas là avant une ou deux bonnes heures. Gangnam rejoint Chin-sun et s'adresse à elle dans un murmure.

— Ne regarde pas tout de suite. Reste discrète. Derrière moi, sur ta droite, dans l'ombre de l'entrée de l'autre bâtiment, un homme nous observe de loin. Tu le vois ?

Chin-sun fait mine d'inspecter la rue, comme si elle attendait l'arrivée d'un autre véhicule, pour glisser un regard de côté.

— Oui, je l'ai.

— Il est blessé au visage, tu as vu ? Et il a l'air en aussi bonne forme que moi, tu ne trouves pas ?

— Peut-être bien, et alors ?

— À mon avis, c'est un témoin direct. Tu as repéré le brasero à l'entrée ?

— J'ai vu.

— Il y avait forcément un garde de nuit et je te parie que c'était lui. Il faut le récupérer avant qu'il ne disparaisse.

— Compris. Je m'en occupe.

Chin-sun se dirige vers les véhicules de l'unité d'élite garés un peu au-delà du passage où l'homme s'est réfugié. Elle s'adresse au commando de loin à voix haute en gesticulant.

— C'est bon les gars, plus besoin de vous, la situation est sous contrôle. Désolée du dérangement, vous pouvez rentrer dans vos pénates.

Sans le regarder, elle passe à hauteur de l'homme qui s'enfonce dans l'ombre d'un petit porche.

— Il ne reste plus qu'un blessé à évacuer là-bas…

Le temps que l'homme risque un œil dans la direction qu'elle pointe du doigt, Chin-sun est sur lui en deux bonds. Une vraie chatte, habile et rapide. Elle l'immobilise contre le mur, le bras vrillé dans le dos, puis le plaque au sol et lui passe les menottes.

— Qu'est-ce qu'on a ? demande le chef des commandos, prêt à déployer ses hommes.

— Rien, un témoin potentiel qui voulait nous la faire à l'envers. Je m'en occupe. Encore une fois désolée, les gars, je ne comprends pas pourquoi on nous a doublés sur cette affaire. Vous pouvez rentrer, je passe vous débriefer dès que je peux. Merci encore.

Le chef du commando ne cache pas sa colère d'avoir été mobilisé pour rien en pleine nuit. Il remonte à bord du premier véhicule et l'unité d'élite quitte les lieux.

— C'est qui ? demande le Blues Brother en s'approchant de Chin-sun et de son prisonnier.

— Personne. Celui-là, tu l'oublies. Tu ne l'as même pas vu. Il est à nous et on l'embarque, intervient Gangnam.

— Non mais pour qui tu te prends ? T'es qui, toi, d'abord ?

— C'est mon partenaire, l'inspecteur Lee Min-ho, surnommé Gangnam, répond Chin-sun.

— L'inspecteur Lee Min-ho ? Le flic qui…

— Fais attention à ce que tu vas dire, mon garçon.

— Merde alors, je croyais que c'était une légende urbaine, moi, cette histoire de flic mafieux. Et c'est quoi, ces pseudos à la con ?

— Gangnam est un pseudo, mais Lee Min-ho est son vrai nom, précise Chin-sun.

Gangnam lève les yeux au ciel.

— C'est pas vrai, se moque le flic, Lee Min-ho comme…

— Oui, comme, mais il a horreur qu'on le lui rappelle, alors à ta place, j'éviterais.

Le Blues Brother les regarde tour à tour, les yeux brillants d'étonnement et d'admiration à la fois.

— Ça alors, Lee-Min-ho à 6 heures du mat' sur Gyeongin-ro avec deux macchabées ! Bon, écoutez, gardez ce type si ça vous chante, moi j'ai déjà mon lot de victimes et de témoins à trier à l'hosto.

— On veut aussi avoir accès à l'immeuble.

— Faites comme chez vous, de toute façon vous n'êtes pas du genre à respecter les rubalises et les scellés, je suppose !

Il s'éloigne en levant les yeux au ciel.

— Lee Min-ho, sur ma scène de crime, j'y crois pas !

Quand il est parti, Chin-sun relève son prisonnier et cherche un endroit discret pour l'interroger. L'homme le comprend et résiste aussitôt.

— Je veux rester là où il y aura des témoins.

— De quoi tu as peur ? s'amuse Chin-sun.

— De lui, avoue l'homme en désignant Gangnam. J'ai entendu ce que l'autre flic a dit. Si c'est bien le Lee Min-ho du clan des Quatre lanternes, je ne veux rien avoir à faire avec lui.

Gangnam le regarde longtemps avant de répondre et comprend que Chin-sun lui laisse la main sur ce coup-là. C'est une petite frappe qui ne sera jamais lieutenant d'aucun dragon. Aucun courage dans son attitude, aucune provocation dans son regard. Un petit poing, comme on dit une petite main, qui sera mort dans une bagarre avant même d'espérer intégrer un clan. Dans la mafia, les carrières se dessinent tôt et se construisent sur une violence assumée et rigoureuse. À la fin des années quarante, Kim Du-han a éliminé les parrains de trois clans pour unifier la mafia coréenne. Il avait à peine dix-huit ans. Le gars qu'il a dans les mains en a au moins vingt-cinq, et il est encore brasero.

Il suffit que Gangnam le pousse dans la ruelle pour que l'homme déballe tout. Oui, il était le gardien de nuit, oui, le dernier étage était interdit, oui c'était une « pension ». Oui, des soldats d'un autre clan ont débarqué dans la nuit. Oui, ils ont pris d'assaut le dernier étage. Oui, ils ont embarqué les pensionnaires.

— Le mort explosé sur le trottoir ?

— Kang Sang-ook, le propriétaire de l'immeuble, le logeur.

— Quel clan ?

— Aucun. Un indépendant qui louait les chambres de sa pension aux clans qui avaient besoin de garder quelqu'un à l'abri des curiosités.

— Ils l'ont balancé de la terrasse ?

— Oui. Ce con m'est presque tombé dessus !

— Tu les as reconnus ?

— Non.

— Pas de tatouages, pas d'accent de Busan, de Gwangju ou de Mokpo ?

— Tu sais bien que si je dis quoi que ce soit sur eux, je suis mort.

— Tu sais bien que si je fais croire que tu m'as dit quelque chose, tu es mort aussi, non ?

— Tu peux pas faire ça, tu es flic.

— Non, je ne suis plus vraiment flic. Et tu sais quoi ? Il y a quelques heures à peine, j'étais avec le dragon des Quatre lanternes.

— C'est lui qui t'a arrangé comme ça ?

— Ça se voit tant que ça ? s'amuse Gangnam.

— Ils t'ont plutôt bien cabossé…

— Oui, j'ai eu une conversation un peu animée avec une dizaine de ses soldats. Mais je suis là, et tu sais ce que ça veut dire.

— Que le dragon t'a à la bonne.

— Je n'irais pas jusque-là, mais disons qu'en ce moment, je suis plutôt ex-mafieux qu'ex-flic, et que si Hello Kitty doit se contenter de te passer les menottes, moi je peux te tirer par les lèvres jusqu'au pont de Yeongsin-ro, juste là au bout de la rue, et te balancer menotté sur les rails au passage du premier train.

— Tu parles trop, Gangnam, on perd du temps, soupire Chin-sun.

— Je sais, petite sœur, et lui aussi, il le sait, mais il a compris et il va nous raconter des choses.

— Qu'est-ce que tu veux savoir ?

— Une pensionnaire étrangère, une Française. Blonde. La cinquantaine.

— Oui, une chieuse, d'après Kang Sang-ook. Quand j'étais pas de garde, il m'envoyait chercher du *matcha latte* aux fleurs de sureau pour elle. Une tête de mule. Pour la ramener à plus d'obéissance, Kang a dû faire tabasser à mort sous ses yeux un quidam au hasard dans la rue.

Gangnam et Chin-sun digèrent l'information.

— Rien d'autre ?

L'homme raconte que le client qui payait la pension pour la Française a piqué une colère quand il a su que le maton de la vidéo l'avait assommée.

— Ils l'ont frappée ?

— Oui, le maton…

— Et alors ?

— Alors il est tombé du sixième.

— Et le client, tu sais qui c'est ?

— Comme si c'était le genre de truc que Kang racontait à son brasero !

Ils le poussent vers l'immeuble et ils montent jusqu'au sixième. À tous les étages, des flics et des techniciens répertorient et photographient des signes de bagarre et des traces de sang. Aucun doute que le raid a été d'une violence extrême.

Au sixième, ils découvrent une sorte de cabine de vidéosurveillance, entièrement saccagée. Au-delà, ouvertes sur un couloir, cinq portes blindées donnant chacune sur une pièce aveugle au confort spartiate.

— Les cellules, dit le brasero.

— Non, sans blague ! se moque Gangnam.

Ils les examinent une à une. Deux devaient être inoccupées. Trois autres montrent des signes de vie : lit défait, serviettes humides dans la salle de bain, quelques affaires, un pull, une brosse à dents. Une seule pièce est vide de tout effet personnel.

Le gardien ne sait pas dire si c'était celle de la Française, mais ça ne fait aucun doute quand Chin-sun renifle les éclats de verre d'une tasse brisée.

— *Matcha latte* aux fleurs de sureau…

Gangnam refait le tour des chambres.

— Ils sont venus pour elle, dit-il.

— Oui, je le pense aussi, répond Chin-sun. Ils l'ont embarquée avec toutes ses affaires. Une action de libération, tu crois ?

— Ça ne sera une libération que si elle réapparaît. Pour l'instant, ça ressemble plus à un transfert musclé.

— Une guerre des gangs pour le monopole du gardiennage d'otages ?

— Peut-être. Ou le propriétaire d'un des pensionnaires mécontent du service. Dans les deux cas, ça explique la mort du tenancier.

Ils redescendent voir l'inspecteur en charge de l'enquête.

— Vous avez trouvé quelque chose qui nous aurait échappé ? s'amuse le Blues Brother.

— Non. C'était une pension pour otages.

— Oui, ça, j'avais compris.

— Nous étions venus en libérer un en particulier, une femme, une Française. Quelqu'un nous a devancés, dit Chin-sun.

— Sans doute une taupe infiltrée dans votre service, au courant de votre opération et qui aurait prévenu les mafieux. Il paraît que ça arrive dans notre belle police, insiste-t-il tout sourire en plantant son regard dans celui de Gangnam.

— Oui, ça arrive, répond Gangnam sans céder à la colère ni même se vexer, ça arrive. Tant de choses arrivent. Qui a appelé la police ?

— Je n'en sais rien, on m'a juste envoyé sur les lieux.

— Qui t'a envoyé ?

— Mon commissaire.

— Et tu as toute confiance en ton commissaire ?

— Pourquoi ?

Gangnam ne répond pas et fait signe à Chin-sun de le suivre avec le gardien.

— C'est quoi, cette histoire de commissaire ?

— Rien. Juste l'occasion de lui ficher une écharde dans le mou pour qu'il se torture l'esprit. Laisse-moi dire deux mots à celui-là et je te rejoins à la voiture. Après, si tu peux, j'aurais besoin que tu me déposes chez moi.

Chin-sun s'éloigne et Gangnam prend le brasero à part. Il le plaque contre un mur, l'index pointé sur le front comme le canon d'une arme.

— Écoute-moi bien, toi, laisse tomber tout ça, tu m'entends, tu n'es pas taillé pour réussir dans la mafia, mon gars. Tu vas finir les reins percés au tournevis ou le crâne défoncé au pied-de-biche. Ne sers pas de chair à baston à n'importe quel caïd ambitieux qui aura besoin de ton cadavre comme marchepied pour sa carrière. Trouve-toi un job, apprends un métier, et range-toi.

Il enlève son doigt du front du gars et continue.

— J'en ai connu des comme toi. Je peux t'en faire une liste longue comme un soupir de Bouddha. Aucun n'a survécu et très peu ont été mis en terre accompagnés comme il se doit par les petites figurines des *kokdu*. Aucune chance qu'ils trouvent leur chemin vers l'au-delà. Ils ont fini abandonnés dans la fange plutôt que sous une petite tablette de pierre proprette gravée à leur nom complet. Et pour un certain nombre, ils pourrissent dans la glaise sur laquelle pissent les chiens errants plutôt que sous un joli tumulus à l'ancienne béni au *soju*. Continue comme ça, mon gars, et pour toi, pas de rituel annuel de *Jesa* pour nettoyer ta tombe le jour anniversaire de ta mort ou pour *Hansik*, le jour des plats froids.

Le pauvre type s'effondre. Il murmure qu'il ne veut pas finir comme une charogne dans un marigot. Dans un sanglot de honte, il avoue vouloir être enterré pour que son âme, si mauvaise soit-elle, puisse survivre et revenir sous une forme meilleure. Qu'il y a pensé ! Qu'il a même essayé pour être sûr !

— Essayé quoi ? s'étonne Gangnam.

Il n'en croit pas ses oreilles. Cette petite frappe, cet homme de rien, cette gouape a succombé aux lugubres sirènes des vendeurs de fausses funérailles. Il a payé, cher, une de ces sociétés commerciales qui fleurissent dans le pays pour « tenter l'aventure ». Pour prétendument retrouver le goût de la vie en se préparant à sa propre mort. Une fausse cérémonie. Le client y est son propre défunt, recouvert d'un voile après avoir écrit ses dernières volontés, et laissé à réfléchir à sa vie et à sa mort, allongé dans un vrai cercueil, pendant dix minutes.

— Tu as vraiment fait ça, mon gars ?

Comment peut-on se laisser tromper par une telle offre, et surtout, comment pourrait-elle être rentable pour ceux qui la proposent ? Puis Gangnam calcule que sur cinquante millions de Coréens, cinquante millions sont certains de mourir. Qu'un sur mille cède à cette proposition, et ce sont, chaque année, cinquante mille clients potentiels. Puis il se corrige, pensant que seuls ceux qui sont en âge de mourir pourraient être intéressés, sans savoir comment les déterminer, alors il abandonne pour revenir à l'homme plaqué au mur qui attend sa décision, comme un prêt-à-fusiller.

— Fais-toi oublier, mon gars, c'est le meilleur conseil que je puisse te donner.

Il rejoint Chin-sun et lui raconte l'histoire de l'homme et de ses fausses funérailles. L'inspectrice sourit et trouve que c'est une idée géniale.

— Tu ferais vraiment un truc comme ça ?

— Non seulement je le ferais, mais je te jure que je vais le faire.

Gangnam reste muet un moment, sidéré par l'enthousiasme de Chin-sun, puis préfère botter en touche et revenir à leur enquête.

— Nous sommes quand même un pays fabuleux où des kidnappeurs peuvent trouver des prisons à louer pour leurs otages.

— Ça aussi, j'ai essayé, s'amuse Chin-sun.

— Ça, quoi ? s'inquiète Gangnam.

— La prison privée.

— La prison privée ?

— Ne me dis pas que tu ne connais pas !

Vingt-huit cellules isolées de cinq mètres carrés sans télé avec un tapis de yoga pour seule couche. Ni téléphone, ni miroir, ni montre. Vingt heures de silence solitaire par jour. Isolement. Uniforme bleu. À cent kilomètres de Séoul, dans la province de Hongcheon.

— C'est le programme « Prison me » de l'association caritative Happy Way. Ça existe depuis 2013. J'y suis allée plusieurs fois.

— Mais pour quoi faire ? interroge Gangnam, les yeux écarquillés d'incompréhension.

— Pour me retrouver seule, me recentrer sur ma vie, penser à moi.

— Et tu te condamnes à combien, chaque fois ?

— Trois ou quatre jours.

— Trois ou quatre jours ! Mais comment peux-tu appeler ça une prison, toi qui es flic ? Quatre jours, une semaine, un mois, ce n'est rien. C'est de la prison pour bobos, et d'ailleurs, ce n'est même pas de la prison. Qui a encore inventé cette foldinguerie ?

— Un avocat fatigué de passer cent heures par semaine sur ses dossiers et qui a cherché à échapper à tout en se retirant loin du monde.

— Voilà, c'est ça, c'est exactement ça, juste une petite retraite méditative et volontaire. Ça n'a rien d'une peine de prison, Chin-sun, certainement pas un emprisonnement !

— Mais pourquoi tu t'énerves ?

— Parce que tu sais aussi bien que moi ce que c'est, en vrai, la prison. Ou plutôt moi, je le sais mieux que toi. J'y suis resté un an avant qu'on reconnaisse que je travaillais pour la police dans l'affaire des mafias. Tu y envoies des voleurs, des escrocs et des malfrats qui le méritent, Chin-sun, mais je t'assure que tu ne voudras jamais prendre leur place dans une vraie prison pour y purger une vraie peine. Non, mais vous êtes nombreux à vous faire avoir par cette escroquerie ?

— C'est presque toujours complet, lâche Chin-sun. Un millier de personnes par mois.

— Et je suppose que ça coûte plus qu'un sourire de Bouddha, non ?

— Cent mille wons par jour. Presque cinq cents dollars la semaine.

— Trente-six millions de wons par an. Non mais Chin-sun, plus de vingt-cinq mille dollars ! Vingt-cinq millions si c'est complet toute l'année ! Sûr que ta prison, elle est surtout dorée pour le directeur !

— N'empêche qu'on y est bien, de temps en temps, boude soudain l'enquêtrice.

Gangnam s'en veut. Il est de mauvaise foi. Il a appris en prison qu'il existe encore bien pire ailleurs. Les condamnés s'en tapaient les cuisses de rire. Dans le sud de l'Inde, par exemple, on peut dormir dans la vraie cellule d'une prison vieille de deux cents ans pour huit dollars la nuit afin de « partager de façon immersive les conditions d'incarcération des détenus ». Il l'avoue à Chin-sun.

— Mes codétenus ne m'ont jamais parlé ni de « Prison me » ni de Happy Way parce que ce n'était pas une vraie prison, mais ils se sont délectés à me raconter par le menu ce qu'ils feraient d'immersif à celle qui viendrait passer une nuit dans leur geôle. Je sais bien qu'aujourd'hui, on peut entrer y prendre son café le matin, comme ils le font en Colombie, ou y organiser une fête d'anniversaire, comme à La Paz, en Bolivie, mais ça c'est du tourisme nauséabond, pas de l'internement.

Gangnam parle en regardant l'aube qui se lève et feutre l'éclat des gyrophares. Sa voix trahit soudain la fatigue et une sorte de résignation.

— Désolé, petite sœur, mais je supporte mal ce tourisme malsain. Comme toutes ces prisons qu'on restaure en hôtels de luxe à Istanbul, aux Pays-Bas, en Australie, à Boston…

Il regarde s'éloigner le gardien qu'il a laissé filer. Les policiers et les secours se préparent à repartir. Les premiers ouvriers, mécaniciens ou vendeurs remontent l'avenue Gyeongin pour embaucher. La douleur l'use. La fatigue le sape soudain. Le découragement le gagne. Savoir que Madeleine Verneuil était là, il y a quelques heures à peine, prisonnière de cette sordide prison et qu'ils n'ont pas réussi à la sauver… Qu'elle est peut-être entre de pires mains, maintenant, ailleurs. Qu'ils ont failli.

— Chin-sun, tu peux me reconduire chez moi ?

— Ça ne va pas ?

— J'ai besoin de douze nuits de sommeil.

Elle le raccompagne et s'étonne de savoir qu'il habite dans le quartier d'Itaewon, avec ses ruelles bordées de poiriers accrochées à la colline qui monte au Jardin botanique. Un quartier qui traîne encore sa mauvaise réputation du temps de la base américaine d'avant 2001. Des bordels et des bars louches, des rixes et des bagarres, et tous les sales trafics et les mauvais marchés noirs qui vont avec.

Aujourd'hui, c'est devenu un quartier un peu fourre-tout, organisé en communautés. Indiens, Turcs, Pakistanais, Africains, Européens. Manquerait plus que des Arméniens ! On dit d'Itaewon que c'est « Western town » comme on dit ailleurs des quartiers chinois qu'ils sont des « Chinatown ».

Ancien paradis de la contrefaçon, aujourd'hui royaume mercantile des magasins de bimbeloterie et de vêtements sur mesure. Quelques grands hôtels vieillissants. De plus en plus de touristes. De plus en plus de cette nouvelle jeunesse éprise de vie à l'occidentale. C'est dans une ruelle d'Itaewon qu'en 2022, plus de cent cinquante personnes sont mortes dans une bousculade le soir d'Halloween. Un quartier cosmopolite, prisé par la communauté gay, qui se vend comme exotique et multiculturel.

Gangnam habite Hoenamu-ro. Une rue de bric et de broc, sans ordre, plantée de petites constructions posées n'importe comment, entièrement bordée de commerces de toutes sortes placardés de réclames et surmontés de l'inévitable embrouillamini des fils électriques en tout genre. Un pub irlandais, un salon de massage thaï, un café Tous les Jours, une église adventiste, une clinique animale, une boulangerie Paris Baguette. Et des épiceries dont les livraisons de fruits et de légumes débordent et encombrent la rue.

Gangnam loge au-dessus du Mama Ethiopian Food Restaurant. Quand il descend de la voiture, ses jambes le trahissent et il se retient à la carrosserie. Chin-sun l'aide à monter chez lui. Tout le dernier étage d'un ancien atelier de confection, une centaine de mètres carrés. Le fond a été réaménagé en intérieur de *hanok* traditionnel. Un puits de lumière dans le toit a permis de recréer un jardin central miniature. Les murs sont enduits d'argile, les séparations coulissantes vitrées de papier de mûrier blanc opaque, et le sol des pièces à chauffer est surélevé au-dessus d'un *ondol* traditionnel.

Et puis c'est tout.

Le reste du loft est un chantier à l'abandon, les canalisations en pierres à nu, sans plancher aux larges lattes de bois clair par-dessus pour retenir la chaleur du *ondol*.

— C'est…, murmure Chin-sun, étonnée.

— Inachevé, oui, je sais, reconnaît Gangnam.

La partie *hanok* est un vaste espace à la décoration épurée. Tout est à sa place. Rien n'est superflu.

Une brassée de Muhly roses et vaporeuses dans un vase en céladon d'une élégance rare, sur une console en pin rouge d'Uljin, celui dont on faisait le cercueil des rois. Un autel, avec quelques sucreries dans des coupelles de bronze en forme de fleur de lotus, où trône le portrait d'une femme, une de ces photos prises en prévision de sa mort, chez un photographe spécialisé dans les portraits de deuil des futurs défunts.

Chin-sun a toujours été émue par ces visages chargés d'émotion résolue. Ces coiffures et ces vêtements, ces regards, ces sourires, que les gens choisissent longtemps à l'avance et chérissent précieusement comme l'image qu'ils décident de laisser d'eux quand leur mort viendra.

Elle se souvient du jour où ses parents, ensemble, sont allés chez un photographe de deuil. Comme ils étaient beaux et décidés, sûrs d'eux, ce jour-là, et comme ils le sont depuis, sur les deux petits portraits qu'elle a fait encadrer après leur mort.

— Gabrielle, murmure Gangnam en surprenant le regard de Chin-sun. Cette tradition l'a beaucoup fait rire. En bonne Française exigeante sur son image, elle se faisait tirer un portrait de deuil tous les trois mois. Au cas où, disait-elle. Elle était très coquette.

— Elle était magnifique, reconnaît Chin-sun, impressionnée par la beauté resplendissante du visage sur la photo.

— Elle l'est toujours. Quelque part…

Elle soutient Gangnam jusqu'à sa chambre, dans la partie *hanok*, et l'aide à s'asseoir sur le matelas de plancher.

— Déshabille-toi et attends-moi, dit-elle.

— Chin-sun, je ne suis pas vraiment sûr d'être en état de…

— N'y pense même pas. Je vais juste t'acheter quelques médecines.

Elle ne lui laisse pas le temps de refuser et disparaît. Il s'est endormi quand elle revient. Elle est à cheval sur lui quand il se réveille. Il ouvre les yeux et elle l'enduit d'un cataplasme froid d'argile verte sur les épaules, les bras et le torse. Quand il veut protester, elle le plaque contre le matelas.

— Dans deux heures, je te rince à l'eau tiède. Plie les jambes.

Il obéit par réflexe et elle masse ses muscles endoloris d'huiles odorantes.

— Millepertuis, lavande et laurier. Tu laisses agir. Dans deux heures, tu nettoies et tu passes ce baume d'arnica sur chaque hématome.

Il remarque son nouveau T-shirt et elle le devine.

— Ton quartier est génial. J'ai trouvé ce maillot de Dongchimee.

Gangnam regarde, sidéré, l'un des personnages de dessin animé fétiche des Coréens. Un petit bonhomme de merde avec un chapeau en forme de colombin. La douleur le décourage d'en rire. Son pays est merveilleux, avec ses fliquettes androgynes habillées aux couleurs d'un étron au nez qui coule !

Le reste, il ne s'en souvient pas. Les massages le poussent dans un profond sommeil dont Chin-sun le tire deux heures plus tard.

— Pourquoi je suis trempé ?

— Il ne faut pas laisser l'argile sécher, explique-t-elle comme une évidence. Il faut l'humidifier en permanence. J'ai trouvé ton atelier.

— Mon atelier ?

— Oui, ton bureau, la table où tu écris, quoi ! Avec tes drôles de plumes. La calligraphie au-dessus de ton lit est magnifique. C'est un « g », non ? Comme « Gabrielle », c'est bien ça ?

— Oui, admet Gangnam d'un murmure gêné.

— Comme tous les autres.

— Oui…

La télé est allumée, mais sans le son. Une chaîne d'information. Quelque chose comme un drame. Il reconnaît la statue en hommage au rappeur Psy. La bibliothèque Starfield. Il aperçoit des commentateurs effondrés. Des foules d'ados hystériques en larmes. Le bandeau sous l'image annonce déjà douze morts dans le mouvement de foule et quatorze suicides de gamines à travers le pays.

— C'est quoi, tout ce cirque ?

— Choiwoo s'est suicidé.

— Connais pas.

— Choiwoo, le chanteur de Darkan.

— Connais pas.

— Choi Joon-woo, le leader des Dark Angels ! Gangnam, ce gamin, c'est soixante-dix millions de followers sur les réseaux.

— Il s'est suicidé ?

— Oui. Il a sauté de l'hélico qui devait le déposer sur le parvis de la Starfield pour la sortie de son autobiographie.

— Il avait quel âge? s'enquiert Gangnam, sidéré.

— Bientôt dix-neuf ans.

— Et il avait déjà écrit son autobiographie ?

— Six cent cinquante mille exemplaires en précommande, Gangnam.

Chin-sun, le dos tourné à la télévision pour soigner Gangnam, ne voit pas ce qui le fait sursauter. Sous les images, dans le bandeau où défilent les toutes dernières nouvelles, vient de passer le nom de « Verneuil bu-in ».

Il se redresse en bousculant Chin-sun et se précipite vers la télé pour monter le son.

« … selon des sources proches de l'enquête, Choiwoo aurait expliqué son geste fatal dans une mystérieuse lettre adressée à une non moins mystérieuse femme du nom de Verneuil, probablement française à en croire son nom, et que les enquêteurs recherchent activement pour entendre ses explications. »

— Qu'est-ce que ça veut dire ? Pourquoi Verneuil ne nous a rien dit de la relation de sa femme avec ce gamin ? Et si cela avait quelque chose à voir avec son enlèvement ?

Chin-sun est aussi sidérée que lui.

— Il faut prévenir Verneuil, l'immigration et la police auront vite fait de lui tomber dessus. S'ils le trouvent avec dix millions de wons et une femme disparue…

Gangnam appelle la chambre de Verneuil au Han River Hôtel. Personne ne décroche et l'appel est rebasculé sur la réception. Chin-sun lui arrache le téléphone des mains.

— Bonjour, ici l'inspectrice Park, monsieur Verneuil n'est pas dans sa chambre, savez-vous où il est allé ?

— Oui, il est chez vous, inspectrice.

— Comment ça, chez moi ?

— Eh bien, à la police, inspectrice.

— Monsieur Verneuil est allé à la police ?

— Ce n'est pas ce que j'ai dit, inspectrice.

— Mais alors qu'est-ce que vous avez dit, bon Dieu, expliquez-vous ! s'emporte Chin-sun.

— C'est… c'est vous qui êtes venus le chercher, répond la réceptionniste, au bord des larmes.

— Moi ?

— Oui, vous, enfin, je veux dire la police. La police est venue le chercher ici, à l'hôtel, et est repartie avec…

Chin-sun raccroche sans manière et se tourne vers Gangnam.

— Verneuil est quelque part dans un commissariat, des flics sont venus le cueillir à l'hôtel.

XXII

… tu sais où est Gangnam ?

— Nom de Dieu, c'était lui ! soupire Joon effondrée.

— Tu le connais d'où ? demande l'inspecteur, alarmé.

— Nom de Dieu de nom de Dieu de nom de Dieu de merde ! jure-t-elle en enfouissant sa tête dans ses mains. Ce con a débarqué au commissariat de Dongjak, il y a deux jours, en hurlant que sa femme avait été enlevée sur le parking du marché aux poissons de Noryangjin.

— Sa femme ? Celle à qui le gamin a laissé un mot avant de faire le saut de l'ange ? Et alors ?

— Alors je l'ai envoyé balader. Il était arrogant et nous hurlait dessus, il se prétendait ex-flic en France et voulait nous apprendre notre métier.

— Putain, Joon, je n'avais déjà pas beaucoup d'estime pour toi depuis que tu t'es retrouvée parachutée sur cette affaire, mais là, si tu n'as pas levé le petit doigt pour retrouver cette femme peut-être impliquée dans la mort de Choiwoo, on peut dire que par rapport à ta suffisance, ta connerie est égale à sa dérivée !

— … ?

— Exponentielle, Joon, ta connerie est exponentielle, stratosphérique, hypercosmique, et tu mérites vraiment qu'elle te pète à la gueule façon port de Beyrouth.

— Attends, je ne suis pas restée sans rien faire. J'ai été appelée sur une autre scène de crime, et je me suis arrangée pour refiler le Français à une inspectrice qui parle sa langue.

— Et elle en est où de son enquête, ton inspectrice ?

— Qu'est-ce que j'en sais !

— Alors mets-lui la main dessus vite fait parce que vu la personnalité du suicidé, dans moins d'une heure le procureur général débarque pour reprendre l'enquête et nous aurons tous les deux intérêt à pouvoir lui faire un exposé complet de la situation.

— D'accord, d'accord, admet Joon qui comprend soudain le potentiel dévastateur pour sa carrière de cette bourde imbécile, tu as raison, j'appelle Park Chin-sun.

Elle s'apprête à composer le numéro quand la porte du bureau s'ouvre avec fracas sur une Chin-sun hors d'elle qui sidère tout le monde. Crop top jaune poussin frappé d'un smiley gothique, jeans bleu ciel passé à la déchiqueteuse et boots en vinyle noir à talons hyper compensés.

— C'est toi qui as Verneuil ?

Joon, surprise et résignée dans la même seconde, soupire de nouveau.

— Décidément, les emmerdes ont des oreilles. Tu as sa femme ?

— Verneuil, c'est mon enquête, celle que tu as refusée, tu te souviens ? Alors Verneuil est à moi.

— Écoutez, Park…, commence l'inspecteur.

— Toi, écoute-moi : si tu es de son côté, tiens-toi loin de moi. Et sinon, tiens-toi loin d'elle. Cette fille est aussi toxique qu'un *kimchi* mal fermenté.

— Je sais, répond l'inspecteur, j'ai pu le constater par moi-même. Mais sa question de savoir où est madame Verneuil reste pertinente.

Chin-sun hésite, puis explique son enquête en ne s'adressant qu'à lui. Toutes les pistes, toutes les recherches sur les voitures, jusqu'à l'appel des ravisseurs et le message de Madeleine et ses allusions à une terrasse et du *matcha* aux fleurs de sureau qui lui a permis de localiser la pension sur l'avenue Gyeongin-ro. Leur opération avec les renforts du S.O.U. court-circuitée par un gang de mafieux.

— Et pourquoi je ne suis pas au courant de tout ça ? bafouille Joon, médusée.

— Parce que tu n'as pas mis les pieds dans ton commissariat pendant tout ce temps.

— Quelqu'un aurait quand même pu me prévenir, non ?

— Il faut croire que personne n'y tenait.

— Bon, on se calme, intervient à nouveau l'inspecteur. Avoir logé la pension de l'otage en quarante-huit heures, c'est du bon boulot, inspectrice Park. Joon, je me fiche de savoir qui vous a mise sur l'enquête de Choiwoo, mais c'est mon commissariat et je reprends la main. Park, puisque vous parlez sa langue, allons interroger Verneuil.

— Je viens avec vous, exige Joon.

— Prends plutôt le temps de préparer ta défense devant le procureur et ses hommes, rétorque l'inspecteur.

Verneuil est sonné. Quand l'inspecteur a frappé à la porte de sa chambre d'hôtel, il a cru qu'on avait retrouvé Madeleine. Quand le policier s'est contenté de bredouiller « *wife… police station… come with me* », il s'est convaincu que Madeleine l'attendait là-bas. Dans la voiture, il a redemandé plusieurs fois où on l'emmenait. Chaque fois, c'était la même réponse : « *Gyeongchalseo… Gyeongchalseo… Police station* », alors chaque fois, il reprenait espoir. S'ils avaient retrouvé le corps de Madeleine, il l'aurait emmené à la morgue, ou à l'hôpital. « *Forensic? Hospital?* » a-t-il quand même demandé à plusieurs reprises. « *No, no. Not hospital. Police station… Police station.* »

Il était rassuré. Il allait revoir Mado, la sortir de cet incompréhensible cauchemar, et rentrer vite fait en France. Puis le doute s'était installé de nouveau. Dans le miroir du rétroviseur, le visage fermé du policier avait instillé en lui une tenace incertitude. Une angoisse. Pourquoi ne souriait-il pas ? Annoncer la libération d'un otage, c'est quelque chose d'heureux, non ? De flatteur pour la police ? Pourquoi n'affichait-il aucune fierté, aucune satisfaction ?

« *My wife is at the police station?* » L'autre le regardait dans le rétro, « *Yes…Yes… Police station* », mais tout son visage disait le contraire et la certitude en laquelle voulait croire Verneuil s'était fissurée. Pourquoi l'emmener au commissariat si Madeleine n'y était pas ? Pour lui annoncer quelque chose ? Un malheur, un drame, un accident ?

Et voilà qu'il tombe au milieu d'une guerre des polices. Heureusement, Chin-sun est là et le prend en charge. Elle l'entraîne loin de Joon, à l'écart d'une salle d'interrogatoire, accompagnée de l'inspecteur qui était allé le chercher à l'hôtel.

— Qu'est-ce que ça veut dire, s'inquiète Verneuil, vous m'arrêtez ? On me soupçonne de quelque chose ?

— Non, rassure-toi, Verneuil. C'est juste que tu mérites de rester à l'abri de toute cette agitation. Tu es entièrement libre de tes mouvements. Tu veux boire quelque chose ?

— Oui…

— Moi, je vais prendre un *sujeonggwa*. Cannelle, gingembre et kaki séché. Souviens-toi, c'est ce que tu as bu au *hanok* Des gens et des arbres.

— Comme tu veux…

— Je t'en fais apporter un. C'est la version froide et en cannette du distributeur, mais c'est bon quand même.

Elle fait signe à un uniforme d'aller chercher les boissons et de fermer la porte.

— Chin-sun, je t'en prie, dis-moi ce qui se passe. Où est Madeleine ? Vous avez des nouvelles ?

— Oui. Nous avons des nouvelles…

Elle lui raconte son enquête et comment elle a repéré l'immeuble où Madeleine était gardée prisonnière.

— Tu as localisé Madeleine ? Vous l'avez libérée ? s'enthousiasme Verneuil.

Mais Chin-sun douche aussitôt ses espoirs en racontant l'immeuble pris d'assaut avant l'arrivée de la police et la disparition de Madeleine.

— Nous avons d'abord cru à un transfert en panique, mais tous les indices nous portent à croire à l'attaque d'un gang rival de celui qui a enlevé Madeleine.

Verneuil s'effondre. Il se tasse sur son siège. Ses épaules s'affaissent et il baisse la tête. Chin-sun intervient avant que les sanglots l'étranglent.

— Verneuil, tu as été flic. Tu dois être capable de voir le côté positif des choses. L'enquête nous a menés à Madeleine en quarante-huit heures. À deux heures près, nous la libérions avec les forces spéciales du S.O.U.

Ses mots portent mais pas dans le sens qu'elle escomptait. Quand Verneuil relève la tête, son regard est dur.

— Chin-sun, si tout ça est vrai, c'est toi qui devrais te rendre compte de ce que cela veut dire : transfert en panique ou attaque d'un autre gang, ça signifie que ton équipe n'est pas étanche et que l'information a fuité.

Chin-sun traduit la colère de Verneuil à l'inspecteur qui admet l'hypothèse d'un hochement de tête. Puis il prend la main et dicte ses questions à Chin-sun qui les traduit.

— Monsieur Verneuil, quel est votre commentaire sur les premier mots de la lettre laissée par le chanteur Choiwoo à l'attention de votre femme ?

L'inspecteur tire un papier de sa poche et le tend à Chin-sun qui traduit à voix haute le message de Choiwoo :

— « *Madame Verneuil, après les mots que vous m'avez dits dans l'avion…* »

— Ça va, s'impatiente Verneuil, je comprends l'anglais !

— De quel avion parle-t-il, Verneuil ?

— Qu'est-ce que j'en sais ? Le seul avion que nous avons pris dernièrement, Madeleine et moi, c'est celui qui nous a amenés ici, en Corée.

— Le vol Asiana Airlines OZ 502, départ de Paris 20 h 05 ?

— C'est ça.

— Vous avez voyagé en classe business ?

— Exact. Pourquoi ?

— Le groupe Darkan a voyagé dans le même avion, en business aussi.

Chin-sun intervient pour marquer son étonnement.

— Tous ces gamins sont millionnaires. Pourquoi ne voyageaient-ils pas en première sur Korean ou Air France comme les petits nababs prétentieux qu'ils sont ?

— Ils étaient prévus en première sur Korean, mais ils ont dû avancer de quarante-huit heures le retour du groupe à cause d'un changement dans la promotion de l'autobiographie de Choiwoo. Il n'y avait pas suffisamment de places disponibles sur un même vol en business que chez Asiana Airlines, explique l'inspecteur avant de se tourner de nouveau vers Verneuil.

— Donc votre femme et vous étiez bien à bord du vol OZ 502 en même temps que Choiwoo et les autres membres du groupe Darkan.

— Apparemment.

— Connaissiez-vous Choiwoo ?

— Non.

— Et votre femme ?

— C'est possible. C'est une fan de K-pop. C'est en partie pour ça que nous sommes venus en Corée.

— Est-il possible qu'elle ait noué un lien direct avec Choiwoo à cette occasion ?

— J'en doute. Madeleine aime cette musique, mais sûrement pas au point d'aller jouer des coudes pour approcher un chanteur.

— Avez-vous utilisé le lounge VIP d'Asiana Airlines pour attendre votre embarquement ?

— Bien sûr.

— Votre femme aurait-elle pu nouer des liens personnels avec Choiwoo ou des membres de Darkan à cette occasion ?

— Non. Nous avions choisi un box à l'écart, et nous sommes restés ensemble jusqu'à l'embarquement. Et je n'ai pas remarqué de groupe ressemblant à des brailleurs de K-pop.

— Très bien. Et une fois à bord ?

— Nous avons l'habitude d'embarquer en derniers quand nous voyageons en classe affaires. Les autres passagers étaient déjà installés. Je n'ai rien remarqué de particulier à ce moment-là.

— Pourquoi précisez-vous « à ce moment-là » ?

— Parce que treize heures plus tard, en débarquant, nous sommes tombés sur des meutes de fans et de photographes et Madeleine m'a dit qu'ils attendaient les membres d'un groupe de K-pop célèbre qui rentrait du concert auquel elle avait assisté à Paris.

— Elle ne les avait pas reconnus en embarquant ?

— Il faut croire que non.

— Et pendant le vol ?

— J'avais emporté des épreuves à corriger de mon prochain roman. J'ai travaillé dessus, j'ai un peu parlé avec un passager fier de voyager à côté d'un écrivain, puis j'ai pris un cachet de mélatonine pour dormir et me préparer au décalage horaire à l'arrivée. Je me suis réveillé quand les roues touchaient le tarmac.

— Mais il est possible que votre femme ait parlé à Choiwoo pendant votre sommeil.

— Oui. C'est possible. C'est ce que le mot laisse à penser. Mais comment pouvez-vous supposer que Madeleine ait pu pousser au suicide un gamin avec qui elle n'aurait parlé que quelques heures dans un avion ?

— Ce n'est pas ce que nous prétendons.

— Bien sûr que si. Vous devez savoir que j'ai été flic à la criminelle pendant dix ans, en France, et donc que je sais ce que les questions cherchent à faire dire aux témoins.

— Est-ce à dire que vous sauriez les déjouer ? Il a bien fallu que Choiwoo et votre femme aient noué des liens personnels cette nuit-là pour qu'elle lui donne son nom et celui de son hôtel.

Verneuil ne répond pas tout de suite. Il regarde longtemps l'inspecteur qui ne baisse pas les yeux, puis Chin-sun dont il remarque l'air désolé.

— Très bien. Puisque nous en sommes là, je ne dis plus rien et je demande la protection juridique de mon consulat.

— Il faut nous comprendre, monsieur Verneuil, et je parle au policier : nous avons, d'une part, l'étrange et inexplicable enlèvement d'une femme française qui n'est pas particulièrement connue ni pour sa fortune, ni pour ses relations, ni pour quoi que ce soit qui puisse justifier un enlèvement, et d'autre part le suicide de la plus populaire et de la plus riche idole du pays, qui adresse sa lettre d'explication à cette même femme au côté de qui il a voyagé une nuit entière.

— Je comprends surtout que vous cherchez une bonne excuse pour cacher l'essentiel.

— Quel essentiel ?

— Le fiasco de l'opération de libération de ma femme par une fuite venant de vos services où, je suppose, sévit une taupe. Ou plusieurs.

— Monsieur Verneuil, avec tout le respect que je vous dois, je ne vous permets pas de…

La porte s'ouvre et un trio d'hommes en costume gris sombre entre, suivi de plusieurs autres en uniforme.

— Je suis le procureur Cho Joung-ju. Je reprends l'enquête concernant les circonstances du suicide de Choi Joon-woo. Veuillez transmettre toutes les transcriptions des différentes investigations et des interrogatoires à mes assistants. Monsieur Verneuil, merci de rester à ma disposition à votre hôtel.

— Je peux l'y reconduire, se propose Chin-sun, je suis l'inspectrice Park.

L'homme, jeune et arrogant, la toise de bas en haut.

— Inspectrice ? De la police de Séoul ? Dans cette tenue, vous en êtes certaine ? Pour la dignité des forces de l'ordre de ce pays, je préfère qu'un de mes assistants s'en charge.

— Va pour le croquemort, soupire Chin-sun tandis que Verneuil intervient en français.

— Que dit-il ? s'étonne le procureur.

— Il tient à ce que je l'accompagne en tant qu'interprète. Il veut comprendre tout ce qui lui arrive.

— Vous parlez français ?

— J'ai vécu à Paris.

— Ce n'est pas supposé être la capitale de la mode ? ironise le procureur en détaillant de nouveau du regard la tenue de Chin-sun.

— Si, bien sûr, réplique-t-elle, jamais je n'aurais osé porter ça là-bas !

Le procureur tourne les talons et accepte d'un geste qu'elle accompagne Verneuil au Han River Hôtel.

— Vous le perdez, vous perdez votre job.

Dans la voiture, l'assistant du procureur, raide comme un dossier de prie-Dieu, ne dit pas un mot. Chin-sun en profite pour se tourner vers Verneuil et s'adresse à lui en français.

— À propos, tu sais où est Gangnam ?

XXIII

… nous ne le sommes plus.

C'est la même douceur. La même quiétude. Le lac immobile au pied des collines. La forêt mordorée et son reflet d'ambre dans les eaux. Le vol suspendu d'une grue royale au panache doré. Gangnam, sa sacoche à la main, serait bien resté là, appuyé au parapet, à attendre que le crépuscule ourle le lac d'ombres mauves, mais Kimchi le presse.

— Il t'attend.

Dans le vaste *hanok*, même sérénité. Même équilibre entre le vide et le plein. Même élégance du bois. Kimchi ne le guide pas vers le bureau mais vers un salon traditionnel. Loup Bleu est assis en tailleur devant une table basse. Il porte avec élégance la tenue simple des moines guerriers. Une ample veste de lin et de coton à col rond, fermée jusqu'au cou par des boutons en tissu passés dans des brides ouvragées. Le pantalon, assorti et court, laisse apparaître les pieds glissés dans des chaussons noirs. Il ne se lève pas, fait signe à Gangnam de s'asseoir face à lui et à Kimchi de rester, mais un peu à l'écart.

— J'avoue que je ne pensais pas te revoir de sitôt. Tu me surprendras toujours, Gangnam.

D'une carafe en porcelaine bleue, deux doigts dans l'anse et l'autre main en soutien, il sert deux coupelles de *soju*.

— Je te retourne le compliment, répond Gangnam dans un sourire en attendant que Loup Bleu lui propose une des coupelles qu'il lui tend à deux mains.

Gangnam l'accepte de la même façon et laisse le dragon, plus âgé, boire en premier.

— Alors dis-moi, Gangnam, les hommes de Kimchi ont-ils outragé ton honneur en retenant trop leurs coups ?

— Non, ils ont été précis et cruels à point pour que je sois encore pour un bon moment une seule et même douleur.

— Tu entends, Kimchi ? Tu pourras féliciter tes hommes de la part de Gangnam.

— Ne te donne pas cette peine, Kimchi, je trouverai bien l'occasion de les féliciter tous un par un.

— Eh bien, voilà au moins une chose mise au point. Merci de les prévenir, Gangnam, mais cela ne concerne que Kimchi et ses hommes. Et moi, en quoi puis-je t'être utile ? Je te préviens que si ta demande n'est pas pertinente et me fait perdre mon temps, c'est moi, cette fois, qui te donnerai la correction que tu auras méritée.

Sans répondre, Gangnam ouvre sa sacoche et vide son contenu sur la table basse.

— Qu'est-ce que c'est ? s'amuse Loup Bleu.

— Cent mille dollars.

— Je le vois bien, mais pourquoi ?

— Pour te racheter madame Verneuil.

— Madame Verneuil ? Et pourquoi voudrais-tu que je la détienne ?

— Parce qu'une seule personne, en dehors de Verneuil, Chin-sun et moi, connaissait les indices pour localiser sa pension.

— Es-tu sûr de ça, Gangnam ? C'est une bien grave accusation de la part d'un ex-flic mis à l'index pour corruption et accointances mafieuses.

— Je ne porte aucune accusation, Loup Bleu, bien au contraire. Je reconnais ta ruse et ta sagacité, ton savoir-faire, et ta connaissance de Séoul et de ses clans. Tu as retrouvé madame Verneuil avant nous et tu l'as récupérée sous notre nez, alors bravo. Sincèrement, bravo.

— Mais alors ? s'étonne Loup Bleu en désignant l'argent sur la table d'un large mouvement des bras.

— Alors puisque c'est toi qui détiens madame Verneuil, c'est à toi que j'apporte le montant de la rançon. Logique, non ?

Loup Bleu reste quelques secondes interloqué, avant d'exploser d'un rire qui surprend même Kimchi.

— Gangnam, tu me proposes vraiment de payer une rançon avec l'argent que je t'ai prêté pour la payer ?

— Loup Bleu, tu étais prêt à te passer de cent mille dollars pour me permettre de libérer madame Verneuil et en récupérer cent vingt mille dans un an. Ce que je te propose ne change strictement rien à l'affaire. On peut calculer les intérêts sur la base de vingt pour cent par jour.

Loup Bleu cesse de rire et fixe Gangnam.

— Tu es vraiment sérieux ?

— Bien sûr. Encore une fois, qu'est-ce que ça change ?

— Ça change, Gangnam, que maintenant c'est moi qui ai madame Verneuil, comme tu l'as deviné, et que depuis le suicide de ce Choiwoo et le mot doux qu'il lui a laissé en héritage, le prix de ta Française a évolué à la hausse. Une très forte hausse. Au moins un ou deux millions, et peut-être même plus.

Gangnam aussi a arrêté de rire. Son visage s'est fermé.

— Ça ne te ressemble pas, Loup Bleu. Si tu crois que les Verneuil ont de quoi payer une telle rançon, je t'ai connu plus inspiré et sagace que ça. Tu vas te mettre à dos leur consulat, leur ambassade et leur pays tout entier.

— N'oublie pas à qui tu parles, Gangnam, et garde tes leçons pour toi, réplique Loup Bleu de sa voix soudain dure de dragon des Quatre lanternes. Qui t'a dit que je voulais faire payer ce pauvre Verneuil ? Je me fiche de Verneuil, du consulat et de l'ambassade de France, et même de la France tout entière.

— Qui d'autre paierait une telle somme pour une touriste française ?

— Personne, et pourtant cette Française vaut désormais beaucoup plus que n'importe quelle rançon.

— Ce serait bien que tu m'expliques…

— Et c'est toi qui parlais de perspicacité ? Cette madame Verneuil va permettre aux Quatre lanternes de rentrer dans la cour de la génération Z, voilà sa seule utilité !

— Les Z ? Tu veux dire les *Millenials* ?

— Oui, ces putains de gamins qui ont mis le grappin sur le showbiz. Ces clans qui ont échappé à notre contrôle parce que nous n'avons rien compris à leur jeu. Tu sais vraiment qui était ce Choiwoo ?

— Oui. Le chanteur du groupe Darkan, le roi de la K-pop.

— Non. Choiwoo, c'était une création, une créature artificielle conçue pour devenir une machine à cash. Qu'est-ce que ça te dit quand on t'annonce qu'il avait, et qu'il a toujours, même mort, soixante-dix millions de followers ?

— Qu'il était très connu…

— Pauvre Gangnam, aussi paumé que je l'ai été. Soixante-dix millions de followers, ça veut dire que si tu fais cracher dix dollars par mois à seulement un pour cent de ces fanatiques, ça représente sept millions de dollars de chiffre d'affaires mensuel. Plus de quatre-vingts millions par an. À lui tout seul. Et comme ils sont une bonne vingtaine de stars à tourner dans ce K-pop business, on dépasse le milliard et demi de dollars par an. *A minima*. Pour un pour cent des fans !

— C'est ce que les vieux clans n'ont pas vu venir ?

— Oui. C'est ce que les *Millenials* ont eu l'idée géniale d'inventer. Une énorme machine à cash qui se régénère en permanence. Les chiffres officiels, ce sont huit milliards de valorisation boursière pour Big Wave, l'agence de Choiwoo ; ce sont cinq milliards à l'exportation ; ce sont six cent mille touristes venus en Corée attirés par la K-pop. Mais les vrais chiffres, ce sont ceux que je t'ai cités en premier. Ça peut représenter un pactole de dix milliards par an, et j'ai bien l'intention d'aller le disputer aux *Millenials*.

— Loup Bleu, je ne te laisserai pas sacrifier la vie de Madeleine Verneuil pour jouer ce jeu perdu d'avance.

— Pourquoi perdu d'avance ?

— Parce que tu es un dragon du temps des *hanok* et des *hanbok*. Ces *Millenials* n'ont pas un temps d'avance sur nous, Loup Bleu, ils ont un monde. Est-ce que tu aurais imaginé, toi, que vingt mille personnes puissent se déplacer pour voir un hologramme chanter ?

— Ne m'insulte pas, Gangnam, maîtrise ton insolence. À la base de toute chose, il y a toujours la peur. Et je vais faire peur à ces *Millenials* arrogants. Peur de tout perdre, et ils paieront pour ça.

— Je ne te laisserai pas faire, Loup Bleu.

— Mais qui crois-tu être, Gangnam ? Tu n'es qu'un ex-flic et un ex-mafieux dont plus personne ne veut. Que crois-tu pouvoir faire contre moi ?

— Te faire tomber. N'oublie pas qui j'ai été.

— Ce que tu as été, je le sais mieux que toi. Infiltré dans mon clan pour pouvoir faire tomber les autres.

— C'est bien pour ça que je sais des choses…

— Ne joue pas à ce jeu-là avec moi. N'oublie pas que cette opération, je l'ai montée moi-même avec ton ministre de l'époque. Tes ordres étaient de monter un dossier sur les trois autres clans, pas sur le mien.

— Tu vois, Loup Bleu, comment chacun de nous deux, tour à tour, peut paraître crédule à l'autre. Tu crois vraiment que ma hiérarchie m'aurait laissé vous infiltrer sans en profiter ? Et tu crois que j'étais assez naïf pour ne pas imaginer le danger que représentait cette mission pour moi ? Tu crois que je m'y suis résolu sans me constituer quelques assurances ?

— Je n'aime pas ce que tu sous-entends, Gangnam. Pas du tout.

— Loup Bleu, ma mission était de fournir au ministre un dossier sur trois clans, mais aussi d'enquêter sur tout le monde, et je l'ai fait. Pendant dix ans. J'ai sur toi de quoi constituer le même dossier qui a fait tomber les autres. Je ne m'en suis jamais servi parce qu'une ou deux fois, tu m'as sauvé la vie, comme j'ai sauvé la tienne. Mais là, Loup Bleu, tu me menaces.

— Oui, je te menace, Gangnam, parce que toi-même tu menaces de t'en prendre aux Quatre lanternes. Franchis cette ligne, Gangnam, et tu es mort comme tu aurais dû l'être depuis longtemps.

— C'est vrai, j'aurais dû l'être, assassiné par les flics ou par les clans, mais contrairement à toi, ça ne m'étonne pas. De ton côté, j'avais ta parole à laquelle je croyais et crois encore. De l'autre, j'avais celle du ministre et des siens en qui je n'ai jamais eu confiance. Alors, pose-toi la question de savoir pourquoi je ne suis pas mort, Loup Bleu.

— Parce que tu les tiens, je suppose…

— Oui. Ils savent que s'il m'arrive quelque chose, un destin aussi tragique les attend. Et à partir d'aujourd'hui, c'est la même chose pour toi. Que je meure ou que je disparaisse, le dossier du ministre et le tien deviennent publics le jour même et dans une dizaine de médias de pays hors d'atteinte pour toi comme pour eux.

Loup Bleu remplit les deux coupelles de *soju* et présente la sienne à Gangnam avant de boire à deux mains.

— Très bien, Gangnam, buvons à ça. Ce sera la dernière fois. Je ne veux plus jamais te voir chez moi.

— Je bois à ça aussi, Loup Bleu, mais je reviendrai une dernière fois chez toi s'il arrive malheur à Madeleine Verneuil.

Loup Bleu fait signe à Kimchi de raccompagner Gangnam.

— Et si tu meurs de cause naturelle ou d'un véritable accident ? demande-t-il avant que Gangnam passe la porte du salon.

— Les conséquences seront les mêmes, et c'est pourquoi tu devrais t'assurer que je te survive, Loup Bleu. Longue vie à nous deux !

— Oui, c'est ça, longue vie à nous deux. Tu ne reprends pas les cent mille dollars ?

— Je n'emprunte qu'à des amis, Loup Bleu, et apparemment nous ne le sommes plus.

XXIV

… entre ses très larges trottoirs.

— Il fallait être français pour faire ça, lâche le sévère procureur Cho Joung-ju devant les bâtiments de l'université féminine Ewha.

— Il fallait être un génie pour accepter d'effacer de la sorte tout son travail d'architecte, répond l'inspectrice Park Chin-sun, qui y a fait ses études.

C'est une vallée calme de pierres blanches creusée en pente douce entre les parois verticales d'un canyon de verre et d'acier. Rien ne transparaît, ni des structures ni des constructions. Au bout de la vallée, des escaliers étagés remontent en terrasses jusqu'à des jardins suspendus. On ne distingue plus ce qui est creusé de ce qui est enterré.

L'architecte français a réussi le tour de force d'intégrer cette audace contemporaine aux soixante-dix bâtiments à la Tudor de l'université pour femmes.

— D'un autre côté, admet Chin-sun, il fallait être méthodiste et coréen pour commander un tel ouvrage.

— Je ne trouve rien de rigide ou de sévère dans cette architecture, objecte le procureur.

Ils descendent la pente entre les falaises de verre. Quatre étages enterrés auxquels l'architecte a apporté une étonnante légèreté. Sur toute leur longueur, deux hautes façades en verre qui se font face exposent à la vue des visiteurs des couloirs et des escaliers. On y regarde vivre et passer des centaines d'étudiantes suspendues dans les reflets du mur vitré d'en face.

— La commande de la fondation exigeait que l'ensemble abrite de quoi retenir les jeunes filles sur place. Outre les salles de classe, de conférence et les bureaux, l'étage en rez-de-chaussée de l'allée centrale propose tout ce qu'il faut pour vivre sans quitter les bâtiments. Salle de spectacles, cinéma, restaurants, galerie commerciale avec boutiques à la mode.

— Encore une fois, je ne vois rien de sévère ou de coercitif à tout ça, commente le procureur.

— Cette université pour femmes a été créée en 1886 par Mary F. Scranton, une missionnaire américaine de l'Église méthodiste épiscopalienne. Hors de la ville à l'époque, pour garder les filles à l'écart des tentations citadines au nom des valeurs chrétiennes. Ce bâtiment est né du développement de Séoul qui a fini par rattraper l'université et l'assiéger de quartiers populaires. D'où l'idée de fournir à l'intérieur tout ce qui aurait pu tenter les étudiantes à l'extérieur.

— N'était-ce pas une bonne idée ? Regrouper toutes les étudiantes sur un campus autonome ?

— Une vie de femme à l'écart des hommes pour les protéger ? Comment appelle-t-on ce genre d'endroit dont on se félicite qu'ils protègent les espèces menacées : des zoos, non ?

— C'est un jugement sévère.

— Ce campus est plus qu'une université. C'est une filière exclusive. Elle va du jardin d'enfants jusqu'à l'université en passant par la maternelle, le primaire, le collège, le lycée et le lycée professionnel. Quatre-vingts formations, des arts libéraux aux sciences sociales, de la médecine au génie des systèmes climatiques, ou des technologies administratives aux arts de la fibre.

— Inspectrice Park, je suppose que vous ne m'avez pas fait venir dans ce quartier de Sinchon pour une visite guidée de l'université des femmes ?

— Non. Je voulais vous immerger dans un environnement résolument féminin pour défendre mon enquête en tant qu'inspectrice.

— Je ne saisis pas très bien…

— Vous avez pris la main sur le dossier concernant le suicide de Choiwoo et, à ce titre, vous enquêtez sur monsieur Verneuil. Moi, j'enquête depuis deux jours sur la disparition de madame Verneuil, probablement consécutive à un enlèvement. Et je tiens à garder cette enquête.

— Qui vous a affectée à cette affaire ?

— Mon commissaire. L'inspectrice principale Joon n'en a pas voulu et le dossier m'est revenu parce que je parle français.

— Park, il est impossible de dissocier les deux dossiers. Le nom de la femme que vous recherchez figure dans les dernières lignes écrites par l'homme dont le suicide fait l'objet de mon enquête. Je vais d'ailleurs vous demander de transférer tout votre dossier à mon service.

— Demandez ça à mon commissaire. Mais moi je veux continuer à travailler sur cette affaire.

— Je ne vois pas comment vous le pourriez.

— Intégrez-moi à votre équipe.

— Je dirige des juristes, pas des policiers.

— Ça tombe très bien alors, parce qu'avant de sortir major de ma promotion de l'Académie de police, j'ai été diplômée de l'Institut des sciences du droit de cette magnifique université des femmes. Juriste et policière, cela devrait vous convenir.

Le procureur regarde autour de lui. Que des femmes. Jeunes, calmes, studieuses. Aucune ne court, aucune ne parle fort. Pas un éclat de rire. La sérénité d'une sorte de temple moderne. Puis il regarde Chin-sun. Comment diable a-t-elle pris le temps de se changer ? Baskets pailletées, legging rose et T-shirt à l'effigie d'une Pucca furieuse.

— Comment pourriez-vous intégrer l'équipe du procureur avec une dégaine et un comportement comme les vôtres ?

— Je peux m'habiller en *woman in black* si vous l'exigez.

— Ce n'est pas le problème.

— Quel est-il, alors ? Le fameux plafond de verre, c'est ça ? Comme cette université : des femmes, mais à leur place. Faut-il que j'adhère au grand dogme coréen du machisme dominant pour gagner quelque chance d'être des vôtres ? Comme on gagne dans cette université l'équivalent de huit cursus si on est assidue à la messe dominicale ?

— Park, c'est juste que nous ne travaillons pas de la même façon. Vous êtes certainement une bonne enquêtrice, mais pas dans le cadre de mon bureau.

— Comme prestataire extérieure, alors ? Comme experte ?

— Experte en quoi, en salopette de Pororo ?

— En Albert Camus et Victor Hugo.

— Je ne vois pas le rapport.

— Je parle français, je vous l'ai déjà dit.

— Droit, académie de police, français, et quoi d'autre encore ?

— Championne universitaire de taekwondo.

— C'est tout ?

— Trois années consécutives.

Il la regarde et lui sourit enfin.

— D'accord, passez à mon secrétariat signer les papiers nécessaires. Vous êtes traductrice-interprète détachée auprès de mon équipe, mais sur le dossier Verneuil exclusivement.

Ils remontent la pente jusqu'à la sortie de l'université qui se trouve dans le prolongement de la rue.

— Ah, vous voyez !

— Je vois quoi ?

— Comme les positions trop rigides finissent toujours par créer des réactions contraires.

— Je ne comprends pas…

— Cette fondation anglicane et cul béni voulait isoler de la ville les petites filles bien sages de la maternelle à leur doctorat. Et regardez ce qu'est devenu le quartier : un joyeux bastion féministe et féminin à la fois, ouvert aux communautés LGBT. Un quartier où on côtoie plus de monde dans les rues à 3 heures du matin qu'à 3 heures de l'après-midi. Cosmopolite et interlope. Vivant. Spontané. Avec des bars à ongles, des *beauty shops* acidulés et des fringueries, mais aussi la plus grande concentration d'universités de Séoul.

— Et vous y habitez, je suppose.

— Bien sûr, comment pourrais-je habiter ailleurs ?

— Et que devrais-je tirer de tout ça, parce que c'est une leçon que vous cherchez à me donner, n'est-ce pas ?

— Pas de leçon, juste un enseignement. C'est comme en architecture : toute pression crée une pression contraire en résistance. C'est la même chose dans la vie.

Il lui sourit comme un adulte qui reçoit une réflexion judicieuse et inattendue de la part d'une enfant.

— Vous voulez manger quelque chose ? Au Yu Chicken Story, par exemple. Entièrement décoré de photos d'artistes et de figurines de dessins animés…

Le procureur refuse poliment. Sans qu'il ait fait le moindre signe, une lourde limousine noire remonte à leur hauteur et l'emporte dans le trafic en file indienne de la très étroite rue Ewhayeodae-gil, entre ses très larges trottoirs.

XXV

… dans tout l'atelier.

Ils jouent au *godori*, le jeu de cartes préféré des Coréens. La bataille des fleurs. Presque un jeu d'enfant. Des petites cartes rouges décorées de dessins fleuris : cerisier, glycine, iris, pivoine, trèfle, eulalie, chrysanthème… Quarante-huit cartes, réparties en douze mois de quatre cartes chacun. Le but est d'atteindre un certain nombre de points. Sept par exemple, ou cinq, ou trois. Le *godori* n'a pas vraiment de règles officielles. Les joueurs décident entre eux de beaucoup de choses avant d'entamer une partie.

Les types dans l'atelier de mécanique, assis sur des caisses autour d'une autre caisse, jouent à trois, parce que c'est censé être la meilleure façon. Un quatrième pioche avec ses baguettes en métal dans une barquette de ramens fumantes qui lui brûlent les lèvres à chaque longue succion. Il dévore ses nouilles sans les regarder, les yeux fixés sur la caisse qui sert de table de jeu. Parce que le *godori*, en fait, ça n'est jamais vraiment aussi simple que ça.

L'homme aux ramens a scruté la donne. Les cartes ne peuvent être distribuées ni une par une, ni les sept à la fois. Le suceur de nouilles a compté deux fois deux cartes, plus une fois trois et c'est parfait.

À trois, chaque joueur reçoit donc sept cartes. Six autres sont alignées sur la table, face visible, comme une rivière de poker. Le reste, posé à l'envers, devient la pioche. Ensuite chaque joueur pioche et essaye de former, avec ce qu'il a dans sa main ou ce qu'il voit sur la table, des paires pour reconstituer des mois.

Aucun, apparemment, n'a reçu les quatre cartes d'un même mois, ce qui lui aurait peut-être fait gagner la partie avant même qu'elle ne commence. Pour un triplé, c'est plus vicieux. Le joueur peut l'annoncer ou pas, sachant que s'il l'annonce au début et qu'il gagne la partie, il doublera son score.

La grande porte coulissante de l'atelier est ouverte sur la nuit encore toute fraîche d'une récente pluie. On devine les bruits éloignés d'une petite vie de quartier. Mais pris par leur partie, les hommes se taisent et s'observent. Le *godori*, importé par les Japonais pendant la période coloniale, servait de jeu d'argent aux troupes d'occupation. Ceux qui sont là ce soir jouent gros aussi, et l'homme aux ramens sera le comptable écouté, l'arbitre des gains et des pertes.

Il faut savoir que les quatre cartes composant chaque mois doivent être de différents types : des cartes ruban, les Tti ; des cartes lumière, les Kwang ; des cartes animal, les Yul Gutt ; ou des cartes classiques, les Pi.

Deux Pi par mois, ça va de soi, les deux autres cartes n'étant jamais du même type. Sauf, bien entendu, pour le mois de décembre, la famille du saule, qui se compose, lui, d'une seule Pi complétée par une Tti, une Kwang et une Yul Gutt…

Un van passe au ralenti dans la rue, sans distraire les joueurs qui tirent et piochent à tour de rôle. Seul le comptable, qui n'a plus rien de particulier à faire avant la fin de la partie et le décompte des points, regarde la camionnette disparaître dans la ruelle. Mais il se reconcentre vite, car très bientôt sa vivacité d'esprit et sa connaissance du jeu vont devenir indispensables pour déterminer qui emportera le magot.

Parce que pour tout dire, rien, absolument rien, n'est simple dans le *godori*. En fait, on ne compte pas, à la fin, les mois que l'on a reconstitués, mais plutôt le type de cartes. Les Kwangs par exemple : quatre Kwangs plus la carte Kwang du mois de décembre rapportent cinq points. Quatre points pour la même chose avec une carte Kwang en moins, sauf celle du mois de décembre, bien sûr. Trois simples Kwangs font deux points. Trois Kwangs dont la Kwang du mois de décembre et c'est deux points aussi…

Et c'est bien évidemment un calcul complètement différent pour les Tti et les Yul Gutt. Sans compter la carte spéciale « bol de saké » qui, bien que Yul

Gutt, peut être jouée dans le groupe des cartes normales. Où elle vaut deux cartes…

— Go ! dit un des joueurs.

Il a atteint les sept points pour gagner la partie, et aurait pu dire « stop » pour toucher les mises des deux autres joueurs. Mais il préfère continuer pour grossir son gain. Quand il décidera d'arrêter, la dette des perdants sera multipliée par autant de fois qu'il aura dit « go ». Avec le risque, si un autre joueur atteint les sept points et dit « stop », de devoir payer double mise au gagnant, de sa part et de celle de l'autre perdant.

Tout le monde est concentré sur le jeu. Bien sûr, chacun essaye de compter les cartes tombées et de s'en souvenir. Le chanceux a déjà dit « go » à quatre reprises. Il a atteint douze points. Chacun des deux autres va lui devoir quatre fois la mise et il s'en réjouit d'avance. Il est persuadé de pouvoir avancer d'un ultime « go » quand il devine le sourire retenu d'un des autres joueurs. Trop tard.

— Stop ! dit l'autre en affichant huit points. Tu me dois trente-deux mises, hurle-t-il en partant d'un rire de gorge râpé à la cigarette.

Il n'a pas le temps de le ravaler. Du van revenu en silence en marche arrière jaillissent cinq hommes, costume noir et cheveux rasés sur les côtés. Ils sont sur les joueurs en une seconde. Un coup de pied écrase le larynx du vainqueur qui suffoque. Deux autres sont déjà à terre, le visage en sang et le cuir chevelu éclaté. Seul le comptable a eu le réflexe de bondir s'armer d'un démonte-pneu. Mais les assaillants sont trop rapides et trop affûtés. Ils le désarticulent d'une vingtaine de coups de tous les côtés, puis un coup de pied sauté en hauteur lui fracasse la mâchoire. Sur un signe de leur chef, les hommes en noir tirent les joueurs inconscients jusque dans la rue et les jettent dans le van.

Affaire d'honneur, probablement, puisque personne n'en profite pour empocher les centaines de milliers de wons que la bagarre a fait voleter dans tout l'atelier.

XXVI

… sa cigarette mal éteinte.

C'est une Chinoise. Les seins un peu lourds. Le ventre tout juste ourlé. Elle se promène en grosse culotte de coton blanc dans la chambre. Un peu boudeuse. Il préfère les Chinoises, plus rondes que les Coréennes trop maigres. Il aime la chair. Le capiton. Le confortable. Il en veut pour son désir. Pour son argent aussi.

L'autre aussi est chinoise. La même. Même culotte mais la pointe des seins plus retroussée que la première. Dans sa tête, il les appelle par la couleur de leur vernis à ongles. À leurs mains comme à leurs pieds. Paille et Céladon. C'est la seule chose qu'il n'aime pas chez les Chinoises. Leurs petits pieds grossiers.

Céladon est assise en tailleur dans le profond fauteuil anglais de faux cuir. Elle pianote sur son téléphone avec une dextérité de télégraphiste hystérique, suspend son geste les yeux rivés sur l'écran, le temps sans doute de lire une réponse, et reprend sa frénésie de microdactylo à deux pouces.

Paille va dans la salle de bain sans porte, enlève sa culotte et se lave le sexe sans complexe. Il les connaît depuis quelque temps déjà, hôtesses pour gogos occidentaux dans un karaoké que gère son gang. Il les convoitait depuis un moment, et ce que lui a rapporté le voyage à Paris l'a convaincu de monnayer sa chance.

Malgré son dernier coup, lui n'est encore qu'un soldat, un homme de main. Un voyou sans maison. Tout juste une chambre de sept mètres carrés dans un appentis chez ses parents. Elles sont colocataires, avec deux autres hôtesses, d'un des appartements de leur boss. Avec interdiction de tapiner à domicile.

Les *love hotels* sont faits pour ça. Celui-ci est parfait, même situé à Incheon, à une demi-heure de Séoul. « Sun Motel » avec le « o » de motel en forme de cœur. L'enseigne de néons bleus et rouges est sans équivoque, mais une certaine discrétion reste de mise. Le check-in se fait sur une borne semblable à celle d'un fast-food. Chambre, thème, temps prévu, caution, accès aux bonus et accessoires. La borne est interactive et illustrée. Aucun contact humain nécessaire. Pas de personnel apparent. Tout est automatisé. Le reste est à la fantaisie des clients.

Les filles voulaient un délire cartoon pour Paille, et heroic fantasy pour Céladon. C'était Chicago Boys ou rien pour lui. Murs capitonnés de cuir rouge. Appliques en laiton aux abat-jours en pâte de verre. Miroirs biseautés et leurs cadres en dorure partout.

Tapis rouge sur un parquet de grands lattes cirées. Paille en est restée estomaquée. Céladon mâchouillait son chewing-gum, tête en l'air, à regarder le plafond fait tout entier d'un damier de miroirs.

Les photos au mur sont explicites. Des gars à la Marlon Brando qui caressent ou tripotent des blondes à la Marilyn Monroe sur fond de New York ou de Chicago. Avec des répliques d'armes mythiques accrochées au mur. En plastique.

— Tu as vu le lit !

Super king size. Tête en laiton brillant comme de l'or, des menottes du même faux métal accrochées aux barreaux. Elles se laissent tomber sur le couvre-lit de satin violet damassé et s'amusent à y rebondir. Moelleux et silencieux. Matelas à eau. Quand Céladon tire sur un cordon torsadé à l'ancienne, croyant allumer une lampe, c'est le matelas qui vibre…

Paille s'extasie sur une chaise au milieu de la pièce, rembourrée comme un fauteuil, aux formes étranges. Accoudoirs surbaissés, siège étranglé, encoches rembourrées à mi-hauteur et en haut du dossier. Et plusieurs mécanismes à bascule.

— Tu crois que c'est pour…

Céladon a vite fait d'y trouver toutes les acrobaties possibles, cul par-dessus tête ou vice versa.

Puis elles découvrent la salle de bain sans porte, entièrement ouverte sur la chambre. Douche à l'italienne sans rideau et baignoire transparente. Bidet à la française. Face au lit.

Lui n'est pas certain d'avoir profité de tout. Il aurait dû se méfier. Ce sont des hôtesses. Elles l'ont fait boire comme un client. Il a des souvenirs de chaleur et de moiteur, de sueur, de salive et de sexes mouillés, mais sans plus. L'impression qu'elles ont profité de la chambre plus que lui. De la chaise à bascule et de l'ordinateur avec son catalogue de films pornos sur l'écran géant de la télé. Et du distributeur de sex-toys, qu'elles ont à moitié pillé.

Il n'a aucune idée de l'heure qu'il peut être. Comme dans la plupart des *love hotels*, discrétion oblige, la chambre est aveugle. Derrière la fausse fenêtre, juste un poster de ville américaine avec un métro aérien et la pulsion rouge d'une fausse enseigne.

— Il est quelle heure ?

— 3 heures du mat', répond Céladon sans quitter des yeux l'écran de son téléphone.

— On y va ?

Il ne voit pas le regard qu'elles échangent.

— Maintenant ? boude Paille. On ne peut pas rester encore ?

— Hey, je raque à l'heure, moi !

— Une petite heure encore. Tu avais trop bu. Tu n'en as pas eu pour ton argent, minaude Paille en venant se coller à lui. Tu n'auras que l'hôtel à payer, rien de plus. Tu veux essayer la chaise ?

Il est trop fier pour résister. Paille se laisse tomber sur la chaise, l'attire à elle, et bascule à l'envers. Céladon reste dans le fauteuil à télégraphier ses messages.

— Nous sommes au Sun Motel à Incheon pour une petite heure encore. Et vous ?

Une demi-heure plus tard, le *room service* frappe à la porte. Il bondit de la chaise, nu, laissant Paille rouler sur le tapis. *Room service* ? Dans un *love hotel* automatisé ? Il hurle qu'il n'a rien demandé et qu'on lui foute la paix. On frappe à nouveau.

— *Room service* !

Il n'a pas le temps de retenir Céladon. Elle court ouvrir la porte et il se jette sur Paille pour la relever et s'en faire un bouclier, arrachant du mur la réplique d'un .357 Magnum. Quand le battant s'ouvre à la volée en envoyant dinguer Céladon, il comprend.

Trois hommes en costume noir.

— Putains d'enfoirés ! Vous bougez, je la bute.

— C'est du plastique, Ducon.

Le premier des hommes bascule le torse à angle droit sur le côté et son pied fuse en biais. Paille s'écroule, nez et arcade explosés, le visage en sang. Le poids mort de son corps échappe à l'homme, qui se retrouve nu face à ses trois agresseurs. Avant que deux coups de pied circulaires l'allongent pour le compte, il a le temps d'entendre Céladon hurler à ces imbéciles que massacrer Paille n'était pas nécessaire, qu'elles avaient fait comme on leur avait demandé, qu'elles les avaient prévenus, et qu'elles l'avaient retenu.

Un revers de main lui cogne la tête si fort contre la porte qu'elle tombe inconsciente. Sur lui. Juste au moment où un coup de pied l'assomme à son tour.

La même nuit, sur l'immense avenue Jangchungdan presque déserte à cette heure, à hauteur de l'imposant et futuriste Design Plaza, à un feu rouge, un van noir rattrape et percute une moto Suzuki GSX 1300R Hayabusa. Deux hommes jaillissent du van et y entraînent le motard et son passager.

À Yongsan-gu, sur les berges de la rivière Han, face au bâtiment 63 et ses deux cent quarante-deux mètres sur l'île de Yeouido, un homme sort du restaurant I.O.U pour fumer une cigarette, sous les vitres de la salle panoramique. La femme qu'il a laissée à sa table ne le reverra plus. Elle restera à l'attendre, lui et la réponse à sa demande de mariage. On retrouvera dans une plate-bande de fleurs son briquet et sa cigarette mal éteinte.

XXVII

Trouve-moi ce Verneuil !

Son Ji-sung se fait appeler Bruce. Pas en hommage à Bruce Lee, qu'il aurait pu affronter tant il maîtrise les arts martiaux, mais par vénération pour Bruce Springsteen, le chanteur. Le Boss. Comme il l'est lui-même devenu dans son domaine.

Pendant ses études de business au MIT de Cambridge, pour ses vingt ans, il s'est offert la star en concert privé pour un million de dollars. Sans vraiment comprendre pourquoi Springsteen avait exigé que son cachet soit directement versé à une œuvre de charité du New Jersey. Quand il avait demandé à l'auteur de « Jersey Girl », au dîner après le concert, pourquoi on l'appelait le Boss, la réponse de Springsteen l'avait laissé perplexe. Comme c'était la tradition dans les années quatre-vingt, les musiciens étaient payés cash à la fin des concerts. Springsteen s'assurait d'aller lui-même collecter l'argent auprès des organisateurs pour le redistribuer aussitôt à parts égales entre les musicos.

— À parts égales ! s'était moqué Son Ji-sung.

On dit que Springsteen a écourté la soirée avec ce péteux de vingt ans et sa ribambelle de petites frappes de gardes du corps. Lui savait de quelle sueur, de quelle scène et de quels accords venait chacun des dollars qu'il dépensait. Il ne voulait même pas savoir d'où provenaient ceux qui permettaient à ce gamin de vivre dans l'obscène opulence qu'il affichait.

Après les États-Unis, Bruce est allé parfaire sa formation en finance à la Singapore Business School, et en mafiologie à Taïwan, Macao et Hong Kong. Son père n'était qu'un petit dragon de Séoul, et lui maintenant est là, sur le chantier d'un des plus gros projets immobiliers de la rive nord de la rivière Han, au quatre-vingtième étage d'une des dix tours en construction, à fredonner du Springsteen.

But tomorrow's fall in number
In number one by one
You wake up and you're dying
You don't even know what from

Ils sont debout, fracassés, tuméfiés, vacillent, dans la nuit, dos à deux cents mètres de vide, en déséquilibre sur le rebord de la terrasse encore hérissée des armatures de ferraille du béton brut d'un immeuble en construction. Huit types passés à tabac, tenant à peine sur leurs jambes, pris entre deux vertiges. Celui de l'abîme béant derrière eux, et celui de la cruauté cynique et sans fond de l'homme qui va les tuer.

La musique monte d'une petite enceinte cylindrique reliée en Bluetooth au téléphone de Bruce, posée sur une table qu'on a montée sur la terrasse. Assis, il les regarde, flanqué de K-Boy, son lieutenant le plus dévoué. Derrière eux, une vingtaine d'hommes prêts à tout pour ne pas se retrouver sur le bord du parapet à leur place. Deux d'entre eux, raides comme des majordomes, portent un petit seau de plastique blanc à la main.

— Alors, qui m'explique ce qui s'est passé dans ce putain d'avion ?

Un des condamnés murmure quelque chose entre ses lèvres gorgées de sang, noires comme des sangsues repues. Peut-être croit-il à sa chance d'échapper au vide si Bruce l'appelle à la table. Mais c'est Bruce qui se lève à regret, comme quelqu'un qu'on force à faire quelque chose et que ça dérange. Au passage, d'un imperceptible geste, il tend la main et K-Boy lui remet un club de golf. Un driver. Un Ping G410 LST.

Bruce s'approche en jouant du club, tête baissée, concentré sur la musique. L'autre tangue et panique de savoir qu'il ne peut pas reculer.

— Je n'ai pas très bien compris ce que tu as dit.

— J'ai dit qu'il ne s'est rien passé… Tu dois me croire… Nous les avons accompagnés à Paris comme tu l'as demandé… Nous les avons surveillés comme tu l'as demandé… et nous les avons ramenés à Séoul comme c'était prévu.

— Donc il ne s'est rien passé.

— Non, rien, je te le jure.

Bruce fait tournoyer trois fois le club de golf et le pose sur son épaule, comme quelqu'un qui joue de son parapluie le soleil une fois revenu.

— Bien, bien, bien…

Il fait demi-tour et, sur un signe de tête, un des hommes s'approche avec le petit seau de plastique blanc. Il en tire une balle de golf et la pose avec précaution, pincée entre le pouce et l'index, à cinq mètres, bien en face de l'homme battu qui se tétanise.

— Et cette chanson, tu la connais ?

— Quelle chanson… ?

— Celle que tu entends : « Point Blank », de Bruce Springsteen, tu connais ?

— Non…, avoue l'homme, le regard vide de tout espoir, rivé sur Bruce qui se met en place.

Bien perpendiculaire au rebord de la terrasse, le côté droit un plus bas que le gauche, poids sur l'intérieur du pied droit, tête alignée avec le genou droit légèrement rentré. Bassin stable, dos plat. Buste vers l'avant, fesses en arrière, bras à l'aplomb des épaules, mains au-dessus de la ligne des pieds.

Bruce piétine un peu pour bien caler son appui sur ses pieds, regardant deux ou trois fois sa cible pour calculer et aligner son swing. En face de lui, l'homme pleure maintenant. Il le supplie entre ses lèvres bouffies. Quand Bruce monte et descend son bois plusieurs fois pour assurer son geste, l'autre ferme les yeux.

La balle de 45,95 grammes, une Srixon Z-Star XV, fuse à 25 mètres par seconde, et frappe en plein front le pauvre type, que le choc propulse dans le vide.

That always end up
Point blank
Shot between the eyes
Point blank

Bruce reprend à voix haute le refrain de son idole. L'homme est tombé sans un cri, assommé par le choc. C'est ce qu'espèrent certains, même si ça ne change pas grand-chose à leur destin.

Pendant que Bruce revient vers la table, le porteur de balles en pose une à cinq mètres de chacun des sept condamnés restants.

— En dix ans, explique Bruce d'un ton qu'il voudrait docte et sentencieux, j'ai construit cet empire unique et exceptionnel qui vous nourrit tous. Vous, vos putes de femmes et vos merdeux de mômes. J'ai renvoyé les vieux dragons à leurs anciennes lunes. J'ai créé une centaine de sociétés et tout un réseau financier entre elles qui génère des milliards de wons d'argent propre, vous m'entendez ? De l'argent propre ! Par milliards ! Tout le business du divertissement de ce pays passe par moi. Je fabrique des stars et les dizaines de millions de fans qui vont avec et je touche ma part sur tout ce qui les concerne. Sur leurs contrats, leurs shows, leurs sponsors, leurs films, et jusqu'aux autocollants, aux magnets, aux mugs et aux calendriers. C'est une énorme machinerie d'ingénierie financière, colossale, géniale, qu'aucun de vous ne peut comprendre ni même imaginer, mais qui vous permet, à tous, de vivre. Mais à une seule condition.

Une seule : que rien ne vienne l'enrayer. Jamais ! Qu'aucun petit con d'ambitieux sans cervelle ne vienne y fourrer son grain de sable pour gagner quelques centaines de milliers de misérables petits dollars en plus dans mon dos. Et j'ai bien l'impression que c'est ce que vous avez manigancé. Alors, comme vous n'êtes qu'un ramassis d'incapables, je veux savoir pourquoi, pour qui, et comment vous avez fait. C'est tout ce que je demande…

— Rien n'a jamais enrayé ta machine à fric, ose un des hommes sur le rebord de la terrasse.

— Ah oui ? Alors, explique-moi comment une star que j'ai mis plus d'un an à fabriquer se balance d'un hélicoptère devant toutes les télévisions du monde après avoir essayé de se faire une vieille Française en business class pendant son retour de Paris ? Est-ce que je devrais passer ce manque à gagner par pertes et profits ?

À la stupeur de tous, l'insolent tente un sourire malgré son visage déformé par les coups.

— Tu ne vas rien perdre du tout, bien au contraire, et tu le sais bien. Tu vas gagner plus en un mois avec la mort de Choiwoo que ce que ce gosse t'aurait rapporté en un an. Son autobiographie va devenir collector le jour même de sa parution. Tout le monde sait qu'elle va se vendre à des millions d'exemplaires maintenant, sans compter tout le merchandising des hommages et des souvenirs. C'est même à se demander si…

— Oui ? C'est à se demander quoi ?

L'homme soupire, résigné à ce qu'il va dire et devenir.

— C'est à se demander si tu n'es pas assez tordu pour avoir organisé tout ça, en fait, et si tu ne cherches pas juste quelques lampistes pour porter le chapeau. Voilà ce que je pense.

Bruce ne répond pas tout de suite, presque flatté par l'hypothèse.

— Oui, tu as raison, j'aurais pu, et je vais garder ça en tête pour une prochaine fois. C'est une idée intéressante. Une sorte d'obsolescence programmée des stars. Ça me plaît bien. Le fait qu'une star rapporte plus en merchandising *post mortem.*

Tout en parlant, il s'approche de la balle posée devant l'homme qui a parlé mais, quand il lâche son swing, c'est le type d'à côté, surpris, qu'il catapulte dans la nuit. Et presque dans le même mouvement, de deux autres swings violents et rageurs, il en exécute deux autres.

— Le problème, vois-tu, ce n'est pas tant Choiwoo et son histoire ou pas avec cette femme. Ce qui me désoblige, c'est l'enlèvement de la Française. Parce que si je suis bien renseigné, et je le suis toujours, cette femme a été enlevée moins de quarante-huit heures après son arrivée à Séoul, et je veux savoir pourquoi.

— Comment veux-tu que nous le sachions ? reprend le même supplicié.

— Vous étiez dans l'avion, non ?

— Oui. Vol de nuit. Sans problème. Tout le monde a dormi et nous avons ramené les Darkan sains et saufs. Point barre.

— Non, non, non, je ne peux pas te laisser dire ça. Il a bien fallu quelqu'un pour l'organiser, cet enlèvement, non ?

— Parce que tu n'en as aucune idée, peut-être ?

— Attention à ce que tu dis. Ça fait deux fois que tu insinues des choses déplaisantes, et cette fois encore tu as intérêt à t'expliquer.

— Sinon quoi ? Tu vas tous nous tuer, de toute façon. Même si nous n'avons rien fait. Tu es là pour ça. C'est ta façon de faire. Injuste et cruelle. Tu nous as fait monter là pour l'exemple, pour foutre la trouille à tous ces autres, là, derrière toi, avec leurs beaux costards, pour les rendre prêts à tuer père, mère et enfants par peur de toi.

— Tu as raison, mais tu pourrais aussi souffrir plus longtemps que les quelques secondes que va durer ta chute.

— La belle affaire, se moque l'autre, mourir pour mourir, tu crois que la douleur fait une différence ? Une fois mort, je ne souffrirai plus.

Bruce se replace face à lui, se cale en position, et swingue trois fois sans toucher la balle. Jamais l'homme ne cligne des yeux ni ne le quitte du regard.

Living one false move
Just one false move away
Point blank

C'est l'homme qui pose les questions maintenant.

— Combien étions-nous dans l'avion, sans compter les Darkan ?

— Vous étiez huit, répond K-Boy à la place de Bruce, les huit mêmes que sur cette terrasse.

— Et Gabaine, tu l'oublies ?

— Quoi, Gabaine ? Il est encore à Paris, Gabaine. Il rentre dans trois jours. Il a encore des choses à régler là-bas. C'était prévu comme ça.

— Gabaine était dans l'avion. Il est rentré en même temps que nous.

Dans un mouvement de mauvaise humeur, Bruce fait signe à K-Boy de vérifier. L'autre aboie quelques ordres et deux hommes quittent la terrasse en courant.

— Qu'est-ce que tu sais d'autre ?

— Que nous sommes là et pas Gabaine.

— Écoute, d'une certaine façon, je respecte ton courage, mais ne me pousse pas à bout, ta famille pourrait en souffrir.

— Seigneur Dieu, quel courage, menacer l'entourage d'un homme qu'on va assassiner !

— Tu pourrais regretter de les voir souffrir de là-haut.

— Parce que tu crois qu'il y a un là-haut ? Franchement, tu crois vraiment qu'il existe un dieu assez con pour que des gens comme toi soient le fruit de sa création ? Il n'existe rien qui puisse me faire souffrir là-haut, parce qu'il n'y a ni ciel, ni paradis, ni enfer, ni rien.

Le swing siffle et la balle explose l'œil d'un autre homme, surpris, qui tombe en hurlant.

— Il ne t'en reste plus que deux à assassiner avant que je meure à mon tour sans rien te dire…

Bruce fait un pas en brandissant son club pour lui exploser le crâne.

— Tu fais un pas de plus, je saute, et tu ne sauras jamais ce que je sais.

— Tu vas sauter dans le vide pour éviter que je t'y balance ?

— Non, je vais sauter dans le vide pour te laisser sans réponse.

Bruce hésite et essaye de céder sans perdre la face.

— Très bien, dis-moi ce que tu sais d'autre, et il se pourrait que je te laisse vivre.

— Alors ne m'approche pas, recule jusqu'à la table et écoute sans rien dire.

Il attend que Bruce le fasse, avec nonchalance avant de parler.

— Dans l'avion, Gabaine a beaucoup parlé avec Verneuil, le mari de la Française, mais avec nous, il a surtout parlé de K-Boy.

— Et ?

— Et rien, Ducon, démerde-toi avec ça !

L'homme fait un pas en arrière, cambre les reins, et se laisse basculer dans le vide en éclatant de rire sans quitter Bruce des yeux.

Did you forget how to fight?
Point blank
They must have shot you in the head
'Cause point blank
Bang bang, baby, you're dead

De rage, Bruce se précipite sur les deux autres et les balance de la terrasse de deux coups de pied chassés à hauteur de visage. Les hommes tombent sans rien dire, sonnés par le coup, mais lui hurle de frustration et de rage. Il vocifère des menaces et aboie des ordres.

À quoi pense un homme qui tombe ? À quoi a-t-il le temps de penser ? À ceux qu'il a aimés, ou à ce salaud de K-Boy qui l'a tabassé. Le ver est dans ta pomme, K-Boy. Bien fait pour ta gueule. La dernière image ne compte pas, parce qu'il ne s'en souviendra jamais. Ce n'est que ça, une vie, la somme des souvenirs qu'on en a. Un millième de seconde avant que plus rien n'existe, il traverse la lumière de deux phares.

Bruce aussi voit les phares, au pied de la tour, et ça le calme. Ratel, le nettoyeur redoutable, a compté les corps qui s'écrasaient. Huit. Le compte est bon. Bruce devine qu'il charge le dernier dans son vieux camion, un City Truck bâché, et démarre. Par chance, il reste dans ce milieu quelques hommes comme Ratel sur lesquels on peut compter.

— Patron, ne reste pas si près du bord, conseille K-Boy.
— Quoi, tu t'inquiètes pour moi, maintenant, K-Boy ?
— Si c'est à propos de ce que ce type a dit…
— Je m'en moque, on verra ça plus tard.
— On fait quoi, alors ?
— Trouve-moi ce Verneuil !

XXVIII

… les larmes aux yeux d'être vivante.

Ratel est un échappé du Nord. Un des deux cent mille fuyards de la République populaire démocratique de Corée réfugiés au Sud. Au volant de son camion Kia City Truck, dans les petites routes étroites de montagne, à l'est de Séoul, il ressemble à l'un de ces retraités que la frénésie économique coréenne oblige à travailler jusque bien après soixante-dix ans. Bien qu'il n'en ait pas encore cinquante, il en paraît beaucoup plus et pourrait être l'un d'eux. Pas tant pour la vie éprouvante de nettoyeur patenté de la mafia du Sud que pour son passé dans le Nord.

À dix ans, Ratel est condamné à cinq ans de déportation dans le camp de rétention Kwanliso 15. Quatre cents kilomètres carrés de camp de travail forcé, ceints d'un mur de barbelé haut de plusieurs mètres et hérissé de miradors où veillent des hommes qui tirent à vue parce qu'ils sont fusillés sur-le-champ si un déporté réussit à fuir. Un camp isolé, au cœur d'une vallée fortifiée, cernée d'une demi-douzaine de montagnes de plus de mille deux cents mètres de haut.

Ratel y a été déporté en rétorsion à la tentative d'évasion de ses parents, qui l'avaient pourtant abandonné pour fuir vers la Chine en traversant la rivière Yalu. Évasion désespérée, plan imbécile. Rivière large et profonde, tourmentée de courants. Abords surveillés exposés à la mitraille. Les garde-frontières ont vidé cinq chargeurs de Kalachnikov dans le dos de son père. Il les a entendus se vanter d'avoir gardé le corps plusieurs secondes en lévitation sous la violence et la multitude des impacts. Sa mère est morte plus tard, sous le ventre dépenaillé d'un gradé qui l'a ensanglantée de son sexe.

Fort heureusement pour lui, et malheureusement pour ceux qui le croiseront plus tard, Ratel n'a pas été déporté dans la « zone de contrôle total », d'où l'on ne ressort jamais. Même mort. Comme les chrétiens dénoncés par leurs voisins, par exemple. Lui fait son temps dans la « zone révolutionnaire », celle des « pour l'exemple », des « pour faire peur aux autres ». Il avait été reconnu « coupable par association » de la tentative d'évasion de ses parents.

Sa chance, Ratel la saisit lors de la procédure d'éloignement obligatoire qui prend la suite de sa peine purgée. Orphelin, il est envoyé au nord-est du pays dans un camp de réhabilitation par le travail, dans la province de Namjungsan, sur les rives du Tumen, l'autre fleuve frontière, à deux pas de la Chine et de la Russie. Là-bas, la rivière est étroite et peu profonde. On peut la traverser à gué en été, ou sur la glace en hiver.

Ratel pousse son Kia City Truck à l'assaut de la montagne et repense à sa jeunesse sans quitter des yeux son rétroviseur. Le camion, la benne chargée des huit corps sous la bâche, grimpe l'étroite route en lacets qui monte vers le temple de Sangwonsa, dans la région de Yangpyeong.

C'est l'histoire qui l'a servi. Le chaos du monde. Même dans cet empire de l'horreur qu'est la République populaire démocratique de Corée, le silence peut frissonner de l'imperceptible froissement des nouvelles de l'extérieur. En 1991, l'Empire soviétique, le grand frère russe, disparaît. Une signature au bas d'un décret fait tout s'écrouler. Au nord, la RPDC partage plus de mille quatre cents kilomètres de frontière avec la Chine, mais moins de vingt avec la Russie.

C'est là que Ratel décide de tenter sa chance. Rejoindre ce pays dont on dit que les soldats et les policiers n'y sont plus payés, que c'est la débandade, qu'ils vendent même leurs armes pour survivre. C'est là qu'il traverse le Tumen pour passer en Russie. Quelques jours plus tard, il traverse la frontière entre la Russie et la Chine pour entrer dans la préfecture de Yanbian. Une région peuplée de gens d'origine coréenne où il se fond dans la multitude.

— Qu'est-ce qu'il fiche ? s'inquiète l'inspectrice Joon.

Elle suit le City Truck depuis le chantier sur la rive nord de la rivière Han. L'intuition de Gangnam était juste. Deux contraventions envoyées au nom de Cho Chung-hee avaient été payées en temps et en heure, preuve que l'adresse à laquelle avaient été adressés les avis était la bonne. Une sorte d'atelier de ferrailleur dans le quartier de la gare d'Hannam. Elle n'a eu qu'à planquer pour voir sortir Ratel, le soir, à bord de son City Truck et le suivre.

Elle a vu s'écraser les huit corps au pied de la tour de deux cents mètres. Sans y croire tout de suite. C'était quoi, cette embrouille ? Ce Gangnam, qu'elle aimerait voir mort quand même, l'affranchit sur un Cho Chung-hee, dit Ratel, prétendument nettoyeur dans l'affaire de la femme dépiautée par des *king crabs* dans l'aquarium du marché aux poissons. D'accord. Mais pourquoi Gangnam la branche-t-il là-dessus ? Qu'est-ce qu'elle fait, elle, maintenant, témoin de ce qui ne peut être que huit exécutions entre mafieux ?

Le City Truck est entré dans le chantier par le sud, depuis les berges de la rivière. Joon est restée planquée derrière une palissade pour l'observer de loin. Quand elle a compris qu'il était là pour récupérer les cadavres qui pleuvaient depuis la tour en construction, elle a hésité à contourner le chantier pour aller voir qui organisait ce macabre concours de grands plongeons ultimes. Mais Ratel récupérait les corps au fur et à mesure et, au dernier, il se préparait déjà à dégager en vitesse.

Elle a choisi de le suivre. Avec un nettoyeur, un camion et huit cadavres, elle a pensé qu'elle aurait assez d'indices pour remonter jusqu'aux commanditaires. Si on lui confie l'enquête, parce que pour l'instant, elle n'est là que dans le cadre de celle de la femme aux crabes.

D'un autre côté, elle se retrouve maintenant à suivre un nettoyeur, en pleine nuit, dans les méandres d'une route de montagne tortueuse à une heure à l'est de Séoul. Sans arme et sans renfort. Dès que le City Truck a quitté la 341 pour s'engager vers la montagne, Joon l'a suivi en coupant ses phares. Depuis, elle se dirige en se repérant aux feux arrière du camion et à la carte affichée par son GPS.

— Qu'est-ce que ce type va faire dans la montagne avec ses huit macchabées ?

— Qu'est-ce qu'elle me veut ? s'inquiète Ratel.

Repérer qui te suit, c'est un savoir-faire de survie basique en Corée du Nord. Non pas que tu puisses échapper à ceux qui t'espionnent car là-haut, être suivi c'est déjà être condamné, mais juste parce que ça te permet de te préparer à l'inéluctable. Cette voiture le suit, il n'y a aucun doute, mais ils sont en Corée du Sud, un pays où il a appris à prendre son destin en main.

Éteindre ses phares, c'est une connerie sur une route comme celle-ci. Il ne se serait pas inquiété outre mesure de savoir une voiture derrière lui. Quelqu'un du monastère, ou d'une des rares habitations sur la route. Une route si étroite qu'elle pourrait être à sens unique. Ça pouvait se comprendre. Mais une voiture sans ses phares en pleine nuit, c'est vraiment trop idiot. Il l'a repérée dans un éclat de lune et maintenant, sans vraiment la voir, il la sent derrière lui et il va devoir s'en occuper.

Il sait s'occuper des gens, Ratel. Il a appris de lui-même. Pour survivre. Quand il est sorti du Kwanliso 15, il a trouvé le pays dans une situation pire encore que celle que ses parents avaient tenté de fuir. La terrible famine de 1990. Trois millions de morts, apprendra-t-il plus tard. Sans surprise. Pendant les quelques mois précédant son transfert au camp de réhabilitation pour orphelins, il a vu mourir de faim des familles entières. Dans les champs, dans les usines, dans les maisons. Dans les rues des villages. Sur le bord des routes. L'armée avait même constitué des brigades spéciales de ramasseurs. Alors il s'est occupé des gens. Il a survécu comme ça. Le premier, c'était un très jeune enfant. Mourant dans les bras de sa mère déjà morte. Il a enterré la mère pour faire croire à une évasion, et a étouffé l'enfant. Ça l'a nourri pendant trois jours. C'était ça ou mourir.

Est-il possible qu'il monte au monastère ? s'inquiète Joon. Avec huit cadavres dans sa benne ? Elle peine à imaginer une communauté de moines complices d'un nettoyeur. Des moines assassins, cela dit, il paraît que ça a existé. Dans la guerre des bouddhistes, bonnets rouges contre bonnets jaunes, à une époque.

Dans le bouddhisme tantrique aussi. Et elle se souvient de sa lecture d'un roman de Park Sang-ryung. Sans quitter les feux arrière du City Truck qui disparaissent et réapparaissent au gré des virages serrés, Joon se souvient de ce livre qui l'avait marquée, adolescente : *De morte*. Le moine Étang, vagabond sans préceptes, s'y accuse d'avoir tué le moine Vénérable et son disciple le moine Chapelle, qui le soupçonnait d'avoir aussi tué le moine Chemin qui aurait été le propre père du narrateur et l'avait formé à la mort de sa mère, une nonne prostituée dédiée aux lépreux. Moines lubriques, nonnes nymphomanes, prédations sexuelles, le moine Étang finit par se lier avec une maîtresse-nonne d'un groupe de prostituées non sacrées…

Son professeur de littérature, à l'époque, avait qualifié le roman d'une de ces œuvres fondatrices d'une conscience littéraire et spirituelle mondiale. Sexes, vagins, syphilis, soumission féminine, onanisme… Joon y avait plus vu la dérive d'un professeur jouissant de faire lire ça à haute voix à ses jeunes élèves. D'ailleurs…

Elle saute sur ses freins et son cœur bascule. Sur le siège passager, son téléphone valdingue et se perd. Le City Truck est arrêté en plein virage et la silhouette du Ratel, immobile, se dessine en contrejour de la lueur rouge des feux arrière. À dix mètres à peine. Quelque chose à la main. Long et qui se termine par une masse. Une hache ! Comme dans un film d'horreur. Un vieux *Freddy*. Ou *Massacre à la tronçonneuse*. Ou *The Forbidden Door*. Ou *Vendredi 13*.

Le temps qu'elle s'en terrorise, Ratel avance déjà sur elle, du pas lent d'un prédateur sûr de lui. Elle réagit par réflexe, en panique. Grands phares pleine gueule, et elle profite de la seconde d'éblouissement du nettoyeur pour se jeter hors de la voiture, se glisser derrière, et courir jusqu'au précédent virage pour disparaître de sa vue en quelques secondes. Assez pour reprendre ses esprits et se lancer à l'assaut du côté escarpé du bord de route. Elle se défait de son sac à main qu'elle porte toujours en bandoulière, et le balance sur le bord opposé de la route, là où la forêt s'effondre en contrebas dans une pente raide comme un ravin. Puis elle se plaque au sol, sans chercher à s'éloigner.

Le nez dans la terre, les yeux au ras de l'humus, elle aperçoit Ratel qui sort du virage sans se presser. Il marche d'un pas calme, traînant derrière lui sa hache dont il laisse le fer racler l'asphalte rapiécé de la route. Comme elle l'espérait de toute sa peur, il repère le sac et fouille du regard la forêt qui s'enfonce dans le noir. Joon ne respire plus. Ratel hésite. Il se tourne vers le talus escarpé de l'autre côté et elle prie Dieu, Bouddha, les esprits ou n'importe quelle puissance supérieure de n'avoir laissé aucune trace dans sa précipitation. De la terre effritée. Quelques cailloux qui auraient roulé.

Ratel brandit soudain sa hache, laisse le manche retomber sur son épaule, fait demi-tour et remonte la route du même pas lent. Il disparaît dans le virage et, quelques instants plus tard, elle reconnaît le vrombissement d'un moteur qu'on emballe. Pas celui du camion. Celui de sa voiture. Elle se mord les lèvres d'avoir fui en le laissant tourner. Au bruit, elle devine qu'il manœuvre. Marche avant, marche arrière. Ce tordu de psychopathe fait demi-tour. Ses phares balayent soudain la forêt au-dessus d'elle et elle comprend : il va s'en servir de projecteurs pour la repérer !

Joon hésite à fuir, ramper à reculons pour s'enfoncer plus profond entre les arbres, se terrer quelque part, quand le moteur se tait soudain. Le silence qui tombe sur elle l'écrase d'une nouvelle panique. Mais dans le mouvement de lumière qui troue la nuit, elle devine un autre bruit. Plus feutré. Un chuintement. Et soudain sa voiture glisse en silence en travers du virage, comme tirée par le faisceau de ses propres phares. En roue libre. Au point mort. Elle coupe la courbe en biais, droit vers le ravin où elle bascule sans hésiter et reste plantée entre les troncs, le cul en l'air, hayon du coffre grand ouvert.

Pour la priver de tout moyen de fuite ? Pour l'empêcher de le suivre ? Prendre le temps de revenir la traquer dans les bois, sa hache à la main ? Joon se demande pourquoi Ratel a remis sa voiture dans le sens de la pente. Il aurait pu la laisser basculer hors de la route en marche arrière. Pour que les phares éclairent entre les troncs au plus profond de la forêt, peut-être ? Pour mieux la chercher ?

Elle attend, tétanisée, qu'il réapparaisse, quand, plus haut, sur sa gauche, la nuit s'embrase de la lumière rouge des feux arrière du City Truck.

Puis le moteur tressaute et elle devine que Ratel a repris sa route. Elle ne comprend pas. Un piège ? S'il redescendait, moteur coupé, en silence, pour la surprendre au moment où elle se risquerait sur la route ? Elle n'ose pas bouger. Pourquoi abandonne-t-il si vite ?

Elle tente de se glisser dans son esprit de psychopathe. Huit cadavres dans sa benne. Il a mieux à faire que de s'attarder à fouiller la forêt. Pourtant, s'il a compris qu'elle le suivait depuis les tours, elle représente un réel danger pour lui. À moins qu'il ne priorise ses choix. Les huit cadavres d'abord, elle ensuite. Mais ça supposerait qu'il sache qui elle est. A-t-il seulement idée qu'elle est un flic ?

Le cœur de Joon trébuche : son sac ! Il a ramassé son sac. Ses papiers. Son identité. Son adresse. Sa carte de flic. Ce malade sait tout d'elle et c'est un nettoyeur. Il saura la retrouver. Il va la traquer pour la nettoyer elle aussi.

Son téléphone ! Dans la voiture. Si Ratel a trouvé de quoi l'identifier dans son sac, il n'a peut-être pas fouillé la voiture. Il a pu penser qu'elle avait gardé son téléphone sur elle. Dans une poche. C'est peut-être même la raison pour laquelle il est parti. Par peur qu'elle n'ait déjà appelé les secours.

Elle rampe hors de sa cachette, se laisse glisser le long du talus et traverse la route en courant, furtive et courbée comme un ninja dans la nuit. Elle s'approche de sa voiture au moment où les phares d'un véhicule qui descend de la montagne percent la nuit. À aucun moment elle ne pense à l'arrêter pour demander de l'aide. Elle plonge au contraire sous sa voiture à moitié suspendue dans les arbres.

Le City Truck sort du virage et freine à hauteur de Joon, terrifiée, qui se plaque au sol. Elle entend le moteur qui tourne. Elle attend le bruit de la portière et des pas. Celui de la hache. Mais rien, juste le moteur. Alors elle s'imagine Ratel indécis, à regarder la voiture plantée dans les arbres derrière la vitre de son camion. À se demander quoi ? Si elle s'est cachée sous la voiture ? S'il lui reste une chance de lui mettre la main dessus ? D'entasser son corps décapité dans sa benne avec les huit autres cadavres ? Rien. Le moteur dans le silence insupportable de la nuit. Puis l'embrayage craque et le City Truck s'en va.

Elle écoute le bruit du moteur s'éloigner et se perdre dans la nuit, le plus longtemps possible, avant de sortir de son abri et de fouiller la voiture. Le téléphone est là, coincé dans la glissière sous le fauteuil du passager avant. Elle a honte d'en pleurer quand elle s'en saisit. Merde, elle est flic, quand même ! N'empêche que ce déglingué de Ratel lui a bel et bien fichu la trouille de sa vie.

Par précaution, elle retraverse la route, escalade le talus, et remonte plus haut dans la forêt avant de composer un numéro, les larmes aux yeux d'être vivante.

XXIX

… en direction de Séoul.

Son corps marbré d'ecchymoses le meurtrit encore, mais moins. Les cataplasmes d'argile verte et l'huile de millepertuis, de lavande et de laurier de Chin-sun sont efficaces.

— Dans une heure, je te rince, dit-elle.

Il est étendu sur son lit, torse nu et en caleçon, le corps pommadé de remèdes. Elle a appelé deux heures plus tôt pour lui raconter qu'elle allait probablement travailler avec l'équipe du procureur qui reprenait l'affaire Choiwoo. Au détour de la conversation, elle lui avait demandé s'il allait mieux et s'il avait mangé et, sans attendre la réponse, lui avait dit qu'elle arrivait avec ce qu'il fallait. Immortelle contre les bleus, pâquerette contre les hématomes et consoude contre les bosses. *Mandu* de pâte fondante farcis à la viande, moitié bœuf haché, moitié effiloché d'échine de porc, dans un bouillon de chou *kimchi* « pour le cœur et le ventre ».

Puis elle s'était endormie sur une banquette en oubliant de le rincer, des images d'esprit *sashin* entre les doigts. Tout ensuqué de remèdes, il avait tendu la main pour les récupérer. Gangnam ne vénère rien ni personne et surtout aucun dieu, mais il croit un peu en tout quand même. Surtout aux esprits et en particulier à ceux-là, les esprits maîtres de la montagne et de l'eau. Des esprits fusion, comme on parle de cuisine fusion. Un peu taoïstes, un peu bouddhistes, un peu confucéens, un peu chamaniques. Un peu chrétiens même…

C'est ce que Gabrielle aimait de ce pays. Son lien avec l'eau et la montagne. Elle s'était d'abord offusquée de la propension de Gangnam à inonder la salle de bain à chaque ablution. Chez eux, à l'hôtel, chez des amis. Cette façon de s'envoyer des brassées d'eau au visage et sur le torse, depuis le robinet ouvert en grand. D'y prendre un plaisir inattendu. Puis elle avait remarqué que leurs amis ou leurs connaissances faisaient souvent de même. De l'eau partout, par gerbes, par éclaboussures, par ruissellement. Une tradition, sans doute, tant les salles de bain, en Corée, sont carrelées et drainées en conséquence.

— L'eau, lui avait alors expliqué Gangnam, c'est fait pour être joyeux.

Vive et forte. Froide surtout. Il se souvient du premier *deungmul* de Gabrielle. Ce bain de dos glacé qui sidère la respiration et fouette l'esprit après un dur labeur ou une journée de chaleur. Elle-même avait pris goût à ce cérémonial sans façon. Il se souvient de ce premier jour où, après l'amour, elle est allée se rafraîchir dans la salle de bain, nue et porte ouverte, pour s'asperger joyeusement, recherchant même la beauté du geste et de l'éclaboussement.

Mais seule l'eau jaillie est noble et belle, pas celle qui tombe. Seule celle que la montagne sacrée a purifiée en la filtrant avant qu'elle ressurgisse en sources limpides.

— Ce pays, lui expliquait alors Gangnam, a reçu son bonheur de l'eau et des montagnes.

Depuis qu'il est seul, quand il calligraphie son initiale, dans les pleins et les déliés, dans les hampes et les hastes, dans les jambages et les boucles, il prend bien soin de laisser la fluidité de l'eau et le souvenir du corps de Gabrielle guider sa plume. Dans les apices et les arabesques et le souvenir des jours heureux, nus et inondés…

La sonnerie réveille Chin-sun. Elle s'extirpe de son sommeil comme une enfant malade et cherche des yeux l'appareil. Pas le sien. Pas avec cette sonnerie. Elle le récupère quand même à tâtons et le tend à Gangnam qui le colle à son oreille.

— Oui ?

— Gangnam, c'est Joon.

— Qui ?

— Joon. L'inspectrice Joon…

— Joon ? Pourquoi tu murmures comme ça ? Parle plus fort, je n'entends rien.

— Je ne peux pas…

Chin-sun ne s'est pas rendormie. Quand elle voit Gangnam se redresser, elle s'inquiète de son attention soudaine aux paroles de Joon qu'elle n'entend pas.

— Joon, ne bouge pas. J'appelle les flics de Yangpyeong. Ils seront là en trente minutes. Descends te cacher un kilomètre plus bas que ta voiture, au cas où Ratel reviendrait, et intercepte la voiture de patrouille quand elle arrive. Fais attention à toi. Je passe te récupérer chez eux, au commissariat.

— Dans quoi tu m'as embringuée, Gangnam ?

— On en parle quand je te récupère, Joon. À ta place, je ne leur parlerais pas de Ratel. Invente-toi une histoire d'accident de la route. Il y a un petit hôtel familial avec des bungalows en bordure de rivière un peu plus à l'est, sur une autre route de montagne qui part au nord depuis la 341. Raconte que tu voulais y faire étape, que tu t'es trompée d'embranchement, et que tu t'es plantée en voulant faire demi-tour.

— Gangnam, je te jure que si c'était un piège…

— Joon, si c'était un piège, je te laisserais pourrir dedans.

— De quel piège vous parlez ? s'inquiète Chin-sun.

— Chin-sun est avec toi ? intervient Joon.

— Oui.

— Vous couchez ensemble ?

— Pourquoi tu dis ça ?

— Gangnam, il est 3 heures du matin !

— Et alors ?

Il raccroche et se dirige vers la salle de bain. La tête sous l'eau, il met Chin-sun au courant des ennuis de Joon tout en se lavant de ses onguents.

Devant, deux curieux cubes de béton gris de chaque côté d'un patio vitré. Derrière, un empilement de cubes en quinconce. Vitrés eux aussi. Sur une petite piscine carrée. Dommage qu'elle ne surplombe que les chantiers de la ville de Yangpyeong en pleine expansion, comme toute la Corée.

Le jardin est vaste et joliment fleuri, parsemé de grandes tentes luxueuses à l'africaine, façon safari. Des mini-ranchs aussi, façon western. Et une tente de Sioux.

Il a choisi le Stone Hill parce que l'hôtel est isolé et qu'un tour opérateur de Séoul y réserve régulièrement des chambres pour ses clients. Il les véhicule depuis la capitale dans des vans noirs aux vitres fumées. Ratel n'a aucun problème à faire démarrer celui garé le plus à l'écart sur le parking. Il a aussi choisi le Stone Hill parce que l'hôtel est adossé à une colline boisée où il a pu garer son City Truck en toute discrétion.

Quand il rejoint son camion, à l'abri de la nuit et des arbres, il transfère les huit cadavres dans le van. Trois à l'arrière, trois au milieu, et deux autres devant à côté de lui. Assis. Puis il quitte prudemment la ville par le nord pour rejoindre une route de montagne étroite en dalles de béton qui dessert un parc touristique fermé la nuit. Il connaît le virage précis dont il a besoin. Il arrête le van, serre le frein à main, descend et tire à la place du conducteur un des deux cadavres de devant auquel il passe la ceinture. Pas aux autres. Puis il ouvre toutes les portières, braque les roues, pousse le levier au point mort, et lâche le frein. Sous un ciel de nuages boursouflé par les reflets d'une lune joufflue, il regarde le van reculer en arc de cercle dans la nuit, jusqu'à basculer en arrière dans un vide de vingt bons mètres au milieu de rochers noirs qui le fracassent.

Puis il repart à pied vers la ville. Deux bonnes heures avant de récupérer son camion derrière le Stone Hill. Marcher ne le dérange pas. Il a tant marché dans sa vie. Dans son village, dans les camps de jeunesse, dans les colonies de travail spécial, dans sa fuite pour passer en Russie, puis pour rejoindre la Chine et la traverser… Ce qui le dérange, c'est d'avoir dû changer ses plans concernant ses huit clients. Ce n'est pas dans ses habitudes. Une vie, c'est fait de routines. D'applications régulières. De pratiques. De rituels. Cette fois, il a dû improviser. Pas sûr que le dragon le lui pardonnera. Mauvais pour le business. Mais la marche, c'est bon pour la réflexion. Il aura trouvé une solution avant d'arriver à son camion.

C'est une gargote triste comme cette petite ville, séparée du fleuve gris par une rue déserte qui longe la berge sous la lumière blafarde de hauts lampadaires. Enseigne lumineuse rouge et blanc. Éclairage au néon cru qui donne aux visages un ton froid de malades chroniques. Buée de vapeur de ragoût de poisson aux vitres. À cent mètres du poste de police, et *open 24/7* comme l'indique la pancarte sur la porte vitrée embuée. Seul Gangnam a osé commander à manger. Un *jjamppong*. Il adore cette soupe de nouilles et de fruits de mer épicée. Avec un riz violet cuit dans une feuille de lotus. Joon et Chin-sun en ont des haut-le-cœur. Elles n'arrivent même pas à reconnaître quels fruits de mer surnagent dans ce triste bouillon. Elles se contentent d'un soda. Coca sans sucre pour Joon, *energy drink* yuzu-dragon *koro sensei* pour Chin-sun. *Yellow*, à cause du grand smiley coquin sur la cannette.

— Gangnam, c'est quoi ce piège qui a failli me coûter la vie ? Qu'est-ce que tu cherchais en me branchant sur Ratel ?

Il s'empresse d'enfourner une pleine pincée d'épaisses nouilles luisantes de sauce rouge au piment avant de lui répondre.

— Il n'y avait pas de piège, Joon, je te l'ai dit. Je l'ai reconnu parmi les voyeurs au marché aux poissons, et je te l'ai signalé pour t'aider dans ton enquête.

— Et comme par hasard, il me piège en pleine forêt sur une route de montagne avec un camion chargé de huit cadavres dans sa benne.

— Joon, comment aurais-je pu prévoir ça ?

— Il trimballait vraiment huit cadavres ? s'étonne Chin-sun.

— Je les ai vus tomber un par un d'une tour en construction sur un chantier au coin de Ttukseom et de Achasan.

— Tu sais ce qui s'est passé ?

— Non, je suivais Ratel qui est parti aussitôt après avoir chargé le dernier corps. Je n'ai pas eu le temps d'aller voir qui s'amusait à les balancer.

Gangnam éteint le feu piment de son palais par de lourdes bouchées de riz violet et quelques rasades d'alcool de riz.

— Je connais ce chantier, il est gigantesque. Des centaines de milliards de wons sur un carré de terrain d'un kilomètre et demi de côté. Un chantier comme ça, ça ne peut pas s'engager sans l'accord d'un dragon. Tu devrais chercher à savoir quel clan est impliqué dans ce programme immobilier pour remonter à tes assassins.

— Ce ne sont pas *mes* assassins. Moi, j'enquête sur la mort de la fille du marché aux poissons, et je n'étais là-bas que pour Ratel.

— À propos de cette fille, tu l'as identifiée ? demande Chin-sun.

— J'étais occupée avec l'affaire Choiwoo, mais mon équipe y travaille. On parle d'une activiste sociale qui se battait pour le relogement des occupants expulsés des bidonvilles. Elle aurait disparu. On vérifie.

— Il n'y a pas eu d'identification du corps ?

— Le temps qu'on la retire de l'aquarium, les crabes lui avaient déjà déchiqueté la moitié du visage et le bout des doigts. On essaye par des détails anatomiques et son historique médical reconstitué par la légiste.

Joon bâille, rattrapée par un soudain coup de fatigue.

— Quelle nuit, je suis morte !

— Laisse ton service récupérer ta voiture demain et s'occuper de la paperasse. Si tu veux, on te dépose chez toi, propose Gangnam.

Ils se lèvent et vont payer. Le patron aux yeux en berne est aussi épais que ses nouilles au piment. Il prépare l'addition et dit à Gangnam et Joon qu'il ne compte pas le yuzu-dragon pour « leur gamine ». Gangnam s'en amuse et Joon s'en vexe à s'en blanchir les poings d'être prise pour la mère de Chin-sun.

— À propos, je ne t'ai pas dit, Joon, mais Chin-sun travaille maintenant pour le bureau du procureur.

— Le procureur ! s'exclame Joon. En short avec une vareuse à l'effigie du Petit Prince ?

— Et pourquoi pas ? rétorque Gangnam en éclatant de rire.

Ils regagnent le parking et montent dans la voiture, sans remarquer le City Truck blanc qui passe derrière eux, en direction de Séoul.

XXX

Vendredi – Jour 4

... une grosse bêtise !

— *Too many Chinese*, avait dit l'employée du Han River Hôtel le jour de leur enregistrement.

Une soixantaine de touristes chinois lestés de valises lourdes comme des conteneurs se bousculaient pour s'engouffrer tous ensemble dans les deux ascenseurs de huit places chacun. D'un geste discret, elle les avait invités à la suivre jusqu'à un ascenseur de service, de l'autre côté du hall.

Les Coréens sont respectueux des consignes. L'ascenseur de service est libre d'accès mais personne n'ose l'emprunter. Pas de clé, pas de badge, pas de code. Qui oserait l'utiliser sans être employé ?

Lui, Verneuil. Parce qu'il a décidé qu'il en avait marre. Marre de ces flics coréens et de leur guéguerre des polices, marre de ces enquêtes qui s'embrouillent les unes les autres, marre d'imaginer Madeleine prisonnière dans d'autres mains maintenant. Marre aussi du dinosaure moitié ex-flic moitié ex-mafieux et de sa fliquette fringuée façon manga. Il est temps pour lui de se reprendre, de se souvenir qu'il l'a été, flic, et de faire les choses à sa manière. Temps de prendre les risques qu'il faut. Pour Mado.

Comme il se doit, l'ascenseur de service donne sur le hall, mais dans un angle discret et à l'abri des regards. Il a repéré les deux hommes des services du procureur. Un dans le canapé, face au comptoir de la réception, un autre à une table du salon de thé, d'où il surveille les ascenseurs et la porte à tambour qui ouvre sur la rue. Ce sont les Chinois qui lui donnent l'idée. Tous masqués contre les miasmes et la pollution, eux qui ont pourtant contaminé le monde entier.

Il se glisse jusqu'à la boutique de l'hôtel et se procure un masque sanitaire qu'il passe aussitôt. Il achète aussi une paire de lunettes de soleil, un bob aux couleurs de la Corée, et un T-shirt qui réclame l'attribution de l'exposition universelle 2030 à la ville de Busan. Mais ce sera à Riyad, et le maillot est soldé.

Il remonte au premier étage, toujours par l'ascenseur de service, cherche un boîtier d'alerte incendie et le déclenche en se cachant des caméras de surveillance. Il attend que la panique prenne corps et se répande, puis se perd dans le flot des clients qui évacuent, les mains sur la tête, comme un touriste en panique.

Il est redevenu flic. Il a eu le temps de ressasser toutes ces histoires de police et de mafia coréennes. Gangnam et Chin-sun sont bien gentils, mais ils se sont fait doubler dans le raid contre le lieu de détention de Madeleine. Il leur garde sa confiance. Ils ont fait du bon boulot jusqu'ici. Mais il s'est fait son idée, et il ne peut plus rester sans réagir. Maintenant qu'il est sorti de l'hôtel et qu'il a les mains libres, il va aller chercher Madeleine lui-même. Tout seul.

Mais d'abord, il a plusieurs choses à se procurer. Une voiture et l'adresse d'un magasin d'outillage. Entre autres.

Gangnam, figé au milieu de la rue, se dit que c'est impossible. Personne n'oserait voler une Hyundai Pony de vingt ans d'âge. *Sa* Pony ! La voiture de ses escapades amoureuses avec Gabrielle. De ses longues randonnées solitaires pour ne plus penser à elle. Il fixe la place vide, comme si son regard pouvait faire revenir sa vieille Hyundai. Puis il vérifie si des avertissements d'interdiction provisoire de stationnement avaient été apposés quelque part. Il interroge ses voisins, appelle la fourrière. Rien. Alors il se convainc que sa voiture a bel et bien été volée et pousse la porte du Mama Ethiopian Food Restaurant, au rez-de-chaussée de son immeuble, pour demander à Mama, qui en fait est un papa, l'accès aux images de sa vidéosurveillance.

— Et merde ! soupire-t-il en les examinant.

Il saisit son téléphone et compose un numéro.

— Chin-sun, Verneuil a volé ma voiture.

— Tu répètes ?

— Verneuil a volé ma voiture. J'ai des images de vidéosurveillance sous les yeux. C'est bien lui, et le salaud sait y faire.

— Je le croyais au Han River surveillé par les hommes du procureur ?

— Il faut croire qu'il a réussi à leur fausser compagnie.

— Et pourquoi voler ta voiture ? Pourquoi pas n'importe quelle autre, plus puissante, moins reconnaissable ?

— Je ne sais pas, Chin-sun, mais le fait qu'il passe à l'action change la donne. Soit il a finalement quelque chose à voir dans la disparition de Madeleine, soit il a décidé de partir à sa recherche façon Charles Bronson.

— Il aurait une piste que nous n'aurions pas ?

— Je n'en sais rien, mais quelle que soit l'hypothèse, c'est encore une belle dose d'emmerdes pour nous.

— Qu'est-ce que je fais avec le procureur ?

— Rien. Tu laisses venir. N'oublie pas que tu n'es qu'interprète, là-bas. Et puis les hommes qui étaient supposés garder un œil sur Verneuil vont finir par lui faire un rapport. Quoi qu'il en soit, ne parle pas du vol de ma voiture.

— Pourquoi ?

— Parce que je ne pige pas la raison pour laquelle Verneuil a fait ça et que je ne veux pas que les hommes du procureur y réfléchissent à ma place. Je veux comprendre d'abord.

— Tu veux que je demande qu'on la localise ?

— Oui, mais discrètement et surtout sans demande d'intervention. Demande juste qu'on te prévienne. Toi et personne d'autre.

— D'accord, tiens-moi au courant si tu as besoin de quoi que ce soit.

De retour de chez Gangnam, Verneuil a pris une chambre dans le premier hôtel qu'il a trouvé avec parking souterrain pour y cacher la Hyunday Poni. Puis il a appelé un taxi et s'est fait déposer dans le quartier de Cheongyecheon, dans une des rues entièrement occupées par des boutiques d'outillage et de matériel pour le bâtiment. Il y a trouvé ce qu'il cherchait, est passé déposer son achat dans la Pony, et est revenu à Insadong se faire déposer à quelques rues du Han River Hôtel pour rejoindre le temple de Yogyesa.

Il y est resté de longues heures, à prendre en photo l'étrange jardin et ses parterres criards. Des moines jardiniers facétieux ont reconstitué en fleurs et en trois dimensions toutes les mascottes des dessins animés coréens. Au milieu d'imperturbables bouddhas dorés ou de pierre blanche.

Curieux peuple qui mêle, dans la même ferveur, le mercantilisme infantile des mascottes et l'adoration de « celui qui est venu ainsi ». Il n'ose penser que les deux se rejoignent dans l'ingéniosité des moines à monnayer toute demande de salut contre fanions, messages, ex-voto, lampions, amulettes, ardoises, lanternes et autres porte-bonheurs.

Il boit là où on peut boire et mange là où on peut manger. Il achète des souvenirs en les marchandant beaucoup pour se faire remarquer. Demande à Bouddha de retrouver Madeleine sur un ex-voto. Puis il quitte le temple et retrouve le salon de thé Des gens et des arbres. Il y déguste en solitaire, longtemps, un bouillant et délicieux *sujeonggwa*, dans le parfum de la cannelle et du gingembre, accompagné de rouleaux de riz soufflé léger et croustillant.

Puis il retourne à l'hôtel où il a caché la voiture de Gangnam et s'accorde deux heures de repos avant de passer à l'action.

Après la panique de l'alerte incendie, les hommes du procureur ont couru frapper à la porte de Verneuil. Pas de réponse. Vide. C'est en redescendant interroger le personnel du comptoir d'accueil qu'ils paniquent. Par deux fois dans la matinée, avant l'alerte, on a demandé après monsieur Verneuil. Deux hommes directement au comptoir, et un autre par téléphone. Mais aucun d'eux n'a laissé de message, ni demandé à être mis en communication avec Verneuil.

— Monsieur Verneuil n'est plus à l'hôtel… Non monsieur, nous ne savons pas où il est… Il y a eu une fausse alerte incendie, monsieur, et l'évacuation s'est faite dans la cohue… Non monsieur, je sais bien, monsieur… Ah, autre chose, monsieur : trois personnes non identifiées ont demandé si le Français était à l'hôtel sans chercher à lui parler ni lui laisser de message.

Le procureur raccroche, blême de rage. Si ce Verneuil vient de se faire enlever à son tour dans la panique d'une fausse alerte incendie alors qu'il avait deux hommes sur place, il peut dire adieu à sa carrière et encore plus à ses ambitions politiques.

— Un problème ?

Il se retourne et se fige. Chin-sun est là, à la porte de son bureau, dans un sweat-shirt à capuche vert tendre marqué « Gloubi-Boulga » et brodé d'une tête de gros dinosaure bouffi et orange aux yeux exorbités.

— C'est Casimir, explique-t-elle, le personnage de *L'Île aux enfants*, un programme télé français. Je l'ai acheté quand je vivais là-bas…

— Écoutez, Park, ce n'est vraiment pas le moment. Verneuil a disparu au cours d'une fausse alerte incendie à son hôtel, au nez et à la barbe de mes hommes.

— Merde ! lâche Chin-sun en essayant de ne pas surjouer la surprise. Des hypothèses ?

— Je croyais que vous étiez une bonne flic, Park. Il ne peut y en avoir que deux. Soit Verneuil déclenche l'alarme pour nous fausser compagnie parce qu'il a quelque chose à voir avec la disparition de sa femme, soit quelqu'un déclenche l'alarme et profite de la confusion pour s'en prendre à Verneuil.

— Je peux faire quelque chose ?

— Non. Restez à ma disposition pour l'interroger dès que nous lui aurons mis la main dessus et…

Un assistant se précipite vers le procureur, déjà à moitié courbé dans la peur de l'interrompre.

— Quoi ?

— Monsieur, la police de Yangpyeong a découvert huit corps dans un van qui a chuté dans un ravin sur la route menant à un parc touristique.

— Et alors ?

— Selon les premières constatations, les policiers de Yangpyeong auraient quelques suspicions.

— Des suspicions ? Quel genre de suspicions ? Mais parle, bon Dieu !

La tête de l'assistant s'incline encore d'un cran, le regard à la verticale de ses chaussures impeccablement lustrées.

— Selon la légiste, les blessures seraient plus graves et plus variées que celles qu'aurait pu provoquer ce genre d'accident.

— Qu'est-ce que ça veut dire ?

— Les corps auraient dû tomber de dix fois plus haut pour être dans un tel état.

— Combien, le ravin ?

— Vingt mètres.

— Donc les corps auraient dû tomber de deux cents mètres ? Tous les huit ? Dis à la légiste d'arrêter l'alcool de riz.

— Bien monsieur, et à part ça, que fait-on ? Huit corps dans une même mort suspecte, c'est quand même du ressort du bureau du procureur, non ?

Le procureur se prend la tête à deux mains et se masse le crâne, puis les tempes, puis le visage, dans un long soupir.

— Park, finit-il par dire en se tournant vers Chin-sun, vous venez de prendre du galon. J'ai besoin de tous mes hommes pour mettre la main sur Verneuil. Vous allez à Yangpyeong enquêter sur ces huit cadavres. Je vous rappelle pour la traduction dès que nous avons votre fichu Français.

Elle ne proteste pas, trop contente de ne pas avoir à cacher aux enquêteurs du procureur ce qu'elle sait des derniers mouvements de Verneuil. Dès qu'elle quitte l'immeuble, elle appelle Gangnam pour le mettre au courant.

— J'ai un mauvais pressentiment concernant Verneuil, lui avoue Gangnam.

— De quel genre ?

— Du genre il se remet dans sa peau de flic et il part à la chasse aux ravisseurs.

— Il a des indices pour ça ?

— Pas plus que nous et c'est ce qui me tracasse. D'où lui est venue l'idée qu'il savait qui chasser ?

— Tu oublies l'autre hypothèse, celle selon laquelle il aurait quelque chose à voir avec l'enlèvement de sa femme.

— Tu y crois vraiment ?

— Il a l'air sympa, mais c'est un écrivain, ces types-là sont biscornus de la tête, surtout les auteurs de polar.

— Oui, peut-être qu'il nous balade depuis le début, mais ça ne change rien pour lui.

— Pourquoi ?

— Les enlèvements, ce sont des affaires de gangs. Qu'il soit leur victime ou leur complice, dans les deux cas, il court se frotter à eux. Sans parler la langue et sans arme. Toujours rien concernant ma voiture ?

— Non, personne ne m'a appelée.

Dès qu'ils ont raccroché, Gangnam appelle l'inspectrice Joon et la met au courant que huit cadavres viennent d'être découverts dans un van au fond d'un ravin.

— Le bureau du procureur s'est saisi de l'affaire, mais par chance il a confié l'enquête à Chin-sun.

— Verneuil, Choiwoo, Ratel, les huit macchabées de Yangpyeong, mais quel dieu m'en veut à ce point ? gémit Joon.

— Peut-être le dieu de la police qui te tend autant de perches qu'il le peut pour te permettre de te racheter de ton passé de mauvaise flic.

— Garde tes sarcasmes pour toi, Gangnam, personne ne pourra jamais être un aussi mauvais flic que tu l'as été. Qu'est-ce qu'on fait, alors ?

— Reste sur Ratel. Retrouve sa trace et vois si tu peux remonter au commanditaire du grand plongeon. Un des dragons fait peut-être le ménage dans son clan de façon assez spectaculaire pour que ça serve d'exemple et d'avertissement. L'identifier pourrait nous servir. Avec Chin-sun d'un côté et toi de l'autre, vous avez peut-être moyen de prendre ce dragon en tenailles. Si tu cherchais un moyen de te racheter, en voilà un.

— Et toi ?

— Beaucoup trop tard pour me racheter.

— Je voulais dire : et toi, tu vas faire quoi ?

— Courir après Verneuil et le rattraper avant le procureur, et surtout avant qu'il ne fasse une grosse bêtise !

XXXI

Moi je prends soju-bière.

Gabaine, c'est son surnom. Depuis qu'il a vu Gabin dans *Le Clan des Siciliens*, au cinéma L'Éperon à Angoulême, en France, à la fin des années quatre-vingt-dix. À l'époque, il enseignait le manga animé au Pôle Image Magelis, avant de rentrer en Corée faire mafieux option apprenti dragon.

Gabaine, c'est parce que les Coréens n'ont jamais su étouffer les syllabes nasales. Cette manie de faire sonner la fin des mots ! Il est resté depuis dans cette France à la Gabin. Costume croisé, chevalières, chaussures bicolores, lunettes noires et chapeau en feutre. Et « suivez-moi jeune fille » en veux-tu en voilà. Eau de toilette et after-shave, à croire qu'il s'en éclabousse à pleins bras comme le reste de la Corée le fait avec de l'eau. Gabaine, quand il passe au Palais royal de Gyeongbokgung à Séoul, on le renifle jusqu'au Musée national, cinq kilomètres plus au sud de la ville.

Jamais il ne lui était arrivé d'empester comme ce jour-là. Une transpiration aigre et tenace, une sueur qui pue la peur. Parce qu'il a peur, le Gabaine. Il a appris pour le plongeon de la mort depuis la tour en construction du chantier. Sûr que c'est un message pour lui. Qu'est-ce qui lui a pris d'organiser cet enlèvement ? Qu'est-ce qui a foiré ? Pourquoi tout est parti en vrille ?

Il s'est déguisé en touriste chinois. L'opposé de lui. Le plus vulgaire possible. En Amerloque de l'empire du Milieu. Bob de marque de bière chinoise, T-shirt des Rolling Stones, bermuda des Lakers et chaussettes blanches dans des chaussures de sport. Plus d'une heure avant d'oser sortir ! Et maintenant, il ne sait plus quoi faire et reste au ras du sol. Tout le monde semble tomber de haut, dans cette affaire. Les huit plongeurs, le patron de la pension…

La première fois qu'il monte une si belle affaire à son compte. La femme de l'écrivain, c'était tout sucre ! Ce type qui se vante de ses cent mille ventes d'un murmure satisfait dans la pénombre de la cabine business. Cent mille bouquins à vingt euro le bouquin. Chaque année !

Il n'y connaît rien en littérature, le Gabaine, et encore moins en économie de l'édition. Pour lui, ce Verneuil s'enfouraillait chaque année deux bons millions. De quoi le rançonner facile d'une centaine de milliers. Il n'avait juste pas compris deux choses : un écrivain, ça gonfle ses ventes à l'égal de son ego. Si Verneuil vendait en réalité trente mille livres, c'était déjà très bien. Et surtout, en qualité d'auteur, il ne touche que dix pour cent du prix du livre.

S'il avait su calculer, s'il avait été plus intelligent, s'il n'avait pas été le Gabaine qu'il est, il ne serait pas dans cette jonque, avec le dragon à ses trousses et sa colère qui va souffler la tempête. Et plus d'otage pour pouvoir négocier quoi que ce soit avec qui que ce soit. La seule certitude de toute cette histoire, désormais, c'est que son dragon est passé à la manœuvre, et que K-Boy en personne doit être à ses trousses. Et jusqu'ici, il n'a aucun souvenir d'une proie qui lui aurait échappé, au lieutenant du dragon.

Quitter la Corée au plus vite est son seul choix. Il a un cousin à Macao. Troisième couteau dans une triade. Il lui trouvera bien de quoi se planquer et un petit boulot. C'est vrai qu'il est un peu con, Gabaine, il le reconnaît lui-même et cette affaire d'enlèvement qui vire au fiasco le démontre, mais il a encore un bon poing. Efficace dans les bastons. Ça a de la valeur, ça, même dans les triades.

C'est son seul salut. Descendre jusqu'à Wando, rejoindre l'île de Jeju par le ferry, et prendre le premier avion pour Macao avec escale à Taïpei au cas où. Il a aussi un cousin à Taïwan. Dans une autre triade…

— Je suis Bruce. Je suis Son Ji-sung…

Son bureau et ses appartements occupent les mille mètres carrés du dernier étage. Les quarante-neuf en dessous lui appartiennent aussi. Les dix derniers pour les sociétés qu'il possède ou qu'il contrôle ; les trente-neuf premiers, il les loue.

— … et toi, tu es mon lieutenant depuis le début, K-Boy, n'est-ce pas ?

— Oui.

Bruce lui tourne le dos. Il regarde la nuit à l'extérieur. La façade entière du bureau n'est qu'une seule et immense baie vitrée. L'éclairage est réglé pour garder la pièce dans une douce pénombre dès le coucher du soleil. Au pied de l'immeuble, Bruce contemple le flot des phares dans l'avenue Yulgok. Comment tout ce trafic fluide s'enroule autour de la vieille tour de garde de Dongsipjagak. La tour est du Palais royal, vestige du temps où l'enceinte du palais s'étendait jusque-là.

— Alors, explique-moi.

K-Boy connaît Bruce depuis si longtemps. Il était déjà son lieutenant aux États-Unis. Il l'a servi de Taïwan à Hong Kong en passant par Macao. Il l'a aidé dans le sang à gagner son rang de dragon. Combien de bastons, de raids, de batailles rangées ? Il le connaît. Il sait qu'il garde la tête penchée vers la vieille tour de garde quand il réfléchit, et qu'il lève son regard sur le vaste et majestueux Palais royal, au loin, quand il a pris sa décision.

— Je ne sais pas quoi te dire, Bruce. Je ne sais pas pourquoi cet homme a dit ça. Je suppose qu'il a cherché à m'impliquer par vengeance. Ou par défi.

Il garde en tête l'image de ce type ensanglanté, en déséquilibre sur le rebord de la terrasse, deux cents mètres au-dessus du chantier, et qui tient tête à Bruce. Arrogant et décidé. Et qui se laisse basculer en arrière dans le vide en lançant ses mots empoisonnés. K-Boy n'a jamais trahi Bruce, et il ne sait rien de ce que Gabaine a pu manigancer.

— Et Gabaine ?

— Je ne le savais même pas dans l'avion. Comme tu l'as dit, il devait rester quelques jours à Paris pour régler certaines de nos affaires là-bas. Je lui ferai dire ce qu'il sait quand j'aurai mis la main dessus.

— Tu as intérêt à le faire au plus vite, K-Boy. Et je veux aussi ce Verneuil. Ce n'est pas parce que nous sommes frères de rue que je te pardonnerai la moindre trahison.

— Je ne t'ai jamais trahi.

— Très bien, il ne te reste plus qu'à le prouver, alors.

K-Boy sort, et Bruce reste longtemps à admirer le Palais royal dans la nuit, ses bâtiments, ses portes et ses espaces équilibrés selon les règles du *pungsu*, le *feng shui* à la coréenne. L'équilibre entre la montagne et l'eau. Leur harmonie avec le bois, le métal et le feu. Le respect des points cardinaux et des énergies telluriques. La force des quatre vents : le dragon bleu soufflant de l'est, le phénix rouge du sud, le tigre blanc de l'ouest et la tortue noire du nord.

Le Palais royal a été construit dans le respect de ces équilibres sur un *myeongdang*, un « endroit idéal » déterminé par de doctes et sages géomanciens.

Dans son silence, Bruce se plaît à croire que c'est de la même façon qu'il a construit son empire.

Par équilibres. Entre finance et violence. Officiel et officieux. Honnête et crapuleux. Public et secret.

— Je veux que tu le surveilles, dit-il.

Il garde le regard rivé au loin sur le palais aux proportions élégantes. L'éclairage, la nuit, en fait ressortir les couleurs traditionnelles et chaudes de la Corée d'antan.

— Je veux que tu me rapportes chacun de ses pas, chacun de ses mots. S'il m'a trahi et que la moindre chose t'échappe, tu finiras comme lui. Tu peux y aller maintenant…

Une silhouette sort de l'ombre de l'immense bureau et se glisse à l'extérieur sans un mot.

— Tu connais le système mieux que moi : le dragon a ses propres hommes, mais l'essentiel des troupes est apporté par ses lieutenants et ses sous-lieutenants. Et chacun répond devant le dragon du comportement de ses hommes. Et tes hommes ont merdé, K-Boy.

Il a appelé K-Boy pour qu'il l'attende au bas de l'immeuble et qu'ils aillent prendre un verre ensemble. Au bar Ray, au beau milieu d'un semblant de grand square pavé qui se voudrait paysager, cerné par un rempart d'immeubles miroirs. *Whisky & Coffee*. L'intérieur est chaleureux, en bois. Un jeu de lumières discret crée une intimité bienvenue. Mais ils ont choisi la minuscule terrasse pour la clarté bleutée et irréelle de la nuit entre les immeubles vitrés qui les dominent.

— Et donc il t'a demandé de ne pas me lâcher.

— Chacun de tes pas et chacun de tes mots, qu'il a dit. Sinon je finirai comme toi.

— Il a déjà décidé, pour moi ?

— Non, que si tu l'as trahi, qu'il a dit. Mais tu connais Bruce…

— Oui. La terreur pour l'exemple. Et toi, sinon ?

— Moi, je deviendrai lieutenant à ta place, si ça arrive, qu'il a dit.

— C'est de bonne guerre…

K-Boy a choisi un Benriach trente ans d'âge. Ce n'est pas tous les jours que la mort vous frôle d'aussi près. L'autre a pris un Balvenie de vingt-cinq ans, histoire de s'habituer à un bon whisky de lieutenant.

— Tu peux m'aider à mettre la main sur Gabaine ?

— Ce n'est pas trop mon intérêt, mais c'est toi qui m'as fait sous-lieutenant, alors, en souvenir de nos bastons, oui, pourquoi pas ?

— Il est bavard comme un Français. Il m'a déjà raconté toute sa vie. Je sais qu'il a des cousins dans des triades. Mets des hommes aux aéroports d'Incheon et de Busan. Les vols vers Hong Kong, Taïpei et Macao. Fais aussi courir le bruit que je suis après lui. Il se trouvera peut-être un clan local prêt à marchander l'info.

— D'accord. Et toi ?

— Que veux-tu que je fasse ? Tu vas me coller aux basques comme une sangsue à un mollet. Je n'ai aucune autre chance de faire cracher à ce Gabaine ce qui lui est passé par la tête.

Ils trinquent, laissent le whisky rouler dans leur gorge, et attendent de le sentir remonter leur faire fourmiller la tête.

— Je trouverai bien une gargote surchauffée et bourrée de monde pour partager une bonne viande au feu. Bœuf soja-jus de poire et porc piment-gingembre.

— Dans ce cas, je serai bien obligé de te suivre : chacun de tes pas, qu'il a dit, Bruce.

— Allons-y, alors. Avec un cocktail-bombe ?

— Un *poktanju* ? Pourquoi pas, si c'est toi qui payes. Moi je prends *soju*-bière.

XXXII

... je vais te le faire dire.

La plupart des hommes ont suivi Kimchi pour mettre la main sur Verneuil. Ils ne sont que six pour garder le *hanok*. Quatre qui fument à la fraîche sur le parking, dans l'air bleu de la nuit, et deux à la barrière du chemin, dans le noir frisquet de la forêt. En fait, ils sont là plus pour servir le dragon que pour le protéger. Ça ne meurt plus de mort violente, un dragon. Aucun de ces *kkangpae* n'a vu ça dans sa vie. Le dernier à mourir, en 2013, a été le légendaire Kim Tae-chon, enterré avec le fameux couteau à sashimi dont il se servait avec dextérité pour « discuter » avec ses ennemis. Arrêt cardiaque après des complications pulmonaires. Rien de glorieux. Mais cinq cents *kkangpae* en costume noir à ses obsèques, au vu et au su de tout le monde, escortés par toutes les forces de police du pays. Ça, ça avait de la gueule, et ils auraient tous aimé voir ça.

— Tiens, le revoilà, lui ? Il n'en a pas eu assez ?

La vieille Hyundai Pony grimpe la côte et quitte la route pour se présenter à la barrière.

— Tu en redemandes ? se moque un des deux hommes en s'approchant de la voiture.

Il se penche à la portière et les choses qui lui transpercent le front le tuent sur le coup. L'autre n'a pas le temps de réagir. Il prend une volée de clous dans le cœur et s'écroule.

Verneuil sort de la voiture et tire les corps des deux sbires dans les buissons. Il n'est plus lui-même, dopé à l'adrénaline cette fois, les bonnes vieilles sensations de flic, à la fois calme et tendu comme une corde d'arbalète, sa DeWalt à la main.

C'est la seule arme qu'il a pensé pouvoir se procurer en si peu de temps en terre étrangère : une cloueuse de charpente. Le modèle le plus costaud qu'il ait trouvé. Bois/béton/acier. Deux clous de quatre-vingt-dix millimètres par seconde en continu. Cinquante-cinq clous par chargeur et une capacité de mille clous par batterie. Moins de recul, moins de vibrations et moins de bruit qu'une cloueuse à gaz. Sans fil. Quatre kilos. À peine le poids d'une Kalachnikov.

Quand la Pony arrive sur le parking, les quatre hommes s'étonnent, se redressent, puis s'amusent.

— Gangnam, si tu viens voir Kimchi, il n'est pas là, mais on peut encore s'occuper un peu de toi si tu y tiens.

Dans un de ses romans, Verneuil aurait fait répondre à son personnage que ça tombait bien parce qu'il n'était pas Gangnam et qu'il ne venait pas voir Kimchi. Mais dans la vraie vie, cette nuit-là, il ne comprend rien du coréen et ne peut que supposer ce qu'ils disent. Il ouvre la portière, ils aperçoivent la cloueuse, et il est trop tard pour eux. Les clous les transpercent à hauteur du visage. À travers les yeux et les joues, et dans la gorge. Dans leur front aussi, où ils se fichent. Deux tombent morts. Deux agonisent et il les achève. Verneuil les fouille pour récupérer leurs armes mais n'en trouve aucune à feu, que des blanches. Il préfère sa DeWalt. Il prend leurs téléphones et les balance de l'autre côté de la balustrade qui surplombe la vallée. « Mafieux de pacotille », jure-t-il entre les dents pour garder son courage.

Il se dirige vers le *hanok* en emboîtant un autre chargeur. Dans le salon, Loup Bleu est là, vêtu d'une veste d'intérieur à amples manches et surcol blanc, croisée sur la poitrine et tenue par un seul nœud, sur un pantalon blanc large et court. Il a ôté ses sandales et l'attend, pieds nus, un sabre à la main.

— *Where is my wife?* demande Verneuil.

Loup Bleu lui répond en anglais que s'il a bien fait ce qu'il croit qu'il vient de faire, il a signé leur arrêt de mort à tous les deux, sa femme et lui.

Pour toute réponse, Verneuil lâche une salve de pointes dont plusieurs traversent les pieds nus du dragon et le clouent au plancher du *hanok*. Plus que la douleur, le regard du dragon trahit son incompréhension. Comme s'il était outré et indigné de ce que Verneuil venait de faire subir à son parquet.

— *Where is my wife?*

Passé la surprise, les yeux de Loup Bleu se recentrent très vite sur sa colère, et il brandit son sabre. Verneuil recule hors de portée et regarde Loup Bleu se déchirer les pieds à essayer de faire un pas.

— Après ce que tu as fait, tu ne la retrouveras jamais.

Une autre volée de clous déchire la main qui tenait le sabre.

— Je vais passer en mode coup par coup, murmure Verneuil d'une voix menaçante qui le surprend lui-même, et je vais t'en mettre un dans chacun de tes points d'acupuncture, en te reposant chaque fois la même question. Ma batterie a une capacité de mille clous, et j'en ai une de rechange. Tu comprends ce qui t'attend ?

— Sais-tu seulement à qui tu t'en prends, pauvre imbécile ?

— À l'homme qui a volé ma femme au mafieux qui l'avait kidnappée. Où est-elle ?

Loup Bleu ne répond pas. Verneuil tend la cloueuse et vise la pliure du bras droit. Il tire et le dragon se mord les dents pour ne pas montrer sa douleur.

— Je ne me souviens plus si celui-là sert à guérir la bronchite chronique ou les douleurs à l'épaule.

— Alors tu vas vraiment le faire ?

— Tant que tu ne m'auras pas dit où est ma femme.

— Et si je ne te le dis pas ?

— Je fouille partout pour la trouver et je repars avec elle.

— Et si je te dis qu'elle n'est pas ici ?

— Je fouille quand même et si c'est vrai, je te laisse cloué au parquet et je mets le feu à ton *hanok*.

Loup Bleu le regarde, maîtrisant sa douleur pour ne pas trembler. Ce Français n'a pas peur. Pas pour l'instant. Pas dopé à l'adrénaline comme il l'est. Il est donc tout à fait capable de faire ce qu'il dit.

— Que tu me tues ou pas, tu ne t'en sortiras pas. Mes hommes te retrouveront. Ils feront parler Gangnam pour ça, s'il le faut.

— Gangnam n'y est pour rien. J'ai volé sa voiture pour pouvoir approcher tes hommes plus facilement. Il ne sait même pas où je suis, et il ne saura pas où je serai quand j'aurai récupéré ma femme.

— Mais c'est lui qui t'a dit que je la détenais.

— Non. Je l'ai déduit par moi-même. Une dernière fois : où est ma femme ?

— Elle n'est pas ici.

Le clou se fiche juste sous la clavicule et le mouvement que fait Loup Bleu pour encaisser le choc et la douleur lui déchire le pied.

— Celui-ci aide à soigner l'asthme, je crois…

— De toute façon, que vas-tu faire quand je t'aurai dit où elle est ? Tu ne peux pas me laisser en vie. Tu sais bien que je ferai tout pour te retrouver et te rendre au centuple ce que tu m'auras fait subir.

— Tu me rends ma femme et je te laisse en vie. Si tu étais un homme d'honneur, nous pourrions nous en tenir là.

— Tu as touché à un dragon, mon garçon, je crois que tu n'as pas vraiment idée de ce que cela signifie. Kimchi ne va pas tarder. Tu as tué mes hommes. J'ai peur que tu ne meures bientôt sans avoir revu ta femme.

— Je te promets que je vais te le faire dire.

XXXIII

Par sa faute.

— Pourquoi tu as volé cette voiture ? s'inquiète Chin-sun.

— Plus discrète que ton pot de yaourt jaune poussin, répond Gangnam. Ce pays est sous vidéo-surveillance, ne l'oublie pas. Il y a toujours une caméra quelque part.

— Ils repéreront celle-là.

— Je connais l'homme à qui je l'ai volée. Il ne le découvrira que demain matin. Ce n'est pas encore un véhicule recherché.

— À qui l'as-tu volée ?

— À un voisin. Avec le vol de la mienne dans la même rue, les enquêteurs penseront d'abord à un vol opportuniste de proximité. Ça les occupera.

Le procureur a envoyé Chin-sun enquêter sur les huit cadavres du van, mais elle n'a pas su résister à l'appel inquiet de Gangnam. Ils ne sont plus très loin. Gangnam roule vite, poussé par un mauvais sentiment d'urgence.

— Tu es sûr de toi ?

— J'ai repensé à tout ce que j'ai pu dire sur cette affaire et je n'ai parlé qu'à toi et à Verneuil. Je lui ai peut-être laissé entendre que Loup Bleu avait libéré sa femme des griffes de cette ordure de Kang Sang-ook, mais qu'il la gardait désormais pour le compte des Quatre lanternes à cause de son implication dans l'affaire Choiwoo. Ou alors il l'aura déduit de lui-même.

— Et tu le crois assez fou pour aller chercher Loup Bleu tout seul dans sa tanière ?

— Il a l'expérience du flic, et la folie imaginative de l'écrivain. Imagine un peu ce que ça peut donner.

— Comment peut-il seulement espérer s'en sortir vivant ?

Gangnam ne répond pas et conduit en silence jusqu'au virage d'où part, sur la droite, le chemin qui mène au *hanok* de Loup Bleu.

— Il est là, jure Gangnam en apercevant la barrière ouverte et sans garde.

Il s'engage dans le chemin, et découvre vite que ce qu'il redoutait a bien eu lieu. Au sol, quatre hommes criblés d'impacts.

— Il s'est procuré une arme ? s'étonne Chin-sun.

— Ce ne sont pas des balles, grogne Gangnam en observant le front de la victime la plus proche, ce sont des clous !

— Seigneur Dieu ! murmure Chin-sun en devinant la tête d'un clou dans celle d'un homme.

— Verneuil ! crie Gangnam. Verneuil, c'est nous, Chin-sun et moi. Arrête tes conneries, Loup Bleu ne te dira rien et tu vas déclencher une vague de vengeance à laquelle Madeleine et toi n'échapperez pas. Tu m'entends, Verneuil ?

— Ne vous mêlez pas de ça. Restez en dehors de ce merdier. Je te garantis qu'il va parler.

— Tu te trompes, Verneuil, Loup Bleu est un dragon, et un dragon ne parle pas. Jamais !

— Il va parler.

Gangnam et Chin-sun entrent avec prudence dans le *hanok* et se figent en découvrant la scène. Verneuil armé de sa cloueuse et Loup Bleu, les pieds cloués au parquet, une main déchiquetée et des clous plantés un peu partout dans le corps.

— Seigneur Dieu, Verneuil, qu'est-ce que tu as fait ?

— Je suis venu chercher Madeleine.

— Elle n'est pas ici.

— Comment le sais-tu ?

— Parce que si j'en avais été persuadé, je serais venu la chercher moi-même.

— Alors je vais continuer pour qu'il me dise où il la retient.

— Il ne te dira rien, Verneuil. Tu ne sauras pas où est Madeleine et en plus tu vas avoir l'armée des Quatre lanternes à tes trousses.

— C'est ce que je me tue à lui dire, murmure Loup Bleu, les mâchoires crispées par la douleur, c'est lui qui est déjà mort, pas moi.

— Verneuil, supplie Chin-sun, arrête ça. Même si nous retrouvons Madeleine maintenant, tu vas être séparé d'elle à vie pour les crimes que tu as commis. Tu te rends compte du gâchis que tu viens de provoquer ?

Quelque chose cède chez Verneuil. Pas de peur, mais de résignation.

— Il avait libéré Madeleine… Je lui en serais resté reconnaissant et redevable notre vie entière. Il aurait pu me demander ce qu'il voulait, je le lui aurais donné en récompense. Mais il a choisi d'en tirer une rançon… C'est un être abject qui ne mérite pas de vivre, dit-il en braquant sa cloueuse sur Loup Bleu.

— Verneuil, tu n'imagines pas ce que signifie tuer un dragon. Tu vas déclencher un séisme d'une violence dont tu n'as pas idée.

— Je m'en fous. Il lui suffirait de me dire où est Madeleine pour arrêter tout ça. Puisqu'il ne veut pas, je vais lui ficher tous mes clous dans le corps un par un.

Gangnam et Chin-sun se mettent d'accord d'un regard.

— Pourquoi Kimchi n'était pas là avec le reste de ses hommes pour te défendre ? demande Gangnam à Loup Bleu.

Le dragon grimace un sourire malgré les douleurs qui le crucifient.

— Avoue que c'est ironique, marmonne-t-il, je l'ai envoyé ratisser Séoul pour trouver Verneuil.

Gangnam et Chin-sun s'écartent l'un de l'autre, chacun d'un côté du Français, et l'inspectrice saisit la balle au bond.

— Est-ce que tu ne l'aurais pas plutôt envoyé s'assurer que la femme de Verneuil est bien toujours à cette adresse ? dit-elle en tendant son téléphone.

Verneuil réagit par réflexe, sans chercher à comprendre pourquoi Chin-sun s'adresse en français à Loup Bleu qui ne le parle pas. Il se tourne vers elle pour lui arracher le téléphone, et Gangnam en profite pour le plaquer au sol et le désarmer de sa cloueuse. Un clou frôle la joue de Chin-sun et se fiche dans un mur, au cœur d'une calligraphie. Verneuil, encore vigoureux et dopé par la colère, se débat avec rage, mais le cri de Chin-sun les fige tous les deux.

Ils se tournent vers elle, suivent son regard et s'affaissent, Gangnam de découragement et Verneuil de déception. Au milieu du *hanok*, Loup Bleu s'est déchiré un pied pour faire un pas et se saisir du sabre.

— Il ne me laisse pas d'autre choix, murmure Loup Bleu, mâchoires crispées, ses yeux plantés dans ceux de Gangnam. Tu ne lui as donc rien appris ?

— C'est un étranger, Loup Bleu, il ne sait rien de notre pays et encore moins de nos codes d'honneur.

Verneuil hurle et se débat pour échapper à Gangnam qui le plaque au sol, face à Loup Bleu qui brandit son sabre. Le mouvement le blesse et le saigne d'autant de clous qu'il a plantés dans le corps.

— Loup Bleu, lâche ce sabre, ce n'est qu'un homme fou de colère.

— Oui, un homme fou de colère qui a fait de moi un dragon mort de honte.

— Loup Bleu, je t'en prie !

— Gangnam, je ne survivrai pas au déshonneur d'avoir été cloué à mort par un *oein*.

— Justement, il n'est que ça, un étranger. Laisse-moi t'emmener à l'hôpital, Loup Bleu. Oublie cet *oein* et sa femme.

— Gangnam, je connais chacun des points où il a planté ses clous. Le mal est fait, je serai mort avant d'arriver à Séoul, et il ne me reste qu'un seul moyen de me venger de lui en regagnant mon honneur.

Il ramène l'arme à l'horizontale, tranchant vers lui, à hauteur du cou, et, dans un ample mouvement sans hésitation, Loup Bleu se tranche la gorge sous leurs yeux, laissant le sang des carotides jaillir jusqu'aux murs.

— Merde, merde, merde, Verneuil, comprends-tu seulement dans quel merdier tu nous as tous mis ?

Le Français ne répond pas. Hébété, terrassé par l'évidence, c'est lui qui hurle le plus fort devant le corps de Loup Bleu qui se vide de son sang, affaissé sur lui-même, hérissé de pointes noires et cloué au parquet. Sa seule piste pour retrouver Madeleine se termine là, dans le sang de ce mafieux, sur le parquet de ce *hanok*, au bout du monde, où il est devenu un assassin. Par sa faute.

XXXIV

Je t'attends.

— Tu as compris ce qu'a dit Gangnam ?

— Oui, bredouille Verneuil, sonné par le contrecoup des événements.

Il redescend avec Chin-sun vers Séoul, à bord de la voiture volée par Gangnam à son voisin. Verneuil doit se faire remarquer dans n'importe quel endroit encore ouvert à cette heure. Boire et le faire savoir. Ne pas avoir quitté la capitale. Avoir traîné sa peine et son désarroi de bars en supérettes. Il faut qu'il rentre ivre au Han River Hotel, dans la nuit ou au petit matin, en prenant garde aux mafieux qui pourraient l'attendre, mais en laissant les hommes du procureur lui mettre la main dessus s'ils sont encore là.

— C'est vraiment son plan ?

— Oui, et fais comme moi, ne cherche pas à comprendre.

Chin-sun, elle, doit retourner garer la voiture dans la rue où habite Gangnam. Il lui a indiqué les angles des caméras à éviter. Ensuite elle repassera par chez elle cacher le sac que lui a confié Gangnam et filera sur les lieux de l'accident du van. Elle trouvera bien une excuse pour son retard.

— Je n'en reviens pas de ce que je suis en train de faire à cause de toi, peste-t-elle soudain.

Verneuil, honteux, baisse la tête.

— C'était pour Madeleine, bredouille-t-il.

— C'était idiot.

— Je sais…

— Et suicidaire.

— Je sais…

— Pour nous tous, Verneuil, suicidaire pour nous tous, pas seulement pour toi, tu te rends compte de ça ? s'emporte-t-elle soudain.

Alors ils se taisent et rentrent à Séoul en silence.

Gangnam aussi a paniqué. Sept morts dont Loup Bleu, le dragon des Quatre lanternes. Du jamais vu en Corée depuis des lustres. Et lui et sa voiture au beau milieu de ce foutoir. Il est resté une minute, sans respirer, en apnée, pour maîtriser son cœur et sa peur. Sans succès. Il en a tremblé longtemps, même après que son esprit a repris le contrôle de ses pensées. Alors il a demandé à Chin-sun de sortir Verneuil du *hanok* et de veiller à ce qu'il ne fasse surtout plus aucune autre connerie.

Il a d'abord hésité à tout brûler, mais le feu, dans la nuit, aurait attiré des secours trop rapides, avant qu'il ait pu organiser sa version des faits. De toute façon, l'enquête aurait fini par identifier sa voiture sur les bandes vidéo. Il devait bien y avoir une ou deux caméras sur la route qui mène au *hanok*. Lui redescendant dans sa vieille guimbarde si reconnaissable, après l'incendie criminel d'une scène de crime, aurait été fait comme un rat. Mieux vaut que la police le trouve sur place. Lui, mais ni Chin-sun ni Verneuil.

S'organiser, donc. Et en premier lieu, à propos de vidéos, commencer par rechercher et détruire les enregistrements du système de surveillance du *hanok*. Ensuite, décider qui appeler. Surtout pas la police locale, trop brutale et désorganisée. Ni le bureau du procureur et ses enquêteurs trop zélés. Il se décide pour l'inspectrice Joon. Elle est déjà empêtrée dans l'affaire des huit cadavres de Ratel ; une autre tuerie entre mafieux justifierait sa présence. Après tout, le ravin où a basculé le van est sur la route du *hanok*. Presque. Appeler Joon, donc, mais pas tout de suite. Se trouver une ou deux assurances d'abord.

Gangnam a été assez proche de Loup Bleu pendant dix ans pour connaître un certain nombre de secrets. Surtout en tant qu'agent infiltré. Le code de son coffre, il sait le composer. Le dragon le changeait tous les ans : les deux derniers chiffres de son année de naissance augmentés de 4, suivis de l'inverse des deux chiffres de son âge augmenté de 4, plus 20 à la fin parce que c'est quatre fois quatre plus quatre. Superstitions de mafieux.

Ouvrir le coffre et mettre la main sur ce qui semble représenter plusieurs centaines de milliers de dollars, sept dossiers et quelques carnets. Refermer le coffre et essuyer ses empreintes. Chercher et trouver le portable du dragon. Prise de bonne guerre. Récupérer la cloueuse et l'essuyer pour effacer les empreintes de Verneuil. Demander à Chin-sun de lui apporter le sac qu'il garde toujours dans le coffre de sa Pony, y fourrer tout ce sur quoi il a jugé bon de faire main basse, et le confier à l'inspectrice en lui expliquant quoi en faire. Et les renvoyer, elle et Verneuil, à Séoul. Ils n'ont jamais été là. Ils n'ont rien à voir avec tout ça. Même s'ils doivent inventer d'avoir couché ensemble pour le faire croire.

— Jamais de la vie, se rebelle brusquement Verneuil. Si Madeleine apprend ça !

— De toute façon, il n'en est pas question ! réplique Chin-sun avant de s'inquiéter pour Gangnam. Et toi ?

— Pour la cohérence des choses, il faut que quelqu'un ait découvert la scène de crime et prévenu la police, et de nous trois, ça ne peut être que moi.

— Pourquoi pas un appel anonyme ?

— Ça déclencherait des recherches trop vastes et trop approfondies pour trouver ce témoin. Si c'est moi qui les préviens, l'enquête partira de ce que je leur aurai préparé comme informations.

Verneuil et Chin-sun partis, il a réfléchi à toutes les hypothèses avant de passer les deux appels téléphoniques fatidiques.

D'abord, Joon.

— Salut Joon… Oui, je sais, il est tard et je te réveille… Joon, calme toi… Joon, Joon… JOON, ferme-la et écoute-moi ! Je suis chez Loup Bleu, le dragon des Quatre lanternes, un *hanok* sur le lac de Daecheong.

— Et alors ? Mafieux un jour, mafieux toujours.

— Alors un massacre, Joon, un vrai carnage. Une demi-douzaine de morts dont Loup Bleu.

— Putain, tu as buté le dragon ?

— Tu crois que je t'appellerais en pleine nuit pour t'avouer ce genre de chose si c'était moi ?

— Seigneur Dieu, un dragon !

Gangnam comprend à sa voix qu'elle y croit et qu'il a désormais toute son attention.

— Et toi, qu'est-ce que tu fais là-bas à cette heure de la nuit ?

— Loup Bleu m'avait convoqué. Il voulait me parler de l'enlèvement de Madeleine Verneuil.

— Madeleine Verneuil ? Il est impliqué ?

— Il n'a pas eu le temps de me le dire. Quand je suis arrivé, j'ai découvert le carnage.

Joon garde le silence un instant, comme si elle encaissait la puissance explosive de ces informations.

— Pourquoi tu m'appelles moi et pas le procureur ?

— S'il y a un lien avec madame Verneuil, je me suis dit que tu méritais de le savoir en premier. Peut-être que ça pourrait te racheter de ta bourde de n'avoir pas cru à l'enlèvement au début. Et puis un autre massacre après celui que Ratel a nettoyé, ça te revenait un peu, non ?

Joon hésite encore.

— Que veux-tu que je fasse ?

— Rien, Joon, rien. Je t'ai prévenue en premier et maintenant tu fais comme tu veux. Tu appelles la police locale, le proc', ton commissaire, qui tu veux.

— Et toi ?

— Moi je suis là et j'attends qui viendra…

Ensuite, Kimchi.

Il a trouvé son numéro dans le téléphone de Loup Bleu. Pas très compliqué : le numéro le plus appelé dans l'historique.

— Kimchi ?

— C'est qui ?

— Gangnam.

— Qu'est-ce que tu veux ? Comment tu as eu ce numéro ? Si c'est pour…

— C'est grave, Kimchi, alors ferme-la et laisse-moi t'expliquer avant de te foutre en colère. Tu auras de quoi dès que tu sauras. Je suis au *hanok*. Il y a eu du grabuge. Six de tes hommes sont morts.

— …

— Et Loup Bleu aussi.

— Loup Bleu est mort ?

— Oui.

— Et qu'est-ce que tu fichais là-bas ?

— Je voulais reparler de madame Verneuil avec lui.

— Il avait accepté de te recevoir ? En pleine nuit ?

— Je ne lui ai pas demandé. Je pensais qu'on m'aurait arrêté à la barrière, qu'on t'aurait prévenu, et que tu m'aurais conduit jusqu'à lui. Pourquoi tu n'étais pas au *hanok* cette nuit, Kimchi ?

— Loup Bleu voulait qu'on lui ramène Verneuil. Comment ça s'est passé ?

— Tu ne vas pas aimer, Kimchi. Ceux qui ont fait ça ont pris d'assaut le *hanok* armés de cloueuses.

— Ceux ?

— Kimchi, pour surprendre et descendre six de tes hommes plus Loup Bleu, il fallait au moins trois ou quatre hommes, non ?

— Loup Bleu, comment est-il mort ?

— ...

— Parle, putain !

— Ils l'ont cloué au sol. Plusieurs clous dans chaque pied. Puis des clous dans le corps, à des endroits douloureux mais pas mortels. Ils ont dû chercher à le faire parler.

— De quoi ?

— Comment veux-tu que je sache, Kimchi ? Je ne sais même pas qui c'était.

— Tu viens de dire que les blessures par clou n'étaient pas mortelles. Comment ont-ils eu Loup Bleu, alors ?

— D'après ce que je vois, il a dû déjouer leur surveillance et se trancher la gorge avec son sabre.

— D'après ce que tu vois ? Ça veut dire que tu es toujours là-bas ?

— Kimchi, c'est moi qui ai découvert le carnage. Il n'y avait plus personne en vie quand je suis arrivé au *hanok*. J'ai prévenu la police et je les attends, mais j'ai tenu à te prévenir aussi.

— Pourquoi ?

— Tu étais aussi proche de Loup Bleu que je l'ai été à une époque. J'ai pensé que je vous devais ça, à lui autant qu'à toi. Et puis…

— Et puis ?

— Et puis une expédition comme ça, c'est une déclaration de guerre. Ça ne peut avoir été perpétré que par un autre clan, auquel les Quatre lanternes vont devoir faire face. Et pour mener une guerre, il faut un chef, et qui d'autre que toi pour prendre en main le destin des Quatre lanternes ?

Gangnam devine que Kimchi réfléchit à ce qu'il vient de dire. Que le poison de ses mensonges s'insinue lentement dans l'esprit du lieutenant. L'allusion à un commando, à une guerre de clans, à la succession de Loup Bleu. Il attend les prochains mots de Kimchi et son poing se serre quand ils correspondent à ce qu'il espérait.

— Pourquoi tu parles de guerre des clans ?

Kimchi a mordu à l'hameçon.

— La police est sur un autre massacre. Huit hommes fracassés dans un van balancé au fond d'un ravin du côté de Sangwonsa, dans la région de Yangpyeong. Des indices démontrent qu'ils ont été exécutés ailleurs. Balancés un à un du haut de la plus haute tour d'un chantier sur la rive nord de la Han à Séoul.

— En quoi ça démontre une guerre de clans ?

— Tu connais Ratel ?

— …

— D'accord, donc tu connais Ratel. Les lieutenants de tous les dragons connaissent Ratel. Eh bien c'est lui qui a récupéré les corps au bas de la tour pour les mettre dans le van et le pousser dans le ravin. La police en a les preuves. Et qui a recours aux services de Ratel, sinon les clans ?

Après un autre silence, Kimchi est ferré.

— Qu'est-ce que tu me conseilles de faire ?

— Kimchi, je suis mal placé pour te donner des conseils. Je t'ai averti et j'attends les flics, je ne peux pas faire mieux.

— De quel clan sont les huit cadavres dans le van ?

— Tout ce que je peux te donner, c'est l'adresse du chantier où ça s'est passé.

Gangnam envoie par message l'adresse du chantier.

— Tu crois que je pourrais remonter jusqu'au clan avec ça ?

— À mon avis, celui qui a fait ça a choisi un terrain qui lui appartient ou qu'il contrôle.

— D'où tu tiens cette adresse ?

— Les flics surveillaient Ratel. Ils l'ont vu nettoyer les lieux.

— Gangnam, si c'est une embrouille, tu sais ce qui t'attend.

— Kimchi, tu crois que je n'y ai pas pensé avant de t'appeler ?

— D'accord, je rassemble mes hommes et on rapplique au *hanok*.

— Tu veux que je récupère ou mette des choses à l'abri avant l'arrivée des flics ?

— Gangnam, tu touches quoi que ce soit chez Loup Bleu et c'est moi qui te cloue vivant à un arbre au plus profond d'une forêt.

— Comme tu veux. Je suis là. Je t'attends.

XXXV

… treize à la douzaine.

Gangnam attend. Joon ou Kimchi, peu importe. Les dés sont jetés. Verneuil a tué un dragon et peut-être bien qu'il va en mourir. Lui, pas Verneuil, qu'il a mis à l'abri de tout ça. Lui, parce que Kimchi n'est pas obligé de le croire. Ou qu'il décide de le tuer par vengeance, par colère, en dépit de toute logique, comme Verneuil l'a fait avec Loup Bleu.

Et pourtant il se sent d'une sérénité qui l'étonne. Il s'est assis sur les marches en bois rouge du *hanok* et la nuit remonte dans sa poitrine des bouffées d'enfance. Les bruits familiers du riz qu'on rince, des risées de vent dans les arbres. Peupliers frémissants, pins rudes et odorants, acacias épineux. Les couteaux qui choppent-choppent en rythme sur la planche à trancher. Le chou blanc ou chinois, l'aubergine, ou le *kimchi* de navet. Le couteau à écorcher les anguilles, celui à percer la carapace des crabes.

Il est gamin, assis comme ce soir, silencieux, dans un coin de la cour. À regarder sa mère cuisiner. Poissons-sabres grillés, soupe épicée à l'émincé de bœuf, anchois frits, bouillon de coques à l'ail. Le bouillon lui fait penser à la soupe blanche et froide de soja en été. Ou à la soupe au jus d'orge glacé dans laquelle tintinnabulent des glaçons…

Seigneur Dieu, il a été cet enfant-là, et voilà qu'il s'en souvient, dans le léger vent de lune qui fait bruisser la nuit immobile d'un murmure familier, assis pas très loin d'hommes couchés, immobiles eux aussi, mais cloués par la mort.

Il n'y a que quelques jours qu'il a croisé Verneuil, et voilà où il en est. Peut-être qu'il devrait, lui aussi, mourir dans un assaut de ce genre. Agoniser dans ses souvenirs d'enfance. Le parfum sucré de sa mère. Tout oublier dans ses bras, une dernière fois : Verneuil, Loup Bleu, les clans, les dragons, la police. Même Gabrielle. S'éteindre dans l'ombre fraîche et bleue de la nuit, et dissiper ce parfum de panique qui flotte sur le *hanok*.

Une heure plus tard, une voiture le tire de ses rêveries. C'est l'inspectrice Joon, et elle est seule.

— Avant d'alerter la cavalerie, je tenais à prendre la mesure du nouveau merdier dans lequel ça va me plonger.

— Je t'en prie, répond Gangnam.

Il se lève et, d'un geste de majordome, l'invite à le précéder dans le *hanok*. Loup Bleu gît au sol, sur le dos, ses pieds nus cloués au parquet. Sa nuque dans une mare de sang.

— Torturé ?

— Avec trois clous à charpente de dix centimètres dans chaque pied et une douzaine dans le corps, je crois qu'on peut dire ça.

Joon inspecte la pièce du regard.

— Rien n'a été fouillé ?

— Apparemment.

— Un coffre ?

— Il en avait un du temps où j'étais infiltré.

Gangnam guide Joon vers le bureau de Loup Bleu, se dirige vers un meuble à l'anglaise. Derrière la porte, celle d'un coffre clos.

— Ceux qui l'ont tué l'ont peut-être refermé après l'avoir vidé, fait remarquer Joon.

— Va savoir !

— Il faut bien qu'il y ait une raison pour déclencher ce qui va devenir une guerre des clans.

— Peut-être juste une vengeance. Pourquoi pas une guerre intestine ? Une guerre de succession ?

Gangnam ne veut pas prendre le risque de pousser Joon trop vite aux conclusions qu'il veut lui faire admettre. Il doit tenir le rôle du témoin qui a découvert le crime.

— Tu es arrivé quand ?

— Un quart d'heure avant de t'appeler.

— Combien de temps après le crime, selon toi ?

— Comment veux-tu que je sache ?

— Tu as été flic, non ?

— Le corps était encore souple, le sang n'avait pas séché, même les taches les plus minces. Je dirais moins d'une heure. Une demi-heure même, peut-être.

Joon pose des questions en regardant ailleurs, façon série américaine, comme si les réponses lui importaient peu. Ou qu'elle n'y croyait pas. Mais comme elle vient de le rappeler, Gangnam a été flic et sait bien que ce n'est qu'un artifice pour désarçonner le témoin.

— Tu n'as croisé personne sur la route, en venant ?

Enfin la question qu'il attendait.

— Non. Si tu trouves des images de vidéosurveillance, tu pourras voir ma Hyundai et t'en servir pour repérer tout véhicule qui serait monté ici et redescendu avant que j'arrive.

— Je connais mon boulot, merci ! D'ailleurs, tu sais où est l'enregistreur des caméras de surveillance du *hanok* ?

Il n'a pas le temps de répondre. Des phares balayent la nuit et le gravier crisse sous les pneus de plusieurs voitures. Des portières claquent et des pas se précipitent vers le *hanok*.

— Qu'est-ce que c'est ? panique Joon.

— Les hommes de Loup Bleu. J'ai prévenu Kimchi, leur lieutenant.

— Putain, Gangnam, mais de quel côté tu es ?

— Joon, Kimchi était le bras droit de Loup Bleu. Il connaît toutes ses affaires, tous ses ennemis et le moindre recoin de ce *hanok*. J'ai pensé qu'il te serait d'une grande aide.

— Ouais, aboie Joon, furieuse, eh bien évite de penser, à l'avenir. Tu n'es plus flic, je te rappelle !

Kimchi débaroule dans le *hanok* à la tête d'une douzaine d'hommes et se fige en découvrant le corps supplicié de Loup Bleu. Joon est stupéfaite de voir ses yeux se mouiller de larmes.

— Qui a fait ça ? hurle-t-il.

— Nous sommes là pour le découvrir, réplique Joon. C'est une scène de crime. Tout le monde sort. Sauf toi, Kimchi.

Aucun homme ne bouge avant que Kimchi les y autorise d'un mouvement sec de la tête.

— Et personne ne touche aux corps à l'extérieur ! les prévient aussi l'inspectrice.

— Je vais m'en assurer, dit Gangnam. Appelle-moi si tu as besoin.

Avant de quitter la pièce, il se plante devant Kimchi.

— Je suis désolé pour Loup Bleu. Tu sais à quel point nous étions proches, malgré tout. Parle à l'inspectrice Joon. Aide-la à comprendre. Quand ses funérailles seront organisées, fais-le-moi savoir.

— Je ne compte pas t'y voir. Trop de gens sont encore énervés contre toi.

— Alors, accorde-moi l'occasion de nous saouler en son honneur. Je réserverai le salon particulier des Gens et des arbres, à Insa-dong, demain soir.

Gangnam sort du *hanok* sans attendre la réponse de Kimchi. Mais il est convaincu que le message est passé.

— Ne t'éloigne pas, Gangnam, ordonne Joon, tu sais bien que celui qui découvre une scène de crime est toujours le premier suspect.

— Je ne bouge pas, ne t'en fais pas. Par contre, tu devrais demander des renforts. N'oublie pas que tu es seule dans le *hanok* d'un dragon assassiné, en pleine nuit, avec douze *kkanngpae* et demi autour de toi.

— Si c'est toi le demi, Gangnam, alors je préfère en compter treize à la douzaine.

XXXVI

Chacun peut rentrer se coucher.

— C'est vous, l'inspectrice Park ? Il était temps !

La scène de crime est un chantier macabre. Dans la lueur crue des projecteurs, dans les pulsations obsessionnelles des gyrophares, il a fallu prendre toutes les photos du ravin et du van broyé et concassé. Sous tous les angles. Approcher ensuite le véhicule et ses passagers fracassés sans les bouger. Puis les désincarcérer un à un avec, pour chacun d'eux, le premier examen *in situ* de la légiste et les photos de la technique. Puis les extraire et les remonter jusque sur la route, sanglés dans des civières rouges à la progression hésitante, suspendues au bout du long câble d'un camion-grue.

Quand Chin-sun arrive, elle a du mal à convaincre les plantons de la laisser franchir les rubalises. Difficile de croire, dans son sweat-shirt fluo floqué d'une tête de dinosaure orange et joufflu, débarquant d'une Fiat 500 jaune poussin, qu'elle est l'inspectrice chargée d'enquête de la police de Séoul. Quand l'officier de la police locale a vérifié sa carte, il réprimande le planton d'une claque derrière la tête et s'excuse.

— On n'a pas l'habitude d'un tel capharnaüm, par ici.

— Comment ça se présente ?

— Notre légiste a des doutes. Quand on les a désincarcérés, ils avaient la consistance de sacs de riz. Comme si tout, à l'intérieur de l'enveloppe de leur corps, était en vrac. Elle dit qu'une grande partie des lésions et des blessures n'a pu être provoquée par ce simple accident.

— Rien d'autre ?

— Si, pour confirmer les doutes de la légiste, aucune des victimes, à part le chauffeur, ne portait sa ceinture de sécurité et trois corps ont été éjectés pendant la chute. Il semblerait que les portes coulissantes du van étaient ouvertes au moment de la dégringolade. Sur une route en lacets et dans la fraîcheur de la nuit…

— Des moyens d'identification des corps ?

— Non. Aucun papier sur eux. Pas d'argent, pas de carte de crédit, pas de téléphone, pas de marques sur les vêtements.

— Vous auriez pu commencer par là. Ça, c'est un indice qui annule la thèse de l'accident. Je peux voir les corps ?

L'officier la guide jusqu'aux huit sacs en plastique qui attendent, alignés sur l'herbe devant les ambulances.

— Pourquoi ne sont-ils pas déjà à l'hôpital ?

— Un appel du bureau du procureur. Ordre d'attendre votre arrivée pour ça.

Chin-sun s'approche des sacs mortuaires et les ouvre les uns après les autres, à peine, juste le temps d'apercevoir la tête de chaque cadavre.

— Vous avez vu, officier ?

— Non. Quoi ? Qu'est-ce que j'aurais dû voir ?

— Leur coiffure. Long dessus, rasé sur les côtés. Typique des mafieux.

— Vous croyez ?

— Oui, répond doctement Chin-sun, hochant plusieurs fois la tête comme si elle venait de le déduire après mûre réflexion. Tout ça ressemble à des exécutions dans le cadre d'une guerre des clans !

Et maintenant que le poison est instillé, elle n'a plus qu'à le laisser agir. Déjà l'officier local se précipite pour avertir ses hommes. Des mafieux. Une guerre des clans. De la belle affaire pour la réputation du poste de police. C'est beau, une enquête, quand on en sait dix fois plus que tout le monde, se dit Chin-sun. Elle se retient cependant de précipiter les choses. Elle doit attendre pour établir le lien entre les victimes du van et celles du chantier de Séoul. Ne serait-ce que pour savoir de quel clan sont les victimes.

Ils sont déjà au cœur de la nuit, et pourtant c'est le procureur qui l'appelle.

— Vous y êtes enfin, Park ?

— J'y suis, monsieur le procureur.

— Votre avis ?

— Guerre de clans. Huit exécutions. La scène de découverte n'est pas la scène de crime.

— Quels clans ?

— Je n'en sais encore rien.

— Et la police locale ?

— Locale mais efficace. Ils ont bien gelé la scène, répertorié les indices, et préservé les corps.

— Parfait, alors rentrez illico. Mes hommes ont mis la main sur le Français, j'ai besoin de vous pour l'interrogatoire.

— … Il est 3 heures du matin, monsieur.

— Vous croyez que je ne le sais pas ? Vous croyez que je vous appelle depuis mon lit ?

— Bien, monsieur. Je suis là dans une heure.

— D'où vous êtes, le GPS donne trente-sept minutes de trajet maximum. Je vous attends dans trente minutes, Park. Vous avez un gyrophare, non ?

Sur sa Fiat 500 jaune poussin ? Il raccroche et Chin-sun soupire. L'ambition des hommes leur donne des ressources inexplicables. Testostérone et adrénaline, le cocktail qui fait pousser les dents du haut. Jusqu'à ce qu'elles se plantent dans tes pieds et te fassent trébucher, sourit Chin-sun résignée.

Elle va s'excuser auprès de l'officier local de devoir déjà repartir, lui donne quelques recommandations, et le remercie de l'excellent travail accompli en pleine nuit par ses hommes et lui. Quand elle regagne sa voiture, tous suspendent leur geste pour regarder la Fiat disparaître dans la nuit.

— Je veux savoir pourquoi il a déclenché l'alarme incendie de l'hôtel.

Comment font ces hommes jeunes et arrogants pour tenir le coup ? Le procureur est là, impeccable dans son costume sombre, chaussures cirées, cravate droite, et pas le moindre signe de fatigue sur son visage. Sûr qu'il s'est fait un masque tonifiant, se dit Chin-sun. Dans le genre K-Beauty Repair Hero. Sérum réparateur probiotique à la niacinamide. Avec un Instant Booster lissant express. Il est beau gosse. Ça doit être un joli coup. À moins qu'il ne passe une heure dans la salle de bain à oindre sa peau de baumes et de soins avant l'affaire. Ou qu'il s'écroule après un court rut de brute, cassé par la fatigue accumulée.

— Park ? s'impatiente le procureur.

— Oui, excusez-moi, monsieur.

Elle pose la question à Verneuil et ne tient pas compte de sa réponse. Lui s'excuse pour le désordre qu'il a créé et regrette son geste inapproprié, mais ce n'est pas ce qu'elle traduit.

— Monsieur Verneuil dit qu'il n'a pas déclenché cette alarme. Il a juste profité de la confusion pour sortir de l'hôtel.

— Pourquoi ? Est-ce qu'il n'avait pas plutôt intérêt à rester dans sa chambre pour attendre des nouvelles des ravisseurs ?

Chin-sun se tourne vers Verneuil sans rien lui traduire de la question.

— Verneuil, dis n'importe quoi. Deux ou trois phrases. Je m'occupe de leur donner les réponses qu'il faut.

Verneuil dit n'importe quoi et Chin-sun invente la réponse.

— Les kidnappeurs le contactent sur son portable français à partir du portable de Madeleine. Ils peuvent le joindre où qu'il soit. Il est sorti parce qu'il se sentait oppressé dans sa chambre. Et observé aussi, quand il descendait dans le hall.

— Observé ?

— Oui. Deux hommes. En costume noir. Il a eu peur que ce ne soient des bandits.

— C'étaient mes hommes chargés de vous protéger, réplique le procureur.

— Fais semblant de t'insurger, Verneuil, de ne pas être content, dit Chin-sun avant de se tourner vers le procureur : Il dit qu'il ne pouvait pas le savoir, que vous auriez dû le prévenir, qu'il a eu peur qu'on ne s'en prenne à lui après s'en être pris à sa femme.

Verneuil se prend au jeu qu'il devine et rajoute quelques mots de colère que Chin-sun amplifie aussitôt.

— Il s'étonne d'ailleurs qu'on ne lui ait pas accordé une présence policière rapprochée. Dans tous les films et les romans policiers, c'est quand même la première mesure de protection.

— Où est-il allé après être sorti de l'hôtel ?

Chin-sun traduit la question et dit à Verneuil qu'il n'a toujours pas besoin d'y répondre. Qu'elle s'en charge. Qu'il dise juste quelque chose, n'importe quoi, qu'elle fera encore semblant de traduire.

— À m'asseoir sur un banc, cinq minutes, avec toi, et regarder les gens, tant qu'y en a, dit Verneuil.

— Il dit qu'il est allé au hasard des rues, se recueillir dans des temples et boire dans des bars.

— Te parler du bon temps, qui est mort ou qui reviendra, en serrant dans ma main tes petits doigts.

— Qu'il a bu toute la journée et une partie de la nuit dans des endroits dont il ne se souvient plus.

— Et les mistrals gagnants.

— Et qu'il s'est perdu.

Le procureur insiste. Dit qu'il aurait pu sauter dans n'importe quel taxi en lui demandant de le ramener au Han River. Verneuil ne cherche même pas à comprendre la question. Il répond avec les mots de Bashung qu'il a fait du saut à l'élastique dans le Vercors et laisse Chin-sun répondre que l'ivresse lui faisait du bien.

— Quels étaient les rapports de madame Verneuil avec le chanteur Choiwoo ?

Cette fois, l'inspectrice traduit la question et Verneuil y répond. Madeleine est fan de K-pop et des Darkan. Elle les a vus en spectacle la veille de leur départ pour la Corée mais ne les avait jamais rencontrés. Dans l'avion, il lui semble se souvenir maintenant avoir vu un des jeunes passagers cacher des larmes. Si c'était ce chanteur, Madeleine a dû s'en apercevoir et lui parler. Madeleine ne supporte pas le malheur des autres et les hommes qui pleurent.

— Et vous, vous lui avez parlé ?

Verneuil répond que non. Il ne savait même pas qui c'était. Par contre, il a parlé avec un homme de leur entourage.

— De quoi avez-vous parlé ?

Verneuil sourit. Il dit qu'il est écrivain, alors de quoi le procureur voudrait-il qu'il parle, sinon de lui et de ses livres. Son petit show à lui. Son petit *live*. En enjolivant les choses. En exagérant son succès. En gonflant ses ventes.

— Dans quelle langue avez-vous échangé ?

— En français, qu'il parlait plutôt bien, d'ailleurs.

— Vous vous souvenez du nom de cet homme ?

— Il me l'a dit, mais je ne l'ai pas retenu.

— Il ne vous a pas donné sa carte ?

— Non.

— Quelque chose pour l'identifier ?

Verneuil parle d'un homme trapu au visage rond. D'une élégance vieille France toute relative. Début de calvitie. Mains de boxeur. Mauvaises dents.

— Rien d'autre ?

— Il se comportait comme le chef de la demi-douzaine d'hommes qui s'occupaient du groupe. Des gardes du corps. Têtes de brutes… Ah si, il empestait le parfum, ou l'eau de toilette. J'ai cru qu'il s'était lavé le visage avec les serviettes imbibées que distribuent les hôtesses. Mais c'était pire.

C'est Chin-sun qui pose la question suivante.

— Verneuil, tu penses que ta façon de parler de toi et du succès de tes livres aurait pu laisser croire à ce type que Madeleine et toi étiez plus riches que vous ne l'êtes vraiment ?

Verneuil encaisse la question et blêmit. Il bredouille que oui, peut-être, pourquoi pas ? C'est possible. C'est bien possible.

Merde, il s'est tant vanté devant ce type. Trop tentant. Vanité d'auteur. On confond acheteurs et lecteurs. On se dit que chaque livre acheté est donné ou prêté plusieurs fois. Cinq fois au moins. On a dix mille ventes qui deviennent cinquante mille lecteurs. Cinq cent mille en dix livres, qu'on glisse négligemment, avec fausse modestie, dans la conversation. Vous vendez combien ? Environ un demi-million. Et le tour est joué. Si le type est idiot, il pense que l'auteur touche cinq cent mille fois vingt euros à chaque parution. S'il s'y connaît un peu, il se dit au moins trois euros par livre avec de telles ventes, et ça fait quand même un million et demi d'euros.

— Quoi ? s'inquiète le procureur en voyant les têtes de Verneuil et de Park.

Chin-sun lui résume les propos de Verneuil.

— Peut-être que cet homme s'est trompé sur la fortune de Verneuil et a jugé qu'un enlèvement pourrait être rentable. C'est envisageable…

— Enlèvement opportuniste par un sous-fifre du service de sécurité, ça se tient. Bien joué, Park. Demain, vous remontez cette piste en passant par la société de production.

— Monsieur, ça ne va pas être possible, ose un assistant du procureur courbé comme un majordome, demain ce sont les obsèques de Choiwoo.

— Et alors ?

— Alors le personnel sera en congé pour assister aux obsèques.

Le procureur hésite quelques instants avant de se décider.

— Très bien. Park, commencez par l'agence qui a organisé le voyage du groupe Darkan.

— Monsieur, intervient de nouveau l'assistant en baissant la tête jusqu'aux genoux, Darkan est sous contrat avec Big Wave.

— Et alors ? s'énerve le procureur.

— Big Wave a intégré toutes les activités relatives à ses artistes. Une constellation de sociétés appartenant toutes à la même holding. Toutes ces structures seront fermées ou sur le pied de guerre pour organiser les obsèques ou y assister.

— Il suffit d'une personne à notre disposition pendant une demi-heure.

— Votre assistant a raison, intervient Chin-sun. On attend au moins un million de jeunes fans pour un dernier hommage à Choiwoo. Un passage en force du bureau du procureur pendant les obsèques serait très mal vu par la jeunesse et les médias.

— Alors, débrouillez-vous pour me trouver la liste de tous les accompagnants. Noms, fonctions et photos. Faites identifier par Verneuil l'homme qui a parlé avec lui dans l'avion, et mettez-lui la main dessus. Terminé. Chacun peut rentrer se coucher.

XXXVII

Samedi – Jour 5

… « Au feu ! » en coréen ?

Ça sent la mer. L'iode et les algues. Le varech. Pas une plage. Une crique, plutôt. Elle le devine au bruit du clapot des flots entre les rochers. Elle n'entend plus ses gardiens jouer aux cartes. Ni leur radio. Ni la télé. Cette nuit, ils se sont mis la tête à l'envers à la bière et à l'alcool de riz. Ça a beuglé du karaoké et chouiné des romances pathétiques jusqu'à plus d'heure. Elle ne s'est endormie qu'au petit matin, pour être aussitôt réveillée par le remue-ménage d'un branle-bas de combat.

Claquements de portières et moteurs qui vrombissent. Des graviers criblent les murs du cabanon où elle est prisonnière depuis… elle ne sait plus depuis combien de temps elle est là. Elle a le souvenir d'avoir voyagé dans un état comateux. En voiture. En avion aussi. Peut-être même bien en bateau. Quand ils l'ont enfermée dans ce cabanon, elle a repensé aux raisons possibles de son enlèvement.

Elle se souvient avoir ri, à son réveil dans sa sordide première geôle, en imaginant qu'ils auraient pu le faire dans l'idée de la prostituer. Elle ! À son âge !

Mais enfermée dans cette nouvelle prison, Madeleine n'a plus aucune raison d'en rire. Tous ces voyages, tous ces transferts : et s'ils lui avaient fait quitter le pays ? S'ils l'avaient déjà revendue à une triade de Macao ou de Taïpei, ou à un bordel australien ou des Émirats ? Si tout était fichu ? Si elle n'était plus qu'une pauvre femme perdue et abandonnée aux mains de trafiquants d'êtres humains d'un réseau de traite des Blanches ? En lisant les histoires rocambolesques de Marc, elle avait toujours souri de ces filles au destin résigné qu'il s'amusait à inventer. Ça ne tenait pas debout, elle le lui disait souvent. Il y a toujours moyen, dans la vie. Il suffit de vouloir. On ne fait pas disparaître un être humain comme ça.

Marc répondait qu'il savait de quoi il parlait. Qu'emmené de force à l'autre bout du monde, sans papiers, sans parler la langue, sans argent, sans téléphone, on n'est rien de plus qu'un animal.

Puis ses matons invisibles se sont saoulés toute la nuit et, de leurs voix avinées, ont braillé en coréen les derniers tubes de Choiwoo et des Darkan. Elle s'en est rassurée. Elle est donc toujours en Corée où Marc doit remuer ciel et terre pour la retrouver.

Maintenant il y a moins de monde. Elle le devine. Elle ne sait pas combien ils étaient, huit peut-être, à ce qu'elle pense avoir compris à leurs voix et aux fragments de souvenirs de son voyage. Peut-être plus. Elle ignore aussi combien sont partis. Elle a entendu démarrer deux voitures, mais combien d'hommes à l'intérieur ?

De son premier geôlier, Madeleine avait pu constater la cynique cruauté quand il avait fait balancer l'homme dans le trou de la terrasse, ou battre à mort l'inconnu sous le pont. Des hommes qui l'avaient arrachée à cette première prison, elle avait d'abord cru qu'ils venaient la libérer. Une opération de la police, une force d'intervention, un commando. Elle avait compris qu'il n'en était rien quand seuls ceux de l'immeuble avaient hurlé au combat. Pour son métier d'écrivain, Marc se documente en regardant des séries policières ou des reportages, qu'elle partage avec lui entre deux dramas. Elle en a dégagé quelques constantes, parmi lesquelles celle qui l'avait troublée ce jour-là. Quand ils défoncent une porte, quand ils bousculent une bande ou une famille, quand ils se ruent à l'intérieur d'une planque, tous les hommes des forces de l'ordre du monde hurlent qu'ils sont de la police. Ceux qui avaient attaqué sa première prison n'avaient rien dit. Ils s'étaient engouffrés dans l'immeuble et étaient montés à l'assaut des étages, volée de corbeaux sinistres, sans le moindre mot. Seuls hurlaient ceux qu'à chaque étage ils tabassaient. Pas des soldats. Des sicaires, des assassins, des condottieres. Et après leur brutale victoire, ils ont balancé depuis la terrasse, sans aucun remords, sans aucune hésitation, le corps de celui qui avait fait la même chose avec un de ses hommes.

Sûr qu'elle n'y avait pas gagné au change. Et le vent de panique qui vient de faire déguerpir la plupart de ceux qui la gardaient au secret dans cette maison au bord de la mer n'est pas pour la rassurer.

Elle ne peut pourtant pas retenir un sourire. Quelle valeur aurait-elle donc, au-delà de la cinquantaine, pour qu'une guerre des gangs se dispute son visage déjà strié de rides et son corps ourlé de petits bourrelets, que Marc lui jure gentiment, de façon adorablement mensongère, aimer comme au premier jour ?

En pensant à Marc, elle se remémore ses romans et ses héroïnes pleines de courage et de ressource. Dieu sait, si le dieu des hommes sait quoi que ce soit de la vie des femmes, qu'elle en a souri. Ces mères de famille capables d'affronter des tueurs en série pour défendre leurs enfants, ces serveuses de bar ex-militaires des commandos exterminant à mains nues la racaille de tout un quartier, ces beautés sportives au corps d'athlète sous leur petite robe légère.

Souvent, elle s'est moquée de Marc, cherchant à lui faire dire qu'elles n'étaient que l'expression de ses fantasmes. Lui répondait que c'étaient des modèles obligés. Que les polars, lus à soixante-quinze pour cent par des femmes, exigeaient ce genre de personnages. Que les lectrices les attendaient. Elle n'était pas d'accord. Elle jugeait la ficelle un peu grosse :

d'un côté des presque superhéroïnes, et de l'autre des hypervictimes.

— Les femmes ne sont pas comme ça, affirmait-elle.

— Je sais, répondait-il, mais c'est ce qu'elles aiment lire.

— Peut-être parce que c'est la seule image que leur servent les hommes qui écrivent les polars.

— Les femmes autrices de polars leur servent la même chose. Voire pire encore.

Ils n'étaient jamais d'accord. Elle n'est pas vraiment lectrice de ce genre de littérature, et Marc, en dehors de ce qu'il écrit, lit Zweig, Amado, Dostoïevski et Jérôme Leroy.

Ce matin-là, pourtant, elle aurait aimé être un des personnages de Marc. Capable de trouver dans sa prison de quoi fabriquer une arme ou un outil. Avoir le calme et la maîtrise de soi pour échafauder un plan. Se préparer à affronter les deux hommes qui restent à sa surveillance. Elle se demande si elle aurait la force de les assommer avec un montant qu'elle aurait arraché à son lit. De les égorger avec l'éclat pointu et tranchant d'un bol qu'elle aurait brisé. De hurler au feu pour les attirer par ses cris à l'intérieur de la chambre où elle les enfermerait pour les laisser brûler vifs.

Comment dit-on « Au feu ! » en coréen ?

XXXVIII

Alors, laisse-moi t'expliquer.

— Lui ! s'écrie Verneuil en pointant l'écran.

Ils l'ont réveillé, après cinq heures de sommeil à peine. Dans la nuit, le procureur a débloqué un budget exceptionnel pour le loger dans un hôtel à proximité. Un quatre étoiles, mais dans une chambre sans fenêtre tapissée d'un papier peint de palmiers monochrome. Par ironie du sort, les bureaux du procureur sont au pied du parc Montmartre, dans le quartier de Seocho, la « Petite France » comme s'en est vanté l'homme endormi de la réception. L'absence d'ouverture a traumatisé Verneuil. Il a passé la nuit à se demander si Madeleine aussi était enfermée dans une pièce aveugle. Puis à se souvenir du carnage qu'il a provoqué chez Loup Bleu et des conséquences à venir.

Pas de petit déjeuner. Réveillé à 8 heures par l'assistant qui l'avait accompagné à l'hôtel et qui, manifestement, a passé la nuit à surveiller sa porte.

Dans les bureaux, tout le monde est sur le pied de guerre et Verneuil se demande ce qui fait tenir ces gens après une si courte nuit. Il comprend vite : la terreur d'une hiérarchie qui les tétanise, et tout ce qu'ils avalent en douce de dopant et d'énergisant. Seule Chin-sun apparaît fraîche et reposée, à la surprise de tous, en uniforme d'écolière délurée, jupette plissée et socquettes blanches, marinière sous une veste à écusson. Yobi le renard à cinq queues, l'écusson. Comme sur sa casquette de base-ball.

— Quoi, fait-elle mine de s'indigner en réponse au regard du procureur, ça fait uniforme, non ? Je ne suis pas encore assez agent du procureur comme ça ?

Il préfère ne pas répondre et son silence plombe le visage des assistants qui s'apprêtaient à en rire.

— Rien pour le petit déj ? Je m'en doutais, soupire-t-elle en faisant glisser sur la table, jusqu'à Verneuil, un gros sachet de croissants marqué Pâtisserie Cremiel. J'ai fait le détour en venant.

Elle se tourne vers un assistant obnubilé par sa tenue d'écolière et lui demande deux doubles cafés dans de grands gobelets. Puis elle s'intéresse au procureur.

— Alors ?

C'est un autre assistant qui répond.

— Nous avons toutes les images du passage en douane des passagers du vol Asiana Airlines OZ 502, et monsieur Verneuil vient de reconnaître quelqu'un.

— Génial ! s'exclame Chin-sun.

Mais c'est pour les cafés qui arrivent, pas pour la vidéo. Elle les prend, va s'asseoir à côté de Verneuil, fouille le sachet à la recherche d'un croissant et, sous le regard dégoûté de tous les assistants, trempe la viennoiserie avec enthousiasme dans son gobelet de café bouillant avant de l'enfourner dans sa bouche gourmande. Verneuil, affamé, n'y résiste pas et l'imite.

— Alors, qui a-t-il reconnu ? demande-t-elle la bouche pleine en essuyant une goutte de café qui roule sur son menton.

— Lui, explique un assistant en fixant l'image de la vidéo sur un homme plutôt quelconque physiquement. Moyennement grand, moyennement gros, moyennement chauve, de toute évidence moyennement intelligent aussi, mais visiblement très suffisant et fagoté dans une élégance tape-à-l'œil très franco-coréenne.

— On sait qui c'est ?

— Nous attendons justement que vous terminiez votre petit déjeuner « à la française », réplique le procureur avec dégoût, pour le demander à monsieur Verneuil, s'il veut bien interrompre le sien.

— Quoi, vous n'avez pas mobilisé une interprète de nuit ? fait mine de se moquer Chin-sun pour s'assurer que personne d'autre qu'elle ne parle français dans la salle.

— Je vous en prie, Park, ne me faites pas perdre patience.

Chin-sun pose la question à Verneuil et traduit sa réponse.

— Il dit qu'il vous a déjà tout dit. Le type semblait diriger l'équipe de protection des Darkan. Il a donné son nom que Verneuil n'a pas retenu, et pas de carte de visite. Il s'est surtout intéressé au métier d'écrivain de Verneuil et à ses succès littéraires. Mais vous devez déjà en savoir beaucoup plus maintenant, puisque vous l'avez identifié.

— Oui. Kim Chung-hee. Il travaille pour Corporate Force, une société qui assure la sécurité des événements et des artistes de Big Wave. C'est à ce titre qu'il accompagnait le groupe Darkan pendant sa tournée européenne. Nous avons tenté de contacter Corporate Force, mais ils sont tous mobilisés pour les obsèques de Choiwoo qui doivent avoir lieu à 11 heures ce matin.

Verneuil s'étrangle avec son croissant mouillé de café et fait signe qu'il a quelque chose à dire. Il essuie son menton et sa bouche d'un revers de main et se tourne vers Chin-sun.

— Oui, Kim Chung-hee, c'est ça, c'est le nom qu'il m'a donné, mais il m'a dit de l'appeler Gabin, je m'en souviens maintenant. Un de ses hommes est venu nous interrompre et ça m'a amusé parce qu'avec son accent coréen, il l'a appelé « Gabaine ».

Une fois que Chin-sun a traduit, le procureur s'intéresse à ce détail.

— Est-ce que lui, dans votre souvenir, prononçait bien ce nom ?

— Oui. Il parlait bien français.

— Il vous a dit pourquoi ?

— Oui. Je crois qu'il m'a dit avoir enseigné en France. Le manga, je crois. Oui, c'est ça, le manga animé, dans une ville de province. Tours. Ou Angoulême, je ne sais plus.

— Vous auriez pu vous souvenir de tout ça plus vite, monsieur Verneuil.

Chin-sun traduit la remarque du procureur en ajoutant à l'intention de Verneuil de rester calme dans sa réponse.

— Monsieur le procureur, répond Verneuil, votre métier vous fait vivre le malheur des autres de façon froide. Un entomologiste qui regarde se débattre les insectes insignifiants que sont vos victimes. Vous n'avez d'intérêt que pour les coupables. Je vous souhaite de perdre un jour quelqu'un de très proche et de découvrir ce que sont le désespoir, le chagrin, la désolation, et la façon dont on peut perdre toute logique sous le coup du malheur.

Verneuil s'étonne du manque de réaction du procureur, et Chin-sun avoue lui avoir donné une traduction très édulcorée de sa réponse.

— Que lui as-tu dit ?

— Que tu étais désolé et que tu espérais que cela ne retarderait pas l'enquête.

Verneuil veut répondre, mais Chin-sun le coupe.

— Vous l'avez logé ? demande-t-elle au procureur.

— Une équipe est en route pour son appartement.

— Quelle adresse ?

— Vous n'avez pas à le savoir, Park, vous êtes traductrice, pas enquêtrice.

— Il me semblait pourtant avoir été promue à ce poste.

— Uniquement pour l'enquête sur l'accident du van, Park, pas sur celle concernant madame Verneuil.

Et c'est le déclic. L'intuition.

— D'accord. Je dis à Verneuil que nous avons fini, alors.

Elle se tourne vers le Français.

— Verneuil, dites-moi quelque chose d'assez court, n'importe quoi.

— De toutes les matières, c'est la ouate qu'elle préfère ? suggère-t-il.

— Verneuil demande à revoir tous les autres accompagnateurs une dernière fois.

Le procureur fait signe à l'assistant en charge de la vidéo de repasser les portraits.

— Fais semblant de t'y intéresser et de ne reconnaître personne, explique Chin-sun.

— Je les ai déjà examinés, ça ne sert à rien.

— À toi sûrement, mais à moi peut-être.

Chin-sun se penche par-dessus l'épaule de Verneuil qui se concentre sur l'écran. Attentive elle aussi.

— Dis une autre connerie, murmure-t-elle quand ils ont repassé en revue les portraits des gardes du corps de Darkan.

— La maman des poissons elle est bien gentille.

— Il dit qu'il est désolé, mais qu'il ne reconnaît que ce Gabin, personne d'autre.

— C'est bon, dit le procureur, je le fais raccompagner au Han River Hôtel, mais qu'il reste à notre disposition. S'il tente de nous fausser compagnie à nouveau, je le fais emprisonner.

— Je me charge de le ramener au Han River. Je lui expliquerai tout ça en route.

— Et l'enquête sur les huit morts du van ?

— Ça avance. Je devrais avoir des identifications dans la journée. Je vous tiens au courant.

Chin-sun prend Verneuil par le bras et se dirige vers les ascenseurs. Le procureur attend que la porte se referme sur eux et renvoie ses assistants d'un geste sec. Sauf un, à qui il intime l'ordre de le suivre dans son bureau.

En sortant de l'immeuble de l'Office central du procureur, Chin-sun propose à Verneuil de marcher à travers le parc Montmartre. Contrairement à ce qu'a dit le réceptionniste de l'hôtel, la Petite France n'est pas dans le quartier de Seocho, mais juste de l'autre côté du parc, dans celui de Banpo, à Seorae.

— On se refait un vrai petit déj français, propose Chin-sun, et on peut même demander à Gangnam de nous rejoindre pour déjeuner et faire le point sur l'enquête.

— Je n'ai pas grand appétit…

— Quand nous aurons retrouvé Madeleine, nous irons célébrer ça chez Pierre Gagnaire, mais en attendant, nous allons essayer La Saveur.

Verneuil n'est pas très enthousiaste. Chin-sun essaye de le détendre pendant qu'ils traversent le parc Montmartre. Un panneau indique la direction de Paris, à huit mille neuf cent quatre-vingt-six kilomètres, et ça ne lui évoque que la disparition de

Madeleine. Face à la statue en granit d'un ver à soie géant, il refuse de glisser sa main dans la bouche porte-bonheur du bombyx du mûrier de peur que cette superstition ne lui porte malheur. Et quand il se souvient combien de fois Madeleine et lui ont fait le même geste dans la « Bocca della Verità » à Rome, heureux et amoureux, il en a les larmes aux yeux.

Quand ils passent les panneaux où sont retranscrits les vers de grands poètes français, il retient encore ses larmes. Les sanglots longs des violons de Verlaine. La nuit qui vient et l'heure qui sonne, les jours qui s'en vont et lui qui demeure comme Apollinaire. Francis Jammes et cette femme simple qui garde en son cœur la douce chasteté qui fait qu'en l'enlaçant on sourit et se tait. Et Rimbaud, chéri de Mado, qui ira loin, bien loin, comme un bohémien, par la Nature – heureux comme avec une femme. Heureux comme il l'était, lui, avec Madeleine à ses côtés.

Chin-sun ne parvient pas à éponger le spleen de Verneuil, même avec un cornet de vers à soie grillés dont elle dit que les Coréens sont si friands. De guerre lasse, elle le pose à la première terrasse avec un kir cassis au bourgogne aligoté et s'éloigne pour passer un appel.

— Gangnam, c'est Chin-sun. Je sors de chez le proc', et Verneuil m'inquiète. Il est de plus en plus dépressif.

— C'est pour ça que tu m'appelles ? Tu crois vraiment que je suis l'homme le plus joyeux du monde pour remonter le moral à un type qui a cloué à mort sept victimes pour avoir perdu la femme qu'il aime ?

— C'est sûr que vu comme ça… Mais je ne t'appelais pas pour ça. Le proc' a identifié l'homme qui parlait à Verneuil dans l'avion.

— Si c'est un homme de Big Wave, on s'en doutait un peu, non ?

— Bien sûr, mais moi, j'ai fait mieux que le proc' : j'ai identifié tous les autres.

— Et ? dit Gangnam, soudain plus attentif.

— Et ce sont les huit cadavres tombés de la tour.

— Nom de Dieu, tu es sûre de ça ?

— Certaine. J'ai fait ouvrir les sacs mortuaires sur la scène de découverte. Un par un pour bien les regarder. Ce sont eux.

— Et le proc', qu'est-ce qu'il en dit ?

— Le proc' n'en sait rien. Je ne lui ai rien dit.

— …

— Tu ne me félicites pas ?

— Pourquoi ? Pour avoir caché la vérité au procureur dans une enquête sur un octuple meurtre ?

— Non, pour garder dans notre manche une carte qui nous permettra peut-être de sauver le soldat Verneuil.

— Je ne vois pas comment.

— Alors, laisse-moi t'expliquer.

XXXIX

S'il en a !

Il ne reste rien du massacre sanglant dans le *hanok* de Loup Bleu. Pas une seule trace. Pas un seul trou de clou. Kimchi a personnellement appelé tous les dragons et les lieutenants des Quatre lanternes et des clans affiliés. Il a aussi prévenu les dragons des autres clans. Ceux de Gwangju et Mokpo, ceux de Busan et Incheon. Kimchi a été très clair, avec autorité : il ne voulait pas un hommage des gangs et de leurs *kkangpae*, mais bien de la mafia unie, le *jopok*.

Et tous sont venus, malgré la paralysie provoquée par les obsèques de Choiwoo. Tous, sauf le dragon des *Millenials*.

— Ce n'était peut-être pas le bon moment, murmure à l'oreille de Kimchi un des dragons du Sud.

— C'est ce que Loup Bleu voulait. Des obsèques dans les vingt-quatre heures. Une première journée pour les dragons, une deuxième journée pour son clan, et l'inhumation la troisième avec ses proches.

— J'espère que tu ne nous caches rien sur sa mort.

— Si, je vous cache tout pour l'instant, et je vous dirai tout le moment venu. Aujourd'hui, seuls importent le respect des volontés de Loup Bleu et l'hommage que nous lui devons.

Kimchi est le maître de cérémonie, le principal endeuillé, comme s'il était le fils ou l'aîné des gendres du défunt. C'est à lui que les dragons viennent rendre leur hommage à Loup Bleu. À lui qu'ils remettent l'enveloppe contenant l'argent des condoléances. Des milliers de dollars, probablement, en chiffres impairs, trois ou sept mille de préférence. Ou bien dix, somme de ces deux chiffres chanceux. Le nom du donneur est écrit à la verticale au recto de l'enveloppe, en caractères coréens, au pinceau.

— Le dragon des *Millenials* n'a pas jugé bon de venir présenter ses hommages ?

— Le dragon est pris par les obsèques de ce chanteur. Il va devoir gérer une cérémonie réunissant plus d'un million de personnes. Il viendra dès qu'il le pourra. J'en suis sûr.

— Je veux bien te croire, Kimchi, mais je suis moins convaincu que toi du respect que ces jeunes ambitieux arrogants portent à nos traditions.

Pas de poignées de main. Pas de contacts. Pas de peau apparente. Les hommes sont en noir. Certains, les pleureurs, portent un brassard blanc et noir, et les rares femmes, un ruban blanc noué à une épingle dans leurs cheveux. Quelques dragons ont revêtu le *hanbok* traditionnel noir : une courte veste et un pantalon large resserré aux chevilles, et un *durumagi* par-dessus, court manteau aux larges manches évasées. Les dragons des quatre clans de l'alliance des Quatre lanternes ont tenu à coiffer un *gat*, le haut chapeau traditionnel à large bord tissé à partir de crin de cheval.

— Quoi qu'il en soit, il faut savoir gré aux *Millenials* d'avoir mobilisé toutes les forces de toutes les polices du pays pour l'enterrement de ce chanteur. Grâce à eux, nous avons pu nous réunir une dernière fois autour de Loup Bleu en toute quiétude.

Un par un, ils adressent un salut à Kimchi, un autre plus léger au chef des pleureurs, puis ôtent leurs chaussures et se dirigent vers l'autel pour brûler de l'encens ou poser un chrysanthème devant le portrait de Loup Bleu encadré entre deux hautes compositions florales blanches et verticales. Mains jointes à hauteur des yeux, ils s'agenouillent ensuite et s'inclinent deux fois jusqu'à poser les mains au sol et leur front dessus.

C'est la première des trois journées de deuil traditionnelles. La seule à laquelle assisteront les dragons. Leurs hommages présentés, ils se retrouvent dans la salle de réception du *hanok*, autour d'une longue table basse surchargée de mets et d'alcool.

— Kimchi, nous te remercions et te félicitons pour l'organisation de cet hommage à Loup Bleu.

Kimchi ne se fait aucune illusion sur la sincérité de celui qui parle. L'homme est le dragon d'un clan redouté de Gwangju qui aurait volontiers exécuté

Loup Bleu si ce dernier n'avait fait des Quatre lanternes l'alliance la plus puissante du pays.

— J'estime que le titre de dragon des Quatre lanternes doit te revenir.

— Depuis quand un dragon de Gwangju décide pour les Quatre lanternes ? Les dragons de l'Alliance décideront de celui qui sera le plus apte à respecter l'esprit et la force de Loup Bleu.

— Faut-il être fort pour se donner la mort d'un coup de sabre, à la japonaise, murmure quelqu'un.

— Je n'ai pas entendu ce qui vient d'être dit, mais que chacun d'entre vous le sache : celui qui osera flétrir la mémoire et la réputation de Loup Bleu en ce lieu, je le tranche en deux sous vos yeux avec ce même sabre.

— Kimchi, personne n'oserait…

— Je sais. Buvons à Loup Bleu, alors.

Tous se servent les uns les autres, prennent leur coupelle de *soju* à deux mains, se tournent vers la cloison blanche qui cache l'autel de deuil, et saluent l'esprit de Loup Bleu en inclinant longuement le buste, attendant que Kimchi se redresse.

— Mangeons, maintenant. Faisons une dernière fois honneur à l'hospitalité légendaire de Loup Bleu.

Ils s'agenouillent à la table pour profiter du festin quand le téléphone vibre dans la poche de Kimchi. Numéro inconnu. Il hésite, puis finit par s'excuser auprès des dragons pour répondre.

— Kimchi, c'est Gangnam.

— C'est l'hommage à Loup Bleu, Gangnam !

— Je m'en doute, mais si tous les dragons sont réunis autour de toi, ce que j'ai à te dire est capital.

— Dis vite, alors.

— C'est Son Ji-sung, alias Bruce, le dragon des *Millenials*, qui a balancé du haut des tours du chantier de Ttukseom les huit cadavres qu'on a retrouvés dans un van au fond d'un ravin du côté de Yangpyeong.

— Et alors ?

— Alors c'étaient huit hommes à lui.

— Et alors ?

— Les hommes qui avaient participé à l'enlèvement de madame Verneuil.

— … D'accord. Voyons-nous ce soir au café Des gens et des arbres, comme tu me l'as proposé. Je dois retourner au repas d'adieu à Loup Bleu avec les dragons.

— Kimchi, attends !

— Quoi?

— Je voudrais lui rendre hommage, moi aussi. Tu sais bien que nous étions proches l'un de l'autre, d'une façon ou d'une autre…

— Il n'en est pas question, Gangnam.

— Je suis sûr que Loup Bleu l'aurait accepté.

— Gangnam, Loup Bleu n'est plus.

Il raccroche au moment où l'assemblée des dragons se tait et que tous les regards se tournent vers Bruce, le dragon des *Millenials*, qui fait son entrée. Vingt-cinq ans, vêtu d'un costume Zegna en laine australienne à quinze mille euros. Plus bleu marine que noir, à la limite de l'offense. Chaussé de John Lobb probablement plus chères encore que le costume. Il salue l'assistance d'un mouvement du buste trop rapide et pas assez incliné pour marquer son respect, et reste debout avec désinvolture.

— Je suis passé devant l'autel en l'honneur de Loup Bleu pour présenter mes hommages, mais je ne vais pas pouvoir rester avec vous. Vous savez à quel point cette journée est particulière pour moi avec les obsèques de ce chanteur. C'est une personne qui représentait plusieurs centaines de milliards de wons pour notre clan.

Un dragon de Busan bondit sur ses pieds en bousculant la table.

— Sale petit morveux de parvenu arrogant, hurle-t-il, comment oses-tu venir vomir tes milliards quand il s'agit ici de rendre hommage à un homme d'honneur !

— Oui, je sais, répond Bruce sans se formaliser de la fureur du dragon, je ne suis pas de votre monde et je ne suis pas le bienvenu ici. Ma fortune vous outrage et je peux le comprendre, c'est pourquoi je ne fais que passer.

— Tu peux rester, intervient Kimchi. La mort d'un dragon, même si elle appelle plus tard à la vengeance, impose une trêve de trois jours pendant ses obsèques.

— Je te remercie, Kimchi, mais je ne me préoccupe ni de trêve ni de vengeance. Seule la prospérité de mon clan m'oblige, et je dois retourner veiller à ce que les funérailles de ce gamin soient une réussite médiatique et commerciale.

Il les salue, sans plus de respect que quand il est arrivé, très vite et n'inclinant que la tête, et quitte la pièce.

— J'espère que cette racaille sera seule à ses propres funérailles, grogne le dragon de Busan en s'agenouillant à nouveau devant la table. S'il en a !

XL

… que nous montions à l'étage !

Le président du conseil des étudiants avait vingt-deux ans. Il meurt entre les mains sales de la police des suites d'actes de torture par noyade. Nous sommes le 14 janvier 1987. La dictature garde sa mort secrète plusieurs mois, mais le 18 mai, l'Association des prêtres catholiques pour la justice révèle aux médias le sort de l'étudiant et organise une manifestation en son honneur le 10 juin.

La veille, Lee Han-yeol manifeste pour que les étudiants de son université de Yonsei rejoignent la manifestation du lendemain. Il est blessé à la tête par un tir tendu de grenade lacrymogène. Il en meurt le 5 juillet. Quatre jours plus tard, pour ses funérailles, 1,6 million de personnes sont dans la rue à braver les militaires, les policiers et les sbires de la dictature.

En décembre, les mouvements étudiants et sociaux auront raison de la dictature qui cède et se résout à organiser enfin des élections. Qu'elle perd.

— Nous avons fait vingt-cinq pour cent de mieux que Lee Han-yeol, jubile Bruce devant le mur-écran de sa télé. C'est le plus grand rassemblement de l'histoire de la Corée.

À l'écran, la foule impressionnante, blanche de deuil, hérissée du même cri désespéré sur des centaines de milliers de pancartes et de banderoles : *My life for you !* En bandeau rouge sous les images, les télés tiennent en direct une macabre comptabilité. Celle des trente et une personnes qui se sont déjà donné la mort. Trente-deux. Trente-cinq…

Les commentateurs implorent les fans de ne pas succomber à cette funeste tentation. Par tous les arguments. Parce que Choiwoo ne l'aurait pas voulu. Pour ne pas gâcher l'hommage magnifique à Choiwoo. Pour ne pas entacher le souvenir qui restera de Choiwoo…

— Je veux qu'on isole le chiffre d'affaires des deux derniers jours sur l'ensemble des sociétés du groupe, commande Bruce. Qu'on évalue le résultat de la mort de Choiwoo. Et je veux une réimpression collector de son bouquin.

— Collector dans quel sens ? demande K-Boy.

— Couverture blanche. Sans rien. Aucun titre, aucun nom. Juste *Ma vie pour vous* embossé en petits caractères au milieu. Comme l'album blanc des Beatles. Et dis à tout le monde que je veux au moins le même score. Vingt millions, pas moins.

— Vingt millions !

— On a constitué à ce gamin un public de soixante-dix millions de fans à travers le monde. Estime-toi heureux que je n'exige pas soixante-dix millions d'exemplaires. Tu peux y aller.

K-Boy va quitter le bureau, laissant Bruce face au mur-écran blanc des deux millions d'endeuillés brisés de chagrin, quand le dragon se ravise et rappelle son lieutenant.

— Je suis passé au *hanok* de Loup Bleu en fin de matinée pour me montrer à ses obsèques. Il faut profiter de sa mort pour mettre au pas tous ces clans moribonds. Nous allons commencer par les vieux de la vieille des Quatre lanternes. Imagine-toi qu'ils se sont présentés en *hanbok* traditionnel et coiffés de *gat*, ces vieux cons !

Il ordonne ensuite à K-Boy de commencer à rassembler les hommes dès la fin du cirque des obsèques de Choiwoo.

— On va à la guerre ?

— Oui, ça te pose un problème ?

— Non, répond K-Boy malgré le ton agressif de Bruce.

— Et tu en es où de Gabaine ? Tu l'as trouvé ?

— Pas encore. J'ai mis des hommes dans tous les aéroports.

— Tu ne cherches pas à l'aider à s'échapper, j'espère ?

— Pourquoi je ferais ça ? Si tu as quelque chose à me reprocher, dis-le-moi franchement, qu'on s'explique.

— K-Boy, je suis le dragon, et toi le lieutenant. Franc ou pas avec toi, c'est moi qui décide si on s'explique, et pas toi qui le demande.

— Si c'est ce qu'a dit ce type avant de tomber…

— Oui, c'est exactement ça. C'est ce qu'a dit ce type assez courageux pour me défier, face à face avec moi et avec sa propre mort. Il a prononcé ton nom, K-Boy, quel intérêt avait-il à me mentir ?

— Semer le doute entre nous.

— Et pourquoi ?

— Pour casser ta confiance en moi. Pour fissurer le clan.

— Et pourquoi, encore une fois ?

— Pour une pirouette, pour un pied de nez, parce que tu allais le tuer de toute façon, quoi qu'il dise, et qu'il ne pouvait plus rien faire pour se venger que de mettre un ver dans la pomme.

— Tu me reproches de l'avoir fait ?

— Si tu me l'avais confié, je l'aurais fait parler et Gabaine serait déjà entre tes mains.

Bruce ne répond pas. Il regarde l'écran. Le nombre des suicides est monté à quarante-deux et la chaîne décide de ne plus les recenser. Quels cons ! pense Bruce. Le nombre des manifestants étant fixe à deux millions, l'augmentation progressive du nombre de suicides devenait la seule variable intéressante de ce reportage par ailleurs statique et immobile.

— Je n'aime pas trop ta façon de te défausser sur moi, K-Boy. Si tu veux vraiment regagner ma confiance, trouve Gabaine et livre-le-moi.

— Rien ne dit qu'il est vraiment à l'origine de l'enlèvement de la Française.

— Le mari de la Française, tu sais, l'homme sur qui tu devais aussi mettre la main, eh bien imagine-toi qu'il a identifié Gabaine sur les images vidéo de la douane à son arrivée à Séoul.

— Comment sais-tu ça ?

Un sourire de serpent fend le visage de Bruce.

— K-Boy, tu es vraiment devenu aussi con que ta question le laisse supposer ?

Le lieutenant ne répond pas et quitte le bureau. Dans le hall, l'homme chargé de le surveiller l'attend.

— Alors ?

— Il veut ma tête. Tu vas bientôt devenir lieutenant.

— Tu vas te laisser faire ?

— C'est le dragon du clan le plus riche de Corée. Rien qu'aujourd'hui, avec les obsèques du gamin, il va gagner des milliards de wons avec lesquels il va se payer une guerre des clans. Que veux-tu que je fasse ?

— Je n'en sais rien. Je suis censé te surveiller, pas t'aider à répondre à ce genre de question.

Ils sortent de l'immeuble et K-Boy s'arrête pour allumer une cigarette.

— Tu penses que c'est toi qu'il chargera de m'exécuter le moment venu ?

— Qu'est-ce que j'en sais ? Tu sais à quel point il aime mettre en scène ça lui-même. Mais peut-être, oui, pour tester ma loyauté, c'est possible.

— Fais-moi plaisir, alors. Sec et brutal, d'accord ? Ne me laisse pas souffrir, même s'il te le demande.

— Le problème, c'est qu'en général il aime bien assister à ce genre de chose. Je ne sais pas si j'aurai la moindre latitude.

K-Boy tire une profonde bouffée qui fait grésiller le tabac, laisse la fumée brûlante rouler dans sa poitrine, puis l'expulse au ciel d'un long et puissant soupir.

— Bon, je vais quand même tenter de te soudoyer avec un déjeuner à la campagne.

— Pourquoi à la campagne ?

— Parce que c'est un chinois. Un montant. Un restaurant dans les rizières où tu peux monter à l'étage avec la femme que tu as invitée à manger.

— Tu veux… avec moi ? panique l'homme.

— Tu verras, mais tu n'es pas obligé de me suivre.

— Bien sûr que si, partout où tu vas, qu'il a dit.

— Alors on y va.

— K-Boy, attends, dit l'autre en l'arrêtant d'un geste de la main. Je dois…

— Ah oui, bien sûr, répond le lieutenant en écartant les bras pour se laisser fouiller. Mais n'en profite pas, attends au moins que nous montions à l'étage !

XLI

... encore un peu en vie.

Ses deux gardiens sont ivres morts. Elle les a entendus chanter, jurer, se battre, et maintenant elle croit bien les entendre ronfler. Aucun autre bruit à l'extérieur de sa chambre, sinon la rumeur étouffée d'une télé qui ronronne.

Elle pense à Marc et aux aventures improbables de ses héroïnes. Elle observe la pièce à travers leurs yeux. Qu'aurait-il inventé pour elle ? Porte fermée à clé de l'extérieur. Fenêtre à barreaux de fer forgé. *Le vasistas de la salle de bain, peut-être*, lui suggère Marc... Elle tire une chaise jusqu'en dessous et l'ouvre en grand. Pas assez large pour qu'elle force son corps à travers. *Il faut démonter le battant, Mado.* Elle cherche de quoi le dévisser. Le couteau à beurre du petit déjeuner, trop court, trop rond et sans tranchant pour servir d'arme...

C'est fait. Il ne lui reste plus qu'à se hisser jusqu'à l'ouverture et se glisser à l'extérieur. Mais comment ? *Tête en avant, tu risques de te la fracasser en retombant de l'autre côté.* D'accord, Marc, les pieds en avant, alors ? Elle tire dans la salle de bain la petite table sur laquelle on dépose ses repas, cale la chaise dessus, et grimpe jusqu'au vasistas. Tête au plafond, elle tente de passer les pieds puis les fesses, mais renonce. *Tu vas te casser le dos à redescendre de l'autre côté sans pouvoir te retenir.* Très bien, parfait, d'accord, monsieur l'écrivain, comment je fais alors ? *Pieds en avant, mais sur le ventre. Tu te glisses à travers l'ouverture, tu redescends face contre le mur extérieur en te retenant au rebord du vasistas, et tu te laisses retomber en douceur. C'est pas compliqué, non ?*

Elle a réussi. Elle a failli se râper le menton et le nez au crépi du mur, mais elle s'est échappée de sa prison. Elle n'en revient pas, en pleurerait de joie, puis panique aussitôt. Que doit-elle faire maintenant ? Marc ? Ils vont vite s'apercevoir de ma disparition et se lancer à ma poursuite, Marc, et ivres comme ils sont…

Marc ne lui répond plus, alors elle regarde autour d'elle. Une villa. Belle et grande. Moderne. Au-dessus des rochers, elle donne sur la mer. Une île, apparemment. Petite. Au large, une côte. Un kilomètre environ. Peut-être deux tout au plus. Elle est bonne nageuse. C'est jouable, si l'eau n'est pas trop froide.

Restent ses deux geôliers. En mer, elle serait trop vulnérable s'ils la rattrapent. Elle descend jusqu'à la rive en contournant la villa. Marc a raison dans sa tête. *C'est une île, Mado, il y a forcément un débarcadère.*

Très juste, et puisqu'il reste des hommes, il y a sûrement aussi un moyen de rejoindre la côte. Elle repère le canot à moteur et s'y précipite, mais ce n'est pas un hors-bord. C'est une petite fusée en bois précieux qu'on démarre avec une clé.

Dis-moi, Marc, dis-moi ! Quoi faire et comment ? Cette corde peut-être, sur le ponton. Entraver l'hélice pour qu'ils ne puissent pas me poursuivre. *Pas suffisant, trouve mieux, Mado.* Quoi d'autre ? Percer la coque. Qu'ils coulent quand ils seront en mer après moi. Trop dure, et avec quoi ? Quel outil ? Ça ferait du bruit, ils pourraient se réveiller. Alors quoi, Marc, dis-moi ! Vite ! Elles feraient quoi, tes filles ? *Trouve le tableau de bord et cherche les fils électriques.* Tu as raison ! Tout arracher, bien sûr. Elle s'allonge sur le dos et glisse son bras sous les commandes, cherche à l'aveugle, fouille de la main, empoigne et arrache tout ce qu'elle saisit et qui ressemble à un fil. Elle tire dessus de toutes ses forces, avec une rage telle qu'elle en déglingue quelque chose. Des trucs qu'elle ne voit pas tout de suite et qu'elle cherche. Des bâtonnets, comme des médocs sécables. Les fusibles. Bingo ! Cette fois elle en pleure de joie sous la décharge d'adrénaline. Elle les ramasse et les jette par-dessus bord. Puis elle enlève son survêtement rose, le dissimule sous le ponton, et se glisse dans l'eau qui lui cisaille les cuisses. Froide. Glacée. À peine plus de dix degrés. Elle suffoque quand elle s'y plonge jusqu'au cou. J'arrive, Marc !

Elle crawle. Souvenirs d'enfance. Plage du Coz-Pors, à Trégastel. Les recommandations de son père. Ses conseils de prudence. Une heure, pas plus. On ne survit guère plus d'une heure dans une eau à moins de douze degrés. Ne pas trop s'éloigner. On ne nage que deux kilomètres en une heure. Garder du temps et des forces pour revenir à la plage.

Mais elle ne compte pas revenir. Il faut qu'elle rejoigne l'autre terre, au loin, au plus vite. Elle nage en prenant son temps. Un crawl long. Le plus souple possible. Pas que des bras, de tout son corps. Elle sent l'effort en elle. Sa force et sa puissance de gamine de Bretagne gonflent sa confiance. Le froid ne l'a pas encore pénétrée. Elle va y arriver. Elle va le faire. La terre n'est qu'à deux kilomètres devant elle. Elle y sera en moins de deux heures. Elle garde un phare en ligne de mire.

Elle nage un bon quart d'heure, et la fatigue la prend soudain. D'un coup. Le froid aussi. Ses muscles se durcissent et l'inquiétude la gagne. Le phare se décale. Un courant la tire hors de sa ligne de nage. Elle se souvient des guides pour préparer leur voyage. Le courant de Tsushima. Vers le nord-est. Il devrait être chaud, et pourtant son corps se glace. Ses bras se désaccordent. Elle tente de regagner un peu de portance, cherche à maîtriser la coordination de ses mouvements. Elle s'énerve de ne pouvoir le faire et y renonce, incapable de se concentrer.

Le phare dérive de plus en plus sur sa gauche. On croirait qu'il s'éloigne. Elle ne parvient plus à analyser la situation, à repérer sa position. Elle panique et sa panique l'épuise. Sa nage se désarticule et la mer ne la porte plus. Elle boit la tasse une première fois. Une goulée d'eau salée. Elle tousse. Elle éructe. Se reprend. Elle s'étrangle d'eau une nouvelle fois. Avale de l'écume glacée dont le sel râpe sa gorge et brûle ses sinus.

Marc, pourquoi tu n'es pas là, Marc ? Pourquoi ne viens-tu pas à sa rescousse, de ton crawl puissant de bel ado en vacances chez tes cousins de la baie de Kerlavos ? Beau gosse, Marc. Amour de vacances. Premier amour avant de devenir un grand amour. Amour tout court. Elle l'aime. Pourquoi doit-elle mourir sans lui ? Loin de lui. Seule. Elle se dit que c'est elle qui l'a abandonné. Que c'est de sa faute ! Ce voyage en Corée, c'est elle, et voilà qu'elle va l'y laisser seul.

Elle coule une première fois. À peine. Juste ses yeux sous la ligne d'eau. La côte qui disparaît. L'écume brouille son regard. L'eau laiteuse à la place du ciel. Un sourd clapot dans les tympans. De rage, elle se met sur le dos. Le ciel revient, vitreux. Immense, vide, trop grand, trop lourd. Elle s'enfonce à nouveau. Se remet sur le ventre. Cherche le phare et ne le voit plus. *Marc. Je ne vais pas y arriver, Marc.* Une crampe raidit sa jambe droite qui se tétanise. *Je suis désolée, Marc.* Elle se dit qu'elle l'aime. Elle le pense fort. Si fort. Elle s'en veut. Elle n'aura pas su. Elle croit qu'elle en pleure. Peut-on pleurer la tête sous l'eau ? C'est idiot comme question, surtout quand on pleure de mourir noyée.

Une autre fois encore l'eau l'avale. Un peu plus profond. Plus sombre. Plus loin du soleil qui sombre avec elle. Elle remonte à la surface sans le chercher. Un mouvement de la mer. Elle ne panique plus. La peur l'a quittée. Elle est épuisée. Résignée. Étrangement sereine, soudain. Elle n'y peut plus rien. Ça va se faire et elle le sait. Comme une délivrance.

Elle demande encore une fois à Marc de lui pardonner. Elle sourit à son image, puis s'abandonne à son souvenir heureux. Sans mouvement, son corps pèse et s'alourdit, s'enfonce dans l'eau, bercé par le roulis des vagues, puis de moins en moins, à mesure que l'eau verdit le soleil. Puis s'immobilise. En apesanteur, dans la lueur émeraude de ses profondeurs.

Elle s'étonne de la paix qui l'envahit quand surgit l'otarie. La dernière chose vivante qu'elle voit. Le museau froissé et ridé d'une vieille otarie curieuse. Hideuse et si belle à la fois. Le contact de son épaisse peau noire et lisse qui la frôle.

Alors elle lâche prise et laisse bouler hors d'elle l'air qui la gardait encore un peu en vie.

XLII

… du chien ou du bébé, tout pareil.

Trois maisons accrochées à mi-hauteur d'une ravine verdoyante, au-dessus de la rivière Hwaseo. Un petit chahut de remous et d'écumes. Des baraques. Toits de tôle bleue et pilotis en bois. À trois quarts d'heure de Séoul et un demi-siècle en arrière.

Discret et à l'écart. Quelques réclames. Un générateur. Des bonbonnes de gaz. Un poulailler. Des chenils. L'enseigne en caractères chinois promet un bonheur céleste. Les connaisseurs se laissent guider par l'étoile au néon, au cœur de sa constellation. Sirius.

Le parking est à cinquante mètres en avant. Deux véhicules, un vieux van bleu, et un petit camion blanc à benne bâchée. K-Boy gare sa Kia Stinger entre eux.

— C'est ce que je crois ?

— Oui, c'est un resto de *bosintang*.

— Il en reste encore quelques-uns d'excellents à Séoul.

— Oui, mais celui-ci est le meilleur de la région.

L'autre veut bien le croire et suit K-Boy vers les marches de guingois qui descendent au restaurant. L'endroit est simple. Tout est en bois et en contre-jour. Un guichet ouvert sur une cuisine où s'affaire une vieille sorcière revêche au milieu de marmites et de casseroles. Deux grands réfrigérateurs trônent dans la salle. Un pour la bière, l'autre pour le Pepsi. Des photos de plats aux couleurs délavées. Une terrasse étroite comme un balcon, à l'aplomb de la rivière.

Trois des dix tables sont occupées. Deux ouvriers, ceux du camion peut-être. Un couple, illégitime de toute évidence. La femme un peu vulgaire, l'homme aux yeux impatients. Et un homme seul, de dos, trapu comme un sanglier, taciturne et bourru, le nez dans son assiette. K-Boy est reconnu. Le patron, trop affable pour être honnête, tout en glissades et en courbettes, s'empresse à sa rencontre. Il les mène jusqu'à sa meilleure table, à l'intérieur, mais avec vue sur la ravine.

— Là, là, asseyez-vous là. Vous venez pour le *bosintang*, je suppose.

— Quoi d'autre ? plaisante K-Boy.

— Tu as raison, tu as raison. Vous savez que ça va être interdit maintenant, non ? Interdit !

— Tu as encore jusqu'en 2027.

— Oui, 2027, encore 2027, mais après, c'est trente millions de wons l'amende, et trois ans la prison. Et moi, je vais faire quoi de mes quarante chiens ?

— Après 2027, ce que tu veux, grand-père. Mais pour l'instant, deux bons ragoûts comme tu sais faire.

— Deux ragoûts, oui, deux ragoûts. Avec pâtes de soja fermenté, sauce *doenjang* aux haricots rouges, fougère et ciboule, riz et *banchan*.

— Parfait, lâche K-Boy.

— Si tu veux, je fais aussi au jus de tortue. Tortue d'eau douce. D'eau douce.

— Non, fais ton ragoût comme tu fais d'habitude, et sers-nous du vin.

— Oui, du vin, du vin. Gubong du domaine Durae An, ça te va ?

De toute évidence, les clients sont là pour ça. Le chien. En ragoût ou en soupe. Une odeur forte de venaison qui annonce un goût corsé.

Quand le patron revient avec le vin, il s'apitoie sur son sort.

— Fous tous ils sont en Corée. Fous. Interdire le chien ! Toute l'Asie mange le chien depuis mille ans. Qu'est-ce que je vais faire ? Quand j'ai ouvert ici, quand j'ai ouvert, je servais quarante chiens par jour, et aujourd'hui deux seulement, deux à peine.

— Que veux-tu, le pays s'ouvre au tourisme, et il faut faire avec leur culture.

— Eh bien qu'ils gardent leur culture chez eux, chez eux, quand ils viennent chez nous. Ce pays devient fou. Tu as entendu pour les poussettes ?

— Quoi, les poussettes ? s'étonne K-Boy qui s'amuse du désarroi du vieil homme.

— La statistique ! La statistique dans le journal ! Elle dit que cette année, les Coréens ont acheté plus de poussettes pour leurs animaux que pour leurs bébés. Que pour leurs bébés !

— Tu perds la tête, grand-père.

— Non, c'est vrai, dit l'invité de K-Boy, j'ai lu ça aussi.

— Parfaitement, s'indigne le vieux, quarante-trois pour cent des poussettes pour les bébés cette année, cinquante-sept pour cent pour les chats et les chiens, et même les lapins, les hamsters et les cochons d'Inde, même ! Même les cochons d'Inde. Cinquante-sept pour cent ! Mes bons *bosintang*, mes bons ragoûts, dans des poussettes avec des chaussons à leurs pattes !

Il s'éloigne en bougonnant et revient avec un plateau chargé de *banchan*, une dizaine d'accompagnements fermentés pour le ragoût.

— Le pire pays du monde, le pire, pour les enfants. Plus d'enfants et des chiens à la place. Tu verras qu'un jour, ils viendront chez moi avec leur poussette à chien pour manger du ragoût de bébé. C'est ça le monde ? C'est ça ?

K-Boy préfère ne pas répondre. Les deux ouvriers s'en moquent, le couple en sourit sous cape, et l'homme de dos secoue la tête. Quand le vieux s'esquive d'un pas craintif et pressé, rappelé à l'ordre par la mégère de la cambuse, K-Boy sert une coupelle de *soju* à son invité qui le sert à son tour et ils boivent cul sec à deux mains.

— K-Boy, qu'est-ce que je fais ici ?

— Tu le vois bien, je t'invite à partager un *bosintang* traditionnel.

— J'ai bien compris, mais pourquoi ?

— Parce que je risque de disparaître bien avant cette tradition du ragoût de chien.

Il ressert une coupelle de *soju* et ils boivent en se regardant droit dans les yeux.

— Ça n'est pas à l'ordre du jour, je te l'ai déjà dit.

— Très bien, alors profitons juste du repas. Même si ça doit être le dernier.

— Arrête avec ça !

— Bruce ne voudra jamais prendre le risque d'enrayer sa machine à produire des milliards. Je ne pèse rien en regard du chiffre d'affaires du clan. Ce salopard a signé mon arrêt de mort avant de faire le grand plongeon.

Cette fois, c'est l'autre qui sert les coupelles, bien décidé à changer de sujet de conversation.

— Est-ce que tu as quelque chose à voir dans l'enlèvement de la Française ?

— Allons bon, Bruce t'a demandé de me cuisiner là-dessus en plus ?

— Non, c'est juste pour savoir, histoire d'avoir quelque chose à dire.

— Alors non, je n'ai rien à y voir. Je n'étais pas à Paris et je n'étais pas dans l'avion.

— Pourquoi ce soldat a-t-il donné ton nom alors ?

— Pour me nuire, je suppose. Pour nuire à ceux du clan qui n'ont pas levé le petit doigt pour le défendre. Pour nuire à Bruce qui s'apprêtait à l'exécuter. Par vengeance, par désillusion, par dérision, va savoir !

Le *bosintang* arrive. Un large faitout où baigne une viande forte et odorante dans une sauce sombre.

Le petit vieux obséquieux les sert, fouillant le ragoût fumant d'une courte louche en bois, à la recherche des meilleurs morceaux.

— Je pense que Gabaine est à la source de ce micmac, dit K-Boy après les premières bouchées.

— Qu'est-ce qui te fait dire ça ?

— Il est rentré de Paris plus tôt que prévu et je commence à comprendre pourquoi. Il aura probablement dû quitter la France en urgence et tout le monde connaît son goût pour les jeux d'argent. J'imagine qu'il aura perdu gros, fui des créanciers peu amènes, et cherché un moyen de se refaire au plus vite pour les rembourser.

— Avec l'enlèvement de la Française ?

— Pourquoi pas ? Un coup opportuniste monté à la va-vite. Pas si idiot que ça. Sa dette et ses créanciers sont en France, après tout.

— Pourquoi les hommes n'ont pas parlé, alors ?

— Réfléchis, répond K-Boy, il fallait que ses complices soient déjà en Corée pour s'assurer que les voitures, la pension et tout le reste soient prêts dès l'arrivée des Français. Nos hommes dans l'avion ne lui servaient à rien. Gabaine n'avait que les treize heures de vol pour organiser ça.

— Depuis l'avion ?

— Il y a le Wi-Fi en business. Il pouvait contacter qui il voulait à Séoul.

— Donc ce n'étaient pas les hommes qui l'accompagnaient dans l'avion.

— Non, et c'est pour ça qu'ils ne pouvaient rien avouer.

— Mais Bruce, alors ?

— Bruce n'est pas plus con que moi. Il a dû arriver à la même conclusion.

— Pourquoi les balancer de la tour, alors ?

— Pour l'exemple. Pour faire sortir du bois le vrai responsable.

— Et il croit que c'est toi ?

— Qu'il le croie ou non ne change rien.

L'autre ne répond pas et ils terminent leur *bosintang.* Le dessert est au menu. Un *patbingsu*, de la glace râpée couverte de mini-gâteaux de riz soufflé, de morceaux de kiwi, d'ananas et de myrtilles, et généreusement nappé de lait concentré sucré avec quelques morceaux de fraise par-dessus.

— Je suis désolé pour toi, finit par dire l'autre, presque sincère.

— Oublie ça et buvons à toi, répond K-Boy enjoué en leur reversant du *soju.* Ma mort te fera lieutenant, c'est comme ça !

— Ne dis pas ça, rien n'est encore joué…

— Bien sûr que si, c'est comme ça que ça marche. Comment crois-tu que j'ai obtenu ce poste, à l'époque ? C'est ainsi. Le dragon décide.

La salle s'est vidée. Les ouvriers sont retournés à leur chantier à pied, le van bleu n'était pas à eux, et le couple à ses ébats dans leur voiture, quelque part à l'abri des arbres, ou à l'étage, discrètement. L'hommesanglier n'est plus là non plus. Ils n'ont plus de vin et finissent le *soju* avant de remercier le tenancier.

— Attends-moi une seconde, dit K-Boy, je vais féliciter la sorcière des cuisines.

Quand ils ressortent deux minutes plus tard, il ne reste sur le parking que leur voiture entre les deux camions.

— Je croyais que c'était le van des ouvriers, s'étonne l'autre.

— Ils devaient avoir un chantier pas loin. Ça, je pense que c'est plutôt le van-fourrière du patron pour approvisionner son resto, plaisante K-Boy.

L'autre sourit et s'engage le long du camion-benne bâché pour ouvrir la porte côté passager de la Stinger et K-Boy le suit.

— Tu veux que je conduise ? s'étonne l'autre qui le devine derrière lui. Tu te sens trop ivre pour prendre le volant ?

— Ne t'en fais pas pour moi, j'ai toute ma tête.

La voix et le ton de K-Boy font se retourner l'homme dont les yeux s'effarent de terreur.

— Qu'est-ce que…

La longue lame du couteau à découper que la cuisinière lui a préparé dans la cambuse lui perce le ventre, tranchant vers le haut pour remonter jusqu'à son cœur.

— Putain, K-Boy, mais qu'est-ce que…

Le reste se perd dans le gargouillis du sang qui lui remonte à la bouche.

— Désolé, murmure K-Boy à son oreille. Rien de personnel, comme tu dis si bien.

Il pèse de tout son poids sur le manche. L'autre se cramponne quelques secondes, puis lâche prise, le regard ébahi de mourir comme ça. Quand ses yeux chavirent à l'envers, K-Boy le retient pour l'allonger au sol, le couteau toujours plongé dans ses entrailles. Puis il se relève, abandonnant l'homme et le couteau, sort de sa poche une épaisse enveloppe qu'il jette à l'intérieur du camion-benne par la vitre ouverte de la cabine, et monte au volant de sa Stinger.

Le sort, cette fois, en est jeté. Il ne lui reste plus qu'à disparaître. C'est son passé qu'il vient d'assassiner. Il a encore un jour ou deux devant lui avant de n'avoir plus rien. Ni clan, ni dragon, ni frères d'armes. Ou plutôt de les avoir tous contre lui.

Il démarre et rejoint la route avant que l'homme au cou de sanglier sorte de son camion, caché aux regards par l'autre van, pour s'occuper du corps et le faire disparaître. Il ne croit pas si bien dire, le vieux tenancier, songe Ratel, il arrivera bien à ce pays décadent d'en manger, des enfants, quand les temps noirs seront venus. Il a bien dû le faire, lui, au Nord, là où les temps noirs règnent sur les êtres et les choses depuis longtemps déjà. Comme s'il n'en avait pas mangé, lui aussi, du chien.

Il enveloppe le corps dans un plastique et le charge dans la benne qu'il bâche avec application.

— Tout ça, c'est du pareil au même, du chien ou du bébé, tout pareil.

XLIII

Joon en pleurerait !

— Attention, ça bouge. Kia Stinger noire. Ça remonte le parking vers la route. Unité 3, pas d'intervention immédiate. Confirmez-moi le nombre de passagers.

— Unité 3 à commandement. Un seul passager. Je confirme : un seul passager.

— Unité 3, pas normal. Ils devraient être deux. Prenez contact avec une unité en uniforme, faites arrêter la Stinger plus loin sur la route comme pour un simple contrôle de routine, et tenez-moi au courant.

— Bien reçu.

— Unité 2, vous restez avec moi.

Joon observe le parking à travers ses jumelles, depuis la forêt de l'autre côté de la route. Ratel a dû se débarrasser de son City Truck. Elle le suit depuis Séoul. Il est venu jusqu'au restaurant à bord d'un Isuzu chinois d'occasion. Blanc lui aussi.

Elle l'a vu sortir du restaurant un peu avant les deux autres. Le van garé de l'autre côté de la Stinger lui masque en partie la cabine de l'Isuzu mais aucun autre poste ne lui aurait permis de mieux voir sans les exposer, elle et ses hommes. Elle avait bien pensé envoyer deux hommes en leurre comme clients, mais elle a eu peur de l'instinct de Ratel. Elle l'a vu rejoindre le camion, mais se demande ce qu'il fabrique dans sa cabine. Elle ne voit pas bien. Elle se déplace un peu à la recherche d'un meilleur angle de vision.

— À tous : la cible n'est pas visible dans la cabine de son camion. Quelqu'un l'a en visuel ?

— Négatif !

— Négatif !

— Négatif !

— OK. À tous. On se regroupe et on s'approche en colonne par un jusque derrière le van bleu.

Joon et les quatre hommes des unités 1 et 2 traversent la route en tapinois. Ils rejoignent le parking et se rapprochent du camion, dos courbé, en s'abritant derrière le van.

— Ça pue l'essence, murmure un des hommes.

— Oui. Soyez prudents.

Ils se regroupent derrière le van et Joon les sépare en deux groupes d'un mouvement du menton. Ils se répartissent de chaque côté et, sur un signe de Joon, surgissent à l'avant et à l'arrière du van.

Personne. Peut-être que Ratel s'est assoupi dans la cabine après un repas trop lourd. Après tout, ce restaurant sert du ragoût de chien. Dur à digérer. Avant d'envoyer un homme vérifier dans la cabine, elle se hisse sur la pointe des pieds pour vérifier la benne. Sous la bâche, le corps d'un homme baigne dans son sang et de l'essence. Le passager manquant de la Stinger !

L'homme de l'unité 2, la main sur le support du rétroviseur extérieur, se hisse sur le marchepied et pointe son arme par la vitre ouverte.

Il fait signe de la tête que Ratel n'y est pas. Merde ! se dit Joon, où est-il et comment a-t-il fait ? Et pourquoi l'essence ? Elle comprend au moment où l'homme de l'unité 2 pose sa main sur la poignée.

— Non ! hurle-t-elle.

L'homme comprend trop tard. Sur le siège imbibé d'essence est posée une pile plate, à quelques centimètres d'une éponge métallique. L'éponge est reliée à la portière par une ficelle. Quand la portière s'ouvre, la ficelle tire l'éponge métallique au contact des deux lamelles de la pile et provoque des étincelles qui enflamment l'essence sur le siège d'abord, puis un jerrycan sous le fauteuil qui explose deux secondes plus tard. L'ensemble du camion s'embrase alors dans un souffle qui enroule ses flammes de chaque côté avant qu'un panache de volutes noires obscurcisse le ciel.

Tous sont projetés à terre. L'homme à la portière est une torche vivante et hurle à la mort. Joon est pétrifiée, les sourcils et les cheveux grillés.

— Putain, mais bouge-toi ! hurle un de ses hommes.

Il la pousse et se précipite sur le brûlé pour étouffer le feu qui le dévore. Joon sort de sa stupeur.

— Toi, tu t'occupes de lui et tu appelles les secours. Vous deux, vous venez avec moi.

Qu'est-ce qu'elle croit, cette flic prétentieuse ? Que ceux du Nord sont tous des abrutis à cause du système ? C'est le système, justement, qui rend si forts ceux qui parviennent à lui survivre. Elle ne durerait pas une semaine, là-haut. Il faut déjouer les surveillances, anticiper les délations, prévoir les trahisons les plus odieuses. N'avoir plus ni père, ni mère, ni femme, ni enfant. Que soi, tout seul, dans le seul but de survivre et d'en réchapper.

Bien sûr qu'il se savait suivi. Bien sûr qu'il les avait repérés. Il a fait ça toute sa vie, dans le Nord. Pareil en Russie, pareil en Chine, et d'une certaine façon, pareil ici, dans le Sud. Cette femme croit vraiment être de taille contre lui, empêtrée dans sa légalité, dans ses procédures, dans sa déontologie ? Lui a lutté et échappé à des forces qui ne respectaient rien ni d'humain ni de légal. Il a une telle avance sur elle et tous ceux qui lui ressemblent !

Ils en étaient encore à essayer de l'apercevoir dans la cabine qu'il avait déjà tué l'autre, empoché les dix mille dollars de K-Boy, rejoint le restaurant à l'abri des regards en restant masqué par l'Isuzu, et dévalé la ravine jusqu'à la rivière. Et maintenant, pour aller plus vite, il se laisse emporter par le courant glacé qui roule ses remous entre les rochers, accroché à son flotteur, le second jerrycan qu'il a vidé dans la benne et sous le camion.

Quelque part, il va aborder l'autre rive et l'escalader pour revenir en arrière. Eux vont finir par repérer le jerrycan et penser qu'il se sera noyé ou qu'il aura fui en aval.

Les secours et les renforts sont arrivés. Joon a exigé le grand jeu : drones et chien pisteur.

— Je veux un drone vers l'aval et un autre vers l'amont. Le vieux du restaurant dit que le type a dévalé l'escalier un jerrycan rouge à la main, mais ce type est tordu. Il est capable d'avoir balancé le jerrycan à l'eau juste pour nous faire croire qu'il descendait la rivière. On cherche un jerrycan vers l'aval ou des traces vers l'amont.

Le chien est tenu à l'écart du camion que les pompiers viennent d'éteindre et de l'odeur d'essence et de brûlé qui empeste encore le parking. C'est Joon qui a l'idée de la serviette. Avec la sauce forte et épaisse du ragoût de chien, les serviettes en papier ne suffisent pas. Ratel s'est servi d'une vraie serviette en tissu.

Le chien la renifle et aussitôt aboie et tire sur sa laisse pour suivre sa piste. Il se précipite dans le restaurant, bondit et jappe autour de la table où Ratel a déjeuné, bouscule le tenancier pour foncer dans la cuisine, tourne en rond dans les pattes de la vieille sorcière qui hurle de colère et le menace de ses casseroles, ressort par une autre porte et dévale le raide escalier de bric et de broc, le maître-chien en déséquilibre derrière lui et Joon cramponnée à la rambarde.

Au bord de la rivière vive comme un torrent, le chien hésite, aboie, cherche puis accroche une piste et la suit en remontant la rive vers l'amont.

— L'enfoiré, jure Joon à bout de souffle, son jerrycan en aval, et lui vers l'amont !

Elle ne croit pas si bien dire. Après quelques dizaines de mètres d'une course folle à faire tomber le flic qui trébuche à l'autre bout de la laisse, le chien se brûle la truffe. Il jappe et éternue en tournant en rond. Joon comprend tout de suite : le détour dans la cuisine. Ce fumier de Ratel en a profité pour mettre la main sur une poivrière. Le maître-chien, lui, n'est pas dupe. Le poivre ne brûle pas les chiens. C'est juste une odeur qu'ils ne supportent pas. Il comprend en apercevant les traces de sang sur les pierres. Et les éclats de lumière aussi. Il se précipite sur son chien et le prend dans ses bras. Les coussinets de l'animal sont en sang. Ratel n'a pas pris que du poivre dans la cuisine. Il a aussi pris un ou deux verres qu'il a brisés sur les pierres. Le maître-chien, le visage tendu de haine et de rage, refuse de continuer la poursuite malgré les ordres de Joon, furieuse elle aussi.

Ratel peut être n'importe où maintenant. Joon s'y résigne à contrecœur et ordonne la retraite. Quand ils sont remontés sur le parking, le maître-chien se précipite vers son véhicule-cage, l'animal dans les bras, sous le regard intéressé du vieux restaurateur.

— Il est blessé ?

— …

— Je te le rachète, si tu veux.

Il faut retenir le policier pour qu'il n'aille pas massacrer le vieux.

Joon rassemble ses hommes.

— La Stinger ?

— Fausses plaques.

— Les uniformes l'ont arrêtée ?

— Non. Elle n'est pas arrivée jusqu'à leur barrage.

— Des routes, des pistes, des sentiers, des cours de ferme entre ici et le barrage ?

— Non. Rien.

— Putain, où est-il passé ? hurle Joon, furieuse qu'après Ratel un deuxième homme lui échappe.

— Une Stinger ? demande un des flics.

— Oui.

— Noire ?

— Oui.

— J'en ai vu une pendant que nous donnions l'assaut. Elle remontait la route dans le sens opposé au barrage…

Il se rend compte de ce qu'il avoue et baisse aussitôt les yeux sur ses chaussures. Joon ne sait même pas quoi dire, effarée par le fiasco qui solde son opération par un mort, deux fugitifs et des hommes brûlés, dont un grave.

— Et le chien, précise le maître-chien.

Joon en pleurerait !

XLIV

… et je m'en occupe.

— Je n'ai pas de temps à perdre, Gangnam, je suis le *sangju* de Loup Bleu, son chef de deuil, et j'ai beaucoup à faire.

Kimchi a annulé leur rendez-vous chez Des gens et des arbres à Séoul et lui a dit de le retrouver dans la gargote la plus proche du *hanok* où se tient la veillée funèbre. Un bar-restaurant désert, sous les arbres.

Gangnam connaît Kimchi. Même s'il reste impavide, il sait sa peine et sa colère, et son respect pour ce qui n'est plus que le corps de son dragon. Et son dévouement à son âme. Nul doute qu'il a tenu lui-même, en qualité de *sangju*, à laver le corps de Loup Bleu à l'encens, à lui couper les ongles et les cheveux et à le revêtir de sa couverture mortuaire. C'est un homme à rester éveillé pendant les trois jours des obsèques, à parler, boire et jouer aux cartes comme il se doit. À tout faire pour que l'âme de Loup Bleu trouve un chemin facile et lumineux vers l'envers du monde. Même s'il aimerait que Loup Bleu devienne, par sa faute, par des erreurs qu'il aurait commises dans le protocole, une âme en peine, un *kaekkwi*, un de ces fantômes errants qui restent sur terre à torturer les vivants. Et tout particulièrement ceux qui l'ont cloué à mort.

— Est-ce que je pourrais monter lui rendre un dernier hommage ? demande Gangnam sans conviction.

— Non. Trop de ceux qui sont là-haut t'en veulent encore.

— Même en secret ?

— En tant que *sangju*, je ne veux prendre aucun risque de blesser l'âme de Loup Bleu.

Gangnam reste silencieux et Kimchi s'impatiente.

— Écoute, j'ai accepté de boire avec toi à sa mémoire parce que je sais la sorte d'affection qui vous liait malgré tout. Mais je suppose que tu ne voulais pas me rencontrer uniquement pour me demander ça, n'est-ce pas ?

Kimchi sert une coupelle de *soju* à Gangnam qui attend de l'avoir servi à son tour pour boire en mémoire de Loup Bleu.

— Kimchi, la tour depuis laquelle ont été balancés les huit corps est située sur un chantier dans lequel ont investi les *Millenials*.

— Tu ne m'apprends rien, Gangnam.

— Je me doute que vous avez vos sources. Est-ce que tu sais aussi que les huit hommes à qui on a fait faire le grand saut étaient tous des soldats des *Millenials* ?

— Oui, ça aussi je le sais, tu ne m'apprends toujours rien, Gangnam.

— Donc tu sais que ces huit soldats revenaient de France après avoir servi de nounous musclées aux Darkan.

— Le groupe de K-pop ? Celui du gamin qui s'est balancé depuis l'hélico ?

— Oui. Celui dont deux millions de fans suivent les obsèques ce jour même.

— Comment tu sais ça ?

— La police aux frontières les a identifiés sur les vidéos de l'aéroport à leur passage à la douane.

— Oui, mais toi, comment sais-tu que ce sont les mêmes hommes ?

— L'enquêtrice qui a identifié les huit corps tombés de la tour les a reconnus.

— Et en quoi cela devrait m'intéresser ?

— En ce que tout ce petit monde, le Choiwoo du grand saut et les huit plongeurs de la tour, a voyagé dans le même avion et dans la même cabine de classe affaires que le couple Verneuil.

Cette fois, Gangnam devine qu'il a capté toute l'attention de Kimchi.

— Ce sont les *Millenials* qui ont enlevé la Française ?

— Il faut croire.

— Mais dans quel but ? C'est un misérable kidnapping à cent mille dollars alors que les *Millenials* en brassent par milliards ?

— Je n'en sais rien, Kimchi. Ce qui est sûr, par contre, c'est que c'est aux *Millenials* que vous avez repris la Française.

— Tu crois que leur dragon a puni ses huit hommes pour ça ? Pour ne pas avoir su garder la Française ?

Gangnam ne répond pas tout de suite. Malgré la différence d'âge, c'est lui qui ressert du *soju*. Le temps de se faire à l'idée de ce qu'il fait. Des destins qu'il va sceller. De tous ceux qu'il va trahir et de ce que cela va provoquer.

Il boit, et laisse l'idée infuser dans l'esprit de Kimchi fatigué par la peine et les obsèques. Quand il le voit reposer sa coupelle, Gangnam devine que ses mots pernicieux ont fait leur œuvre.

— Tu cherches à me dire que…

— Je ne cherche rien, Kimchi, je t'expose les faits tels que la police les a établis. J'ai simplement pensé qu'il te revenait d'être au courant. Kimchi, j'espère que tu seras le prochain dragon des Quatre lanternes, et si tu ne l'es pas, tu deviendras le premier lieutenant du nouveau dragon. Tout ce qui peut se révéler essentiel à la survie du clan te concerne.

Gangnam a honte de ce qu'il fait. Il repense à Verneuil et à sa cloueuse. Il fait la même chose. Chaque mot est un clou planté dans Kimchi.

— La survie ?

— Kimchi, si, pour des raisons qui nous échappent encore, les *Millenials* organisent cet enlèvement et que leur dragon est prêt à sacrifier huit hommes qui ont échoué à protéger leur otage, que penses-tu que ce dragon sera prêt à faire contre ceux qui lui ont volé sa proie ?

— Les *Millenials* ont tué Loup Bleu ?

— Qui d'autre, Kimchi ? Regarde l'enchaînement des faits.

— Tu te rends compte de ce que tu dis ? Tuer un dragon, c'est déclencher une guerre des clans.

— Il faut croire que les *Millenials* n'ont plus peur de ça.

Cette fois, c'est Kimchi qui ressert du *soju*. Ils boivent d'un trait en silence, et Gangnam les ressert aussitôt.

— Les *Millenials* sont riches et puissants, Kimchi. On pouvait penser que Bruce, leur dragon, évitait toute violence et toute provocation envers les autres clans pour ne pas enrayer son juteux business. Mais de toute évidence, il a changé de stratégie. On dit que la mort de ce gamin va probablement l'enrichir de plusieurs milliards dans le mois qui vient. Il faut croire que tout ça lui monte à la tête.

— S'il a tué Loup Bleu, je ferai tuer tous ses lieutenants, tous ses sous-lieutenants et chacun de ses chefs de gang dans chaque quartier avant de le clouer moi-même devant tous les dragons réunis.

Gangnam ne répond pas et verse deux nouvelles coupelles de *soju*.

— Je bois à ça, dit-il.

— C'est une promesse à Loup Bleu, murmure Kimchi.

Gangnam décide que son but est atteint, et qu'il peut relâcher la pression.

— Est-ce qu'on sait où Loup Bleu sera inhumé ? As-tu déjà demandé à un géomancien de se connecter à la terre pour trouver le lieu de la meilleure sépulture ? Est-ce qu'un chaman est prévu pour le purifier ?

Kimchi, l'esprit et le regard perdus, répond comme un zombie.

— Il ne sera pas inhumé. Loup Bleu a laissé des consignes pour être incinéré.

Gangnam ne s'attendait pas à ça. La Corée manque de place et encourage l'incinération, qui concerne désormais huit décès sur dix. Même les familles qui ont enterré leurs morts doivent récupérer les restes après soixante ans pour « dégager la terre ». Mais l'inhumation reste de mise dans les milieux traditionnels comme celui des dragons. Une tombe peu profonde qui doit bomber le sol. La terre tassée sur le cercueil en nombre impair de couches. Le géomancien et le chaman. Les pleureurs. Le cercueil qu'on abaisse trois fois pour prévenir l'esprit du défunt qu'il va quitter pour toujours sa maison. Les porteurs et leurs chants lugubres. Et le *sangju* qui piétine une dernière fois la terre pour signifier que la cérémonie est terminée.

— Incinéré ?

— Oui, c'est ce qu'il a demandé.

Encore une fois à sa grande honte, Gangnam y voit une chance à tenter.

— Et les cendres ?

— Elles seront transformées en perles de crémation. Loup Bleu les a voulues turquoise…

C'est une autre tendance pour gagner encore davantage de place. Plus besoin d'enterrer les urnes ou de les confiner dans un funérarium. On les transforme en perles à la brillance douce et hypnotique, qu'on garde dans des vases en verre, ou même dans des coupes, sur la table du salon. On peut même en sertir quelques-unes en bijoux. Pendentif, boucles d'oreilles ou bagues.

— Je peux te demander quelque chose ?

— Si tu en veux une, c'est non. Loup Bleu a demandé de n'en faire que quarante et de toutes les garder dans un endroit que je ne peux pas te révéler. Désolé. Je l'aurais fait pour toi si cela avait été possible.

Gangnam juge que c'est le moment de jouer sa carte.

— Est-ce que je peux te demander quelque chose d'autre, alors ?

— Essaye toujours.

— Dis-moi où se trouve madame Verneuil.

— Jamais. Loup Bleu m'a demandé de la récupérer et je l'ai fait.

— Et alors, combien de temps vas-tu la garder maintenant qu'il n'est plus là et que tu ne sais pas ce qu'il voulait en faire ?

— Le prochain dragon en décidera.

— Écoute-moi, Kimchi, Loup Bleu est mort et tout va changer. Cette femme va être un caillou dans ton soulier. La guerre des clans va éclater et tu ne peux pas y aller en boitant. Avec la mort de Choiwoo, le procureur est à deux cent pour cent sur ce dossier. La police aussi, et les autorités françaises ne vont pas tarder à s'y mettre, ambassade et consulat. Tu n'as pas besoin de ça, Kimchi, cette otage ne te sert à rien.

— Je dois chercher à comprendre ce que Loup Bleu voulait en faire.

— Tu n'auras pas le temps. Les *Millenials* sont prêts pour la guerre. Ta seule chance, c'est de profiter des funérailles pour parler aux autres clans et de la déclencher en premier. Tu le sais bien.

— Je dois quand même…

— Je vais te dire, moi, ce que voulait Loup Bleu. Je ne sais pas de quelle manière, et je sais que lui non plus n'en savait rien, mais il voulait s'en servir contre les *Millenials*. Il me l'a dit. Mais maintenant qu'ils l'ont tué et que la guerre va éclater, tu n'as plus besoin d'elle comme prétexte.

— …

— La surprise est l'essence de la guerre, Kimchi. Prépare ta surprise sans t'encombrer de la Française. De toute façon, avec cette guerre qui s'annonce, tu n'as que deux solutions : soit tu la libères, sois tu la tues. Réclamer une rançon à qui que ce soit t'affaiblirait et te ferait perdre du temps.

— …

— Kimchi, tu t'apprêtes à conquérir un clan qui vaut des milliards, ne va pas tout risquer en offrant ton flanc à la police pour une rançon à cent mille dollars.

Il devine que Kimchi cède. Un imperceptible tassement des épaules, une brève crispation des mâchoires. Et ce geste pour leur reverser une coupelle d'alcool.

— Qu'est-ce que tu veux faire ?

— Tu me dis où elle est et je m'en occupe. Moi tout seul, en dehors de la police. Je la récupère, je la ramène à son mari, je les mets dans l'avion pour la France et on n'en parle plus.

— C'est un peu trahir Loup Bleu, non ?

— Kimchi, tu le connaissais autant que moi, Loup Bleu a agi avec la Française par intuition, sans trop savoir pourquoi, simplement pour avoir une carte dans sa manche par rapport aux *Millenials*. Je suis convaincu que lui-même ne savait pas vraiment comment s'en servir ni quand la jouer. Mais aujourd'hui c'est toi qui joues, Kimchi, et tu joues gros. Dis-moi où elle est et je m'en occupe.

XLV

… jeter un coup d'œil là-bas.

Chin-sun est assise à la fenêtre de son appartement. Du haut de sa ruelle, elle domine tout un fatras de bicoques jetées là par le hasard du temps et des petites ou mauvaises fortunes. Au rez-de-chaussée, tout n'est que commerces et boutiques de tout et n'importe quoi. Aux quelques étages de briques roses, bleues ou brunes, de petits appartements en quinconce, emboîtés de minuscules balcons. Des toits pentus verts, souvent, ou en terrasse. Elle est heureuse que des gens chiches d'argent et de bonheur y accrochent encore de maigres guirlandes d'ampoules colorées.

Elle connaît la plupart des voisins. C'est un quartier où on se parle. On se garde les chats. On s'entraide pour les courses. On se prête des bouquins. C'est un quartier où les filles sont libres et belles. Chin-sun aime les filles. Les garçons sont plus comme des garçons, mais elle les aime aussi quand même. La vie sexuelle de Chin-sun n'est pas si compliquée que ça : c'est un *anime* où elle prend tous les bonheurs qui passent. Sa vie sentimentale l'est plus. Elle ne sait toujours pas qui aimer vraiment. Ce qui fait d'elle la bonne amie de tout le monde. Sauf quand on apprend qu'elle est flic.

Son téléphone la sort de sa rêverie.

— Gangnam ? Qu'est-ce que tu veux ?

— Tu es présentable ?

— … ?

— Je veux dire : tu n'es pas en nuisette Pikachu ou en déshabillé « Monsieur Caca » ?

— Pourquoi ?

— Parce que je suis en bas de chez toi.

Elle le fait monter et il reste étonné, sur le palier, à risquer un œil à l'intérieur.

— Tu n'entres pas ?

— C'est chez toi ?

— Bien sûr. Pourquoi ?

— Ça ne te ressemble pas.

Il entre quand même, se déchausse en regardant tout autour de lui, et s'étonne plus encore. Pas de Pororo le petit pingouin, pas de lapin Molang, pas de Dongchimee le monsieur Caca. C'est un petit appartement chaleureux. Un cocon. Des coussins colorés et des miroirs biseautés. Des tapis. Une guirlande de drapeaux à prière tibétains, une autre de petits cœurs soufflés lumineux. Un poster de Santana. Un autre de Björk. Et un piano droit.

— Tu es qui, en vrai, s'amuse Gangnam, monsieur Caca ou l'homme d'« Africa Bamba » dans l'album *Supernatural* ?

Il n'attend pas la réponse et fredonne :

Oye, eso te va sentir feliz
Oye, eso te va sentir feliz

Le regard de Chin-sun s'embue d'une brusque nostalgie qui vire à la tristesse. Pourtant elle murmure à son tour les paroles d'« Africa Bamba » :

Africa Bamba hace a un lado a la tristeza
Y otra más dulce no la podrás encontrar

— D'où tu connais Santana ? s'étonne-t-elle.

— Et toi ? Tu as encore moins l'âge de l'avoir connu que moi.

— Ma petite sœur me l'a fait connaître. La *world music*, la fusion, c'était son truc, et elle jurait que Santana en était le précurseur absolu.

— Moi qui te croyais K-pop !

Le regard de Gangnam accroche quelque chose qui le méduse. Un petit cadre, avec une belle calligraphie.

— C'est quoi, ça ?

— Tu aurais pu me dire que tu les exposais. Je suis tombée dessus en quittant le proc' après notre rendez-vous du côté de l'université des femmes, à la galerie We,AN.

— Pourquoi as-tu choisi un « A » ?

— Parce que c'était la plus petite. Ils vendent ça une blinde. Franchement, tu m'as ruinée sur ce coup-là !

— Tu aurais pu m'en demander une quand tu étais chez moi, je te l'aurais offerte volontiers.

— On verra ça la prochaine fois. Tu veux boire quelque chose ? Je peux te faire un *sojito*.

— … ?

— Mojito coréen. Avec du *soju* à la place du rhum blanc.

Gangnam la regarde en écarquillant les yeux de malice.

— Ton appart' est si petit que nous sommes quasiment dans ta chambre et tu me proposes un mojito coréen au *soju* ?

— Gangnam, tu oses le moindre geste et je te défonce au taekwondo, répond-elle en désignant du regard trois coupes de championne universitaire.

— Et la gymnastique acrobatique ? s'amuse Gangnam en repérant deux autres coupes.

— La gymnastique, c'était ma petite sœur.

— Peut-être bien que je préfère ta petite sœur, alors. Vous vivez ensemble ?

Elle se tourne vers lui et plante son regard dans le sien avant de répondre.

— Min-jee est morte, lâche-t-elle en se glissant dans l'étroit coin cuisine pour préparer le *sojito*.

— Désolé, bredouille Gangnam, quel con je fais, avec mes allusions machistes.

— Tu ne pouvais pas savoir, dit-elle en revenant quelques minutes plus tard, les cocktails à la main.

Chin-sun parle d'une voix douce et résignée. Min-jee a été championne de Corée junior deux années de suite. 2013 et 2014. Un an après son deuxième titre, on lui a diagnostiqué un cancer. Chin-sun était sa seule famille. Elle s'en est occupée jour après jour. À se déguiser pour lui arracher un sourire. À faire la clown. En Pororo, en Molang, en Dongchimee…

— C'est pour ça que…

— Oui, c'est pour ça.

Elle dit qu'elle le fait aujourd'hui par défi envers tout ce monde qui continuait à vivre pendant que mourait sa pauvre petite Min-jee, toute rabougrie, toute blanche, toute bleue, toute grise, mais qui se forçait à lui sourire malgré la douleur, sans illusion, juste pour lui faire plaisir. À elle.

— Regarde bien les drapeaux, ce ne sont pas des prières, dit-elle à Gangnam en désignant la guirlande tibétaine.

Il se lève et les observe. C'est écrit en hangeul. Ce sont de courts poèmes, des blagues de gamines, des jeux de mots. Tout ce dont voulaient se souvenir les deux sœurs de la courte vie qu'elles auront vécue ensemble. Et de l'autre côté, des personnages de dessins animés mal copiés d'un trait tremblant.

— Les Tibétains appellent ces fanions les chevaux du souffle. Ils disent qu'en glissant sur le tissu, le vent en emporte le message jusqu'à celui ou celle qui mérite de le recevoir. Je les ai écrits et dessinés pour Min-jee.

— Encore une fois, je suis désolé, Chin-sun. Tellement désolé…

— Et moi donc !… Mais dis-moi plutôt pourquoi tu es là.

Gangnam soupire. Tout semble si dérisoire après une telle histoire. Il s'étonne de découvrir une Chin-sun qu'il n'avait jamais su voir. Il était tombé dans son jeu. N'avait cru qu'à l'image superficielle d'une adulescente un peu barrée. Joyeusement déjantée. K-pop et *anime*. Il était pourtant bien placé pour savoir que tout personnage cache une intimité plus profonde et souvent secrète. Une faille. Un malheur. Un manque. Une absence. Comme lui.

— Alors ? relance-t-elle.

— Je sais où est Madeleine Verneuil, et je vais aller la chercher. Je me demandais si tu voulais venir avec moi.

— Bien sûr. Quelle question ! Où est-elle ?

— Sur un petit îlot au sud de Jeju. Une propriété de Loup Bleu. C'est là qu'il la gardait.

— Combien d'hommes ?

— Kimchi pense qu'il n'en reste que deux. Tous les autres sont remontés à Séoul à l'annonce de la mort du dragon.

— Et nous y allons en solo : pas de proc' et pas de flics, c'est bien ça l'idée ?

— C'est ça. On la récupère, on la ramène à Verneuil, et on les accompagne au consulat. Fin de l'histoire.

— Et on part maintenant, je suppose ?

— Il y a des vols toutes les heures. On en prend un dans une heure, on y est dans deux heures. On loue une voiture à Jeju et on est face à l'îlot dans trois ou quatre heures.

— Et Verneuil ?

— On le laisse entre les mains du procureur, ça lui évitera d'aller clouer la moitié du pays.

— Si tu le dis !

Il détourne le regard quand elle se change sans pudeur et devine qu'elle jette trois affaires dans un sac.

— Pour la calligraphie, Gangnam, plutôt que d'en choisir une chez toi, je préférerais que tu m'en fasses une rien que pour moi.

— Bien sûr, pas de problème. Un « M » et un « J » entrelacés, je suppose…

— Si tu pouvais entrelacer aussi un « C » et un « S » avec…

— D'accord, dit-il en sortant de l'appartement pour éviter qu'elle ne voie briller une larme dans ses yeux.

Ils sautent dans la voiture de Gangnam et filent vers l'aéroport d'Incheon. Ils restent silencieux longtemps, Gangnam à réfléchir à ce qu'a été la vie de Chin-sun depuis la mort de Min-jee, et à ce qu'a été la sienne depuis le départ de Gabrielle.

— Je t'ai menti, finit-il par avouer.

— Oui, je m'en doute bien. Sur ce qui s'est passé chez Loup Bleu, par exemple.

— Non, dit-il en perdant son regard dans le trafic qui les précède, sur autre chose.

— Dis toujours.

— Gabrielle n'est pas partie avec un Chinois de Taïwan.

Elle devine qu'il ne faut rien dire, ne rien demander. Laisser venir. Que c'est un effort pour Gangnam.

Terrible. Et comme elle se doute que l'histoire de Minjee est le déclencheur de ce qu'il va dire, elle redoute le pire. À raison.

— Gabrielle aimait ce pays plus que moi. Elle courait les galeries et les expos. Elle avait passé cet après-midi-là dans le calme et la sérénité du musée de l'archerie de Hwanghakjeong. Une longue visite commentée par un maître archer, suivie de quelques volées de flèches dans le jardin, avant une conférence passionnante.

Il se tait quelques secondes, comme pour aspirer le courage de continuer.

— Il est tard quand elle sort. Elle a trop marché dans des chaussures trop neuves et elle a mal à un pied. On lui indique un 7-Eleven à proximité. Une supérette ouverte toute la nuit, nichée au pied de quatre petits immeubles de briques sombres. Elle est déserte quand elle y entre et se perd dans les étroits rayonnages à la recherche de pansements antiseptiques pour soigner l'ampoule à son talon.

Cette fois sa voix se trouble et il hésite à continuer.

— Je suppose qu'elle les entend entrer. Deux hommes ivres qui s'en prennent à l'employé. Ils vocifèrent et l'invectivent. Quand elle comprend qu'ils le menacent et qu'ils vont le frapper pour voler la caisse, j'imagine qu'elle s'accroupit, toute tremblante, pour se faire toute petite. On pense que dans son mouvement elle frôle de l'épaule quelques paquets de ramens qui tombent. On les a retrouvés à terre. C'est sur les photos de la scientifique.

Il explique qu'elle doit déduire de leur silence soudain que les deux malfrats l'ont entendue. Gabrielle décide de fuir et l'employé raconte qu'au moment de sortir de l'allée, elle tombe nez à nez avec un des deux types. Elle se précipite aussitôt en sens inverse à l'autre bout de la rangée, mais quand elle tourne au coin des étagères, l'autre est là, à l'attendre, son couteau à la main, et elle s'empale dessus.

— Seigneur Dieu ! soupire Chin-sun.

Gangnam laisse perler des larmes à ses yeux.

— Ne me regarde pas pleurer, commande-t-il.

Il reste silencieux un long moment avant de reprendre.

— Elle est morte comme ça, misérable, dans une supérette de quartier, au pied d'immeubles hideux, pour un pansement, poignardée par un junkie qui a juré jusqu'à sa mort ne pas l'avoir fait exprès.

Elle devine au loin les avions qui frôlent la ville pour se poser à Incheon.

— Tu connais les scènes de crime, Chin-sun, surtout de nuit. Tout y est glauque, blafard, vulgaire. Gabrielle est restée là une demi-heure à m'attendre avant de mourir, et son corps m'a attendu plus longtemps encore. La police n'a pas réussi à me joindre avant le milieu de la nuit. J'étais en sous-marin chez Loup Bleu.

Chin-sun se penche sur son épaule et dépose un baiser sur la joue de Gangnam qui ne bronche pas.

— Deux cœurs brisés aux âmes perdues, nous étions faits pour être flics.

— Toi peut-être, mais moi, pas vraiment. J'ai retrouvé ce type, et je l'ai tué.

— Je m'en doutais un peu. Tu as dit tout à l'heure qu'il avait juré ne pas avoir voulu le faire jusqu'à sa mort.

— J'ai aussi tué l'autre. De rage. Juste parce qu'il était là.

— Je l'aurais fait moi aussi, ment Chin-sun, et je ne veux rien savoir d'autre. Ou si, peut-être : comment les as-tu retrouvés ?

— Loup Bleu a mis ses hommes à ma disposition. Ça a été la fin de ma mission auprès de lui. Les chefs de l'opération ont considéré qu'après ça, j'étais devenu trop vulnérable et trop redevable au dragon.

— Ils ont su ?

— Ils n'ont jamais eu aucune preuve, mais ils ont compris. Tout ça a participé à ma mauvaise réputation et aux légendes de mes protections mafieuses.

— C'est pour cette raison que tu tiens à sauver la femme de Verneuil ?

— Non. Enfin si, peut-être. Probablement parce qu'à chaque victime, j'imagine la peur et la douleur de Gabrielle dans les dernières secondes. Cette terreur…

Ils ne disent plus rien et embarquent comme un couple illégitime, dépareillé et silencieux. Ou comme un père et sa fille. Ils se posent à Jeju, récupèrent leur voiture de location et traversent l'île jusqu'à la côte sud.

— Ça m'a fait du bien de te le dire, lâche Gangnam sur la route qui traverse la forêt sur le flanc du volcan Hallasan.

— Moi aussi, avoue Chin-sun.

Ils laissent passer encore un long moment, puis Gangnam passe à autre chose.

— Plus grande île, plus petite province et plus haut sommet de Corée.

— Je connais Jeju, s'amuse Chin-sun. J'y ai passé de belles vacances avec Min-jee.

— Toute la Corée a passé de belles vacances à Jeju. Ses plages de basalte déchiqueté, ses rochers verts de varech, ses vents à décorner les buffles, ses prétentions balnéaires de Riviera…

— Oui, mais sous un soleil inattendu, ses recoins de verdure, ses restaurants de poisson, ses palmiers qui frissonnent…

— Gabrielle s'amusait à se perdre dans les champs vaporeux des plumets roses des herbes de Muhly, au pied du volcan.

— Min-jee en était folle, quelle que soit la saison. Les fines tiges vert-bleu, turquoise quelquefois, mais mates avant la floraison. Ou les inflorescences aériennes, légères et gracieuses, comme une mousse de graminées, des champs immenses de barbe à papa.

Cette fois le silence qui s'installe est un moment heureux qui les fait sourire, chacun à un doux souvenir.

— Et sinon, tous ces musées pour les jours gris.

— Oh oui, le musée Hello Kitty, celui du château de verre, celui du chocolat, celui des ours en peluche…

— Ceux des illusions d'optique, de la K-pop, de l'espace…

— Du sexe et de la santé !

— De l'automobile et du piano réunis !

— De la mythologie grecque !

— Oh oui, la mythologie grecque revue et corrigée façon Jejuwood !

Ils s'amusent, et en rire leur fait du bien. Sans voir le temps défiler, ils rejoignent la côte sud et la remontent jusqu'à Hahyohang. Minuscule station balnéaire. Quelques restaurants avec des tables en bois à l'extérieur, deux ou trois palmiers, une supérette et une cabane pour louer des planches de surf.

Ils se garent devant un hôtel et descendent jusqu'au port. Deux bassins entre des digues de pierre plantées d'un phare rouge. Les pêcheurs refusent de les déposer sur « l'îlot du dragon ». Une poignée de dollars supplémentaire convainc un plaisancier.

Dès qu'ils passent les jetées, entre un phare rouge à bâbord et un autre blanc sur tribord, la mer se durcit et cogne la coque. Le plaisancier leur demande ce qu'ils vont faire sur cet îlot et, comme ils ne répondent pas, s'amuse à faire bondir l'étrave sur les courtes vagues qui les saccadent.

L'îlot est volcanique. De basalte noir là où la mer l'a lavé de toute terre, tapissé d'herbe rase et de buissons sur les hauteurs. Quelques arbres courbaturés par le vent ont résisté aux tempêtes autour de la villa. De plain-pied, vitrée sur la nature sauvage, adossée aux hauteurs de l'îlot, face à la côte de Jeju au loin.

Ils abordent à un ponton. Deux hommes qui les ont vus arriver sont descendus les attendre. Aucun ne les aide à monter sur le deck.

— C'est privé, hurle le premier en forçant sa voix contre le vent.

— Je sais, répond Gangnam, je viens pour la Française.

— Elle n'est plus là, réplique le second.

— Elle est où ?

Le type désigne la mer d'un hochement de menton.

— Qu'est-ce que ça veut dire ? s'énerve Gangnam.

— Ça veut dire qu'elle peut être n'importe où là-dedans.

Le regard de Gangnam se fait noir comme la mer.

— Écoute, le voyage a été long et je ne suis pas vraiment d'humeur.

— Je me contrefous de ton humeur. Laisse-nous celle-là à la place de cette folle de Française si tu veux, et tire-toi, dit le type en regardant Chin-sun.

— Celle-là va vous défoncer le portrait vite fait et je vais regarder ça avec plaisir. Tu as dix secondes pour appeler Kimchi. Après, aucun de vous deux ne sera en état de le faire.

Le type hésite, puis sort son téléphone et compose un numéro.

— Kimchi ? Deux quidams sur l'îlot. Un vieux gros et une maigrichonne genre lesbienne débile en tenue Hello Kitty. Ah bon… d'accord… je savais pas.

Gangnam lui arrache le téléphone des mains.

— Kimchi, c'est moi. Ton sbire dit que la Française n'est plus là. Qu'elle se serait noyée.

Le pied de Chin-sun balaye le ciel sombre et fracasse le visage de la brute, qui ne s'y attendait pas. Gangnam s'écarte pour éviter un mauvais coup et regarde Chin-sun détruire les deux types tout en parlant à Kimchi.

— C'est quoi l'embrouille, Kimchi ?

— Je n'en sais rien. Pour moi, elle était toujours dans la villa sur l'îlot. Je ne sais pas ce que ces idiots ont foutu.

— Eh bien, je te conseille de te mettre à jour vite fait.

— Écoute, Gangnam, gère ça comme tu veux. Je n'ai pas le temps pour ce genre de détail, on se prépare à la guerre, ici.

— Kimchi, si la Française est morte…

— Si elle est morte, tu en fais ce que tu veux, je viens de te le dire. Tu te venges sur ces deux abrutis si ça te fait plaisir, je ne t'en voudrai pas.

Kimchi raccroche, et Gangnam regarde son téléphone.

— Qu'est-ce qu'il a dit ? gargouille la brute entre ses lèvres fendues.

Ils sont K-O debout, tous les deux. Seule la brute tente de garder une certaine arrogance. La gifle de Gangnam claque plus fort qu'un coup de vent et lui élongue le cou. Il titube et se retient à l'autre.

— Il a dit que si la Française est morte, je peux vous dessouder comme je l'entends.

Les deux hommes se laissent tomber sur le cul et le plaisancier tente de redémarrer.

— Tu essayes de partir sans nous, je te flingue, menace Gangnam.

Une heure plus tard, Gangnam et Chin-sun sont de retour à Hahyohang. Ils se remettent du vent frisquet et de la froidure des embruns au Stone Café. Une sorte de hutte en pierres noires décorée à l'intérieur façon surfeur : menu écrit sur une planche en bois à l'ancienne suspendue entre les poutres ; faux cocktails californiens.

Ils mangent des demi-beignets farcis façon tapas de poissons et de fruits de mer. La serveuse est cool et semble plaire à Chin-sun. Le barman aussi.

— Tu surfes ?

— Oui, dit la fille.

— Ici, dans le coin ?

— Ça m'arrive.

— Le courant n'est pas trop fort ? Ce n'est pas le courant de Tsushima par ici ?

— Non, ça, c'est bien plus au large, mais selon les marées il y a quand même un fort courant qui pousse à l'est-nord-est.

— Tu connais l'îlot d'en face ?

— Celui du dragon ? Tout le monde le connaît.

— Imagine que quelqu'un en parte à la nage, où irait-il s'échouer sur la côte ?

— Quelqu'un s'est noyé ?

— C'est juste une question, réponds.

— Merde, vous êtes flics, alors ?

— Tu es sympa de ne pas l'avoir deviné tout de suite, répond Gangnam. Alors ?

— Même toi ? demande la serveuse en écarquillant les yeux sur Chin-sun.

— C'est la plus flic de nous deux ! s'amuse Gangnam. Alors, pour mon dériveur ?

— Il irait s'échouer sur la côte au sud de l'arboretum, à sept kilomètres au nord-nord-est de l'îlot. Une petite dizaine de minutes par la route.

— Pas avec le vent et la marée d'aujourd'hui, dit le barman.

Il a suivi la conversation de loin, en essuyant ses verres.

— Avec ce temps, un corps flottant irait s'échouer un peu plus loin à l'est. Je dirais sur la côte sauvage de la promenade de Namwon Keuneong. Vous pensez que quelqu'un s'est noyé ? Personne n'en a parlé par ici.

— Une femme est partie de l'îlot à la nage, hier. Peut-être qu'elle a réussi à gagner le rivage sans rien demander à personne.

— L'îlot est à quatre bons kilomètres d'ici. Avec la température de l'eau, il faudrait être une sacrée bonne nageuse pour rejoindre le port. Et si elle s'est laissé prendre par la fatigue et le courant, aucune chance qu'elle ait survécu.

Gangnam demande l'addition et paye.

— Allons quand même jeter un coup d'œil là-bas.

XLVI

Allô, Marc ?

Un plafond de baraque en bois. Une odeur forte et iodée de coquillages. Une autre de poisson. Des entrailles. Celle de quelque chose de chaud quelque part, comme une soupe.

D'autres chaleurs sur elle. Sous la nuque. Sous les aisselles. Entre les cuisses. Sur le bas-ventre. Comme des cailloux. Des galets chauds dans un linge épais, sous la couverture.

Elle veut bouger mais son corps ne répond pas. Au-dessus d'elle apparaît le visage de la vieille otarie qui fronce les yeux et fait non de la tête. Elle tapote son cœur, puis le sien, et fait battre ses doigts pour lui signifier le danger.

Elle lève les yeux comme si elle pouvait espérer voir ce qui lui couvre la tête. Un épais bonnet de laine. Elle devine la même sensation à ses mains sous la couverture. Des moufles. Et d'épaisses chaussettes à ses pieds.

Elle se souvient alors de son abandon dans l'eau froide, de sa volonté qui cède. De la peur et l'angoisse qui disparaissent, et de cette seconde d'infinie sérénité qui engourdit son âme juste avant de mourir.

Elle n'est pas morte. Elle laisse se reconstruire en elle sa logique et sa volonté. Elle sent ses neurones se reconnecter et s'articuler à nouveau, sa réflexion et son intelligence reprendre le dessus.

Elle aurait donc réussi. Elle serait quelque part dans une cabane de pêcheur. Quand la porte s'ouvre sur deux autres femmes, âgées elles aussi, le visage et le corps serrés dans une combinaison de plongée ruisselante et noire, elle en sourit. L'otarie ! Ce n'était que cette vieille femme au visage froissé par l'âge qui rabroue les deux arrivantes pour qu'elles referment la porte au plus vite.

Madeleine, soudain heureuse et reconnaissante, en pleure de joie. Pas encore assez de force pour des sanglots. Juste des larmes qui réjouissent la vieille otarie. Elle se lève, disparaît du champ de vision de Madeleine, et revient avec un gobelet en métal émaillé fumant d'un bouillon de poisson.

Quand Madeleine veut se redresser, elle l'en empêche et insiste pour le faire elle-même, très lentement. Quand elle refait le même geste sur leurs deux cœurs, Madeleine comprend que le sien doit être fragile et qu'elle ne doit faire aucun mouvement brusque. La tête contre l'épaule d'Otarie, Madeleine savoure le bonheur d'être vivante contre le corps de celle qui l'a sauvée, et de sentir la chaleur du bouillon l'envahir.

Ses idées se remettent en place. Hypothermie. Elle se souvient de cet automne à Trégastel, sur la plage du Coz-Pors. Ultime baignade de la saison. Ultime imprudence. Le coup de froid. La panique de la famille. Son vieux marin de père qui la déshabille de ses vêtements mouillés à gestes lents, sans la brusquer pour ne pas déclencher la panique du cœur. Qui couvre ses extrémités, la dépose dans son lit, habillée d'un pyjama sec et chaud, et glisse des bouillottes tièdes sous ses bras et entre ses cuisses, comme l'a fait cette vieille femme.

Madeleine sait, maintenant. Elle sera remise dans une heure ou deux. Elle peut obéir à Otarie et la laisser s'occuper d'elle. Elle a deux heures pour elle, à goûter la vie lui revenir, à reprendre corps, à sentir un souffle l'habiter à nouveau. À retrouver une âme.

Les deux vieilles se défont de l'épaisse combinaison qui leur colle au corps. Sous cette fausse peau de mammifère marin, elles ne sont vêtues que d'un T-shirt et d'une culotte. Elles ont les seins flasques, le ventre mou et les fesses plissées, et s'en amusent quand elles surprennent le regard de Madeleine.

Ce sont des *haenyo*. Madeleine n'en revient pas. Elle a été sauvée par une de ces maîtresses femmes plongeuses. Celles qui, âgées parfois de soixante ans ou plus, plongent chaque jour en apnée jusqu'à quinze mètres récolter l'ormeau, le poulpe, l'oursin, et l'huître ou la limace de mer.

Elle avait prévu de passer du temps à Jeju pour les rencontrer et la voilà qui reprend vie dans une de ces petites coopératives matriarcales. Maintenant qu'elle se resitue dans le temps et dans l'espace, elle ne doute pas qu'Otarie est en fait une *dae-sanggun*. Une de ces *haenyo* âgées dont la sagesse en fait la garante de la sécurité et de l'harmonie de la communauté.

Elle mesure aussi sa chance. Pour certaines récoltes collectives, comme les algues, ces femmes audacieuses travaillent en groupe à partir de la plage au profit de la collectivité. Pour d'autres, les poulpes ou les coquillages par exemple, elles se risquent plus au large à bord d'une barque, pour une pêche individuelle qu'elles pourront vendre pour elles-mêmes une fois le travail collectif accompli.

Quel hasard a-t-il fallu pour qu'Otarie plonge à la recherche d'un poulpe là où Madeleine se résignait à abandonner la vie ?

Elle reprend des forces à chaque gorgée de bouillon et s'amuse de la curiosité qu'elle suscite parmi les *haenyo* qui entrent s'équiper ou se déshabiller. Elles lui sourient, elles l'encouragent, la félicitent, lui prodiguent des conseils qu'elle ne comprend pas, sous le regard sévère d'Otarie qui les chasse et les disperse pour qu'elle reprenne des forces au calme.

Madeleine ressent un tel bonheur à partager toute cette agitation communautaire qu'une soudaine émotion l'envahit et fait ressurgir en elle le brusque souvenir d'autres bonheurs. Marc ! Mon Dieu, Marc !

Le libérer de l'angoisse qui doit le ronger. Lui annoncer qu'elle est libre…

Elle porte à son oreille son poing fermé, pouce et auriculaire écartés, pour faire comprendre à Otarie qu'elle doit téléphoner. La *dae-sanggun* houspille aussitôt une des plongeuses rhabillée en civil pour exiger son vieux Nokia à clapet. Madeleine veut se redresser pour parler, mais Otarie la maintient allongée. Pour son cœur, lui fait-elle encore comprendre.

— Allô, Marc ?

XLVII

Si belle aussi.

— Qui c'était ?

— Le procureur.

— Qu'est-ce qu'il voulait ?

— Tu ne vas pas le croire.

Chin-sun lui a fait signe de s'arrêter quand elle a reçu l'appel du procureur. Ils sont sur une route étroite, le long d'un bord de mer plongé dans un violent contrejour. Mer d'acier à roches noires.

— Madeleine a téléphoné.

— Au procureur ?

— Non, elle a appelé sur le téléphone de Verneuil, celui que le service du procureur lui avait confisqué.

— Merde alors ! Elle a réussi à s'enfuir ? Elle ne s'est pas noyée ? Et qu'est-ce qu'il voulait ?

— Il voulait que je rapplique pour traduire. Il était furieux que je ne sois pas à Séoul.

— Il a dit quelque chose d'autre ?

— Que l'appel venait de Jeju. On lui a passé une femme d'une coopérative de *haenyo* dans les environs de Namwon Keuneong. Il a prévenu la police locale et il va faire descendre une équipe de Séoul.

— Il sait que tu es à Jeju ?

— Non, je ne lui ai rien dit de notre petite escapade.

Gangnam enfouit son visage dans ses mains et réfléchit.

— Rien n'est loin sur cette île minuscule. Les flics locaux doivent déjà être là-bas et ceux du procureur déjà en route.

— Dans ce cas, il ne nous reste qu'une seule carte à jouer.

— Laquelle ?

— Tu verras.

Elle remonte en voiture, repère la coopérative sur le navigateur, presse Gangnam de monter, et démarre sous un ciel ourlé d'orages.

Cinq minutes plus tard, ils s'engagent sur un chemin qui descend jusqu'à une anse sableuse, tapie entre les rochers. Une voiture de police est garée devant deux petites maisons de ciment. Des vêtements sèchent sur des fils à linge. Plusieurs femmes s'occupent en ignorant les policiers qui ne savent pas quoi faire. Une autre, plus âgée, garde la porte d'une des maisons, debout, bras croisés. De loin, Chin-sun lui trouve une bonne vieille tête d'otarie têtue.

Chin-sun se gare à distance. Gangnam s'apprête à descendre mais elle lui ordonne de rester dans la voiture. Discret mais attentif.

— Laisse-moi faire et tiens-toi prêt à improviser, lâche-t-elle en claquant la portière.

Elle se dirige droit vers le policier qui monte vers elle pour lui interdire l'accès à la plage.

— Laisse-moi passer, je viens de la part du procureur.

— Comment ça, le procureur ? Je lui ai parlé il y a moins d'une heure et ses hommes étaient à Séoul !

— J'étais sur l'île pour une autre affaire, il m'a ordonné de récupérer la femme et de la ramener à Séoul.

— Parce que tu es flic ? s'étonne l'homme d'un air moqueur.

Chin-sun lui plante sa carte sous le nez. L'autre se tait aussitôt. Il hésite, peu convaincu par l'accoutrement de Chin-sun.

— Je veux une confirmation du procureur.

— Pas de problème, je l'appelle en direct, ça ira plus vite.

— Non, je vais appeler mon commissaire pour qu'il le contacte.

De loin, Gangnam devine que le policier reste suspicieux et ne parvient pas à se décider.

— Bordel de merde, explose alors Chin-sun, il t'a appelé en direct, le procureur, peut-être ? Alors tu veux appeler ton commissaire, qui va appeler le bureau du procureur, qui va appeler le procureur, qui va rappeler ton commissaire, qui va te rappeler ? C'est vraiment ce que tu veux faire, alors que cette femme est à moitié morte et en danger ?

Et sans lui laisser le temps de répondre, elle compose un numéro et se déplace pour que le policier la suive du regard.

— Inspectrice Park Chin-sun, mes respects, monsieur le procureur. Oui, j'y suis, monsieur le procureur, mais la police locale ne semble pas avoir reçu vos ordres, ou alors ils n'ont rien compris. Ils m'empêchent d'approcher la Française. Oui, monsieur le procureur… Bien, monsieur le procureur… Je vous le passe, monsieur le procureur.

Elle se tourne vers le policier et lui tend son téléphone.

— Bonjour, monsieur le procureur, je suis l'officier de police…

— Je me fous de qui vous êtes ! Je me suis démené pour dégager au plus vite deux de mes meilleurs agents qui travaillaient sur une grosse enquête à Jeju pour prendre d'urgence en charge la victime française, ce n'est pas pour qu'un subalterne vienne leur chier dans les bottes !

— Bien entendu, monsieur le procureur, mais…

— Mais quoi ? Comment faut-il que je vous le dise ? Les inspecteurs Park Chin-sun et Lee Min-ho ont tous pouvoirs pour rapatrier au plus vite madame Verneuil vers Séoul. Je me suis bien fait comprendre ? Tous pouvoirs, c'est assez clair comme ça ? Vous comprenez le coréen ?

Le policier se raidit, tétanisé, et mitraille des « oui monsieur » à répétition.

— Il… il a raccroché, balbutie-t-il. Enfin, je veux dire : monsieur le procureur, il a…

Chin-sun comprend que Gangnam a bien tenu son rôle. Elle tend la main pour récupérer son téléphone et compose un autre numéro.

— Inspecteur Lee Min-ho ? C'est bon, on peut y aller, je pense que monsieur le procureur a clarifié la situation auprès des autorités locales.

Le policier se tourne vers la voiture d'où descend Gangnam.

— Il s'appelle vraiment Lee Min-ho, comme… ?

— Un conseil, si tu cherches un moyen de réparer tes bourdes, trouve autre chose.

— Non, c'est parce qu'il ne ressemble pas du tout à…

— Bon, écoute, ferme-la, tais-toi, ne dis plus rien. Le mieux, c'est que vous remontiez dans votre voiture et que vous retourniez à votre routine. On s'occupe de tout, comme le procureur l'a dit.

L'homme va s'éloigner quand elle le rappelle.

— C'est quoi le ferry le plus court pour le continent ?

— C'est celui pour Wando. Un peu plus de deux heures et demie. Pourquoi, vous allez rentrer à Séoul en voiture ?

— Oui. C'est plus sûr. Merci.

Elle le regarde regagner sa voiture, penaud. D'un geste, il invite son équipier à le suivre et la voiture escalade le raidillon pour quitter l'anse des *haenyo*.

Quand ils sont partis, Chin-sun se dirige vers Otarie qui la regarde venir à elle en fronçant tout son visage.

— Bonjour grand-mère, je m'appelle Chin-sun. Je suis policière et je viens m'occuper de rapatrier à Séoul la femme que vous avez recueillie. Je peux lui parler ? Je parle français.

— Tu parles français ?

— Oui, tout comme l'inspecteur Gangnam qui m'accompagne. C'est pour cette raison que le procureur nous a choisis pour cette mission.

La vieille femme les regarde sans broncher, puis se décide et s'écarte pour les laisser entrer.

Madeleine somnole. Bien couverte. Le visage serein. Un lit de repos pour les plongeuses, suppose Chin-sun. La pièce se dessine en désordre dans la pénombre. Des rideaux aux fenêtres. Des bassines. Des hottes en osier. Des outils. Couteaux et griffes à coquillages, crochets pour les crabes. Des vêtements. Des combinaisons de plongée alignées au mur sur des patères. Des palmes dans une caisse. Un réchaud siffle sa chaleur bleue sous une bouilloire.

Chin-sun laisse son regard s'accommoder de la lumière et du visage de Madeleine. La soudaine intimité de cette femme l'intimide. Elle connaît Verneuil et cherche les connexions avec cette belle au bois dormant pour laquelle il a commis l'irréparable. Elle se demande si elle rêve de lui, maintenant qu'elle est sauve et qu'elle va le retrouver. Faut-il lui dire ce qu'il a fait pour elle ? Quelqu'un devra bien le faire à un moment ou à un autre. Elle n'ose pas la réveiller.

— Il faut te décider, murmure Gangnam qui l'a suivie. Le procureur peut rappeler la police locale à n'importe quel moment.

Elle se penche à l'oreille de l'endormie.

— Madeleine ?...

Quelque chose au fond de son sommeil. Un parfum d'enfance. Lavande et parquet ciré. Une torpeur de vacances. Persiennes tirées. Sieste striée de soleil. Elle est tombée dans la mare aux têtards. Tout le monde a ri. Elle aussi. Une tante la déshabille, l'éponge, la sèche. Son père la prend à bras-le-corps et la porte nue jusqu'à sa chambre.

— Madeleine ?...

Café au lait. Tartine de beurre jaune saupoudrée de chocolat. L'heure au clocher d'une église. Une ritournelle à la radio. Un air de Paris. Un petit bout de France. Elle ouvre les yeux et la dévisage.

— Mais vous parlez français !

— Oui, Madeleine.

— Vous me connaissez ?

— Oui. Marc m'a beaucoup parlé de vous.

— Vous connaissez Marc ?

— Oui. C'est une longue histoire. Vous sentez-vous la force de nous accompagner ?

— Où ça ?

— Le retrouver.

— Bien sûr ! Quelle question.

Elle tente de se relever d'un mouvement trop brusque et un vertige l'étourdit. La vieille *haenyo* se précipite et leur explique. Le risque cardiaque est passé, mais cette femme reste faible. Elle devrait se reposer encore vingt-quatre heures. Il faut faire attention à sa fatigue. Elle les gronde et les sermonne comme une grand-mère.

Gangnam va aider Madeleine à se relever quand il réalise qu'elle est nue sous ses couvertures.

— Ses vêtements ne sont pas secs ? s'inquiète Chin-sun.

— Quels vêtements ? Elle nageait en sous-vêtements !

Ils se souviennent qu'un des cerbères de l'îlot du dragon leur a montré le survêtement rose trempé trouvé dans les rochers sous le ponton, preuve qu'elle était partie à la nage.

— Eux doivent être secs, par contre.

La vieille femme rapporte la culotte et le soutien-gorge de Madeleine, et Chin-sun lui donne de quoi racheter les vêtements d'une des plongeuses. Quand ils repartent, Madeleine sourit d'être habillée en Hello Kitty des pieds à la tête, avec un nœud papillon rose sur le côté de ses cheveux. Gangnam, lui, s'amuse de trouver Chin-sun si naturelle en *hanok* traditionnel. Si belle aussi.

XLVIII

... qui meurt dans ses bras.

Kimchi a déclenché la guerre. L'horreur de l'assassinat de Loup Bleu a convaincu les dragons de faire alliance. Dans tout Séoul, les soldats des Quatre lanternes et des clans alliés sont passés à l'action. Pas de quartier.

Occupées à canaliser les obsèques pharaoniques de Choiwoo, les forces de l'ordre n'ont rien vu venir. Pas plus que le dragon des *Millenials*. Quand les rapports paniqués des premiers combats lui parviennent, dans son bureau qui domine le Palais royal, Bruce s'emporte, furieux de ne pouvoir joindre ni K-Boy ni le lieutenant qu'il avait chargé de le surveiller.

La totalité des étages de l'immeuble est pratiquement déserte. Il a lui-même donné congé à tout le personnel des entreprises du groupe pour grossir les rangs des pleureurs. Seuls l'entourent une douzaine de soldats à qui il ordonne de sécuriser l'immeuble.

Dans le quartier de Hongdae, quarante hommes s'infiltrent dans des caves, des souterrains et une station de métro pour surgir dans les sous-sols d'une boîte de nuit en cours de rénovation. Arme à la main, ils surprennent la trentaine de *Millenials* qui s'équipaient pour les attaquer. L'assaut est d'une violence impitoyable. Les assaillants font feu. Dix hommes sont abattus, les vingt autres sont neutralisés.

À Myeong-dong, où les boutiques ont exceptionnellement baissé leur rideau en raison des obsèques, trois 4 × 4 défoncent la porte d'un entrepôt qu'ils prennent d'assaut, laissant trois lieutenants *Millenials* criblés de balles et blessant une vingtaine de soldats.

Les mêmes violences à Itaewon, Namdaemun, Jongno… Restaurants, ateliers de mécanique, salles de sport, parkings, tout ce qui servait de repaire ou de salle d'armes aux soldats des *Millenials* fait l'objet de razzias vengeresses.

— Bruce ?

— K-Boy, mais t'es où, putain ? Les Quatre lanternes et d'autres clans nous attaquent dans toute la ville.

— Je sais, j'ai entendu, que se passe-t-il ?

— Merde, K-Boy, tu es mon premier lieutenant et c'est toi qui demandes ? À quoi tu joues, K-Boy ?

— Je joue au lieutenant fidèle qu'on envoie chasser Gabaine avec un exécuteur comme chien de garde.

— Arrête tes conneries, K-Boy, et explique-moi plutôt à quoi rime tout ce bordel.

— Les Quatre lanternes se vengent de l'assassinat de Loup Bleu.

— En quoi ça me concerne ?

— Ne fais pas le mariolle, Bruce, tu as envoyé une équipe dans mon dos pour l'exécuter à la cloueuse.

— À la cloueuse ?

— Oui, tu sais : clouer un mec au sol par les pieds avec des clous de quatre-vingt-dix millimètres avant de lui trancher la gorge d'un coup de sabre. Un peu comme dégommer ses hommes à coups de balles de golf pour les balancer d'une tour.

— K-Boy, je ne suis pas responsable de la mort de Loup Bleu. Je n'ai aucun avantage à tirer d'une guerre des clans en ce moment. Tu es le mieux placé pour le savoir.

— …

— K-Boy ? C'est quoi ce bruit ? Tu es où, K-Boy ?

Ils montent depuis le parking en exécutant chaque soldat qu'ils croisent. Un seul coup de feu. Dans le front. Avec silencieux. Deux hommes dans le parking. Deux hommes dans le hall. Ils ont programmé l'ascenseur pour le quarantième étage. Un arrêt tous les deux étages, histoire de se donner le temps de grimper plus vite par l'escalier. *Pop ! Pop !* Dans la tempe cette fois, et les deux hommes de garde au quarantième s'affaissent. Ils attendaient que s'ouvrent les portes de la cabine pour les descendre.

Une autre batterie d'ascenseurs dessert les dix derniers étages réservés aux propres entreprises des

Millenials. Les deux hommes les programment avec un arrêt à chaque étage.

— Qu'est-ce qu'ils fichent ?

— Diversion ! panique l'autre. Ils montent à pied !

Ils se précipitent jusqu'à l'escalier et ouvrent la porte palière. Rien. Un des deux se penche au-dessus de la cage pour vérifier les étages en dessous. Rien.

— Tu es sûr ?

Il se repenche. *Pop !* En plein front. Son corps se plie sur la rambarde, bascule dans le vide, se brisant à chaque étage sur les rampes.

L'autre homme s'éloigne à reculons, l'arme pointée sur le palier. *Pop !* Dans la nuque.

— Il devrait en rester quatre. Deux à l'extérieur du bureau, devant la porte, et deux à l'intérieur. Avec Bruce, ça fait cinq hommes armés.

— Je m'occupe de ceux de la porte.

Il leur parle d'abord, avant qu'ils le voient. Il les prévient qu'il arrive.

— C'est toi, K-Boy ?

— Qui veux-tu que ce soit d'autre ?

Il se montre au coin du couloir et devine qu'ils sont tendus.

— Il est là ?

— Oui. Il te cherche partout.

— Il est protégé au moins ?

— Bien sûr. Tu sais ce qui se passe, K-Boy ?

— Les Quatre lanternes ont déclaré la guerre.

— Putain, ça craint ! jure un des hommes.

Pop ! Il ne jurera plus jamais. *Pop !* Ni l'autre.

K-Boy frappe à la porte.

— C'est moi, K-Boy !

Un des deux derniers gardes de Bruce vient ouvrir et le laisse passer. Il n'a pas le temps de refermer. *Pop !* Sa tête éclate derrière K-Boy qui se jette à terre à l'intérieur du bureau et claque la porte.

— Ils sont déjà à l'intérieur ! hurle-t-il en verrouillant la porte. C'est Kimchi et les Quatre lanternes !

— Les enfoirés ! Tu en as vu combien ?

— Ils sont au moins une vingtaine. Ils ont eu tous les hommes en bas et au quarantième.

Bruce tire un SIG Sauer d'un tiroir de son bureau et l'arme aussitôt.

— Les salauds !

K-Boy se tourne vers le dernier garde.

— Tu restes là le temps que nous disparaissons, et tu défends ce bureau coûte que coûte.

L'homme se fige face à la porte, en position de tir, un automatique à la main. Bruce actionne un passage dérobé. Il donne sur un couloir étroit menant à un ascenseur privé qui relie directement le bureau du dernier étage à un box fermé du troisième sous-sol du parking. Cabine à deux places.

— Vas-y, crie K-Boy. Je protège tes arrières jusqu'à ce que tu sois dans la capsule. Je te rejoins dans le box et je te mets en sécurité.

Aussitôt Bruce disparu, *pop !* K-Boy abat le dernier garde et se rue vers la porte de la capsule. Elle doit déjà être à mi-hauteur de l'immeuble, alors il attend qu'elle arrive au troisième sous-sol pour la rappeler.

La capsule est légèrement pressurisée pour compenser les soixante-dix kilomètres-heure. Huit secondes de descente pour cinquante étages. Bruce a juste le temps de décider qu'il attendra K-Boy avant de quitter le box. Les hommes des Quatre lanternes pourraient être en embuscade dans les sous-sols du parking. Pas dans le box, dont la porte est commandée par un code sécurisé. Il entend la capsule remonter vers les bureaux, il pense à K-Boy, qui sera là dans quinze secondes avec le dernier garde, mais dans une intuition funeste, il change d'avis, décide de ne pas les attendre et de tenter sa chance seul. Il saute dans le coupé Mercedes, démarre le moteur, met les pleins phares puis en ressort aussitôt. Son SIG Sauer à la main, il se plaque dos au mur à côté de la porte qui s'ouvre.

Les deux hommes, aveuglés par les phares, avancent de front en mitraillant la voiture à hauteur du parebrise côté conducteur. Bruce, son arme à deux mains bras tendus, les abat d'une balle en pleine tempe quand ils passent la porte du garage. Quand il voit K-Boy arriver seul dans la capsule vitrée, sans le garde, il n'a plus aucun doute sur ce qui se passe. Il bondit dans la voiture au parebrise explosé malgré le blindage et remonte en furie la spirale des trois niveaux du parking. Mais quand la voiture jaillit sur le trottoir, il saute sur les freins. Devant lui, la marée humaine des fans endeuillés de Choiwoo.

Ils sont des dizaines de milliers, des centaines peut-être, à défiler dans l'avenue, d'un pas mécanique. Des zombies dont l'âme s'est éteinte, des plus morts que vivants, des fantômes en errance, leurs maillots blancs comme des linceuls.

— C'est pas le jour pour être pressé ! lâche le gardien. On dit qu'ils sont deux millions dans toute la ville et plus encore dans le pays.

Les mots du vieil homme ramènent Bruce à la réalité. Dans son rétroviseur, il devine la silhouette de K-Boy qui court vers la Mercedes, son arme à la main. Le coup détone et résonne dans le parking au moment même où Bruce bondit hors de la voiture et la balle lui traverse l'épaule. Il tournoie sur lui-même et tire deux fois par réflexe, forçant K-Boy à plonger entre deux voitures. Le temps pour Bruce de s'enfoncer dans la foule prise d'un mauvais remous. Il n'a pas fait dix mètres que K-Boy s'y jette à son tour. Il suit Bruce aux mouvements contrariés de la masse et aux traces de sang sur les vêtements blancs. Il leur hurle de s'écarter, pousse ceux qui tardent, frappe ceux qui résistent. Il les menace de son arme et soudain, dans un ressac de la multitude, aperçoit le dos de Bruce dans son costume noir.

Bruce devine la présence de K-Boy au cri des mômes et s'accroupit parmi eux. La balle le manque de peu mais explose la poitrine d'une gamine en pleurs, les cheveux roses pris dans un serre-tête doré orné des deux petites ailes noires des Darkan. Sa pancarte virevolte par-dessus les pleureurs surpris. *My life for you.* Finie. Un infime silence sidéré suit le coup de feu, puis la panique hystérise le cortège.

C'est le sauve-qui-peut, le chacun pour soi. Des milliers de gosses en débandade se cognent les uns aux autres, se choquent et s'entrechoquent. La foule devient une mer furieuse. Elle roule ses houles de mômes hurlants et les jette en vagues contre les murs où les corps se fracassent comme des déferlantes sur une digue. Ils trébuchent par centaines, que des milliers d'autres piétinent, portés et emportés par les ressacs de la panique. L'onde se répand dans toute l'avenue, surprenant ceux qui ne comprennent pas et se font balayer par le tsunami. Bruce se relève et se retourne. Il cherche K-Boy. Il sait qu'il est là pour lui, qu'il ne le lâchera pas. Il l'entrevoit et tire. La balle traverse un corps innocent pour en blesser un autre. Pas celui de K-Boy, qui réplique.

Tous ceux que la peur terrasse pour échapper à la fusillade meurent étouffés, des pieds dans la bouche, des pieds dans le ventre, des pieds dans la poitrine, écrasés jusqu'à leur dernier souffle.

Chaque coup de feu déclenche une nouvelle onde de panique. Plus personne ne cherche à comprendre, sinon à fuir. Des amoureux, des amis, des inconnus se protègent et meurent enlacés. La peur grandit et les gamins se déchirent pour survivre.

Comment, dans ce chaos, l'idée peut-elle venir à K-Boy ?

Il pointe Bruce d'un doigt accusateur et hurle à la foule que c'est Son Ji-sung, que c'est le patron de Big Wave, que c'est lui le responsable de la mort de Choiwoo, que c'est son avidité de mafieux qui a poussé l'ange noir au suicide. Dans le chaos de l'avenue en débâcle, la foule autour de Bruce se contracte alors d'un réflexe vengeur et suicidaire. À peine a-t-il le temps de tirer deux autres balles qu'une masse humaine alourdie de fureur se referme sur lui et le jette à terre pour le piétiner. On l'écrase, on le disloque, on le brise. Certains trébuchent dans le désordre et tombent sur lui. Il les voit mourir, la tête contre la sienne, avec pour dernière lueur dans les yeux leur haine ultime contre lui.

Ses os craquent et cassent. Ses jambes et ses bras se brisent, ses côtes aussi. Il crache son sang et pourtant il n'a pas peur. Il s'étonne de devoir mourir ainsi, laminé par une foule en colère. Lui qui leur a donné Choiwoo, lui qui a inventé toutes leurs belles idoles. Et le voilà couché à mort sous la forêt blanche de leurs jambes de mômes. Il en rirait presque si l'idée que K-Boy l'ait trahi ne lui donnait un ultime courage.

Il attend, sous les coups qui le tuent. Il sait que K-Boy va venir voir s'il est bien mort. C'est la coutume dans les clans. Ramener une preuve. Il veut voir dans ses yeux la patine de la traîtrise. Celle qui ternit l'éclat de la victoire. Il veut voir ça.

K-Boy joue des coudes à travers la meute qui s'acharne sur Bruce. Il les menace de son arme et ils s'écartent. Beaucoup pensent que Son Ji-sung est déjà mort et abandonnent pour ne penser qu'à sauver leur peau maintenant. Quand K-Boy tire en arrière les derniers anges vengeurs, Bruce n'est plus qu'un corps désarticulé en charpie, le visage en sang, mais vivant. Un vide se crée autour de lui. La meute comprend soudain ce qu'elle vient de faire. Pas la meute en fait, mais chacun de ceux qui la composent. Chaque individu, chaque môme, chaque gamin, devant ce corps pantelant près duquel s'agenouille un autre homme, du même genre, avec une arme à la main lui aussi.

K-Boy se penche à l'oreille de Bruce.

— J'étais ton lieutenant, Bruce. De la première heure, depuis les murs et les coins de rue. Ton plus fidèle. J'étais ton poing, ton couteau. J'ai presque cru que j'étais ton frère, et tu as commandé qu'on me tue. C'est toi qui m'as trahi, dragon, pas moi, alors je t'ai vendu aux Quatre lanternes et maintenant je dois m'assurer que tu es bien mort.

Bruce ne répond pas. Son souffle court fait buller le sang dans sa bouche quand il murmure qu'il reste le dragon, et l'œil qui lui reste ne quitte pas les yeux de K-Boy pour lui montrer qu'il comprend. Tout. Ce qu'il a dit et ce qu'il doit faire. Quand le lieutenant pose le canon de son arme sur le cœur de son dragon, le vide autour d'eux s'élargit une première fois dans un spasme.

Puis une seconde fois quand claquent les détonations. Deux. Simultanées. Celle de l'arme que Bruce avait protégée et cachée sous son flanc et qui perfore le cœur de K-Boy, et celle de l'arme de K-Boy que la mort tétanise et dont le doigt appuie sur la détente par réflexe.

Tout s'arrête alors. La panique de la foule. Le torrent de l'avenue, redevenu une eau calme. Les survivants comme des échoués. Sidérés. Interdits. Avec à leurs pieds des centaines de gisants gémissants. Comme après une guerre. Puis les premiers mouvements, les réflexes de secours, les sirènes au loin, et tous ces téléphones brandis pour graver ce désastre dans leur mémoire, eux qui viennent de le vivre dans leur chair.

Depuis l'entrée du parking, Kimchi, effaré par ce qu'il a déclenché, ferme les yeux un long moment avant de s'éclipser, remontant l'avenue sur des centaines de mètres du même carnage. Comme les trottoirs s'encombrent des blessés et des cadavres qu'on y tire, il les enjambe d'abord, puis s'arrête et aide à extraire de la rue une gamine qui meurt dans ses bras.

XLIX

Bientôt, tous dorment.

Ils rallient la côte nord de Jeju en moins de deux heures. Dans l'aéroport, Madeleine les suit comme une zombie. Eux restent aux aguets. La liaison Seoul-Jeju est la ligne aérienne la plus fréquentée au monde. Les hommes du procureur pourraient débarquer de n'importe lequel des cent vingt vols quotidiens.

Alors que Chin-sun cherche le vol le plus rapide pour rejoindre le continent, Madeleine sort de sa torpeur et s'anime soudain. Une stupeur d'abord, puis une frayeur qui l'agite et attire les regards. Gangnam la retient à l'écart et cherche à comprendre ce qui l'effraie. Il devine l'homme à son pas qui se presse parmi la foule. Un pas qui se retient de courir. Le pas de quelqu'un pris de peur.

— Le parfum, bredouille Madeleine, c'est son parfum…

Gangnam aussi le sent. Les effluves suivent l'homme comme une spirale de désodorisant.

— Le parfum de qui ?

— L'homme dans l'avion… l'homme dans la voiture… l'homme qui m'a enlevée…

L'homme se dirige vers les enregistrements des vols internationaux. Gangnam le suit des yeux jusqu'au comptoir d'enregistrement de la China Airlines. Dès que Chin-sun revient, il lui explique la situation. Elle attend que l'homme quitte le comptoir et s'y dirige en sortant sa carte de police.

— Un homme, trop parfumé, qui vient d'enregistrer. Quelle destination, quel vol, quels horaires ?

Elle revient avec les informations. Gangnam trouve un téléphone public et compose un numéro. Répondeur :

— Je ne connais pas votre numéro. Laissez un message.

— C'est moi. Le type qui a organisé l'enlèvement de la Française est sur le point d'embarquer pour Macao depuis Jeju sur China Airlines.

Il précise le numéro du vol, l'horaire, le nom du passager, et raccroche pour rejoindre Chin-sun. Elle leur a trouvé un vol pour Yeozu qui les dépose sur le continent cinquante minutes plus tard. Ils louent une nouvelle voiture et remontent aussitôt vers Séoul. Ils pourraient être dans la capitale en moins de quatre heures, mais Gangnam préfère prendre son temps. Ils doivent apprendre à Madeleine ce que Verneuil a fait pour elle et le merdier policier et judiciaire dans lequel elle pourrait le perdre. Et appeler Verneuil aussi, pour le prévenir qu'ils ont récupéré Madeleine.

— Il faut éteindre nos téléphones et enlever les puces. Dès que le procureur se sera rendu compte que nous lui avons soustrait Madeleine, nous serons encore plus recherchés qu'elle.

Chin-sun s'arrête dès qu'ils repèrent une boutique d'électronique où ils achètent deux portables prépayés. Madeleine est retombée dans sa torpeur et s'est endormie sur la banquette arrière.

— Le téléphone de Verneuil est dans les mains du procureur. Il faut trouver un autre moyen de le prévenir.

— Alors on ne dit rien à personne. Demain on remonte à Séoul et on voit sur place.

— Pourquoi demain ? Pourquoi ne pas y aller tout de suite ?

— Je te l'ai dit, répond Gangnam en désignant Madeleine d'un geste de la tête. Et puis personne ne va penser que nous allons prendre notre temps plutôt que de remonter à Séoul au plus vite.

— D'accord, approuve Chin-sun. Trouvons un motel discret et occupons-nous de Madeleine.

— Je connais un temple dans la montagne à deux kilomètres de Cheongso. Ils disposent de quelques chambres d'hôtes dans des *hanok* bien à l'écart des grandes routes.

— D'où tu connais ça ?

— C'est un endroit sauvage. Nous y allions en randonnée avec Gabrielle.

Ils déjeunent dans la vallée. Une guinguette populaire sous les feuillages. Une rivière rousse coule entre les tonnelles. Des gens piqueniquent, en famille ou en couple. Des grills dispersés montent des fumets de poisson blanc et de poulet pimenté. Madeleine reprend des forces. Il faudra bientôt lui dire pour Verneuil.

Malgré la fraîcheur, deux enfants en bouée rose et jaune jouent dans l'eau. Quand ils se sentent observés, ils s'éclaboussent en criant plus fort et les parents les grondent pour qu'ils ne dérangent pas les gens. Gangnam dit qu'il faut laisser les enfants s'amuser.

Deux heures plus tard, ils montent au temple que Gangnam semble bien connaître. Un petit ensemble qui respecte la tradition des quatre portes. Celle du nirvana en premier, dite du pilier unique, puis la deuxième, protégée par deux guerriers de pierre. Le premier bouche ouverte, comme s'il prononçait le son « ah » qui symbolise le début de l'univers, et le second la bouche fermée pour le son « hum » qui en représente la fin.

Quel que soit le temple, Gangnam a toujours aimé passer entre ces deux guerriers réputés féroces. « Ils ne savent pas ce qu'ils font à me laisser entrer dans l'univers », plaisantait-il avec Gabrielle. Elle posait un baiser joyeux sur sa joue, accrochée à son bras, et jurait qu'elle les terrasserait s'ils osaient lui barrer le chemin de la montagne.

La troisième porte est toujours celle des quatre gardiens de l'horizon. À chacun un point cardinal à défendre. Celui de l'est est blanc de visage. Celui du sud est bleu, celui de l'ouest rouge, et celui du nord vert. « Toi tu es mon amour jaune », disait Gabrielle en parlant de lui pour se moquer d'eux.

La quatrième est celle au-delà de laquelle personne n'est jugé car il n'existe plus aucune différence entre Bouddha et un homme ordinaire. Gabrielle la traversait en riant de la superstition de Gangnam. Lui se refusait à passer cette triple arche derrière laquelle le bien et le mal ne se distinguaient plus. Parce que l'homme est passé au-delà de ces deux notions, le rassurait Gabrielle, mais Gangnam, lui, savait par son métier que la confusion entre le bien et le mal se faisait toujours chez l'homme au profit du mal.

Gabrielle adorait la cour entre la première et la deuxième porte, et ses quatre pavillons dont elle aimait faire résonner les instruments. La lourde cloche que l'on cogne avec un tronc suspendu à deux cordes. Vingt-huit fois le matin et trente-trois fois le soir, mais aussi autant de fois que de pèlerins ou de visiteurs entretemps. Pour éviter l'enfer et mériter le paradis, selon les moines. Pour toute sorte de vœux païens et blasphématoires, selon les touristes. Pour toujours garder l'amour de Gangnam, souhaitait Gabrielle en secret.

Pareil avec le grand tambour tendu de peau de vache d'un côté et de peau de taureau de l'autre, symbole du yin et du yang. Ou avec le gong de bronze pour la rédemption des esprits et le poisson taillé dans un arbre creux, symbole de la vigilance. Parce que le poisson ne ferme jamais les yeux, avait expliqué Gangnam la première fois. « Alors je suis une poissonne quand je suis avec toi, avait-elle susurré à son oreille. – Tu me surveilles la nuit ? – Non, je te savoure des yeux. » Gabrielle était habitée par un amour insatiable, et qu'il en fût l'objet l'avait toujours ému aux larmes.

Ils passent la deuxième cour, dédiée à Bouddha, avec le minimum de déférence exigé. Quelques bâtonnets d'encens plantés dans du sable face aux trois statues. Celle du Bouddha d'avant, celle du Bouddha du présent, et celle du Bouddha d'après. Gabrielle avait affiché trois photos de Gangnam au-dessus de leur lit et disait qu'il serait son Bouddha de toujours.

Gangnam, lui, a toujours préféré la dernière cour, le sanctuaire des trois sages. Au-delà de tous ces rites étrangers hérités d'un Bouddha indien et d'un Confucius chinois, un petit jardin secret du chamanisme coréen. Le ciel, la terre et l'homme. La terre sous forme de montagne. La montagne qui enfante l'eau qui enfante la vie. Gabrielle n'a jamais enfanté…

Le *hanok* est à l'arrière du temple. À l'écart. En tout point pareil à celui de son enfance.

— Vous pourrez vous joindre à nous ce soir pour la soupe du sommeil serein, si vous le désirez. L'appel pour la cérémonie des cent une prosternations est à 5 h 30 demain matin.

Gangnam décline les deux invitations en prétextant la faiblesse de Madeleine. Le moine insiste pour qu'un novice leur porte un thé au ginseng.

— Il ne faut pas laisser le poids de la fatigue étouffer votre sommeil. Le corps et le cœur doivent être toniques pour bien dormir. Ah, j'oubliais. Il faut éteindre vos téléphones dans l'enceinte du temple.

— C'est impossible, réplique Chin-sun. Je suis policière et je dois pouvoir rester joignable par ma hiérarchie.

— Alors, mettez-le en mode vibreur, s'il vous plaît.

Madeleine et Chin-sun partagent le même lit de sol. Gangnam occupe une chambre séparée.

Soit le moine maître du thé est un sorcier, soit il a saupoudré un dormitif dans leur infusion. À moins que la fatigue et la tension des jours passés n'aient eu raison de leur résistance. Bientôt, tous dorment.

L

… une fliquette déguisée en cosplay.

— Je me souviens de ce *hanok*, murmure Gabrielle. Comment s'est-elle glissée dans son lit ? Nue. Tendre. Aimante. Elle a posé ses cheveux défaits sur son torse et parle d'une voix douce.

Gangnam aussi s'en souvient. Il n'a oublié aucune de ces chambres fragiles et suspendues, ni aucune des longues randonnées qui les ont menés jusqu'à elles. C'est ce que Gabrielle appelait « mériter l'amour », ces longues marches en montagne. Les randonneurs suréquipés qui les dépassaient n'attendaient pour seule récompense qu'un rapide selfie et une barre chocolatée au sommet de leur frénésie. Quand ils les croisaient sur la pente, déjà à redescendre, derrière leur politesse condescendante, ils leur lançaient des regards étonnés de les voir encore si loin du but. S'ils avaient su vers quelle récompense ils marchaient, Gabrielle et lui ! S'ils savaient combien de fois ils se sont tus, essoufflés dans les fourrés, à s'aimer pendant qu'ils entendaient leurs pas pressés au-dessus des buissons !

Le souvenir de Gabrielle réveille trop d'émotions pour qu'il puisse s'endormir à nouveau. Gangnam se lève et sort se promener sous une lune de velours blanc. Les *hanok* des hôtes sont à l'écart. Pour rejoindre la cour des trois sages, le chemin passe par les dortoirs des moines et des novices, étrangement déserts à cette heure. Pourtant, la nuit est habitée. Une sorte de sentiment d'urgence. Comme une prière.

Gangnam prête l'oreille et devine le murmure continu, au loin, du côté de la salle des trois bouddhas. Une prière, une imploration. Une supplique ininterrompue. À la fenêtre d'un des dortoirs pulse la lueur électrique bleutée d'un écran de télévision. Il s'en approche. Un jeune moine, un novice, presque un enfant, presque une fille aux yeux effilés, de profil, pleure en silence, le regard fixe et désemparé. Gangnam s'accoude au rebord de la fenêtre, et se penche à l'intérieur pour voir ce que regarde le jeune bonze.

L'image lui cogne le cœur. Des morts par dizaines, dispersés ou alignés, des corps pantelants, gisant au milieu de jeunes hébétés, en état de choc, le visage défait de tant d'horreur. Tous en blanc, morts et survivants, et partout, piétinées, déchiquetées, les mêmes pancartes avec les mêmes mots, la même adoration brisée : *My life for you.*

Et sous l'image, en continu, défilent des informations qui le tétanisent.

« … au moins cent quatre-vingts morts pendant les funérailles du roi de la K-pop Choiwoo dans un mouvement de foule qui rappelle cruellement le grand malheur de la nuit d'Halloween dans le quartier d'Itaewon en 2022… »

C'est moins un champ de bataille sans vainqueur que les instants qui suivent un crime de masse. La même sidération.

« … une fusillade au cœur d'un des cortèges en hommage au chanteur disparu des Darkan… »

Seigneur Dieu ! Que des gosses en pleurs, hébétés, perdus, terrorisés. Des fantômes, des spectres, des ectoplasmes debout, mais sans vie. Qui peut avoir perdu toute humanité pour déclencher une fusillade parmi eux ?

« … il pourrait s'agir d'une nouvelle guerre des mafias… »

Cette fois le cœur de Gangnam se fend. Ses jambes le trahissent. Son cœur se déglingue dans sa poitrine. Une honte nauséeuse lui remonte à la gorge. Toute cette horreur, tous ces morts, toute cette jeunesse fauchée, c'est donc lui ! C'est lui, la guerre des clans. C'est lui, Gangnam, qui l'a provoquée. Le responsable de ce carnage, c'est lui. Lui qui a poussé Kimchi à la déclencher. Pour venger Loup Bleu qui, pourtant, l'a fait tabasser. Pour protéger Verneuil et sa stupide vengeance. Verneuil qu'il connaît à peine et dont il vient de sauver la femme. Comment tout cela est-il possible ? Comment un tel enchaînement d'événements a-t-il pu conduire à un tel drame ?

Cent quatre-vingts morts innocents. Des mômes qui ne demandaient qu'à adorer un chanteur, à pleurer sa mort dans une ultime communion. Ils voulaient enrichir leur toute petite vie d'un souvenir collectif et éternel, et les voilà morts.

Les larmes lui viennent aux yeux et troublent les images. Il n'entend plus que le commentaire, et les pleurs silencieux du jeune novice.

« Son Ji-sung, le directeur de Big Wave, l'agent de Choiwoo, serait parmi les victimes. On a retrouvé son corps percé de plusieurs balles dont une mortelle en plein cœur. Son Ji-sung dont tout le monde disait qu'il était un dragon de… »

Gangnam recule et trébuche, boxeur sonné, sort de la lumière de la fenêtre et disparaît dans le noir. La lune feutre chaque reflet. Elle lui montre, compatissante, le chemin de la montagne. Elle dessine pour lui la sente qui se glisse dans les herbes jusque sous les feuillages. Il monte en pensant à tous ces enfants morts en pleurant leur idole désespérée d'être trop aimée.

Il monte et Gabrielle est à ses côtés, qui le console par sa seule présence, par son silence. Il sait bien qu'elle n'est plus, sa douleur de chaque jour est là pour le lui rappeler, et que son pas absent qui l'accompagne n'est qu'une invitation à la rejoindre. Une tentation de tout résoudre. Une solution. Comment pourrait-il continuer à vivre avec un tel fardeau sur son âme ? L'envie est là, encore une fois, comme après la mort de Gabrielle, de tout abandonner. De n'avoir plus qu'elle pour seul refuge. Où qu'elle s'en soit allée. Pour l'éternité lui aussi.

Il pénètre dans la forêt et grimpe la montagne jusqu'à plus souffle. Depuis le sommet, il domine l'étroite vallée d'ombres profondes sous le ciel immense éclaboussé d'étoiles. Autant d'univers lointains, de chances possibles, de mondes meilleurs. Sur terre, seules quelques lumières éparses, témoins de vies égarées dans un océan d'obscurité. L'ascension et la culpabilité l'ont épuisé. Il s'assied, adossé au tronc d'un érable, écrasé de remords, et se laisse surprendre par le même rêve.

Ils marchent. Ils marchent et ils grimpent. Partout, tout le temps, dès qu'ils le peuvent. Par multitudes, les vieux plus encore que les autres. Parce qu'ils sont coréens, qu'ils sont un peuple en bonne santé et que ça doit se voir. Ils prennent le métro ou le bus en pleine ville, équipés de leurs bâtons de marche, la doudoune de couleur nouée par les manches autour de la taille. Pantalons fuseaux extensibles et chaussures de marque adéquates aux pieds.

Ils marchent en groupe pour se motiver parce que c'est bon pour leur santé, et ils ne grimpent que pour le sommet, le plus vite possible. Rien d'autre ne les intéresse. Ni le paysage, ni la faune, ni la flore. Ils marchent pour marcher. Pour eux. Pour leurs poumons, leurs mollets, leur silhouette à eux. Parce qu'ils doivent rester un peuple fort. Et quand ils redescendent ou que le sommet est équipé, ils mangent. Comme des ogres, fiers de cette marche qui leur a ouvert un si bel appétit.

Avant de rencontrer Gabrielle, Gangnam était comme eux, parce que c'est ainsi que les Coréens randonnent. Dans l'effort. Cette fois il les regarde, triste et amusé en même temps.

— Où cours-tu si vite ? se moque Gabrielle.

— Au sommet, répond-il comme une évidence.

— Pour quoi faire ?

— Pour l'atteindre et pouvoir en redescendre.

Elle le retient par sa doudoune qui se décroche et il doit s'arrêter. Plusieurs groupes les dépassent, s'offusquant en silence de la gêne occasionnée par leur halte intempestive, accélérant aussitôt le pas pour rattraper les secondes perdues.

— Viens, dit Gabrielle. Laissons-les passer.

C'est leur première randonnée. Toute simple. Naksan, la montagne du chameau. Pas même une montagne en fait. Cent vingt-cinq mètres de haut dans le nord de Séoul. On y accède même la nuit, par des sentiers balisés, pavés et éclairés, suivant la plupart du temps les chemins de ronde d'anciens remparts. Pour jouir, une fois en haut, d'une vue panoramique sur la ville illuminée. Juste le temps d'une photo ou d'un selfie avant de redescendre.

C'est le printemps. Gabrielle l'a attiré hors du sentier jusque sous un cerisier en fleur, un peu à l'écart, et il a aussitôt l'impression heureuse et audacieuse de transgresser un interdit séculaire.

— Laisse-les courir et embrasse-moi.

Elle l'entraîne dans un recoin des solides murailles d'une énième dynastie qui supportent l'essentiel des pas des randonneurs. Il en frémit. De surprise et de bonheur. Elle fait un tapis de leurs doudounes et ils s'y couchent dans les bras l'un de l'autre.

— Est-ce que l'heure bleue existe aussi chez vous ?

— Je ne sais pas ce que c'est, répond-il.

— Cette heure d'un bleu électrique et magique, entre le crépuscule et la vraie nuit.

— Je ne sais pas.

— Alors attendons-la pour voir.

Il ne peut croire à tant de félicité. Qu'il soit là, à quelques pas en contrebas du sentier où ahanent les furieux, allongé dans une herbe fleurie, à regarder bleuir la nuit, par-dessous les cerisiers en fleur, dans la tiédeur des baisers de Gabrielle.

— Quelque chose ne va pas ? lance une voix inquiète et essoufflée. Vous avez un problème ? Vous faites un malaise ?

— Non. Pourquoi ?

— Parce que vous êtes allongés là, en dehors du sentier balisé. Qu'est-ce que vous faites, si vous n'avez rien ?

Comment dit-on « on s'aime » ? lui demande Gabrielle pour répondre au randonneur.

C'est toujours le même rêve, qui précède le même cauchemar du malheur qui les frappe, bien plus tard, et chaque fois, Gabrielle tourne au coin des rayonnages et un des hommes est là, un couteau dans sa main tendue devant lui, et Gabrielle, sa Gabrielle bien aimée, sa pauvre Gabrielle, qui s'empale sur la lame…

Quand le froid lui perce les reins et le réveille, le petit matin est déjà là dans un frimas tranchant. Il calme les frissons de son corps engourdi, se lève, et redescend la montagne.

Il les aperçoit à travers les derniers arbres, aux abords du temple. Des policiers en civil. Ils ont garé leurs voitures n'importe comment au milieu des *hanok*. Quelqu'un l'aperçoit à l'orée du bois et prévient un homme en costume. Quand il se retourne, Gangnam reconnaît un des assistants du procureur.

Personne ne vient à sa rencontre. Ils le laissent descendre et venir à eux. Quand il les rejoint, personne ne l'arrête mais les hommes du procureur l'encerclent à distance.

— Où est madame Verneuil ?

Gangnam dissimule son étonnement.

— Comment veux-tu que je le sache ?

— Avec l'aide de l'inspectrice Park, vous vous êtes fait passer pour un de nos hommes à Jeju et vous l'avez embarquée.

— Il y avait urgence. Ses ravisseurs pouvaient encore être sur l'île et vos hommes n'auraient pas été là avant une heure ou deux.

Pendant qu'il répond, Gangnam cherche à comprendre ce qui se passe. Où sont Chin-sun et Madeleine ?

— Où est madame Verneuil ?

— Je n'en sais rien, je viens de te le dire. J'ai dormi dans la montagne.

— Dans la montagne ? Par ce froid ?

— Une façon de me ressourcer et d'oublier ce monde.

— Et l'inspectrice Park ?

— Elle sera partie ce matin très tôt pour ramener madame Verneuil à Séoul, je suppose.

— Avec ta voiture ?

— C'est une location. À son nom.

— Sans toi ?

— Je ne suis pas flic, rien ne l'obligeait à m'emmener.

— Mais tu as participé à tout ça. Tu es au moins témoin dans cette affaire, sinon suspect.

— Dans ce cas, je suppose que l'inspectrice Park me convoquera dès que je serai de retour à Séoul.

— Pas la peine, tu y seras dans trois heures et c'est moi qui t'y emmène, réplique l'assistant du procureur, en faisant signe à ses hommes qu'ils repartent avec Gangnam.

Dans la voiture, ils restent silencieux pendant plusieurs kilomètres avant que Gangnam décide de reprendre la main.

— Cent quatre-vingts morts dans la capitale, et le procureur envoie son assistant de nuit pour une

Française libérée par la police d'un vulgaire enlèvement crapuleux ?

— Ne joue pas au con avec nous, Lee Min-ho.

— Pourquoi, vous avez peur de gagner ?

Le chauffeur les regarde dans le rétroviseur et sourit de la réplique. Quand il croise le regard noir de l'assistant du procureur, il cherche une excuse.

— Il s'appelle vraiment…

— Ferme-la et conduis !

L'assistant ne répond pas à l'insolence de Gangnam avant un long moment.

— Deux choses : premièrement, il existe toujours un lien entre la Française et la mort de Choiwoo. Deuxièmement : la guerre des clans à l'origine du mouvement de foule oppose les *Millenials*, dont les liens avec Big Wave ne sont plus à démontrer, et les Quatre lanternes, le clan auquel tu appartenais.

— Le clan dans lequel j'ai opéré sous couverture comme agent infiltré sur ordre de ma hiérarchie, corrige Gangnam.

— Lee Min-ho, tout le monde connaît les liens que tu as gardés avec Loup Bleu et tu es présent d'une façon ou d'une autre dans tous les volets de ces affaires. Le procureur t'aurait volontiers laissé continuer ton petit jeu de fouteur de merde, mais avec ces cent quatre-vingts morts, il préfère te mettre hors jeu.

— Et l'inspectrice Park ?

— Pareil. Hors jeu.

— Alors qu'elle a lancé l'enquête sur la disparition de la Française, qu'elle a localisé sa prison, qu'elle a retrouvé sa trace, et qu'elle l'a libérée ?

— Justement, le procureur est très intéressé de savoir qui lui a permis de mener cette enquête à bien.

— Tu sais bien que c'est moi.

— Et c'est toi aussi qui lui as dit de fuir au milieu de la nuit ?

— Non. Je suis aussi surpris que toi de ne pas l'avoir retrouvée au *hanok*. Je peux savoir comment vous nous avez logés ?

L'assistant lui explique que c'est grâce à l'excellent travail de l'inspectrice Joon.

— Elle te l'expliquera quand elle vous passera les bracelets, à Séoul, à tous les deux.

— C'est un comble, ironise Gangnam, ceux qui ne savent même plus sur quoi ils enquêtent vont arrêter les seuls enquêteurs qui ont résolu l'affaire de la Française. La presse va adorer !

— La presse, elle a cent quatre-vingts mômes morts à se mettre sous la dent, elle ne gaspillera pas une seule ligne pour un ex-flic ripou et une fliquette déguisée en cosplay.

LI

... dans une heure !

C'est un endroit sombre et cosy, mais convenu. Le style de rooftop bar élégant et intimiste qu'on trouve dans toutes les capitales. Avec les guirlandes légères en rideaux dorés, les cocktails signatures, et d'authentiques tapas à l'italienne, *dixit* la carte. Des serveurs silencieux prennent les commandes dans un murmure de velours. Et un coin jazz, bien sûr. Soft et cool. À Séoul, le Griffin est perché sur le toit du Marriott Hotel et domine la majestueuse porte de l'est, l'ancienne porte de la Bienveillance qui a protégé la ville pendant des siècles. Aujourd'hui, masse grise et austère protégée par un rempart en demi-cercle, elle ne subit que les assauts programmés des touristes trop pressés de rejoindre les trente mille étals des grands marchés voisins. Mais de nuit, sculptée d'ombres et d'or par un savant jeu de lumières et de projecteurs, admirée depuis la petite terrasse du rooftop, avec la guirlande éclairée des remparts de la muraille de Séoul qui la prolonge dans le noir de la ville, même l'inspectrice Joon doit admettre que c'est beau. Fictif et trompeur, mais beau.

Un petit bâton lumineux participe à la réputation du bar. Dans l'obscurité voulue de ce repaire d'ombre, il sert à éclairer la carte pour passer ses commandes. Joon commande un *Dongdaemun Sling*. Pour sa base d'alcool de *monbae-ju* au parfum de vieille poire, même si aucune poire n'entre dans sa composition, et pour la belle couleur bleue du curaçao que le barman, annoncé comme « mixologue », mélange au *monbae-ju*.

Joon sourit des décorations rouges, blanches, jaunes et noires qui donnent au cocktail les couleurs de la Corée du Sud. Même si le *monbae-ju* est officiellement inscrit dans la liste des biens culturels nationaux importants et intangibles, cet alcool de millet est en fait originaire de Pyongyang, la capitale de la République populaire démocratique de Corée. Au Nord. Avant les heures sombres, c'était une ville à cocktails, un peu foutraque mais joyeuse.

Avec tous ces gosses morts dans la journée, l'atmosphère est encore plus feutrée que d'habitude au Griffin. Seuls quelques Américains rient haut et fort, sans aucune gêne, à des blagues de chez eux que personne ne comprend et qui, de toute façon, ne feraient rire personne d'autre qu'eux.

C'est une sorte de célébration pour Joon aussi. Même si elle ne comprend pas encore pourquoi, Gangnam lui a offert cette victoire sur un plateau d'argent. Elle a beau y penser et y repenser, elle ne voit pas les raisons qui l'ont poussé à lui livrer Gabaine. Pourquoi à elle plutôt qu'à cette petite garce de Park habillée en Pikachu ?

Mais il existe quelque part dans le monde, en Arménie, croit-elle se souvenir, un dicton affirmant que si on te donne, tu prends, et que si on te prend, tu cries. Alors elle prend. L'arrestation du kidnappeur de la Française, et la dénonciation de Gangnam.

Elle compose un numéro sur son téléphone et laisse sonner jusqu'à ce qu'on décroche.

— Monsieur le procureur ? C'est l'inspectrice Joon. Je suis au Griffin, et j'aimerais vous voir.

— Inspectrice, deux cents gamins sont morts dans nos rues aujourd'hui, vous croyez que je n'ai rien d'autre à faire que d'aller me montrer dans un bar ? Si c'est urgent, dites-le-moi. Si ça ne l'est pas, rappelez-moi. Dans dix ans.

— J'ai arrêté l'homme qui a organisé l'enlèvement de la Française, monsieur le procureur, il allait prendre l'avion à Jeju pour…

— Parfait, Joon, ça fait une vivante contre deux cents morts, vous croyez que ça va faire pencher la balance de mon agenda ? Quand votre ami Lee Min-ho aura eu la gentillesse de nous la rendre, nous pourrons en reparler.

— Justement, monsieur le procureur, je sais où il est. Enfin, je veux dire que je sais où ils sont, tous, lui, l'inspectrice Park et la Française qu'ils ont soufflée à vos hommes.

— …

— Monsieur le procureur ?

— Inspectrice Joon, je suis Kim Eun-woo, l'assistant du procureur. C'est moi qui prends cette affaire en main.

— Quelle affaire ?

— La libération de la Française et l'arrestation de l'inspectrice Park et de l'ex-inspecteur Lee Min-ho. Il s'appelle vraiment Lee Min-ho, vous êtes sûre ?

Joon ne répond pas. Elle réfléchit aussi vite qu'elle le peut.

— Inspectrice Joon, vous êtes toujours là ? J'envoie quelqu'un vous prendre au Marriott.

— Non, surtout pas, je ne veux pas en être. Je vous transmets toutes les infos sur le portable du procureur et vous vous débrouillez. J'ai autre chose à faire. Je vous laisse, j'ai un double appel.

Elle raccroche au nez de l'assistant et prend l'autre appel.

— Joon, j'ai trouvé d'où venait l'arme.

— D'où ?

— Cheongyecheon.

— Logique. Qu'est-ce que tu as ?

— La vidéosurveillance et un témoignage.

— C'est qui ?

— Le Français.

— Le Français ? Tu veux dire Verneuil ? C'est Verneuil ? Tu n'as touché à rien, j'espère.

— Non.

— Parfait, envoie-moi l'adresse exacte.

— Je t'attends là-bas ?

— Non. Tu n'es qu'un indic. Je ne veux pas que ta présence compromette la procédure de mon enquête. Disparais. Je te revaudrai ça.

Une heure plus tard, Joon sort d'un magasin d'outillage dans le quartier de Cheongyecheon et compose un autre numéro.

— Monsieur le procureur, j'ai…

— Pas le moment, inspectrice Joon, pas le moment.

— J'ai la preuve que l'assassin de Loup Bleu, c'est Verneuil, le Français.

— Quoi ? Qu'est-ce que vous dites ? Vous êtes sûre de ça ?

— Monsieur le procureur, je suis remontée jusqu'à l'arme du crime.

— La cloueuse ?

— Oui. Il en a acheté une le jour même de la mort de Loup Bleu et elle correspond aux clous qui ont tué ses hommes et lui ont cloué les pieds au sol.

— Mais…

— Monsieur le procureur, pourquoi un touriste français achèterait une cloueuse de ce calibre pendant un séjour touristique ?

— C'est lui, vous en êtes certaine ?

— Il est sur les enregistrements de la vidéo-surveillance.

— Très bien, parfait, alors je veux les images.

— C'est fait.

— Je veux le disque dur de l'enregistreur. Ne laissez rien dans le magasin.

— C'est fait.

— Et puisque je suppose que vous avez agi sans mandat, je veux un courrier du propriétaire reconnaissant qu'il nous remet volontairement et spontanément les images.

— C'est fait aussi, monsieur le procureur.

— Parfait. Je vais passer la nuit au bureau à cause de cette hécatombe en ville, passez dès que vous pouvez.

LII

… délicieux et très peu calorique.

— Vous avez vraiment volé cette voiture ? s'étonne Madeleine Verneuil.

— D'après vous ? Nous sommes dedans et je la conduis, ça fait quelques indices solides, non ? réplique Chin-sun d'un ton plus moqueur qu'elle n'aurait voulu.

— Pourquoi ?

— Vous avez vu les deux voitures noires que nous avons croisées en redescendant du temple, non ?

— Quand vous avez éteint vos phares et que vous nous avez engagées dans un chemin forestier ?

— C'est ça. C'étaient soit des flics, soit des hommes du procureur, et c'est vous qu'ils pensaient cueillir au milieu de la nuit.

— Moi ? Mais pourquoi ? Je suis la victime d'un enlèvement, je ne suis coupable de rien. Et monsieur Gangnam, pourquoi n'est-il pas avec nous ?

— Bonne question, mais celle-là, je ne sais pas comment y répondre.

Une intuition. Un rêve. Un renard qui trouve son chemin dans la nuit. Jusqu'au poulailler endormi. Une renarde en fait. Rusée. Tenace. Pourquoi la nuit résonne-t-elle de jingles et d'annonces ? La renarde pointe ses oreilles. Elle les pivote pour capter le moindre murmure, le moindre son, la moindre musique. Les poules se réveillent et gloussent des annonces d'une voix d'hôtesse. Des noms de villes. Des numéros de porte. Alors la renarde, satisfaite, sort du poulailler à reculons, sa gueule entaillée d'un sourire refermée sur la gorge ensanglantée du coq. Et de deux poules.

Le mauvais rêve la tourmente et elle se réveille. Dans la pénombre du *hanok* et le silence du temple. Elle veut parler de son rêve à Gangnam. Elle sort dans la nuit fraîche et lustrée par une lune de jade. Il n'est pas dans sa chambre. Elle hésite sous le ciel piqueté d'étoiles. Tente de l'appeler au téléphone. Plusieurs fois. Sans qu'il rappelle. Elle se demande s'il serait assez fou pour être parti en randonnée nocturne. Un mauvais rêve comme elle.

Puis soudain son rêve s'éclaire et tout devient évident. Elle court réveiller Madeleine et elles partent en pleine nuit à bord de la voiture de location. Madeleine d'abord. Tant pis pour Gangnam.

Après avoir rejoint la 27, Chin-sun remonte l'autoroute vers le nord, le temps de repérer un motel et d'y voler une voiture en abandonnant la sienne. Puis elle fait demi-tour et redescend l'autoroute. Quand elles passent l'embranchement qui les mènerait au monastère, Madeleine s'inquiète.

— Pourquoi retourne-t-on vers le sud ?

— Je vais descendre jusqu'à récupérer la 10 vers l'est et nous serons à Busan dans deux heures. Ils ne penseront pas tout de suite à nous chercher de ce côté-là. Avec la voiture abandonnée au nord, ils vont penser que nous sommes remontées par là pour rejoindre Séoul le plus vite possible.

Madeleine s'inquiète et s'énerve. Elle ne comprend pas pourquoi elle devrait fuir. Elle répète plusieurs fois qu'elle est la victime et qu'elle ne demande pas mieux que d'être enfin récupérée par la police.

— Je vous le déconseille, lâche Chin-sun.

— Mais pourquoi ?

Chin-sun maîtrise sa colère mais sa voix se fait plus ferme.

— Madeleine, taisez-vous et écoutez-moi, vous m'entendez ? Écoutez-moi sans m'interrompre.

Et Chin-sun raconte l'enquête : comment ils sont remontés jusqu'à sa pension, comment les hommes des Quatre lanternes la « libèrent » presque sous leur nez, comment le mot laissé par Choiwoo fait peser sur elle des soupçons.

Le visage de Madeleine se décompose peu à peu, jusqu'à blêmir quand l'enquêtrice explique comment Verneuil a échappé à leur surveillance pour se lancer dans une équipée solitaire.

— Madeleine, je ne sais pas comment vous dire ça, mais votre mari a fait des bêtises pour tenter de vous sauver.

— Des bêtises ? s'inquiète-t-elle. Graves ?

— C'est le moins qu'on puisse dire.

— Est-ce qu'il a...

— Oui, Madeleine, Verneuil a tué pour vous.

Elles filent sur l'autoroute, peu fréquentée à cette heure de la nuit. Madeleine n'ose pas poser toutes les questions qui se bousculent dans sa tête. Une seule l'obsède.

— Est-ce qu'ils l'ont arrêté ?

— Non, la police n'est pas au courant. Gangnam s'est arrangé pour présenter les choses sans impliquer votre mari.

— Est-ce que nous allons le rejoindre ?

— Non. La police garde des soupçons à son encontre et le surveille. Au cas où l'enquête finirait par l'impliquer, nous voulons d'abord vous faire quitter le pays au plus vite. Vous en premier, votre mari ensuite.

— Hors de question, je ne partirai pas sans lui. Je veux le voir. Tout de suite ! S'il vous plaît...

— Madeleine, Verneuil a tué le dragon d'un clan mafieux et six de ses gardes du corps. Si ça vient à se savoir, il aura toutes les polices du pays après lui et des milliers de soldats du clan des Quatre lanternes.

Chin-sun a essayé de le dire d'une voix aussi calme que possible, mais chaque mot assomme Madeleine. L'inspectrice en profite pour expliquer son plan.

— Nous allons à Busan et de là, vous prendrez le premier avion disponible pour l'étranger. Le Japon si possible. Busan-Kukuoka, c'est moins d'une heure de vol.

— Mais qu'est-ce que je vais faire au Japon toute seule ? panique Madeleine.

— Vous prenez un hôtel le plus près possible de l'aéroport et vous attendez votre mari. Gangnam va le faire sortir du pays dès que possible.

Madeleine s'affole. La noirceur de la nuit que déchirent les phares, les paysages sans vie qui défilent, tout accroît sa peur.

— Madeleine, il s'est passé quelque chose hier. Un drame, une tragédie. Les clans mafieux se sont battus au milieu de centaines de milliers de gosses venus pleurer Choiwoo, leur idole, le chanteur des Darkan que vous avez rencontré dans l'avion…

— Je ne vois pas le rapport.

— Un mouvement de foule, Madeleine, un bilan terrible. Au moins deux cents morts à cette heure, en comptant ceux qui décèdent à l'hôpital. Or, d'une façon ou d'une autre, vous êtes liée à Choiwoo qui vous a adressé ses derniers mots dans son message d'adieu, et votre mari est impliqué dans le déclenchement de la guerre des clans. Si quelqu'un établit le lien, la presse, les médias, le public, les fans vont vous lyncher sans chercher à comprendre. Il faut fuir et vous cacher. Nous vous amènerons votre mari.

— Mais comment pourrais-je…

Chin-sun répond sans quitter des yeux la route, les deux mains sur le volant.

— Dans mon sac, une enveloppe brune. Il y a dix mille dollars. Cela vous permettra d'attendre l'arrivée de votre mari.

Madeleine trouve l'enveloppe, l'ouvre et regarde la liasse de billets.

— D'où vient tout cet argent ?

— Vous ne voulez pas le savoir, Madeleine. Prenez-le sans vous poser de question.

Elle se rassure de voir Madeleine, après une courte hésitation, empocher les dix mille dollars. Le signe qu'elle se prépare à accepter l'idée de fuir au Japon. Elle cherche à détendre l'atmosphère.

— À Kukuoka, goutez le *motsunabe*, c'est un plat très apprécié des femmes. Fondue aux tripes de bœuf et aux petits légumes dans un bouillon bien aillé à base de bonite, relevé de sauce soja et de miso. Avec des nouilles en fin de repas, c'est délicieux et très peu calorique.

LIII

… et fracasse la rambarde du pont.

Les deux berlines Hyundai noires remontent la 27 vers Séoul, dans le trafic dense et rapide du petit matin. Ruée des lève-tôt, pressés d'aller exister dans une quête du labeur et le respect des dépendances hiérarchiques, les plaint Gangnam en silence. À l'avant, le chauffeur aimerait bousculer cette petite routine médiocre façon *Fast and Furious 40*. À côté de lui, l'assistant du procureur garde le silence, les yeux fixés sur les feux arrière des véhicules qui les précèdent. Il se crispe chaque fois qu'ils s'illuminent quand les conducteurs se dressent sur leurs freins au dernier moment à l'approche d'un radar ou d'une limitation de vitesse. Son pays est probablement le seul, se dit-il à chaque peur d'un carambolage, à faire descendre la vitesse autorisée sur autoroute de cent à cinquante kilomètres-heure sur quelques centaines de mètres.

— Je ne suis pas vraiment en état d'arrestation, n'est-ce pas ? s'informe Gangnam.

— Non. Le procureur se réserve la joie de t'arrêter en personne, je suppose.

— Je peux téléphoner, alors ?

L'assistant l'y autorise d'un geste presque résigné, comme si chaque décision de Gangnam était susceptible de provoquer une catastrophe inattendue.

— Joon ? C'est Gangnam.

— …

— Joon, je suis dans la voiture de l'assistant du procureur qui me ramène *manu militari* à Séoul et je voulais te féliciter.

— …

— Vraiment, Joon, ils ne tarissent pas d'éloges à ton égard. Et inspectrice Joon par-ci, et inspectrice Joon par-là, franchement, ça sent la promotion, Joon. Peut-être même bien dans l'équipe du procureur !

— …

— Comment as-tu fait, Joon ? Les annonces de l'aéroport, c'est ça, en fond sonore de mon appel pour te livrer Gabaine ? Oui, bien sûr, ça ne peut être que ça : tu entends un numéro de vol, tu le vérifies, tu constates qu'il part de Jeju, alors tu appelles l'aéroport de Jeju pour leur demander si des passagers Park, Lee et Verneuil ont embarqué et pour quelle destination. C'est ça ?

— C'est ça, Gangnam. Et comme il n'y avait aucune raison que vous alliez à Yeozu autre que pour nous embrouiller, j'en ai déduit que vous alliez continuer en voiture. J'ai fait le tour des agences de location et je vous ai trouvés.

— Bien joué, Joon, franchement, de la haute voltige, de la dentelle. Après, tu t'es dit que nous ne pouvions que remonter sur Séoul pour ramener la Française à son mari, alors tu as entré le numéro d'immatriculation dans le réseau vidéo de l'autoroute et son intelligence artificielle a reconstitué notre itinéraire jusqu'à notre sortie à Cheongso, c'est ça ?

— …

— C'est ça, Joon ?

— Gangnam, pourquoi tu m'appelles pour me dire ça ? demande Joon, perplexe, une pointe d'inquiétude dans la voix.

— Justement, Joon, pour que tu te demandes pourquoi je t'appelle.

Gangnam raccroche. Le cou tordu par-dessus le dossier, l'assistant du procureur le regarde, étonné. Gangnam lui sourit.

— Un vieux Chinois doit à son voisin d'en face une grosse somme qu'il ne peut lui rembourser. Sa dette l'empêche de dormir. Toutes les nuits, il se tourne et se retourne mille fois dans son lit en se demandant où trouver l'argent. Une nuit, exaspérée, sa femme se lève, ouvre la fenêtre en grand, hurle le nom du voisin et quand celui-ci se pointe à son balcon, elle lui crie que son mari ne pourra jamais lui rembourser l'argent qu'il lui doit. « Qu'est-ce que tu fais ? panique le mari. – Tu peux te rendormir tranquille », dit la femme qui se recouche, c'est à son tour maintenant de ne plus fermer l'œil.

— C'est stupide, répond l'assistant en haussant les sourcils, quelle raison aurait l'inspectrice Joon de perdre le sommeil à cause de toi ?

— Aucune, c'est vrai, mais ça n'empêche qu'elle ne cessera de se demander si je n'ai pas fait exprès de l'appeler depuis l'aéroport et ce que ça cache comme manigance.

L'assistant secoue la tête, se retourne vers le trafic, et compose un numéro sur son téléphone.

— Inspectrice Joon ? Kim Eun-woo, l'assistant du procureur. Je suis dans la voiture avec monsieur Lee et j'ai entendu votre conversation. Je voulais juste vous dire qu'il n'avait aucune raison de vous appeler et que ce n'est qu'une misérable tentative de manipulation.

— C'est lui qui vous a dit ça, assistant Kim ?

— Oui.

— Et ça ne vous interroge pas ?

— Pourquoi cela devrait-il m'interroger ?

— Pauvre con !

Joon raccroche et laisse l'assistant perplexe et inquiet à son tour.

— Merci, dit Gangnam, l'air de rien, en regardant sur sa droite les véhicules qu'ils dépassent.

— Merci de quoi ?

— D'être entré dans mon petit jeu de manipulation auprès de l'inspectrice.

— Tu savais que j'allais l'appeler ?

— D'après toi ?

L'assistant du procureur se referme comme un coquillage en danger. Le chauffeur fronce les sourcils pour concentrer sa réflexion et ne trouve pas la réponse à la question qui le taraude.

— Pourquoi il vous a posé cette question ?

— Ferme-la et conduis, siffle l'assistant, furieux.

Ils roulent une bonne demi-heure dans un silence de béton armé qui fige tout le monde dans l'habitacle, quand le téléphone de Gangnam vibre.

— Inspectrice Joon, ça faisait longtemps !

— Qu'est-ce que ça veut dire, s'étonne Chin-sun, tu n'es pas seul ? Je dérange ?

— Toujours en compagnie de l'assistant du procureur pour me ramener à Séoul où son patron compte bien m'inculper de je ne sais quoi, grâce à toi.

— Merde. Je peux te parler quand même ?

— Mais bien sûr, inspectrice, je suis tout ouïe !

— D'accord. Madeleine Verneuil ne craint plus rien. Elle est à l'abri loin du pays, mais j'ai dû rester avec elle parce que ce qu'a fait son mari pour elle l'a beaucoup secouée.

— C'est une très bonne nouvelle, inspectrice, et une sage décision.

— À ce propos, j'ai dû taper un peu dans les économies que tu m'avais confiées pour payer tout ça.

— Tu m'étonneras toujours, Joon !

— Je suis désolée d'être partie sans toi du monastère. Je t'ai cherché et je t'ai appelé. Quand tu n'as pas répondu, j'ai repensé aux consignes du moine de nous mettre en vibreur. Il fallait faire vite. Nous avons même croisé leurs voitures sur la route qui descend du monastère.

— C'est remarquable, Joon. Comment en as-tu eu l'idée ?

— Une intuition. Un rêve. Une histoire de renarde, je t'expliquerai plus tard. Tu vas vraiment avoir des ennuis avec le procureur ?

— Joon, tu sais bien qu'il nous a dans son collimateur, monsieur Verneuil et moi. Il serait même bien capable de nous mettre sur le dos les morts du cortège de Choiwoo, ou même la guerre des dragons, pourquoi pas ?

— Merde, c'en est vraiment à ce point-là ?

— J'en ai bien peur, Joon, j'en ai bien peur.

Pendant qu'ils parlent, l'assistant téléphone de nouveau et attend que son correspondant décroche. Quand on lui parle enfin, il se retourne et tend le téléphone à Gangnam.

— L'inspectrice Joon pour toi. La vraie, je veux dire, dit-il d'un air modeste qui se veut triomphant.

Gangnam résiste à la surprise et garde son sang-froid.

— Ah, désolé, commissaire, un double appel urgent, je vous rappelle plus tard.

Gangnam raccroche son téléphone et se saisit de celui de l'assistant.

— Désolé, Joon, j'étais en communication avec ton commissaire. Il s'inquiétait de savoir où en était l'enquête sur la morte de l'aquarium aux crabes du marché de Noryangjin. Je t'avais pourtant donné Ratel. Tu sais, le nettoyeur ?

— Pourquoi tu me fais rappeler pour me dire ça maintenant, Gangnam ?

— Parce que Ratel, il ne nettoie que pour les clans, Joon, que pour les dragons, et ton commissaire, comme l'assistant du procureur qui nous écoute, s'étonne que ton enquête ne soit pas encore remontée jusqu'à eux.

— C'est quoi ce jeu à la con, Gangnam ?

— Rassure-moi, Joon, tu n'aurais pas hérité de ton ripou de père une certaine connivence avec la mafia, j'espère ?

— Sale con ! aboie Joon en coupant la communication.

L'assistant ne sait plus quoi penser et reste sidéré, main tendue, à essayer de récupérer son téléphone. Comme ils passent sur un pont qui enjambe la Seomjingang, Gangnam baisse la vitre et balance le Samsung Galaxy dernier cri dans la rivière.

— Putain, mais pourquoi tu as fait ça ? hurle l'assistant.

— Acte gratuit, répond Gangnam en remontant la vitre.

Dans le rétroviseur, il aperçoit le front du chauffeur qui se plisse et ses yeux qui se froncent dans un intense effort de concentration.

— Mais il parlait à Joon, là, ou au commissaire ?

— Ta gueule, ferme-la et roule.

Quelques secondes de ce fameux calme qui précède les tempêtes, avant que l'assistant explose de colère. Il défait sa ceinture d'un geste rageur et monte à genoux sur son siège pour frapper Gangnam au visage. Mais comme il arme un coup de poing plein de fureur, son coude percute l'œil du chauffeur qui vacille. La voiture fait une embardée, bascule sur le flanc de ses pneus, part en tonneau à travers le trafic en panique, glisse sur le toit dans une gerbe d'étincelles, pulvérise la glissière de sécurité du terre-plein central, traverse l'autre voie sous le klaxon continu et affolé d'un semi-remorque qui part en crabe, et fracasse la rambarde du pont.

LIV

… dans le ruissellement de la douche.

— Mais vous n'êtes pas Lee Min-ho ! s'exclame l'infirmière déçue.

— Si, répond Gangnam dans un sourire résigné, mais malheureusement pas le beau gosse auquel vous vous attendiez.

Elle s'est immobilisée à la porte de sa chambre. Une petite femme d'un certain âge, rondouillarde et plantureuse dans son uniforme, socquettes blanches et sabots en plastique bleu ultraléger aux pieds, col rond, et cornette d'infirmière dans ses cheveux gris.

— De toute façon, je m'en fiche, moi, mon chouchou, c'est Hyun Bin. Vous l'avez vu dans *Crash Landing on You* ? Cet acteur, c'est un vrai bonbon !

— Eh bien désolé, je ne suis pas le bon Lee Min-ho ni le bonbon Hyun Bin. Je ne suis qu'un vieux flic qu'on surnomme Gangnam.

— Vous êtes policier ? demande-t-elle avec autant de gourmandise que s'il était acteur.

— Oui. Enfin, ex-policier.

Par réflexe, il a noté son prénom sur le badge qu'elle porte.

— Et vous, vous êtes Yea-ji, comme l'actrice de *It's Okay to Not Be Okay* ?

L'infirmière en rougit et minaude qu'elle est loin d'être aussi belle que la célèbre Seo Yea-ji. Puis elle redevient sérieuse en s'approchant du lit.

— Mon Dieu, quel accident ! J'ai vu les images à la télévision. Comment avez-vous pu survivre à ça ?

— Je n'en sais rien. J'étais sur la banquette arrière, avec ma ceinture…

— Ils disent que le passager avant a été éjecté à travers le parebrise et qu'un pilier de la rambarde a traversé la voiture en fracassant le crâne du pauvre chauffeur.

— Honnêtement, Yea-ji, je ne me souviens de rien. Pas même de l'accident. Je me suis juste réveillé dans ce lit avec vous. Enfin, je veux dire, avec vous devant moi.

Elle remonte la manche de son pyjama et prend sa tension.

— Vous ne vous souvenez pas être resté dans ce tas de ferraille accroché par miracle à la balustrade trente mètres au-dessus de la rivière ?

— Absolument pas.

— Ni des pompiers et des secouristes qui ont dû jouer les acrobates et les monte-en-l'air pour vous désincarcérer ?

— Non plus.

Elle note ses constantes sur une tablette.

— Dans le fond, c'est peut-être mieux…

Puis elle s'approche encore un peu plus du lit.

— Mais dites-moi, vous étiez en mission, n'est-ce pas ? Vous êtes toujours flic, en vrai !

— Pourquoi dites-vous ça ?

— À cause des deux hommes dans le couloir, ceux qui gardent votre chambre.

Gangnam saisit la balle au bond et s'adresse à l'infirmière sur le ton de la confidence.

— Yea-ji, vous avez un portable sur vous ?

— Bien sûr, s'étonne-t-elle.

— J'ai perdu le mien dans l'accident, vous pourriez me prêter le vôtre le temps d'un appel ?

— La police ne va pas vous en fournir un autre ?

— Yea-ji, comment dire… c'est… c'est pour un appel plutôt… disons plutôt personnel. Intime, même, si je puis dire. Quelqu'un, ou plutôt quelqu'une que je dois prévenir…

Elle rougit de nouveau, comme une ado.

— Mais oui, bien sûr, bien sûr.

Elle lui tend son téléphone, le visage radieux d'une telle complicité, et attend près du lit, sa tablette serrée sur son opulente poitrine, comme dans les pires séries romantiques américaines. Ou leur version coréenne.

— Yea-ji, c'est… c'est vraiment très personnel, en fait.

Elle comprend soudain, comme une gourde qu'elle est, se dit-elle, rougissant de confusion cette fois parce que cet homme à peine plus âgé qu'elle est plutôt séduisant. Et qu'il l'appelle par son prénom, en plus !

— Yea-ji, je vous appelle dès que j'ai terminé.

Elle sort et Gangnam s'apprête à appeler Chin-sun quand le procureur et deux de ses hommes entrent sans frapper. Il n'a que le temps de cacher le téléphone.

— On ne vous a pas appris à frapper ?

— Faites pas chier, Lee. Deux de mes hommes sont morts dans cet accident, deux cents gosses dans la bousculade, je ne sais pas combien de soldats des dragons dans une guerre des clans, et chaque fois, tout tourne autour de vous.

— Qu'est-ce que j'ai à y voir ?

— Lee, je vais bientôt avoir les preuves matérielles que Verneuil est l'assassin de Loup Bleu, ce qui a déclenché la guerre des clans et provoqué le mouvement de foule, je suis sûr qu'il nous dira très vite quel rôle vous avez joué dans tout ça. En attendant, vous êtes en état d'arrestation pour l'enlèvement de Madeleine Verneuil.

— Moi ? Le kidnappeur de madame Verneuil ?

— C'est vous qui avez fait échouer sa libération de sa première planque, c'est chez votre ancien dragon qu'elle a été séquestrée ensuite à Séoul et c'est vous qui l'avez soustraite à la police locale et à mes hommes à Jeju. Ça me suffit pour vous coffrer.

— Vous croyez vraiment à ce que vous racontez ?

— Non, mais ça me permet de vous avoir sous le coude le temps de recevoir les preuves contre Verneuil.

— Et en quoi suis-je concerné par le fait que Verneuil aurait tué ou pas Loup Bleu ?

— En ce que vous vous êtes arrangé pour faire passer ce crime comme un règlement de comptes entre clans. Vous avez manipulé l'enquête.

— Ah oui ? Depuis quand je suis enquêteur, moi ? Et, par hasard, celle qui a conclu à un règlement de comptes dans l'affaire de Loup Bleu et qui aujourd'hui prétend vous apporter des preuves contre Verneuil, ce ne serait pas plutôt l'inspectrice Joon ? Vous savez, celle dont le flic de père avait tellement de liens avec les dragons que votre prédécesseur l'a envoyé en prison pour qu'il s'y fasse sushimiser.

— Lee, vous n'arriverez pas à me manipuler. Désormais, c'est à mon tour. Dès que votre état de santé le permet, demain soir au plus tard, vous serez transféré dans mon service. En attendant, cette chambre est sous contrôle de mes hommes. Aucune visite. Aucune communication.

Il fait signe à ses hommes de confisquer tout ce qu'ils trouvent de personnel dans la chambre, vêtements compris.

— Téléphone ?

— Perdu dans l'accident, ou ramassé par les secours.

— Je vérifierai.

Le procureur se saisit de son portable et compose le numéro de Gangnam. Rien ne sonne ni ne vibre. Il fait un autre signe à ses hommes et ils disparaissent.

Quand ils sont sortis, Gangnam réfléchit aussi vite qu'il le peut. Lorsqu'il se lève, un brusque étourdissement lui sape les jambes et il doit s'asseoir sur son lit. Une fois son équilibre retrouvé, il se rend dans la salle de bain, compose le numéro de Chin-sun et fait couler l'eau pour noyer ce qu'il dit dans le ruissellement de la douche.

LV

… dans une boutique de souvenirs.

Des chats partout. Indolents. Paresseux. Indifférents au monde et aux hommes. Sur le béton chaud de la petite jetée au soleil. Dans l'entrelacs frais des poutrelles rouillées qui la soutiennent. Lovés dans les filets de pêche à l'odeur de poisson séché. À l'ombre des paniers à crustacés au parfum iodé. Partout. Solitaires, ou par dizaines assis côte à côte, de toutes les couleurs mais surtout roux, immobiles, à regarder l'eau bleue de la mer de Genkai depuis l'île aux chats d'Ainoshima. Au Japon.

Une toute petite île. Un port minuscule. Quelques barques et trois rafiots de pêcheurs. Un ferry rouge pas plus gros qu'une vedette qui glisse jusqu'à une gare maritime blanche comme un aérodrome de brousse. Des maisons aux toits de tôle, entre la mer et une végétation touffue. Chin-sun a pensé que Madeleine y serait mieux qu'à Fukuoka qui ressemble à n'importe quelle ville ambitieuse d'Asie.

Madeleine observe les félins. Elle ne s'est pas encore remise de ce que Chin-sun lui a raconté et semble vouloir l'occulter en parlant d'autre chose.

— Pourquoi les habitants alignent-ils des bouteilles en plastique à moitié pleines d'eau devant leur porte ?

— Ils disent que le jeu des reflets de la lumière dans l'eau éloigne les chats et les empêche de rentrer dans les maisons.

— Mais les chats passent leur journée à regarder les reflets de la mer !

— Je sais, Madeleine, mais c'est ce qu'ils croient.

Chin-sun regarde la Française et se demande si elle va pouvoir compter sur elle. Madeleine lui semble fatiguée. Elle s'est assise sur le tabouret en toile rouge d'une vendeuse de *maneki-neko*. L'étal aligne trois étagères de statues de ces chats porte-bonheur au sourire bienheureux, assis la patte en l'air en forme de salut. De grande taille, immobiles, en porcelaine blanche, décorée à la main sur les deux étagères inférieures. Les mêmes plus petits, en plastique, le bras animé d'un perpétuel bonjour. Un mouvement collectif et hypnotique dans lequel Madeleine perd son regard. Un peu plus loin, un de ces porte-bonheur géant, de la taille d'un homme, en porcelaine, accueille, immobile, les touristes qui débarquent du ferry. Sous l'œil moqueur et narquois des vrais chats en maraude.

— Madeleine, j'ai parlé avec Gangnam et j'ai quelque chose à vous demander de sa part.

— …

— Madeleine, j'ai besoin de vous pour aider Gangnam et Marc à se sortir des griffes du procureur.

— …

— Madeleine, il faut vous reprendre, ils ont pris de gros risques pour vous, et maintenant ils ont besoin de vous.

— Ils ont besoin de moi ?

— Oui, le procureur serait sur le point de trouver des preuves matérielles contre Marc, et il a arrêté Gangnam pour vous avoir enlevée.

— Monsieur Gangnam ? Mais c'est lui qui m'a libérée !

— Je le sais, Madeleine, et le procureur aussi, probablement, mais c'est un moyen d'écarter Gangnam de l'enquête pour avoir les mains libres contre votre mari.

C'est un déclic, quelque chose de mécanique ou de chimique en elle. Une réaction. Une catalyse. Madeleine revient à elle comme on remonte des eaux d'une noyade. Elle jaillit en pleine conscience comme un ludion revient à la surface et reste un moment silencieuse, à regarder le monde autour d'elle, les chats, les *maneki-neko*, l'île, les bateaux, la mer bleue, les bouteilles devant les maisons…

— Que dois-je faire ?

Chin-sun la regarde avec un sourire, rassurée, et la prend dans ses bras.

— Mentir, dit-elle, juste mentir un peu.

— Je devrais pouvoir le faire, répond-elle dans un étrange sourire.

Elles retournent vers l'embarcadère et, pendant qu'elles attendent le ferry, Madeleine entraîne Chin-sun dans une boutique de souvenirs.

LVI

J'ai un visiteur…

Deux cent sept morts, maintenant. Des blessés qui ne survivent pas. Un scandale national. Une émotion internationale. Une horreur. Une honte après la mort de cent cinquante-neuf personnes dans une bousculade la nuit d'Halloween dans le quartier d'Itaewon en 2022. Tous avaient juré que ce genre d'horreur ne se reproduirait jamais plus. Des têtes tombent, des responsables démissionnent, d'autres sont démissionnés, d'autres encore se défaussent. Les médias se déchaînent, diffusant en boucle des témoignages de parents effondrés et révoltés, de frères et de sœurs abasourdis de chagrin, d'amoureux brisés. Les services du procureur sont sous la pression de la presse et des politiques. Lui est persuadé que le Français a assassiné Loup Bleu et que la guerre des clans qu'il a déclenchée est la cause de ce carnage. Le démontrer, ce serait exonérer le pays d'une grande part de responsabilité et jeter l'opprobre sur l'étranger.

— Putain, mais où est l'inspectrice Joon ? hurle-t-il, hors de lui. Où est son dossier ? Où sont mes preuves ?

Il a déjà remonté l'information aux ministres concernés, qui le harcèlent de questions et de menaces. La présidence s'apprête à déclarer un deuil national et une guerre sans merci aux mafias.

— Qu'est-ce qu'elle fout, bon Dieu ? Où est-elle ? Elle devait sauter dans un taxi cette nuit pour venir ici.

Tous les services sont en effervescence. Personne n'ose relever la tête. Tous évitent le regard furieux du procureur.

— Monsieur…

— Quoi ? Tu l'as retrouvée ? Non ? Alors, ferme-la et trouve-la.

Il hurle que ça ne devrait pas être compliqué. Localiser quelqu'un avec son téléphone, ils savent faire, non ?

— Monsieur…

Et sa bagnole, elle a bien une bagnole, non, un numéro d'immatriculation ? Les dizaines de milliers de caméras vidéo gérées par l'intelligence artificielle, ça sert à quoi ? Il est si excédé qu'il ne se rend pas compte qu'une partie de son équipe s'est figée.

— Monsieur, vous devriez…

Oui, il devrait tous les virer, bande d'incapables, enquêteurs de merde, foutus connards, élite de son cul, espèces de…

Plus personne ne bouge. Plus personne ne parle. Et plus personne ne le regarde non plus, les yeux aimantés par la télé.

— Monsieur, vous devriez voir ça…

C'est un choc. La surprise le vide de sa colère comme un ressac. Il doit s'appuyer au dossier d'une chaise pour encaisser le coup. À la télé, Madeleine Verneuil répond à une journaliste japonaise dans le décor bucolique d'un temple entouré d'immeubles modernes.

— Je reconnais, dit une jeune enquêtrice, c'est Kushida-jinja, le sanctuaire shinto, dans le centre-ville de Fukuoka, au Japon…

— Je balance par la fenêtre le prochain qui l'ouvre ! aboie le procureur.

L'enquêtrice se recroqueville en courbette d'excuses et recule de trois pas.

La traduction coréenne défile en bas de l'écran.

— … je ne savais pas, murmure une Madeleine confuse et gênée. Mon mari et moi, nous nous sommes un peu disputés le jour de notre arrivée à Séoul et j'étais très en colère contre lui.

— Vous avez fugué, alors, c'est ça ?

— Oui, il est parti visiter un marché aux poissons sans moi, et j'en ai profité pour partir sans rien lui dire. Je suis désolée. Je voulais juste être seule. Être au calme. Faire le point. Jamais je n'aurais pensé que… Je suis désolée, je demande pardon à tout le monde.

— Pourquoi parler aujourd'hui, alors ?

— Parce que je viens d'apprendre que toutes les forces de police me recherchent en Corée. Qu'on pensait que j'avais été kidnappée, mais je me suis juste isolée moi-même. Personne ne m'a fait de mal, personne ne m'a enlevée. Je suis désolée pour tout le dérangement.

— Comment avez-vous su ?

— Je suis allée chercher un peu de sérénité à Ainoshima, l'île aux chats. J'adore les chats. Leur présence me rassure.

— Et que s'est-il passé à Ainoshima ?

— Une touriste coréenne m'a reconnue. Nous nous sommes débrouillées avec notre mauvais anglais et elle m'a expliqué toute l'affaire. J'ai vraiment été idiote.

— Et que comptez-vous faire, maintenant ? Votre mari doit être mort d'inquiétude.

— Oui, je sais, j'en suis navrée. Ça m'attriste beaucoup. J'espère qu'il me le pardonnera.

— Quand retournerez-vous à Séoul pour le retrouver ?

— Pas tout de suite. J'ai encore besoin de temps. J'ai trouvé une grande sérénité ici. À l'île aux chats, dans ce sanctuaire de Kushida-jinja, dans les jardins et autour des étangs du temple Tochoji. Je suis bien, ici, à Fukuoka, je me suis retrouvée. Je vais y rester un peu. Mais lui peut venir me rejoindre s'il le veut. Il sait bien que je l'aime toujours.

Le journaliste rend alors l'antenne. Le bandeau rouge de l'exclusivité annonce toujours : « La kidnappée de Séoul en fugue à Fukuoka », mais le ton du présentateur a changé.

— La fin heureuse d'une affaire finalement romantique à souhait, comme seuls savent en vivre les Français. Nul doute que cela finira par inspirer un drama ou un roman à succès !

— Putain de merde ! jure le procureur entre ses dents, nous allons devoir relâcher Lee Min-ho.

— Quoi ? tressaille une toute jeune et toute petite stagiaire coiffée comme une collégienne avec barrette dans les cheveux. Vous avez arrêté Lee Min-ho ? « LE » Lee Min-ho ?

Le procureur, blanc comme un linge, la pointe du doigt et la vire sur-le-champ.

— Tu dégages. Que quelqu'un la raccompagne jusqu'à la réception. Je ne veux plus jamais la voir ici ! Et trouvez-moi l'inspectrice Joon ! hurle-t-il.

— Et pour Kim Eun-woo ? ose demander quelqu'un.

— Quoi, Kim Eun-woo ?

— Eh bien votre assistant, monsieur, celui qui est mort dans l'accident.

— Et alors ?

— Eh bien pour les obsèques, monsieur…

— Quelles obsèques ? Est-ce que je suis son père ? Est-ce que je suis sa mère ? Vous êtes ses frères et sœurs, peut-être ? Ses enfants ? Ses amants ? Les obsèques de Kim Eun-woo sont l'affaire de la famille de Kim Eun-woo.

La réponse sidère et glace tout le monde.

— Monsieur, Kim Eun-woo est mort en mission et…

— En mission ? hurle le procureur. Quelle mission ? Kim Eun-woo est mort dans un vulgaire accident de la route provoqué par sa propre voiture alors que ce con n'avait même pas sa ceinture de sécurité. Qu'est-ce que le service a à voir avec ça ?

Le silence qui suit est si brutal que le procureur se rend compte de l'obscénité de ses propos. Mais c'est le procureur…

— Et puis foutez-moi la paix et mettez plutôt la main sur cette putain de Joon ! Je la veux dans mon bureau avant 18 heures avec les éléments de preuve qu'elle a promis. Retournez-moi toute cette foutue ville pour la retrouver s'il le faut !

Dans sa chambre, Gangnam se délecte de la retransmission. Jamais il n'aurait pensé Madeleine Verneuil aussi bonne comédienne. Juste ce qu'il fallait de chagrin retenu, cette imperceptible fragilité dans la voix, et ces fugaces abandons dans son regard qui se perd.

Avec un témoignage aussi poignant, et ce que les médias en font déjà, Gangnam est certain d'être libéré dans l'heure qui vient. C'est déjà un premier point. Restent les preuves que le procureur prétend détenir, et qui font peser une menace sur Verneuil. Gangnam se demande où peut être le Français. Aux dernières nouvelles, il était aux mains du procureur.

La réponse lui vient de l'écran qui diffuse en boucle les réactions indignées de toute la classe politique aux images insoutenables de la rue jonchée de corps. Un flash d'information annonce une conférence de presse du procureur à 20 heures. Le point sur la mort de Loup Bleu et sur la guerre des clans qu'elle a déclenchée, et la façon dont a été provoqué le mouvement de foule ayant causé la mort de tant de jeunes personnes innocentes.

— Ce sont les termes de l'annonce officielle de cette conférence, explique le présentateur avec gourmandise, mais « off the record », comme on dit, le bureau du procureur laisse entendre qu'il pourrait profiter de l'occasion pour des révélations spectaculaires sur le déroulement de l'enquête et l'implication d'un ressortissant étranger.

Gangnam aimerait écouter la suite, mais deux hommes du procureur pénètrent dans sa chambre et lui signifient qu'il est libre d'aller au diable.

— Pas besoin d'aller chez lui, réplique Gangnam en récupérant ses vêtements qu'ils lui jettent dans les bras, c'est lui qui m'habite depuis longtemps.

Ils disparaissent sans comprendre, comme deux sicaires forcés d'épargner leur victime.

L'infirmière Yea-ji est aux petits soins pour lui et se désespère de le voir quitter l'hôpital si tôt. Au cas où, elle lui demande quand même un autographe au nom de Lee Min-ho au dos de sa feuille de température. Il le lui accorde en échange de son portable, encore une fois.

— Chin-sun ? Félicite Madeleine pour son numéro. J'ai failli verser une larme, moi aussi.

— Eh bien, tu aurais dû. Imagine-toi qu'elle n'a pas l'intention de retourner dans les bras de Verneuil tout de suite. Elle s'est prise au jeu de la fugue initiatique.

— Elle ne va pas revenir à Séoul ?

— Non. Elle va rester à Ainoshima, sur l'île aux chats.

— Combien de temps ?

— Le temps d'écrire un roman. *Le Chat dragon*, à ce qu'elle dit. Elle raconte que Marc écrit les siens en trois ou quatre mois, alors elle a loué une maison de pêcheur pour six mois.

— Six mois ! Mais avec quel argent ?

— …

— Chin-sun, avec quel argent ?

— Gangnam, il faut que nous parlions, mais promets-moi de rester calme, s'il te plaît.

— Ne me dis pas que tu…

— Si. Un petit peu. Il y en avait tellement, Gangnam !

— Combien ? grogne-t-il.

— … Les dix mille que j'ai donnés à Mado…

— Tu l'appelles Mado, maintenant ?

— Oui. C'est elle qui me l'a demandé. La clandestinité crée des liens, tu sais…

— Combien, Chin-sun ?

— Gangnam, quand tu m'as demandé de cacher le sac chez moi, cette nuit-là, j'ai compté. Il y avait plus de huit cent cinquante mille dollars. C'est bien ceux que tu as pris dans le coffre de Loup Bleu, non ?

— Huit cent cinquante mille cinq cent trente-cinq dollars ! souffle-t-il dans un murmure.

Il ne dit plus rien pendant un long moment et Chin-sun non plus. Elle attend qu'il encaisse le coup. Qu'il digère l'information. Elle essaye de deviner son état en tendant l'oreille à sa respiration.

— Gangnam ?

— …

— Gangnam, je peux te mettre encore un tout petit peu plus en colère ?

— Pardon ?

— En colère, je peux t'y mettre un petit peu plus ?

— Chin-sun, qu'est-ce que…

— J'ai pris la même chose pour moi, Gangnam, murmure-t-elle d'une voix de petite fille pas si sage pincée les doigts dans la confiture.

— Dix mille dollars aussi ? s'étrangle-t-il au téléphone. Dix mille dollars !

— Oui, enfin, tu exagères de te mettre en colère comme ça, il t'en reste quand même huit cent trente mille cinq cent trente-cinq, se rebelle l'inspectrice d'une voix qui plaide l'indulgence.

Elle est sur une toute petite plage d'Ainoshima, entourée de chats roux immobiles et curieux, à deux pas de la pauvre maison que Madeleine a louée et que la Française nettoie avant d'y habiter. On voit de la poudre de soleil rouler en volutes hors de la maison à chaque coup de balai.

Chin-sun, elle, fait les cent pas, téléphone à la main, sur la plage qui n'en mesure pas plus de cinquante, fière du cadeau de Mado. Une salopette bleu clair au plastron brodé d'un *maneki-neko* pirate borgne au sourire édenté et pervers, tenant de sa patte levée une souris verte par la queue.

Je l'attrape par la queue

Je la montre à ces messieurs

Pas vraiment un dessin animé, mais très classe quand même avec des baskets jaune fluo sur des socquettes vert souris. Min-jee, sa petite sœur perdue, aurait éclaté d'un faible rire malade dans son lit blanc d'hôpital.

— Chin-sun, je te préviens qu'il va falloir…

Gangnam repère deux hommes qui entrent dans le hall de l'hôpital. Costume noir et cravate fine, cheveux ras sur les côtés. Mafia. Une avant-garde, qui ouvre et sécurise le chemin à quelqu'un qu'il reconnaît aussitôt.

— Chin-sun, on en reparle. J'ai un visiteur…

LVII

Que l'esprit de Loup Bleu te protège.

Ils l'ont fait monter à l'arrière de la berline, et Kimchi s'est assis à côté de lui. Il n'a rien dit et Gangnam s'est appliqué à ne surtout rien demander. Les deux hommes de l'hôpital sont devant, l'un au volant, attentif au trafic, l'autre à la place du passager, à surveiller les trottoirs.

— J'ai des choses à te montrer et d'autres à éclaircir avec toi, Gangnam. En toute amitié.

— La dernière fois que Loup Bleu m'a dit ça, j'ai fini tabassé par toi et tes hommes.

— Tu connais les traditions, non ?

— Puis-je te faire remarquer que je n'appartiens plus au clan des Quatre lanternes ?

— Gangnam, si Loup Bleu ne t'avait pas considéré comme encore un des nôtres, nous t'aurions battu à mort, ce jour-là.

— Kimchi, si vous aviez essayé, je me serais défendu pour de vrai, ce jour-là.

— Parfait, maintenant que nous avons bandé nos ego, nous allons pouvoir régler tout ça et nous libérer l'un de l'autre.

Peut-être que Kimchi attend des questions de la part de Gangnam, mais elles ne viennent pas et il apprécie son courage.

La voiture traverse une bonne partie de la ville jusqu'au quartier de Cheongyecheon et sa longue promenade aménagée. Au temps de son dictatorial et ambitieux développement, dans la frénésie du tout-béton, le cours de la rivière Cheongyecheon a été étouffé sous une dalle pour en faire une route. Puis on a planté sur la route de lourds piliers massifs en béton pour supporter une voie express afin de gérer le chaos urbain que devenait la ville. Il a fallu attendre vingt ans après la fin de la dictature et près d'un milliard de dollars de travaux pour démonter la voie express, casser la route, retrouver la rivière, et offrir aux Séoulites cette longue promenade verte le long de ses rives.

— Quand ils l'ont mise au jour, la rivière était à sec et on n'a jamais pu en retrouver la source, lâche Kimchi d'un ton de guide touristique désabusé.

— Je sais, répond Gangnam. Ils pompent plus de cent mille tonnes d'eau par jour dans la Han pour alimenter le cours de la Cheongyecheon.

De l'autre côté de la promenade, Gangnam reconnaît le quartier des magasins d'outillage. Tous côte à côte, par dizaines dans la même rue, par centaines dans le quartier, placardés de réclames criardes, débordant d'offres promotionnelles pour tout ce qui sert à creuser, démolir, percer, cimenter, construire, peindre, enduire. Les trottoirs sont encombrés d'étalages, de vendeurs, de bricoleurs, de rabatteurs. Des vieux à bout de retraite quémandent des embauches, et des camionnettes chargent et déchargent de quoi reconstruire la moitié de la ville. En apercevant l'éclat des gyrophares, Gangnam se dit que la police a enfin décidé de mettre un peu d'ordre dans ce quartier. Quand il aperçoit les rubalises qui interdisent l'entrée d'un des magasins, il comprend que Kimchi ne l'a pas amené jusque-là par hasard.

— Le type qui tenait ce magasin, c'est lui qui a vendu la cloueuse au Français.

Gangnam encaisse le coup.

— Tu parles de lui au passé ?

— Oui. Quelqu'un l'a cloué à son comptoir.

— Le pauvre type n'y était pour rien, il ne pouvait pas savoir.

— Oui, il ne pouvait pas savoir pour Loup Bleu et le Français, mais la police est remontée jusqu'à lui et il a parlé.

— La police ? Quelle police ? Comment sais-tu ça ?

— La police, tu la connais, c'est la femme flic, Joon, la fille du commissaire ripou. Elle a un informateur qui nous a prévenus. Ton Français a du mouron à se faire : elle a récupéré les vidéos de surveillance qui le montrent achetant la cloueuse.

— « Une » cloueuse, corrige Gangnam.

— Une cloueuse, si tu veux, mais même marque et même modèle que celle qui a servi au *hanok*. Motivé comme il est, ça suffira au procureur.

— Et moi, alors, là-dedans ?

— Toi ? Rien, je voulais juste te le faire savoir.

— Très bien, je peux y aller alors ?

Gangnam pose la main sur l'ouverture de la portière, mais le passager de l'avant se retourne et pointe sur lui un SIG Sauer menaçant.

— Pas tout de suite. Nous avons encore des choses à régler, toi et moi, précise Kimchi.

Il fait un signe au chauffeur qui reprend sa route. Il traverse la ville d'ouest en est jusqu'à Sinchon où Gangnam reconnaît la petite rue en pente où habite Chin-sun. Une autre limousine noire bloque déjà la rue. Les quelques passants et les vélos la contournent en baissant la tête. Les conducteurs furieux repartent en marche arrière sans rien dire quand ils aperçoivent les deux hommes en costume noir de chaque côté.

— Si tu cherches l'inspectrice Park, elle n'est pas chez elle.

— Je sais, répond Kimchi sans le regarder. Elle est au Japon, à Fukuoka, sur l'île aux chats d'Ainoshima, avec la femme du Français.

Gangnam préfère ne pas répondre. Il attend que Kimchi donne l'ordre de déverrouiller les portières pour descendre. Au petit balcon du studio de Chin-sun, un autre homme en noir se penche pour les regarder entrer dans l'immeuble.

— Qu'est-ce qu'on vient faire ici ? demande Gangnam comme si ça ne l'intéressait pas vraiment.

— Tu ne devines pas ?

Ils entrent dans le petit appartement et Kimchi s'arrête sur le pas de la porte. Il regarde, étonné, les coussins colorés et les miroirs biseautés, les tapis, la guirlande de drapeaux à prière tibétains, le poster de Santana, celui de Björk. Le piano droit. Tout bien en ordre. Bien rangé.

— Tu n'as pas encore fouillé ? demande-t-il.

— Si, répond l'homme en noir qui les attendait à l'intérieur, mais j'ai pas eu besoin de tout retourner, c'était pas vraiment caché.

D'un geste du menton, il montre un sac en fibres de bambou recyclable posé sur l'étroit canapé.

— Où ?

— Accroché au porte-manteau.

— Les femmes ! soupire Kimchi. Huit cent trente mille cinq cent trente-cinq dollars, juste accrochés près de la porte à disposition du premier monte-en-l'air venu !

Kimchi fait signe à l'homme de sortir et à Gangnam de prendre une chaise. Lui s'assied dans le canapé à la place du sac qu'il vide sur la table. Sous les yeux étonnés de Gangnam, il commence à compter les liasses jusqu'à huit cent mille dollars, qu'il fourre dans le sac.

— Le reste est pour toi, dit-il en poussant les billets vers Gangnam.

— En quel honneur ?

— Solde de tout compte. Les autres clans m'ont reconnu comme dragon des Quatre lanternes, et d'une façon ou d'une autre, je sais que c'est à toi que je le dois. La mise au pas des *Millenials* aussi.

D'un autre côté, tu protèges ce Français qui a tué Loup Bleu, alors à partir d'aujourd'hui, je ne veux plus rien avoir à faire avec toi.

— C'est de bonne guerre, reconnaît Gangnam. Et pour le Français, que comptes-tu faire ?

— Rien. Avec les preuves que Joon a apportées au procureur, il devrait finir sa vie chez nous, en Corée, dans la prison de Cheonan réservée aux étrangers. Une prison quatre étoiles, mais à vie.

— Le code voudrait que tu le tues, non ?

— Gangnam, quand tu es sous les ordres d'un dragon, tu appliques le code à la lettre sans jamais le remettre en cause. Quand tu deviens dragon, tu es libre de tous les compromis et de tous les arrangements pour assurer la survie et la force du clan.

Puis il se penche sur la table et s'empare des dossiers sur lesquels Gangnam avait fait main basse sans les consulter en vidant le coffre de Loup Bleu. Des chemises de couleur. Une couleur par dossier. Kimchi les feuillette un à un pour les vérifier, intervertit les feuillets des chemises rouge et verte, puis range les dossiers dans le sac avec l'argent sauf un, le vert, qu'il tend à Gangnam.

— C'est pour toi. Bonus.

— Pour quoi faire ?

— Si tu demandes, c'est que tu ne les as pas lus. Tu connais la valeur symbolique du rouge ?

— Oui, c'est la passion, l'amour, le luxe, l'érotisme, mais aussi le danger, l'interdiction, le sang, le feu. Pourquoi me demandes-tu ça ?

— Et le vert ?

— Le vert c'est la chance, l'espérance, le hasard, quelquefois l'infortune, mais…

— Alors tu en sais assez pour comprendre ce que je t'offre. Tu liras ce dossier quand je serai parti.

— D'accord. Alors adieu, mon ami. À jamais plus, comme on dit.

Gangnam tend la main à Kimchi qui la regarde sans la prendre, le sourire aux lèvres.

— Gangnam, tu oublies les traditions ! plaisante Kimchi en l'invitant à redescendre jusqu'à la voiture avec lui.

— Je pensais que tu m'en dispenserais. N'oublie pas que je suis convalescent d'un grave accident.

— C'est pour ça qu'ils ne seront que trois.

— Tu les as prévenus, j'espère, dit Gangnam en se défaisant de sa veste.

— De quoi ?

— Que cette fois je ne retiendrai pas mes coups.

Quand ils arrivent dans la rue étroite, les trois hommes de Kimchi ont plié leur veste sur le capot de la voiture et l'attendent, les poings serrés.

Même s'il est encore tout courbaturé de son accident, Gangnam se précipite aussitôt sur eux avec une sorte d'enthousiasme joyeux et guerrier qui les surprend. Il les sonne tous les trois pour le compte sans trop prendre de coups et décide de lui-même que la récréation est terminée.

Dans les recoins, dans l'ombre des portes, derrière les rideaux tirés, à l'abri des balcons et des terrasses, tout un petit peuple observe, en silence et dans la terreur, les hommes qui se relèvent, tâtent leurs blessures et remettent leur veste.

Gangnam aussi récupère la sienne, la jette sur son bras, et tend l'autre main à Kimchi qui hésite, surpris, sur ses gardes, avant de la serrer d'une poigne à la fois martiale et amicale.

— À jamais plus, mon ami.

— À jamais plus. Que l'esprit de Loup Bleu te protège.

LVIII

… des preuves de Joon ?

La salle de presse est comble. L'annonce en « off », par des sources « proches de l'enquête » et des témoins directs anonymes « dans l'entourage du procureur », de l'implication d'un ressortissant étranger à la fois dans l'assassinat d'un dragon de la mafia et dans le déclenchement du mouvement de foule meurtrier dont le bilan s'aggrave à deux cent douze morts, a rameuté le ban et l'arrière-ban des médias coréens et étrangers.

— Il a vraiment de quoi jeter cet homme en pâture aux médias ? demande un journaliste à Gangnam qui ne répond pas.

Il cherche des yeux l'inspectrice Joon et se rapproche d'un commissaire qu'il reconnaît.

— Il a vraiment de quoi de jeter cet homme en pâture aux médias ?

Le commissaire se retourne, le reconnaît, et s'écarte sans répondre.

— Il n'a toujours pas les preuves matérielles, répond une voix de femme dans son dos. Personne n'arrive à mettre la main sur l'inspectrice qui devait les lui apporter.

C'est une jeune et toute petite femme coiffée comme une collégienne avec une barrette dans les cheveux.

— L'inspectrice Joon ?

— Oui. Vous connaissez le dossier ?

— Un peu. Je suis flic. Que va-t-il faire sans preuve matérielle ?

— Il est obsédé par ce dossier. Il était tellement furieux ce matin qu'il m'a virée parce qu'il allait être obligé de libérer un flic qui s'appelle Lee Min-ho. Vous croyez ça, vous, un flic qui s'appelle Lee Min-ho ? Comme…

— Oui, je sais, comme l'acteur. Mais vous n'avez pas répondu à ma question. Que va-t-il faire sans preuve matérielle ?

— Il va jouer sur un faisceau d'indices pour le mettre en préventive le plus longtemps possible et le faire craquer en prison. Le type est étranger. S'il est coupable, il ne va pas pouvoir tenir longtemps.

— Et s'il n'est pas coupable ?

— Pareil !

— Vous savez où il est en ce moment ?

— Le Français ?

— Non, le proc'.

— Dans une petite pièce, dans le couloir à droite du pupitre. Je suppose qu'il va attendre de savoir ce que donnent les recherches de l'inspectrice Joon jusqu'à la dernière minute. Sans preuves matérielles, il joue gros. Sa carrière, peut-être même, ce salaud.

Gangnam s'excuse d'un signe de tête, rejoint le couloir, et repère la porte gardée par un homme. Il pianote sur le téléphone tout neuf qu'il a dû acheter, envoie un message, puis se dirige vers la porte. L'homme de garde le retient d'un geste de la main.

— Vous ne pouvez pas entrer.

— Je veux voir le procureur.

— Lui ne veut voir personne d'autre que les membres de son équipe et l'inspectrice qu'il attend.

— Alors, dites-lui de regarder ses messages sur son téléphone.

Le garde entrouvre la porte, passe une tête dans l'entrebâillement, et explique au procureur que quelqu'un lui demande de consulter ses messages. Après de longues secondes, on entend le bruit d'une chaise qui tombe, et la porte s'ouvre avec violence.

— Encore toi ! rugit le procureur en découvrant Gangnam. Qu'est-ce que ça veut dire ?

— Ça veut dire qu'il faut que nous parlions avant que tu ne foutes en l'air ta carrière, procureur. En privé, bien sûr.

— Putain, siffle le procureur entre ses dents, quelle journée de merde !

Il retourne dans la pièce et hurle à tout le monde de dégager. Une demi-douzaine d'assistants et d'assistantes filent comme des souris, tête basse, à petits pas courts et rapides de subordonnés soumis, dossiers sous le bras. Quand la dernière personne est sortie, Gangnam entre et ferme la porte derrière lui.

— C'est quoi ce message ? Du chantage, vraiment ? D'où tires-tu ces documents ?

— Un cadeau d'adieu de Loup Bleu.

— Le dragon assassiné des Quatre lanternes ?

— Oui. Il a toujours su manipuler ses ennemis. Peut-être même me manipule-t-il moi aussi, *post mortem*.

Le procureur s'assied et fait défiler les premiers documents sur son téléphone. Des participations de son père dans des entreprises contrôlées par les Quatre lanternes. Des actions, des parts…

— Mon père n'a jamais rien souscrit de tout ça.

— Les documents sont officiels.

— Mon père est assez riche pour ne pas avoir besoin de ça. Il a été magistrat, il a été ministre. S'il avait eu autant de parts et d'actions, il aurait sur ses comptes les revenus et les dividendes qui vont avec.

— Document 12…

Le procureur fait défiler les documents et se fige à la lecture du douzième.

— Putain d'enfoirés !

Un relevé de compte d'une banque aux îles Caïmans. Au nom de son père. Un solde en dollars, à sept chiffres, avec des versements annuels et des retraits réguliers.

— Manipulation ! siffle le procureur.

— Peut-être, admet Gangnam. Loup Bleu était assez intelligent et puissant pour ouvrir un compte au nom de ton père ou de n'importe quel ministre, y verser les dividendes, et les récupérer par des retraits en cash. Il tenait les meilleurs faussaires et bénéficiait de complicités partout.

— Donc, c'est une manipulation.

— C'est une hypothèse, mais ça ne change rien. Si je révèle ces documents, ça détruit ton père et ta carrière avec.

— Tu ferais ça juste pour sauver un homme qui a probablement tué Loup Bleu ?

— L'inspectrice Joon ne t'en a jamais apporté les preuves, je crois. Sans elles, Verneuil est innocent.

— Vous y êtes pour quelque chose ?

— J'étais à Jeju, puis avec tes hommes et ensuite à l'hôpital. L'inspectrice Park et madame Verneuil à Jeju puis à Fukuoka au Japon, et monsieur Verneuil sous ta bonne garde…

— Je ferai vérifier. Tu n'as toujours pas répondu à ma question : tu ferais ça juste pour sauver un homme qui a probablement tué Loup Bleu ?

— Et toi, tu veux vraiment te payer la vie d'un étranger pour faire passer le fiasco du service d'ordre qui a laissé dégénérer les obsèques de Choiwoo ?

Le procureur le regarde, sidéré, longtemps.

— Tu penses vraiment que je suis ce genre d'homme ?

— Ce n'est pas ce que tu t'apprêtes à faire ?

Le procureur le regarde encore, cherchant à se décider.

— Si. Je me fous des dossiers de Loup Bleu. Je les ferai démonter par mes experts et j'établirai la manipulation et l'innocence de mon père.

— Le mal sera déjà fait. Entretemps, les médias et l'opinion publique vous auront crucifiés, ton père et toi.

— À moi donc de reposer ma question. Tu es vraiment ce genre d'homme ?

— Oui. Le genre de flic qu'on a infiltré dans la mafia avec tous les dangers que tu peux imaginer, puis que des gens comme toi, procureurs, juges, commissaires, ministres, ont laissé tomber à la fin du sale boulot.

— Dois-je en conclure que Loup Bleu, lui, n'a pas fait partie de la meute ?

— Les clans ont au moins un code d'honneur que les dragons font respecter.

— Et c'est en raison de ce code que Loup Bleu t'a permis de retrouver les assassins de ta femme ?

— Tu es bien informé. Oui, c'est en fonction de ce code qu'ont été punis ceux à qui tu aurais trouvé les circonstances atténuantes de l'âge, de l'ivresse, du chômage, de la violence familiale, de la déchéance sociale…

— Oui, et c'est exactement ce qui fait la justice : comprendre ce qui a rendu possible le crime et punir en conséquence.

— Je croyais à ça aussi. Avant.

— Et moi, j'y crois toujours, alors je vais inculper monsieur Verneuil et il sera jugé en fonction des circonstances atténuantes qu'on lui trouvera. Loup Bleu ou pas, manipulation ou pas, j'irai jusqu'au bout.

— Et moi je ne crois plus à tout ça, alors je vais t'empêcher d'inculper un homme qui n'a fait que tuer un chef mafieux qui avait enlevé sa femme et refusait de lui dire où elle était emprisonnée.

— Loup Bleu avait vraiment fait enlever madame Verneuil ?

— C'est plus compliqué que ça. Il l'a libérée de ses premiers kidnappeurs, pour la faire prisonnière à son tour.

— Tu sembles bien informé.

— Tes semblables, ceux que j'ai cités tout à l'heure, procureurs, juges, commissaires, ministres, ont fait de moi un éternel infiltré, moitié d'un côté, moitié de l'autre. Alors je marche sur la corde raide, *ad vitam æternam*.

— C'est ton choix, Lee, mais il ne changera rien à ma détermination. J'irai jusqu'au bout.

Le procureur rassemble ses papiers et se lève.

— Tu ne devrais pas faire ça, insiste Gangnam.

— Pourquoi pas ?

— Parce que Loup Bleu aussi ira jusqu'au bout.

— Loup Bleu est mort, ricane le procureur.

— Mais moi je suis là, entre toi et lui, sur le fil du rasoir.

— Lee, je ne sais pas si, finalement, tu es plutôt sympathique ou carrément pathétique.

— C'est un jugement qui m'importe peu, mais ne viens pas dire que je ne t'aurai pas prévenu…

Le procureur sort en haussant les épaules, rassemble son équipe dans le couloir, et se dirige vers la salle de presse qui bruisse d'impatience et crépite de flashs dès qu'il apparaît et se dirige vers le pupitre. Gangnam se glisse sur le côté et s'adosse au mur, sans quitter des yeux le procureur. Il le voit marcher d'un pas sûr jusqu'au micro, et marquer un instant de surprise en découvrant la chemise verte posée sur le pupitre. D'un regard, il interroge un assistant qui lui répond d'un haussement de sourcil pour signifier qu'il ne sait pas ce que ce dossier fait là. Puis le procureur ouvre la chemise.

Gangnam admire la façon dont il encaisse. Lui seul devine dans ses yeux la très fugace lueur. Une succession de stupeur, de panique, d'analyse et de résolution. Il s'approche du micro, tape dessus pour vérifier qu'il fonctionne, se penche et surprend tout le monde : journalistes, photographes, assistants, et même Gangnam.

— Bonjour. Je voudrais commencer par préciser que, contrairement à de fausses rumeurs probablement issues de mes services et pour lesquelles je prendrai toutes les mesures disciplinaires nécessaires, plus aucun ressortissant étranger n'est impliqué dans la mort du dragon du clan des Quatre lanternes, selon l'enquête. L'homme un moment suspecté a été lavé de tout soupçon. Je ne parlerai donc que du tragique mouvement de foule survenu pendant les obsèques du chanteur Choiwoo et de la guerre des clans. Je n'accepterai aucune question sur un autre sujet.

Après une heure de conférence, le procureur quitte la salle.

— Je suis désolé, murmure Gangnam à son passage, je t'avais prévenu.

— Sale con ! crache le procureur. Comment peux-tu te rendre complice de telles pratiques immondes ?

Il claque la chemise contre la poitrine de Gangnam qui la retient par réflexe et s'en va, donnant l'ordre à un assistant de rendre son passeport au Français et de le libérer.

— Ce salaud avait prévu de présenter le Français à la conférence de presse comme à la parade, siffle la petite jeune avec une barrette dans les cheveux qui s'est glissée jusqu'à lui.

Gangnam n'y prête pas attention et surveille le couloir où le procureur disparaît, suivi par sa troupe d'assistants qui trottinent à ses trousses. Il devine Verneuil qu'on sort d'un autre bureau et qu'on abandonne à son sort.

— Verneuil !

Le Français le cherche des yeux, l'aperçoit et se précipite vers lui.

— Gangnam, est-ce qu'on a retrouvé Madeleine ?

— Oui. Chin-sun est avec elle.

— Je peux la voir ?

— Pas ce soir : elles sont au Japon.

— Au Japon ? Mais qu'est-ce qu'elles…

— C'est compliqué, Verneuil, c'est compliqué. Fichons le camp d'ici avant que le procureur ne change d'avis. Essaye de te faire oublier jusqu'à demain matin, si c'est possible. Je te mettrai dans l'avion dès que je peux.

— Pour le Japon ?

— Ça aussi, c'est compliqué, Verneuil. Il faudra en parler avec ta femme.

— Pourquoi tu dis ça ?

— Verneuil, je te dépose au Han River et tu te débrouilles. Appelle ta femme, moi j'ai un dîner d'adieu.

Ils rejoignent la Hyundai Pony de Gangnam qui s'installe au volant et jette la chemise verte sur le tableau de bord pour démarrer. Verneuil monte à son tour côté passager.

— C'est le dossier qui t'a permis de me sortir de là ?

— On peut dire ça comme ça…

Verneuil se saisit de la chemise verte et l'ouvre.

— Merde alors, c'est quoi, ça ?

— Ça, Verneuil, ce sont des photos volées dégueulasses et obscènes d'une chambre de casino de Macao appartenant aux Quatre lanternes où une prostituée mineure salace et vulgaire a piégé sur commande un ancien ministre coréen par ailleurs père d'un type bien.

— Et c'est ce qui a eu raison des preuves de Joon ?

LIX

Épilogue.

Il fait nuit. C'est loin. Sous les arbres. Les diodes rouges illuminent l'habitacle de la Hyundai Sonata. Quelque chose d'oppressant dans l'obscurité. Le compteur, bloqué, clignote en silence comme une alarme. Quatre cent mille wons, c'est énorme. Beaucoup trop pour un taxi *ilban* ordinaire de Séoul.

La voiture s'est enlisée dans l'herbe grasse, portières ouvertes. Une mauvaise lune lustre sa carrosserie. Au loin, grognent des bêtes depuis une sorte d'enclos. Derrière, un vieux *hanok*. Sinistre dans la nuit.

— Doucement, Kim Jong-yuhl, doucement !

Ratel a baptisé ses cochons de un à dix, de *hana* à *yuhl*, d'après le fondateur de la République populaire démocratique de Corée. De Kim Jong-hana à Kim Jong-yuhl. Pas étonnant, des bêtes au dos si servile qu'elles ne peuvent même pas relever la tête.

Kim Jong-set est le troisième. Le plus gros, le plus gras, le plus goinfre de sa petite porcherie. Pas loin de la tonne. À la façon dont il se nourrit, rien d'étonnant.

Tout est bon dans cet animal. À sa mort, a dit quelqu'un dont Ratel ne se souvient pas, tout est récupéré sauf son dernier cri. Par vengeance de tout ce dont on le moque, l'animal aussi mange tout.

Les jambes, les pieds, les bras, la tête. Toute la bande des Kim Jong rapplique pour se disputer les deux corps même pas démembrés. Juste dénudés, leurs vêtements brûlant dans un brasero dont les flammes agitent la démence vorace des cochons. Ils fouissent en grognant de leur groin morveux les tripes et les entrailles. Les mâchoires claquent dans le noir. Vingt-huit molaires par bête pour briser les os. Douze incisives pour arracher la peau et la viande.

Ratel, accoudé à la barrière en bois de l'enclos boueux, se réjouit du spectacle. Entre les culs, les bajoues, les panses et les jambons des animaux, il voit danser les cadavres que la gloutonnerie de la meute agite. Les seins et le sexe de la femme que les bêtes déchirent, la verge et les testicules de l'homme que Kim Jong-ilgup, huitième du rang, arrache de ses quatre canines en secouant la tête.

Nettoyeur, c'est un métier pour lequel il faut savoir rester calme. Quand il a suivi la femme dans le quartier des magasins d'outillage de Cheongyecheon, il est resté calme. Calme aussi, dans le taxi, malgré le chauffeur égorgé dans son coffre. Quand il a vu la femme ressortir accompagnée d'un homme, il est resté calme. Quand ils se sont séparés aussi. Juste un petit coup d'adrénaline quand il a vu qu'elle cherchait un taxi et qu'il s'est approché calmement comme un chauffeur en maraude.

Elle monte et lui plante une adresse dans le dos. Il reste impassible, lui demande d'attacher sa ceinture, et verrouille les portes. C'est en se retournant qu'il en jouit. Cette peur quand elle le reconnaît, cette terreur quand elle comprend, cette lueur de panique dans ses yeux. Sa tentative de dégainer son arme sous sa veste, et son geste à lui, large, parfait, élégant, rapide, de la main droite, la lame au bout de son poing, et la facilité avec laquelle il tranche la vie de cette fouille-merde.

Il ne reste rien d'elle. Ni du chauffeur. Il a enterré loin dans la forêt tout ce que ses Kim Jong n'auraient pas pu digérer. Ou auraient pu déféquer intact dans leur bauge. Il a vu un film comme ça, ou une série, *X-Files* peut-être : les flics retrouvaient une bague, ou une montre, dans la souille des cochons et le tueur était démasqué. Dans son métier, il faut être calme et précautionneux.

Il a même brûlé le dossier, la clé USB et les photos imprimées sur lesquelles on voyait un étranger acheter une cloueuse.

LX

Bonus.

Verneuil et Madeleine s'expliquent sans se revoir. Au téléphone. Elle reste au Japon et lui rentre à Paris. Malgré tout ce qu'il a fait pour elle, malgré les hommes qu'il a tués et les autres morts qu'il a provoquées, elle ne rentre pas. Quelque chose en elle s'est fissuré. Cette idée d'une vie de routine qu'il leur faudrait retrouver. Ce sentiment étrange qu'il existe pour elle une autre vie, entre la violence qu'elle a vécue et le bonheur ordinaire qui l'attend.

Elle vit un an, de solitude, de calme, de chats nonchalants. De promenades et de baignades. D'écriture. Puis elle rencontre un architecte. Un Japonais de son âge, passionné de coquillages. Amandes de mer, coques, huîtres plates, ormeaux, palourdes japonaises, il les cuisine tous à merveille. Il achète la maison qu'elle loue et celle d'à côté. Il les relie d'un patio et en fait une demeure. Il nage et plonge toute la journée et imagine et dessine des maisons toute la nuit. Madeleine, à ses côtés, écrit son roman qui n'est autre que son histoire. *Drama*. Un succès au Japon.

Un triomphe en Corée où tout le monde se souvient de son joli mensonge à la télévision.

Elle part pour une tournée mondiale qui passe par la France. Marc est là le jour de sa signature aux Traversées, sa librairie de cœur à Paris, en bas de la rue Mouffetard. À la fin de la rencontre, après les poignées de main et les embrassades, il l'invite à boire quelque chose au Verre à Pied. Devant le troquet à l'ancienne, un chanteur de rue joue une chanson de Guy Freidline. La préférée de Mado. Les paroles de Delanoé lui reviennent droit au cœur.

J'ai donné des soirées à étonner les princes
Dans cette chambre usée par trois siècles d'amour…

Rien à voir avec son histoire. Rien à voir avec son roman, ni avec les chats d'Ainoshima, ni avec son bel amant japonais silencieux et gourmet. La chambre usée est celle de Marc où ils se sont aimés la première fois et mille autres fois après, au temps insouciant des facs, des cinés et des copains.

… J'ai dans l'oreille encore le vieux parquet qui grince
Et nos chansons d'ivrognes à la pointe du jour.

Ils trinquent d'un montlouis-sur-loire moelleux et frais avec Claude, le patron breton et peintre du Verre à Pied, et avec Jean-Marc, le chanteur. Ils trinquent et retrinquent encore. Puis le patron fatigue et le bistrot ferme, le chanteur range sa guitare et disparaît en claudiquant dans la nuit bleue de l'été parisien. Mado, apaisée, rentre chez elle. Chez Marc.

Chez eux, dans leur appartement de la rue des Gobelins, pour appeler son amour nippon qui comprend et ne lui en veut pas. Qui s'en doutait. Qui ne regrette rien et se souviendra d'elle chaque fois qu'il dînera sur les rochers d'un *asari no nuta*, d'un *mate-gai no ostumami* ou d'un *chawanmushi* aux palourdes.

NORD COMPO
multimédia

Composition et mise en pages
Nord Compo à Villeneuve-d'Ascq

CET OUVRAGE
A ÉTÉ ACHEVÉ D'IMPRIMER
SUR ROTO-PAGE
PAR L'IMPRIMERIE FLOCH
À MAYENNE
EN SEPTEMBRE 2025

*Les Éditions Flammarion sont investies dans une démarche active
pour l'empreinte environnementale de leurs parutions.
Ainsi, le livre que vous tenez entre vos mains a été imprimé en France
sur des papiers issus de forêts gérées durablement,
par un imprimeur engagé dans la protection de l'environnement.*

Dépôt légal : octobre 2025
N° d'édition : 646464-0 – N° d'impression : 107673
Imprimé en France